E. M. Ross • Fanatic Angels

E. M. Ross ist Jahrgang 1962 und war jahrelang im Finanzmanagement eines großen amerikanischen Konzerns tätig. Ross lebte unter anderem in Frankreich, England, Russland, Singapur, Thailand und China und seit 2006 im Großraum Frankfurt am Main.

Verpassen Sie nicht die ersten beiden Bände der *Angels*-Reihe:

Desperate Angels ISBN 978-3-941955-57-8

Guardian Angels ISBN 978-3-941955-70-7

E. M. ROSS

Fanatic Angels

Mystery-Thriller

Bibliografische Information der Deutschen Nationalbibliothek
Die Deutsche Bibliothek verzeichnet diese Publikation in der Deutschen Nationalbibliografie; detaillierte bibliografische Daten sind im Internet über http://dnb.ddb.de abrufbar.

www.medu-verlag.de

E. M. Ross
Fanatic Angels
Mystery-Thriller

Dreieich bei Frankfurt/M.
Lektorat: Fee Heitland
Redaktion: Stefanie Völker

(www.crossvalley-design.de)
Umschlaggestaltung: im Verlag

Printed in EU

ISBN 978-3-941955-84-4

Wer mit Ungeheuern kämpft, mag zusehen,
dass er nicht dabei zum Ungeheuer wird.
Und wenn du lange in einen Abgrund blickst,
blickt auch der Abgrund in dich hinein.

Friedrich Nietzsche:
Jenseits von Gut und Böse, Aphorismus 146

PROLOG

Engel (lat. *angelus*, von altgriechisch ἄγγελος *ángelos* „Bote“, „Abgesandter“; Übersetzung von hebr. ךאלמ *mal’ach* „Bote“) sind Geistwesen, die in den Lehren der monotheistischen abrahamitischen Religionen des Judentums, Christentums und Islams durch Gott geschaffen wurden und diesem untergeordnet sind. (Wikipedia)

Und Gott hat seinen Engeln befohlen, dass sie dich behüten auf all deinen Wegen, dass sie dich auf Händen tragen und du deinen Fuß nicht an einem Stein stoßest. (Psalm 148,2)

Das findet man ganz ad hoc im Internet über Engel, die Boten Gottes, die einen beschützen auf allen Wegen. Dass ich nicht lache – entweder haben die Engel, die mich heimsuchen, nie diesen Psalm gelesen oder Gott ist stinksauer, denn seine Abgesandten machen mir und der Frau, die ich liebe, das Leben verdammt schwer. Wenn man sich mit Engeln befasst, gibt es meist zwei Gründe dafür: Entweder man ist religiös und glaubt an die Kinder Gottes – oder man sitzt ordentlich in der Tinte und hofft auf einen Schutzengel, der einem den Arsch rettet. Nun, ich war nie religiös, bin weder getauft, noch wurde ich in diesen Sinne erzogen, aber in Situationen, bei denen es um Leben und Tod ging, habe ich mich selbst dabei erwischt, wie ich anfing zu beten. Doch selbst in solchen Momenten flehte ich nicht irgendwelche Engel an.

Ich habe einen anderen Grund, warum ich mich auf Engel einlassen muss: ich bin, wie es scheint, der verfluchte Sohn eines gefallenen Engels und die sogenannten Guten unter ihnen, sprich, Erzengel Gabriel, verabscheuen mich, drohen mir und würden mich am liebsten „vom Angesicht der Erde fegen“ – sein Spruch, ich zitiere nur.

Ich geriet vor Jahren in meiner Funktion als FBI-Agent in die Gefangenschaft einer apokalyptischen Sekte, die in mir, aus welchem Grund auch immer, einen Nephilim sahen. Sie wollten, dass ich für sie die Welt rette, indem ich ein Kind zeuge. Wahnsinn – genau das dachte ich auch. Doch nachdem zwei Engel um mein und Catherines Leben gekämpft hatten, war mein Glaube an das Weltgefüge in jeglicher Hinsicht erschüttert.

Catherine war damals ein Teenager und ich bereits dreißig. Man hatte uns gefangen gehalten unter Umständen, die normale Menschen mental kaum durchstehen können ohne verrückt zu werden – doch es hatte uns zusammengeschweißt, nicht zuletzt, weil wir miteinander geschlafen hatten. Vor einem halben Jahr stand Cat plötzlich vor mir, nach sechs langen Jahren das erste Mal, als sie beim FBI anfing. Ich versuchte mich dagegen zu wehren, doch mit einem Schlag waren all meine Gefühle für sie wieder da. Erst da erfuhr ich, dass sie damals schwanger gewesen war und man sie zur Abtreibung gezwungen hatte. So sehr mich die Willkür der Staatsanwältin, die das veranlasst hatte, immer noch in Rage versetzt, scheint es, dass die Tatsache, dass unser Kind nie geboren wurde, vielleicht unser beider Leben gerettet hat. Woher ich das weiß? Gabriel, Erzengel und Verkünder. Ich kann nicht behaupten, dass er zimperlich war bei seiner Verkündung – ich wäre fast vor Angst gestorben, als er mir die tödliche Drohung überbrachte, dass, falls Cat und ich jemals ein Kind haben sollten, wir das nicht überleben würden.

Ich liebe sie und werde das für den Rest meines Lebens tun, wenn uns nur diese Engel und noch ein paar andere Leute zufrieden lassen. Es ist nicht von der Hand zu weisen: unsere Beziehung ist weder dort oben noch hier unten beliebt.

Es hilft nichts, ich muss einfach mehr erfahren über meine Herkunft, meine leibliche Mutter finden, falls sie noch lebt, und vor allem endlich mir Klarheit darüber verschaffen, wer oder was mein Vater wirklich ist.

Denn eines ist mir mittlerweile klar geworden: die Widrigkeiten, die mich und Cat im realen Leben erwarten, sind in den Griff zu bekommen, doch all diese übernatürlichen Dinge, die um uns herum geschehen, machen mir große Angst.

TEIL I

Ablenkungsmanöver

KAPITEL EINS

Washington, Montag, 7. Januar 2019

John McSimmens, Direktor des NCAVC, des National Center for the Analysis of Violent Crime beim FBI, sah seinen Profiler Sean Caver mit versteinerter Miene an. Es herrschte eisiges Schweigen in dem so typischen Büro des FBI-Hauptquartiers. Sean lehnte mit dem Rücken an der Fensterbank, hatte die Arme vor der Brust verschränkt, und auch wenn er es zu verbergen versuchte – er war außer sich. Beide warteten schon eine Weile auf die Generalstaatsanwältin Monica Winter; sie hatte sich auf den Weg zu ihnen gemacht, nachdem McSimmens sie vor einer Stunde angerufen hatte. Es war ein ungutes Schweigen, das in der Luft hing, bis McSimmens das Thema wieder aufgriff: „Was mich daran am meisten stört, ist, dass du mich belogen hast", raunte Sims, setzte sich in seinem Bürosessel auf und verschränkte ebenfalls die Arme vor der Brust.

„Ach", kam es zynisch von Sean, „und du hast nicht gelogen?"

Sims schlug mit der Handfläche auf seinen Schreibtisch. „Nein, das habe ich nicht! Ich habe geschwiegen, aber nicht gelogen."

Sean lachte laut auf, ein hämisches Lachen. „Na, dann ist ja alles in Ordnung, Agent McSimmens. Schweigen? Ja, stimmt, du hast geschwiegen, als man ein siebzehnjähriges Mädchen gezwungen hat, eine Abtreibung vornehmen zu lassen, obwohl sie es nicht wollte. Die man damit erpresste, den Vater ihres Kindes hinter Gitter zu bringen, falls sie nicht zustimmt."

„Ich wusste nicht, dass man Catherine Kampell gezwungen hat, ich wusste nur von der Abtreibung. Mein Gott, Sean, du weißt selbst, wie es damals war – wir hatten die Presse am Hals, der

Präsident ließ sich im Fall *Desperate Angels* auf dem Laufenden halten. Wenn wir das nicht alles unter den Teppich gekehrt hätten, weißt du, was dann los gewesen wäre? Mann, du warst dreißig und hast einen Teenager geschwängert, und das als FBI-Agent!"

Sean schwieg, drehte sich um und sah aus dem Fenster in den Innenhof.

„Ich weiß, dass du nur ihr Leben retten wolltest. Ich habe nicht vergessen, dass diese Wahnsinnigen dich dazu gezwungen haben. Doch du kennst die Ratten von der Presse: egal, wie monströs die Taten der ‚Desperate Angels' auch waren, man hätte aus dir einen Kinderschänder gemacht und das FBI in Stücke gerissen."

Als Sean das hörte, wandte er sich abrupt um, ging auf Sims zu und stützte sich mit beiden Händen auf dem Tisch ab, sodass er keine zehn Zentimeter von Johns Gesicht entfernt war. „Es war mein Kind und wäre jetzt fünf Jahre alt. Weißt du eigentlich, wovon du da sprichst?" Er hatte Sims die Worte förmlich ins Gesicht gespuckt.

Sims rutschte mit dem Sessel etwas nach hinten und schüttelte den Kopf. „Warum bringst du das alles wieder auf den Tisch? Ich dachte, wir hätten uns darauf geeinigt, das Thema ein für alle Mal abzuhaken?", fragte er; das schlechte Gewissen war ihm anzumerken.

„Weil –", doch Sean unterbrach sich, als die Tür geöffnet wurde und Monica Winter selbstsicher den Raum betrat. Sie trug ein graues Kostüm mit cremefarbener Bluse, das dunkelblonde Haar hochgesteckt, und hielt eine sehr exklusive Ledertasche in der Hand. *Ganz die Generalstaatsanwältin*, dachte Sean bitter und blickte sie an.

„Agent Caver, hallo John", sie hielt Seans Blick stand und fuhr in scharfem Ton fort: „Was hat das alles zu bedeuten?"

Am liebsten würde ich ihr den dürren Hals umdrehen, dachte Sean, ging aber zurück ans Fenster und lehnte sich wieder an, ohne seine Augen von ihr zu wenden. Er wartete einen Moment, bis er seinen Zorn gänzlich unter Kontrolle hatte, und sprach dann in einem übertrieben förmlichen Ton: „Es geht um eine erzwungene Abtreibung, die vor sechs Jahren an einer Siebzehnjährigen vorgenommen wurde, ohne dass ihre Erziehungsberechtigten eingewilligt hatten, geschweige denn darüber informiert wurden. Den Straftatbestand der Einschüchterung und Körperverletzung."

Monica Winter zuckte mit keiner Wimper, blickte kalt in sein Gesicht. „Sie meinen das siebzehnjährige Mädchen, das von einem dreißigjährigen Mann verführt und geschwängert wurde? Den Straftatbestand des sexuellen Missbrauchs an einer Minderjährigen?"

Sean biss die Zähne zusammen, seine Wangenmuskeln zuckten kurz. „Quid pro quo, Generalstaatsanwältin?", versuchte er so gelassen zu fragen, wie es ihm nur möglich war.

„Können wir darüber vielleicht vernünftig reden?" Sims stand auf und ging um den Schreibtisch herum.

Er denkt wohl, ich drehe ihr wirklich den Hals um, schoss es Sean durch den Kopf.

„Also gut." Monica setzte sich in den Sessel, der vor dem Schreibtisch stand, und schlug elegant die Beine übereinander. „Was wollen Sie, Caver?"

Sean verschränkte wieder die Arme, sah von Sims zu Monica. „Nicht viel: nur, dass man mich und Catherine Kampell in Ruhe lässt."

Monica kräuselte die Stirn, sah McSimmens fragend an, doch Sean antwortete bereits: „Catherine und ich sind zusammen, seit sie zur FBI-Agentin vereidigt wurde; sie lebt bei mir."

Monica verzog ihren schmalen Mund gehässig. „Dann haben Sie also doch etwas für junge Frauen übrig", sagte sie und ihre Stimme war so frostig, als würde sie das Plädoyer gegen einen Mörder führen.

„Vorsicht!“, kam es gefährlich leise von Sean.
Sims hielt Sean mit einer Handbewegung zurück. „Monica, auch wenn Sie die Generalstaatsanwältin sind, sollten Sie wirklich ein bisschen besonnener sein mit dem, was Sie sagen.“

Sie atmete hörbar aus. „Was will er?“, wandte sie sich an Sims, als ob Sean nicht mehr im Raum wäre.

Sims hob auffordernd den Kopf und sah ihn an.

„Erstens“, begann Sean, „dass man meine Beziehung mit Agent Catherine Kampell offiziell toleriert. Zweitens, dass weder ihr noch mir Steine in den Weg gelegt werden – sie ist eine hervorragende Agentin, hat das bereits bewiesen und wird aufgrund ihrer Leistungen Karriere machen. Keine Strafversetzungen, keine Schikanen. Drittens, sie hat heute als Mitglied meiner Behavioral Analysis Unit angefangen, wird dort als Profilerin und Ausbilderin arbeiten. Sie berichtet nicht in direkter Linie an mich, ihr Vorgesetzter ist Agent Simon White, der für mich arbeitet. Auch das wird vom FBI toleriert werden. Abschließend wollen weder Agent Kampell noch ich jemals wieder mit den Ereignissen im Fall *Desperate Angels* in Zusammenhang gebracht werden. Darum stellen Sie sicher, dass alle, die noch davon wissen, Stillschweigen bewahren.“

Monica blickte auf ihre Hände, die ineinandergeschlungen auf ihrem Schoß lagen. „Außer mir und John weiß niemand davon, falls Sie es nicht bereits jemand anderem erzählt haben.“ Ihr Tonfall war etwas weicher geworden.

„Das lassen Sie mal meine Sorge sein“, erwiderte Sean und dachte an Don, der sich eher die Zunge abbeißen würde, als jemals ein Wort über Cats Abtreibung zu verlieren. „Was ist mit dem Arzt, der den Eingriff vorgenommen hat? Können Sie sicherstellen, dass er sich nicht plötzlich wieder erinnert und ein schlechtes Gewissen bekommt?“

Sims zog die Augenbrauen hoch, wartete darauf, dass Monica antwortete.

„Das wird er nicht, für ihn war alles legal", sagte sie schnell. Sean ließ einen kurzen Pfiff hören. „Dann haben Sie also auch noch Dokumente gefälscht, Frau Staatsanwältin."

„Sean, bleib sachlich", unterbrach ihn Sims, bevor er noch mehr sagen konnte.

Monica bedachte ihn mit einem herablassenden Lächeln. „Was ist mit Kampells Eltern?"

Sean schüttelte den Kopf. „Cat hat keinen Kontakt mehr mit ihrer Mutter und ihr Vater kennt mich nur als Sean Caver, ich bin ihm damals in Los Angeles nie begegnet."

Sie schwieg einen Moment, bevor sie wieder ansetzte: „Na gut, von mir aus, tun Sie, was Sie nicht lassen können. Sie wissen aber, dass Ihre Beziehung zu Agent Kampell eine Gefahr für Ihr Cover im Zeugenschutzprogramm ist. Sie können nicht garantieren, dass Mona Seasboury nicht doch eines Tages vor der Tür steht und wieder Kontakt mit ihrer Tochter möchte. Ich hoffe, Ihnen ist auch klar, dass es Gerede geben wird. Sie sind mit einer jungen Agentin zusammen, die erst vor Kurzem vereidigt wurde. Sie waren ihr Ausbilder; böse Zungen werden behaupten, dass Kampell sich ihre Marke im Bett erworben hat."

Wieder zuckte Sean kurz, als er das hörte, blieb jedoch ruhig. „Lassen Sie das mein Problem sein. Und was Cats Mutter, Mona Seasboury, angeht, werde ich sehr vorsichtig sein. Kann ich jetzt davon ausgehen, dass meine Bedingungen von Ihnen und auch offiziell vom FBI", dabei sah er John McSimmens streng an, „so akzeptiert werden?"

John nickte. „Ich bin einverstanden, wenn das Thema damit ein für alle Mal erledigt ist."

Monica stand auf und strich ihren Rock glatt. „Ich schließe mich dem an, doch eins sage ich Ihnen, Agent Caver: Ich lasse mir nicht gerne drohen, und falls Sie jemals in Ihrer Tätigkeit als FBI-Agent oder Privatmann mit dem Gesetz in Konflikt kommen, dann reiße ich Ihnen persönlich den Arsch auf." Mit einem gnadenlosen Blick taxierte sie Sean ein letztes Mal, ging dann zur Tür und verließ mit den Worten „Mach's gut, John" das Büro.

Sims lief wieder um seinen Schreibtisch und ließ sich resigniert in den Sessel fallen. „Du hast dir gerade eine verdammt gefährliche Feindin gemacht. Jetzt tu mir den Gefallen und verschwinde. Die nächsten zwei Tage will ich nichts von dir hören, danach habe ich mich vielleicht wieder beruhigt."

Auf seinem Weg nach Quantico bog Sean an der Pennsylvania Avenue in Richtung Osten zur 9th Street ab, rechts am Smithonian Institution Building vorbei, bevor er in den Tunnel fuhr, der ihn zur Auffahrt der Interstate 395 nach Virginia brachte. Er überquerte gerade den Columbia River auf der George Mason Memorial Bridge, als es zu schneien begann. *Auch das noch. Hoffentlich wird es nicht heftiger*, dachte er, blinkte und fuhr links rüber, um einen Toyota zu überholen, der mit nicht mehr als sechzig Stundenkilometern auf der dritten der vier Spuren der Interstate vor sich hin zuckelte. Die Flocken fielen nun dichter und er schaltete den Scheibenwischer an. Schon wurde der Verkehr zähflüssiger, die meisten Autofahrer wurden langsamer, obwohl sich noch nicht einmal eine dünne Schneeschicht auf der Straße gebildet hatte.

Morgens um sieben war er noch mit Cat in Stafford joggen gewesen. Kurze Strecken ließen sein Bein mittlerweile wieder zu. Der Bänderriss, den er sich in Deutschland zugezogen hatte, verheilte nur langsam, dennoch waren sie in den Sonnenaufgang gelaufen, der Himmel war nur gering bewölkt gewesen und es waren wenigstens vier Grad. Jetzt hing eine geschlossene graue Wolkendecke über Washington und das Schneetreiben nahm immer mehr zu. Aber ein so schneller Wetterwechsel war hier nicht ungewöhnlich, denn um diese Jahreszeit trieben die Winde vom Atlantik schnell auch Schneewolken vor sich her. *Wenn das ein Blizzard wird, brauche ich eine Ewigkeit nach Quantico,* ging es ihm durch den Kopf. Er ließ die Scheibe ein paar Zentimeter herunter und zündete sich eine Zigarette an.

„Verdammter Idiot", fluchte Sean laut und trat auf die Bremse, um nicht auf den SUV zu krachen, der völlig unmotiviert vor ihm ausgeschert war. Er schüttelte den Kopf und reihte sich wieder rechts ein. Das Gespräch mit John und Winter steckte ihm anscheinend immer noch in den Knochen, denn eigentlich war es gar nicht seine Art, so schnell zu fluchen, besonders nicht beim Autofahren. Das war eher Cats Marotte, sie schimpfte wie ein Rohrspatz, wenn sie fuhr. Er musste grinsen, als er an die Fahrt in ihren Winterurlaub dachte: Die meiste Zeit der fünf Stunden war sie gefahren und hatte mehr Autofahrer zur Hölle gewünscht, als Sean es in seinem ganzen Leben getan hatte. Drei Tage nach Cats Vereidigung waren sie zusammen aufgebrochen, um die Weihnachtsfeiertage und auch Neujahr in New York zu verbringen. Die Suite im Hotel am Times Square hatte ihn ein Vermögen gekostet, doch es waren die wunderbarsten neun Tage seines bisherigen Lebens. Den Weihnachtstag hatten sie im Bett verbracht, sich geliebt, waren immer wieder eingedöst, um dann, wenn sie aufgewacht waren, erneut miteinander zu schlafen. Sean schmunzelte und spürte ein erregtes Kribbeln in seinem Magen, wenn er daran dachte, wie sie sich entdeckt und ausprobiert hatten. Es war zärtlich und unglaublich sanft gewesen und dann beim nächsten Mal wild und gierig. Sean konnte sich nicht erinnern, beim Sex jemals so laut geworden zu sein. Sie hatten schallend gelacht, als sie sich ausgemalt hatten, wie ein empörter Hotelangestellter versuchen würde, sie für den ungebührlichen Lärm zur Rede zu stellen.

Er hatte Karten für *Tosca* in der Met besorgt und es rührte ihn noch immer, dass Cat bei Cavaradossis Arie *E lucevan le stelle* die Tränen gekommen waren. Im Museum of Modern Art hatten sie sich stundenlang die Werke der großen Meister angesehen, waren, sich selbst genügend, durch die Ausstellungen geschlendert. Als sie vor Van Goghs *Sternennacht* gestanden hatten, hatte Cat nur die Nase gerümpft und einfach erklärt, dass sie ihn ganz und gar nicht mochte. Sean hatte gelacht und geantwortet, dass er nichts dagegen hätte, einen Van Gogh zu besitzen. Sie hingegen hatte den Kopf geschüttelt, denn sie verstand nicht, dass er auf den Wert des Bildes angespielt hatte. Es gefiel ihr nicht, damit hatte es keinen Wert für sie, und genau *das* gefiel Sean so ungemein an ihr.

Danach waren sie bei klirrender Kälte Hand in Hand durch den Central Park spaziert, hatten Hot Dogs gegessen, die Auslagen der teuren Juweliere auf der Fifth Avenue betrachtet, und Cat hatte es sogar geschafft ihn zum Schlittschuhlaufen am Rockefeller Center zu überreden. Alles war immer perfekt mit ihr. Nie in seinem Leben hatte er sich wie einer dieser der Welt entrückten frisch Verliebten benommen, noch nicht einmal mit Mary-Ann, der einzig längeren Beziehung, die er je gehabt hatte. Doch mit Cat war es einfach nur natürlich, sie hatten sich während dieses Urlaubs ständig geküsst, selbstvergessen, die Menschen um sie herum ignorierend, und waren dann auf kürzestem Weg wieder ins Hotel zurückgegangen, um das heftige Begehren füreinander zu befriedigen.

Sean sah auf das Schild und blinkte schnell, fast wäre er an der Ausfahrt 148 zur Marine Corps Base vorbeigefahren. Der Schnee fiel immer noch kräftig, doch die Stunde Autofahrt war wie nichts verflogen.

Seit Neujahr waren sie wieder in Stafford. Cat hatte alle persönlichen Sachen, die noch in der Akademie waren, in ihr neues Zuhause gebracht. Sie hatten vorsichtig agiert, denn die Gefahr, dass einer seiner Leute sie beide sehen könnte, war in Stafford eine ganz andere als in New York, und solange er die Angelegenheit mit McSimmens und Winter nicht geklärt hatte, mussten sie diskret sein.

Tja, das ist ja nun erledigt, dachte er und bog Richtung Hauptgebäude ein, um zu parken. Er stellte den Motor ab, blieb aber noch im Wagen sitzen und zündete sich eine weitere Zigarette an. Die Kälte kroch durch das leicht geöffnete Seitenfenster, jetzt, da die Heizung nicht mehr lief.

Monica Winter war eine verdammt gefährliche Schlange; das hatte er nie bei ihr vermutet. Sie war die wenigen Male, die er ihr begegnet war, sehr professionell gewesen. Heute hatte sie jedoch klargestellt, dass sie keine Frau war, der man drohen konnte. Aber ihm war nichts anderes übrig geblieben – wäre Sean die Sache anders angegangen, sanfter und mit der Hoffnung auf Verständnis, dann hätte Sims ihn wahrscheinlich noch nicht einmal aussprechen lassen. Ein Wort hätte dann das andere gegeben und das Gespräch wäre vermutlich noch wesentlich aggressiver verlaufen. So hatte er immerhin erreicht, was er wollte, und Monica Winter ... *Mhm*, der musste er ab heute einfach aus dem Weg gehen.

„Hi Bob“, grüßte Sean seinen Assistenten, der am Kaffeeautomaten im Flur stand.

„Hallo Sean, bist du gut durchgekommen bei dem Wetter? Ach, Don Viggen vom CASMIRC wartet auf dich.“

Sean sah ihn kurz an, erstaunt das zu hören, aber nickte nur und betrat dann sein Büro. Don saß im Sessel mit den Füßen auf dem

Tisch, er schmökerte in einer Akte. Sean zog den Wintermantel aus, auf dem die letzten Schneeflocken schmolzen, und warf ihn über den Stuhl. „Was machst du denn hier?"

Don klappte das Dossier zu. „Auf dich warten, Herzchen. Ach, im Übrigen: gutes neues Jahr. Glaube nicht, dass wir schon miteinander gesprochen haben *dieses* Jahr", sagte er vorwurfsvoll.

Sean schloss die Tür, ging rüber zur Couch und setzte sich. „Sorry, dass ich mich nicht gemeldet habe, ich war zu beschäftigt. Auch dir ein schönes neues Jahr."

„Die Liebe ist eine Himmelsmacht. War's denn gut in Big Apple?", fragte Don mit einem frechen Gesichtsausdruck. Sean hatte ihn kurz vor Weihnachten das letzte Mal angerufen und ihm von der geplanten Reise erzählt.

„Mehr als gut!" Dabei strahlte Sean über das ganze Gesicht.

„Ach du Scheiße, wahrscheinlich hast du die ganzen Feiertage nichts anderes gemacht als zu vögeln. Beneidenswert."

„Don", sagte Sean warnend, doch er grinste dabei. „Wir haben auch andere Sachen getan."

„Gegessen und geschlafen, ich weiß. Du siehst richtig gut aus, der Sex bekommt dir", konnte sich Don nicht verkneifen, doch dann wurde er ernst: „Wie lief es heute Morgen?"

„Woher weißt du?", fragte Sean verwundert.

„Ich hab mit Cat gesprochen, nachdem ich dich um neun Uhr hier nicht antraf."

Cat hatte Don also von seinem Termin mit Sims und Winter erzählt. Es überraschte ihn zwar ein wenig, doch eigentlich freute es ihn, denn Don war nun einmal sein bester Freund und Cats anfängliche Skepsis ihm gegenüber schien gerade in so etwas wie Vertrauen umzuschlagen. Sean legte die Hände hinter den Kopf und streckte sein Kreuz durch. „Sie haben es gefressen. Cat und ich sind jetzt offiziell, auch wenn die Generalstaatsanwältin momentan ziemlich echauffiert ist und Sims auch nicht gerade ein Loblied auf mich singt. Aber deshalb bist *du* doch nicht hier, oder?"

Don riss die Augen auf. „Na hör mal, man muss seinen Freunden doch zur Seite stehen!" Er fuhr aber schnell fort: „Nein, natürlich nicht, du hättest dich schon gemeldet, wenn du Hilfe brauchst." Dann verzog er das Gesicht leicht. „Aber ich habe hier was, bei dem ich deine Hilfe brauchen könnte." Er hielt Sean die dünne Plastikmappe hin.

Sean griff danach und legte sie auf den Tisch ohne hineinzusehen. „Nichts für ungut, aber nicht gleich wieder ein neuer Fall. Wir sind gerade erst mit den Colorado-Morden fertig geworden, meine Aussage vor Gericht steht dabei auch noch aus und ich trage immer noch die Schiene wegen des Bänderrisses. Ich brauche ein bisschen Ruhe, business as usual, einfach nur Routine in Quantico."

„Sei nicht so wehleidig", erwiderte Don dickfellig. „Du willst doch nur jeden Abend mit deiner Liebsten in euer Nest nach Stafford, anstatt dir Tatorte anzusehen."

Sean verzog den Mund und entgegnete brüsk: „Das auch."

Don nahm wieder das Dossier und hielt es ihm unter die Nase. „Hör mir zu: John McSimmens hat mich letzte Woche gebeten dich zu fragen. Wenn du ihn heute Morgen wirklich verärgert hast, dann ist das am besten mit gutem Willen wieder hinzubiegen. Sei nicht blöd, Sean, sieh es dir an."

Sean verdrehte die Augen. „Du bist ein manipulatives und rücksichtsloses Arschloch."

„Au, das hat jetzt aber weh getan." Don hielt ihm weiter ungerührt die Akte hin und schien nicht im Geringsten irritiert von dem, was Sean gesagt hatte. Wie auch, das war der übliche Umgangston der beiden; ernste Auseinandersetzungen zwischen ihnen waren von ganz anderem Kaliber, das spielte sich mehr mit Blicken und vielsagendem Schweigen ab. Wenn Don wortkarg wurde, fühlte es sich an, als ob er einem eine Pistole an die Schläfe hielt, und Sean wartete dann regelmäßig auf den Knall.

Endlich nahm er die Akte und schlug sie auf, blätterte durch die Protokolle und überflog die Tatortphotos. „Was hast du denn mit politisch motivierten Morden zu tun, sind da nicht die Kollegen von der Antiterror zuständig?", meinte er erstaunt, denn Don war der Leiter des CASMIRC, des Child Abduction and Serial Murder Investigative Resources Centers, in Washington. Dennoch war Sean erleichtert, sich nicht schon wieder Kinderleichen ansehen zu müssen, das war für ihn persönlich das Schlimmste.

Don lehnte sich im Sessel zurück. „Die Antiterror hat sich die Sache angesehen und glaubt nicht an politische Motive. Sie haben sich an Sims gewandt, vielleicht schuldet der ihnen noch was. Jedenfalls liegt es jetzt auf meinem Schreibtisch und John möchte, dass du es dir ansiehst. Er will deine Meinung. Wenn *du* denkst, dass es Racheakte politischer Gruppierungen sind, wandert das direkt an die Counterterrorism Division zurück."

Sean schüttelte den Kopf. „Ich hab *nein* gesagt, bist du schwerhörig?" Damit schlug er die Akte zu.

„Du bist ein sturer Hund, Caver. Hör mir wenigstens zu." Don wartete, und nach ein paar Sekunden verschränkte Sean die Arme vor der Brust und brummte: „Na gut."

„Also", begann Don und setzte sich auf, „wir haben drei Leichen, alles Männer, alle bekennende Neonazis. Sie waren Mitglieder des *National Nazism Movement*, NNM. Sie wurden in ihren Wohnungen beziehungsweise Häusern erschossen, man hat ihnen postmortem eine 14 auf die Stirn geritzt."

„Eine 14?"

„Ja. Die von der Antiterror haben mir gesagt, dass die 14 bei den ‚White Supremacists', also den Anhängern der weißen Vorherrschaft, für einen Satz mit vierzehn Wörtern steht: ‚Wir müssen die Existenz unseres Volkes und die Zukunft für unsere weißen Kinder sicherstellen.'"

Sean stöhnte: „Diese Spinner!", dann fuhr er fort: „Was zum Teufel spricht dagegen, dass der radikale Teil der Antifa oder irgendeine ethnische Gang dahintersteckt? Don, ich habe im letzten Bericht des National Gang Intelligence Center gelesen, dass wir 1,4 Millionen Gangmitglieder haben, verteilt auf 33.000 Banden."

„Tja", erwiderte Don, „wir haben, so wie es scheint, einen V-Mann des FBI in der Antifa, ziemlich weit oben, und er weiß noch nicht mal andeutungsweise von solchen Aktionen. Was unsere schwarzen, mexikanischen oder asiatischen Brüder angeht, alle drei Opfer lebten in Vierteln, die ein Mensch ohne weiße Hautfarbe nie hätte betreten können, ohne nach fünf Minuten in einem Krankenhaus zu landen."

„Dann wurden sie von ihren eigenen Nazi-Freunden umgebracht. Vielleicht Aussteiger, denen die Leviten gelesen wurden?"

„Mann, Caver, zu viel Sex lässt dich scheinbar verblöden! Die Antiterror, die nahe genug an den Neos dran ist, weiß von nichts – ganz im Gegenteil, bei den Neos plant man gerade Racheakte, obwohl man keine Ahnung hat, wer dahintersteckt. Unsere Opfer waren glühende Anhänger und richtig tief in der Organisation der NNM. Was zum Teufel ist mir dir los? Normalerweise hörst du dir immer alles in Ruhe an und schweigst, bis du eine vernünftige Idee hast."

Sean stand auf und ging an seinen Schreibtisch, schaltete den Laptop an. „Weil ich nicht will, Don. Das erste Mal in meinem Leben habe ich so etwas wie Normalität; ich brauche momentan keine Neonazis, schwarzen Gangs oder durchgeknallten Mörder. Ich habe Lust auf einen Job von neun bis fünf Uhr, nach Hause kommen, essen mit Cat, reden, fernsehen oder ein Buch lesen und ins Bett gehen. Das Aufregendste, was ich mir im Moment wünsche, sind die neuen Anwärter des Frühjahrsemesters und ihre Wehwehchen."

Don stand langsam auf, nahm die Akte vom Tisch und ging in Richtung Tür. Bevor er sie öffnete, drehte er sich noch einmal zu Sean um, der immer noch an seinem Schreibtisch stand.

„Du verlierst deinen Biss wegen einer Muschi?", fragte er sehr leise ohne jegliche Emotion.

Sean sah Don an und seine Augen verengten sich zu Schlitzen. „Mach, dass du raus kommst!", fauchte er ihn an und versuchte sich zu beherrschen, denn mittlerweile kochte Sean innerlich.

Don zuckte nur mit den Schultern, öffnete die Tür und verschwand.

Verflucht noch mal, genau das, was ich heute noch gebraucht habe, dachte Sean und ließ sich in seinen Bürostuhl fallen.

Der Schlüssel drehte sich im Schloss und er hörte die Tür aufgehen. „Hi, wo bist du?", rief Cat aus dem Flur und kam ins Wohnzimmer.

„In der Küche", erwiderte Sean und rührte die Kräuter unter das gebratene Hackfleisch.

Sie trat ein und umarmte ihn von hinten, sah über seine Schulter in die Töpfe. Sean wandte sich um und gab ihr einen Kuss. „Alles klar? Du siehst abgehetzt aus." Er drehte sich wieder zum Herd und goss die pürierten Tomaten in die Pfanne.

„Ja", meinte sie und stemmte sich hoch auf die Arbeitsfläche am Fenster, setzte sich mitten in seine Kräuterreste, und ließ die Beine baumeln. „Agent White hat mich richtig gescheucht, ich hatte noch nicht einmal Zeit, bei dir vorbeizuschauen, geschweige denn anzurufen. Wie lief es mit Sims?"

Sean drehte das Gas runter und ließ die Bolognesesauce leicht köcheln. Er sah sie an und räumte das Schneidebrett neben ihr in die Spülmaschine. Dann nahm er die offene Flasche Rotwein und goss einen Schluck in das Weinglas auf der Anrichte. Er reichte es ihr und nahm sein eigenes, das neben dem Herd stand.

„Wir sind jetzt zwar der offizielle, aber damit ganz und gar nicht tolerierte Stachel im Hintern der Generalstaatsanwältin und *Les Enfants Terribles* bei Sims“, berichtete er und stieß mit ihr an.

„Wenn du das so sagst, dann lief es nicht gerade gut“, meinte Cat gelassen und trank einen Schluck. Sie kannte seinen Zynismus mittlerweile ziemlich gut.

„Winter wartet nur darauf, mir eins überzubraten, sie ist und bleibt eine Bitch.“ Er nahm den Topf für die Spaghetti und füllte ihn mit Wasser.

„Die kann uns mal.“ Cat roch den würzigen Duft der Bolognesesauce und merkte, dass ihr Magen knurrte; sie hatte es nicht geschafft Mittagspause zu machen.

„Wo ist eigentlich Don? Der ist doch nicht bei dem Wetter nach Washington zurück, oder?“

Sean lehnte sich mit dem Weinglas in der Hand an die Anrichte. „Nein, er hat es vorgezogen, in der Akademie zu übernachten.“ Seine Worte hatten jeden Funken von Humor verloren.

Sie sah ihn durchdringend an. „Worüber habt ihr gestritten?”

Sean schüttelte wieder den Kopf, drehte sich um und rührte unmotiviert in der Sauce. „Er will, dass ich eine Ermittlung beurteile, und ich habe ihm gesagt, dass ich es nicht mache. Wir brauchen erst einmal Ruhe und müssen uns auch noch um andere Sachen kümmern.”

„Um was geht's bei der Ermittlung?”, fragte Cat so euphorisch, dass sich Sean mit einen Ruck wieder zu ihr umdrehte und sie mit ernstem Gesicht ansah.

Sie merkte sofort, dass ihn ihre Frage verstimmt hatte. „Sorry, tut mir leid, ich vergesse immer, dass dein Bein noch nicht wieder ganz in Ordnung ist.“ Sie zögerte einen Moment, bevor sie weitersprach: „Nun ja, ich finde es nur so spannend, an einem Fall zu arbeiten, die Quantico-Routine ist nicht so aufregend. Aber du hast recht, machen wir erst mal langsam."

Sean stellte sich vor sie. „Die Quantico-Routine ödet dich an? Du hast doch gerade erst angefangen!"

Sie lächelte verlegen. „So mein ich das nicht, aber an einem Fall zu arbeiten ist schon etwas anderes, als Lebensläufe zu lesen."

„Catherine, darum geht es nicht. Eine Ermittlung ist immer ein Scheißjob, der meine ganze Zeit beansprucht. Kannst du dich erinnern, was wir in Deutschland beschlossen haben? Wir wollten versuchen, meine Mutter zu finden, um endlich mal Klarheit darüber zu bekommen, was ich bin, und vor allem, wie es überhaupt zu dieser ganzen Engelsscheiße gekommen ist."

Sie nickte. „Aber das können wir doch, wenn du als Profiler und ich als Field Agent in Dons Team arbeiten, dann bleibt uns genug Zeit nebenbei zu recherchieren", meinte sie ganz selbstverständlich.

Sean sah sie eindringlich an. „Langweilt dich unser Zusammenleben jetzt schon?"

„Hey, sei nicht unfair!" Sie sprang von der Anrichte, legte ihre Arme um seine Hüften und zog ihn an sich. „Ich liebe es, mit dir zusammenzuleben. Ich liebe dich."

Sean stellte sein Rotweinglas ab, griff ihr Kinn und hob es an, dann küsste er zärtlich ihren Mund. „Tut mir leid, dass ich das gesagt habe."

Sie lächelte, strich mit beiden Händen durch sein Haar und zog ihn wieder zu sich, berührte seine Lippen mit ihrem Mund und biss sanft zu, so dass er leidenschaftlich ihren Kuss erwiderte. Er drückte sie mit seinem Körper an die Anrichte, hielt sie fest umschlungen; sie konnte seine Erregung spüren, verkrallte sich noch fester in sein Haar und zog ihn entschlossen an sich, spielte mit ihrer Zunge an seinen Lippen und Zähnen.

„Ich will dich“, raunte Sean und zog ihr Hemd aus der Hose, um seine Hände daruntergleiten zu lassen, ihre Haut zu spüren.

„Hier auf der Anrichte?“, kokettierte sie.

Er hob sie hoch, so dass sie wieder auf der Arbeitsfläche saß, spreizte ihre Beine und rieb seine Erektion an ihr. „Hier und jetzt“, war alles, was er sagte, bevor er sich wieder ihrem Mund widmete.

Sean zog den Reißverschluss seiner Jeans zu, wusch sich die Hände über dem Spülbecken und goss mit einem Schmunzeln Wasser in die Bolognesesauce, die bereits leicht angebrannt war. *Verflucht, ich kann meine Finger nicht von ihr lassen,* dachte er genüsslich und wollte gerade das Wasser für die Spaghetti anstellen, als Cat, jetzt mit Jeans und Pullover bekleidet, wieder in der Küche erschien.

„Hey Caver“, meinte sie lasziv und lehnte sich an den Türrahmen. „Sie sind ziemlich unmöglich, in der Küche und dann noch mit Essen auf dem Herd.“

Er sah von den Töpfen auf und verzog amüsiert den Mund. „Ich wurde verführt, von allein käme ich niemals auf solche Ideen.“

„Dann lass dich noch mal verführen“, erwiderte Cat.

„Was?“, fragte er, nicht ohne ein gewisses Erstaunen.

„Dazu verführen, Don anzurufen und ihn zum Essen einzuladen. Ich mag es nicht, wenn ihr Streit habt, schon gar nicht, seit ich eine gewisse Sympathie für ihn entwickelt habe.“

Sean schüttelte den Kopf. „Nein, wenn wir uns streiten, brauchen wir Zeit, damit alles wieder ins Lot kommt.“

Cat drehte sich um. „So ein Blödsinn.“ Sie hatte ihr Handy bereits am Ohr. „Hallo Don, Cat hier. Nimm deine Siebensachen und kommt sofort hierher, Sean hat italienisch gekocht und in spätestens einer halben Stunde essen wir. Also sieh zu, dass du hier bist. Ich beziehe schon mal dein Bett im Gästezimmer.“

Sean schüttelte nicht gerade erfreut den Kopf.

„Was? Du spinnst wohl! Komm sofort her oder du kannst mich mal richtig böse erleben!“, unterbrach sie, was immer Don ihr auch am anderen Ende entgegengesetzt hatte. „Gut, geht doch. Bis gleich.“

Sie nahm ihr Glas und trank einen Schluck. „Ich geh sein Bett beziehen, dann decke ich für drei.“ Schon rannte sie die Treppe hoch.

Keine zwanzig Minuten später schüttelte sich Don den Schnee von der Jacke und betrat das Haus. Cat gab ihm einen Kuss auf die Wange. Ihr langes blondes Haar umrahmte ihr Gesicht. Don taxierte sie einem Moment lang, denn er kannte sie nur mit dem streng gebundenem Pferdeschwanz oder Knoten, den sie im Dienst trug.

„Hast du gesehen, dein Hausdrache hat mich geküsst“, meinte er, an Sean gerichtet, und griff nach dem Weinglas und der Flasche auf dem Tisch, um sich etwas einzuschenken.

„Ich habe es zur Kenntnis genommen“, antwortete Sean, immer noch verärgert, und setzte die Nudeln auf.

„Wann gibt es denn endlich was zu essen?“, fragte Don und ließ sich auf die bordeauxfarbene Ledercouch fallen.

Sean ignorierte seine Frage und stellte die Salatschüssel auf den Tisch.

„Sobald wir ein paar Sachen geklärt haben“, meinte Cat wesentlich relaxter als Sean und setzte sich Don gegenüber.

Don sah sie einen Moment lang schockiert an, dann blickte er zu Sean, der mit seinem Glas in der Hand am Türrahmen zwischen Küche und Wohnzimmer lehnte und beide beobachtete.

„Er hat dir wirklich die Sache mit dem Biss-Verlieren und der Muschi erzählt?“, fragt Don ernst.

Cat zögerte einen Moment. Sean nippte an seinem Glas und wartete. „Natürlich“, kam es dann von ihr. Sie pokerte.

Don warf einen vorwurfsvollen Blick auf Sean, der seine Miene unter Kontrolle hielt.

„Also, wiederhole es vor mir!“, meinte sie.

„Was?“ Don war nun wirklich in die Ecke gedrängt. Sean wusste nicht, ob ihm die Richtung dieser Unterhaltung gefiel, doch er spürte eine gewisse Befriedigung, Don Viggen endlich sprachlos zu sehen, da er mit dem, was er heute Morgen gesagt hatte, einfach zu weit gegangen war.

„Wiederhole es“, verlangte Cat unnachgiebig.

Don sah sie an und bekam dann einen trotzigen Gesichtsausdruck. „Ich habe ihn gefragt: ‚Verlierst du gerade deinen Biss wegen einer Muschi?‘ Zufrieden? Willst du mich jetzt auch rausschmeißen, Hausdrache?“

Cat lächelte ihn an. „Warum? Du hast doch recht, nicht nur seinen Biss, auch seinen Verstand, dafür sorge ich schon. Das ist also der Grund, warum ihr euch gestritten habt? Das ist alles, mhm?“

Sean legte den Kopf schief und runzelte die Stirn, genau wie Don.

„Okay, so betrachtet hast du recht. Doch ich frage mich, warum er den Fall nicht übernimmt, wenn das alles kein Problem ist?“, antwortete Don endlich.

„Kein Ahnung“, erwiderte Cat und beide sahen Sean an, der seinen Ohren nicht traute.

„Sagt mal, spinnt ihr?“, nörgelte er. „Ihr redet hier gerade über mich, als ob ich ein trotziger Teenager sei, den man zur Räson bringen muss.“

„Don hat recht, wieso eigentlich nicht?“, warf Cat ein. „Du übernimmst den Fall, ich bin mit von der Partie und wir werden immer noch genügend Zeit haben, um uns um die andere Sache zu kümmern, die wir besprochen haben. Abgesehen davon kann dieser abgefuckte Pathologe Viggen ohne geniale Profiler wie dich und mich gar nicht existieren."

Sean sah perplex von Cat zu Don. Es dauerte keine zwei Sekunden, bis Don schallend anfing zu lachen. „Der war gut, Hausdrache", schnaufte er und versuchte sich zu beruhigen.

Sean starrte die beiden immer noch entsetzt an. „Seid ihr verrückt geworden?"

„Wieso?", kam es gleichzeitig aus Cats und Dons Mund, dann begannen beide wieder zu lachen.

Sean schüttelte den Kopf und meinte nach einer Weile resigniert: „Okay, okay, ist ja schon gut, ich mach's, aber Cat ist mit im Team. So, damit ist das Thema durch, können wir jetzt essen?"

Don und Cat grinsten breit.

„Oh Scheiße, meine Nudeln!", rief Sean plötzlich und drehte sich hektisch zum Herd.

Don zog befriedigt die Augenbrauen hoch und grinste Cat an, dann griff er das gerahmte Bild vom alten Vertiko neben der Couch und sah es sich an. Sie hatten es im Central Park gemacht, mit Selbstauslöser. Sean und Cat, beide strahlten in die Kamera. Er zündete sich eine Zigarette an. „Sag mal, Hausdrache, wie lange wohnst du jetzt schon hier?"

Cat war aufgestanden und deckte den Tisch, legte das Besteck auf die Servietten. „Na, was kommt denn jetzt wieder für eine Boshaftigkeit? Zieht man den Urlaub ab, dann sind es genau acht Tage."

„Und schon stehen Blumen auf den Tischen, Photos im Wohnzimmer, es riecht nach Lufterfrischer und die Playboymagazine sind verschwunden. Trautes Heim, Glück allein." Er paffte an seiner Zigarette und schob die Schuhe von den Füßen.

„Viggen, benimm dich, für heute hast du bei mir alle Bonuspunkte verbraucht", kommentierte Sean aus der Küche.

„Du liest den Playboy?“, schickte Cat in seine Richtung.

„Heimlich“, erwiderte Sean gelassen und stellte eine Schüssel mit Spaghetti und eine weitere mit Sauce zum Parmesan auf den Esstisch.

Don drückte sofort seine Zigarette aus und kam an den Tisch, um sich zu setzten. „Müssen wir jetzt ein Gebet sprechen, Hausdrache?“, fragte er, als sie alle am Tisch saßen.

„Schätzchen“, erwiderte Cat, „wenn du mich noch einmal ‚Hausdrache‘ nennst, dann stopfe ich dir so viele Spaghetti in den Mund, bis du daran erstickst.“ Sie lächelte charmant.

„Geht nicht“, sagte Sean nüchtern und nahm sich von den Nudeln. „Dafür isst er viel zu gerne.“

Cat lachte und hielt Sean ihren Teller hin. Er zog kurz eine Augenbraue hoch, aber gab ihr dann seinen gefüllten Teller und legte sich selbst noch einmal auf.

„Siehst du“, meinte Don mit vollem Mund, nachdem er sich die erste Gabel reingeschoben hatte, „sie lässt sich nach Strich und Faden von dir verwöhnen, beschimpft deine Freunde und kann noch nicht einmal kochen. Du bist jetzt schon ein Pantoffelheld, nach acht Tagen.“ Er kaute genüsslich und seufzte.

Cat rollte ihre Spaghetti im Löffel auf und deutete mit der Gabel auf Don. „Mein lieber Don, dein Freund ist in den besten Händen. Es stimmt, ich bin ein High-Society-Girl, darum kann ich nicht kochen; ich kann noch nicht einmal waschen, geschweige denn putzen. Doch ich bin lernfähig und so lange bereite ich ihm im Bett einfach den Himmel auf Erden, denn das kann ich.“

Sean verschluckte sich bei ihren Worten und Don brach wieder in wieherndes Gelächter aus.

„Oh Mann, ich habe mir einen weiblichen Don Viggen gesucht“, würgte Sean heraus, nachdem er nicht mehr husten musste.

Don nahm sein Glas und hielt es Cat hin. „Hausdrache, ich glaube, wir beide werden uns besser verstehen, als ich es je gedacht hätte. Zum Wohl!“

Cat stieß mit Don an.

„Auf meine Kosten, befürchte ich“, kommentierte Sean den letzten Satz skeptisch, hielt ihnen aber dennoch sein Glas hin.

Don und Cat hatten das Geschirr abgeräumt und die Küche wieder in Ordnung gebracht. Sean konnte es nicht fassen, als er Don mit dem Geschirrtuch die Töpfe abtrocknen sah, während er mit Cat in eine scheinbar sehr witzige Unterhaltung vertieft war. Noch nie hatte er, wenn er früher Sean besuchte, auch nur einen Finger gerührt, wenn es darum ging wieder Ordnung zu schaffen. Don stammte, genau wie Cat, aus einem reichen Elternhaus und war mit profanen Dingen wie Aufräumen nicht unbedingt vertraut.

Beide gesellten sich zu Sean ins Wohnzimmer. Er hatte eine alte Soul-CD von Seal aufgelegt und lag rauchend auf der Couch; er setzte sich erst auf, als Cat sich neben ihm niederließ. Don schmiss sich auf die andere Couch und legte die Füße hoch.

„Hat Sean dir schon von dem Fall erzählt?“, meinte er und zündete sich ebenfalls eine Zigarette an.

„Nein.“ Sie sah Sean erwartungsvoll an.

„Dazu war noch keine Zeit. Cat ist eine Stunde vor dir erst nach Hause gekommen und wir haben uns heute in Quantico nicht gesehen. Abgesehen davon war ich bis vorhin der Meinung, keinen Fall zu haben“, richtete er seine Worte an Don.

„Um was geht es?“ Cat war plötzlich hellwach und für Seans Geschmack klang ihre Stimme viel zu begeistert.

„Hol dir das grüne Dossier aus meiner Tasche, dann kannst du es dir selbst ansehen“, sagte Don, und ihm entging nicht, dass Sean eigentlich keine Lust hatte, das Thema jetzt wieder aufzugreifen.

Cat ging zur Tasche, die immer noch auf der Treppe stand, zog den grünen Hefter heraus und blätterte bereits darin, als sie zu ihnen zurückkam.

„Das ist kein Fall fürs CASMIRC", meinte sie, in die Unterlagen versunken. „Himmel, das ist etwas für die Antiterror."

„Nanu? Das hat sie schnell gesehen für einen Newcomer", sagte Don ketzerisch.

Sean trank einen Schluck Wein. „Sie ist clever", kommentierte er sarkastisch, so dass Cat nun beide strafend ansah.

„Herzlichen Dank, ihr Schlaumeier. Kann ich jetzt erfahren, warum so etwas beim CASMIRC landet?"

„Immer schön vorsichtig mit den Sprüchen. Wenn du eine Ermittlungsakte in der Hand hältst, dann sind wir beide nämlich deine Vorgesetzten und keine Schlaumeier", brummte Don nicht gerade ernsthaft, fing dann aber an, in allen Einzelheiten zu wiederholen, was er Sean bereits in dessen Büro erzählt hatte. Cat hörte aufmerksam zu, obwohl sie dabei durch die Papiere blätterte.

„Ich verstehe gar nicht, warum du dich so dagegen gewehrt hast, Sims will nur deine Beurteilung, um was es sich handelt. Außerdem finde ich es total interessant, sich mal diese Gruppierungen anzusehen", warf Cat ein.

Sean runzelte die Stirn. „Solche Gruppierungen? Bist du noch zu retten? Was soll denn daran interessant sein, das sind verdammte Faschisten, die sich dadurch auszeichnen, anstatt eines Gehirns nur reinen Hass in der Birne zu haben. Abgesehen davon: wenn ich zu der Überzeugung komme, dass es sich um einen Einzeltäter handelt, wird Sims die Ermittlung garantiert an Don übergeben und mir das Profiling aufdrücken."

Cat sah ihn an – sein Tonfall war einschüchternd – und erwiderte etwas betreten: „Tut mir leid, für mich ist das alles noch so unglaublich aufregend, ich vergesse immer, dass du das schon seit Jahren machst."

„Ach, bist du jetzt auch der Meinung, dass ich meinen Biss verloren habe?"

Don setzte sich auf. „Macht mal halblang, ihr hört euch an wie ein altes Ehepaar. Aber Sean hat recht, diese Gruppen sind brandgefährlich und falls es zur Ermittlung in unserer Abteilung kommt, dann wird Sims ziemlich Druck machen, dass Sean der Profiler wird." Don trank einen Schluck Wein. „Cat hat aber auch nicht ganz unrecht, solch ein Fall wäre mal etwas anderes. Mich würde es reizen. Wieso bist du so dagegen und was ist das für eine andere Sache, für die ihr so dringend Zeit braucht? Ihr wollt doch wohl nicht heiraten?"

Sean sah Don wie vom Donner gerührt an. „Was? Nein!", polterte er heraus, so dass Cat innerlich erschrak, mit welcher Vehemenz er das klarstellte.

„Na, was dann?", bohrte Don nach und sah Cat an, die immer noch verwirrt Sean beobachtete.

„Das ist was Privates", fuhr Sean ihn schroff an.

Sie schluckte. „Sean will seine leibliche Mutter suchen", sagte sie leise und Sean drehte sich erschrocken zu ihr um.

„Cat …", setzte er an, doch Don unterbrach ihn.

„Moment mal, ich dachte, deine Mutter wäre schon seit Jahren tot, oder?"

Sean starrte Cat verärgert an, beantwortete jedoch Dons Frage: „Sie war nicht meine leibliche Mutter. Wie es scheint, wurde ich von den Caims adoptiert." Dann blickte er Don an. „Aber ich möchte eigentlich nicht mit dir darüber reden."

Don ignorierte seinen letzten Satz. „Woher weißt du es?"

Sean schüttelte den Kopf, gab aber auf, Don würde jetzt sowieso nicht mehr lockerlassen. „Mein Vater – ich meine Simon Caim

– hat mir einen Brief hinterlassen nach seinem Tod, darin hat er alles erklärt."

Cat legte ihre Hand auf seine. Sean zuckte kurz; sie merkte, dass er wirklich böse darüber geworden war, dass sie Don eingeweiht hatte. Dennoch fuhr sie fort: „Sean, ich denke, es wäre gut, noch einen Verbündeten zu haben, wenn wir das wirklich angehen. Sieh mal, ich glaube nicht, dass wir mit ..." Jetzt unterbrach sie sich, als Sean sie mit versteinertem Gesicht ansah und abrupt seine Hand wegzog.

„Catherine, das geht niemanden außer uns etwas an. Ich möchte nicht, dass du darüber redest." Dann stand er plötzlich auf. „Gute Nacht, ich gehe ins Bett." Er verschwand die Treppe hoch.

Cat biss sich auf die Unterlippe. *Oh Scheiße, was habe ich nur angerichtet?,* dachte sie, entsetzt über sich selbst.

Don legte den Kopf schief und sah sie fragend an, doch sie hob nur die Hände. „Frag bitte nicht. Ich glaube, ich habe gerade einen riesigen Fehler gemacht. Ich war der Meinung ... Ach, vergiss es." Damit stand sie auf und folgte Sean.

Don kratzte sich am Kopf und verstand gar nichts mehr. „Wie ein altes Ehepaar, sag ich doch", murmelte er allein im Wohnzimmer vor sich hin und goss sich den Rest des Rotweins ins Glas.

Im Schlafzimmer brannte die Nachttischlampe. Sean stand am Fenster und blickte auf die Schneedecke, die den Garten überzog und nur vom Licht im Wohnzimmer erhellt wurde. Seine Hände waren tief in seiner Jeans vergraben.

Cat schloss leise die Tür und trat hinter ihn. „Ich habe richtig Mist gebaut. Tut mir leid, ich dachte, Don ist so ein guter Freund ..." Sie hielt inne, denn sie wusste nicht wirklich, was sie sagen sollte. Sie spürte die Kälte, die von ihm ausging. Als er sich umdrehte, erschrak sie förmlich, denn sie sah in das verhärtete Gesicht des Mannes, den sie so sehr liebte. Ein Schauer lief ihr über den Rücken.

„Tut mir leid“, würgte sie hervor.

Sean schüttelte den Kopf. „Du bist manchmal wie ein Kind“, sagte er leise.

Die Worte verletzten sie und plötzlich stieg Wut in ihr auf. „Aber du kannst deinem Freund erzählen, dass ich eine Abtreibung hatte, das ist legitim, nicht zu privat, ja?“, entfuhr es ihr, schneller, als sie es wollte, und schon bereute sie ihre Worte.

Er trat einen Schritt auf sie zu. „Ja, denn dieses Wissen bringt ihn nicht in potentielle Lebensgefahr. Es reicht, dass du und ich auf der Abschussliste von irgendwelchen Engeln stehen, das ist schlimm genug, aber ich ziehe nicht noch den einzigen anderen Menschen, der mir am Herzen liegt, da mit rein.“

Cat senkte den Blick. Sie hatte keine Sekunde darüber nachgedacht, dass Don in Gefahr geraten konnte, wenn er von alldem wusste. Sean hatte recht. Sie ergriff seine Hand. „Es stimmt, was du sagst, ich habe nicht darüber nachgedacht.“

Er sah sie an und löste seine Hand aus ihrer. „Ich geh ins Bad und dann schlafen.“

Sie hielt ihn am Arm fest. „Bitte lass mich nicht so stehen, schrei mich wenigstens an, aber lass mich nicht so stehen …“ Tränen traten in ihre Augen.

„Werd erwachsen Catherine, ich bin nicht dein Vater, der dich anschreit, wenn du Mist gebaut hast und erst recht keine zwanzig mehr, um mit solchen Mitteln eine Auseinandersetzung zu führen.“ Damit öffnete er die Tür und betrat das Bad.

Als er, nur noch mit der Jeans bekleidet, wieder ins Schlafzimmer zurückkam, lag Cat auf dem Bett und schluchzte. Er zog die Hose aus und setzte sich neben sie. „Hör auf zu weinen.“

Seine Stimme hatte den harten Tonfall verloren und sie sah auf; ihre Augen waren rot und Tränen liefen über ihre Wangen. Er strich mit der Hand über ihr nasses Gesicht. Sie fiel ihm um den Hals, schluchzte, und die nächste Welle von Tränen war nicht aufzuhalten. Sean schloss sie in die Arme, sagte nichts und hielt sie nur.

„Ich liebe dich, Sean, verlass mich nicht“, hörte er sie flehentlich sagen.

Er drückte sie von sich, hielt sie an den Schultern und sah sie an, dann schüttelte er wieder den Kopf, griff nach der Kleenexbox neben dem Bett und hielt ihr die Taschentücher hin. Sie putzte sich die Nase, dann tupfte er ihr Gesicht trocken und seufzte.

„Das ist genau, was ich meine, Cat – ich liebe dich und werde dich nicht wie ein pubertärer Junge wegen eines Streites verlassen. Und anschreien werde ich dich bestimmt nicht, das habe ich noch nicht einmal getan, als du noch ein Teenager warst und mich in den Wahnsinn getrieben hast mit deiner Sturheit. Cat, ich bin sechsunddreißig und habe beschlossen, mit dir zusammen zu sein, trotz aller Widrigkeiten und dem Ärger mit Winter und John. Ich kann damit leben, dass ich hier den Haushalt führen werde, bis du mal kapiert hast, wie man wäscht und kocht, und wir das alles fair teilen können. Ich liebe deine jugendliche Spontaneität, dass du so erfrischend begeisterungsfähig bist und auch dass du mich dazu bringst, das Essen anbrennen zu lassen, um einen Quickie auf der Anrichte zu haben.“ Dabei schmunzelte er ein wenig, doch dann wurden seine Augen wieder ernst. „Aber heute Abend bist du zu weit gegangen, vor Don. Du hast mich in eine Ermittlung reinmanövriert, die ich nicht wollte, und dann auch noch mit Don über die wohl intimste Sache in meinem Leben gesprochen, ohne das vorher mit mir abzustimmen.“

Cat sah ihn an, biss sich auf die Lippe, nickte mit traurigen Augen und fühlte sich wirklich wie ein dummer Teenager. „Tut mir leid.“

Sean strich sanft über ihre Wange. „Gut. Ach, noch was: Ich mag es nicht, wenn du mit Don über unser Sexleben redest, auch wenn es nur im Scherz ist.“ Cat spürte, wie ihr das Blut in die Wangen stieg. „So, jetzt geh ins Bad, es ist spät.“

Als sie in ihrem Nachtshirt aus dem Bad kam, lag Sean bereits im Bett, das Gesicht zur Wand gedreht. Sie schlüpfte unter die Decke und löschte das Licht.

„Sean, kann ich in deinem Arm schlafen?“, fragte sie vorsichtig in die Dunkelheit. Sie fühlte sich momentan genau so wie in jener Zeit, als ihr Vater das erste Mal von Scheidung geredet hatte: Hilflos, irgendwie genau wie damals, nur ein Kind.

Sean drehte sich zu ihr und zog sie an sich, sie hielt sich an ihm fest und spürte, dass ihr schon wieder die Tränen kamen. „Es tut mir so furchtbar leid, ich wusste nicht, dass ich dich mit meinem losen Mundwerk verletzt habe, und verspreche dir, es nicht mehr zu tun. Verzeihst du mir?“

Sean grunzte genervt. „Erstens habe ich das schon und zweitens solltest du noch etwas über Männer wissen: Die Ansprache, die ich dir gerade gehalten habe, ist etwas, das Männer hassen, denn wir reden nicht gerne über unsere Beziehungen. Jetzt hör auf, mich mit deinen Umarmungen zu erdrücken, und vor allem: Halt den Mund, denn so kann ich nicht schlafen und wir müssen morgen früh raus.“ Cat konnte an seinem Tonfall hören, dass er schon versöhnlicher war, sie drehte sich auf die Seite und kuschelte sich mit ihrem Rücken an ihn. Er legte den Arm über sie, griff mit der Hand ihr Kinn und drehte ihren Kopf noch einmal in seine Richtung, dann gab er ihr einen liebevollen Kuss, bevor er sein Gesicht in ihr Haar schmiegte und sofort einschlief.

Als der Wecker um sieben klingelte, wachte Sean mit einem leichten Druck im Kopf auf. Cat war bereit aus dem Bett; er blieb noch einen Moment liegen und dachte an ihre Auseinandersetzung des gestrigen Abends – kein Wunder, dass er Kopfschmerzen hatte.

Willkommen in der Welt der Beziehungen, sinnierte er, aber was ihm mehr Sorgen machte, war Don. Nach den Andeutungen würde er nicht lockerlassen und sich wie ein Terrier festbeißen, bis er jede Einzelheit aus Sean rausgebohrt hatte. Sean stöhnte bei dem Gedanken und wälzte sich aus dem Bett.

Als er nach unten kam, saß Don bereits an einem gedeckten Tisch. Sean zog die Augenbrauen hoch und ging Richtung Küche. „Morgen", sagte er und sah von den Brötchen zu Cat, die sich mit Eiern abmühte, um sie in einer Schale aufzuschlagen.

„Du hast Brötchen geholt?"

Sie nickte und lächelte zaghaft. Er beugte sich zu ihr und gab ihr einen Kuss auf die Wange. „Lass mich das machen." Er nahm ihr das Ei ab, fischte die Stückchen Eierschale aus der Schüssel. Cat goss ihnen Kaffee ein, als Sean die Rühreier aus der Pfanne auf ihre Teller verteilte.

„Erzählst du mir nun, was los ist?", setzte Don kauend an.

Sean sah nicht von seinem Teller auf, er stocherte in den Eiern. „Nein", war alles, was er sagte. Er legte die Gabel beiseite, bemerkte, dass er keinerlei Hunger hatte und seine Kopfschmerzen mittlerweile heftig geworden waren. Er stand auf und löste ein Aspirin in einem Wasserglas auf.

„Du wirst es mir ja doch irgendwann erzählen", schob Don nach und schmierte sich großzügig Butter und Marmelade auf seine Brötchenhälften.

„Bitte, Don", Cat sah ihn eindringlich an, „ich habe gestern richtig Scheiße gebaut, als ich mit dem Thema anfing. Mach es nicht noch schlimmer für mich."

Sean trank das Aspirin und sah sie an. Nicht nur in ihrem Gesicht stand das schlechte Gewissen, auch dass sie sich abgemüht hatte, Frühstück zu machen, zeigte ihm, wie sehr sie es sich zu Herzen genommen hatte.

„Mhm", brummte Don und blickte zu Sean. „Irgendwann erzählst du es mir doch. Isst du deine Eier nicht?"

Er schüttelte den Kopf und Don nahm seinen Teller.

„Geht es dir nicht gut?", fragte Cat.

„Kopfschmerzen, das ist alles."

Sie stand auf, stellte sich hinter ihn und begann seine Schultern zu massieren. Sean schloss die Augen, merkte, wie verspannt er war.

„Wie gehen wir die Ermittlung an?", unterbrach Don die beiden, nachdem er sein Brötchen vertilgt hatte.

Sean öffnete die Augen. „Schon besser, danke", sagte er zu Cat und schenkte ihr ein Lächeln, wandte sich dann an Don: „Noch ist es keine Ermittlung. Diese Woche geht bei uns gar nichts, wir müssen die Bewerbungsunterlagen der neuen Anwärter durcharbeiten und die Klassenverteilung fertig machen. Nächste Woche kann ich für mich und Cat drei Tage freischaufeln."

„Das ist doch nicht dein Ernst – ich kann doch nicht den letzten Tatort eine Woche versiegeln, bis der Herr Ausbildungsleiter Zeit hat! Wie stellst du dir das vor?" Er kramte die Zigarettenschachtel aus seiner Hosentasche hervor.

Das Aspirin wirkte langsam und die Massage hatte gutgetan. Sean stand auf, ging zum Wohnzimmertisch, wo sein Päckchen noch vom Vorabend lag, und zündete sich auch eine an. Er griff den Aschenbecher und setzte sich wieder zu ihnen. „Genau so habe ich mir das vorgestellt, Don: Versiegle die Wohnung, lass alles, wie es ist oder photographiere jeden Zentimeter ab. In der Zwischenzeit schickst du mir das gesamte Material über die Fälle und wir sehen es uns an. Nächsten Montag fahren wir mit dir zum letzten Tatort – wo ist der überhaupt?"

Don sah ihn immer noch erstaunt an, spürte aber, dass mit Sean heute Morgen einfach nicht zu diskutieren war. Also moserte er nicht weiter und meinte nur: „Jackson, Mississippi."

Sean zog die Zigarette aus dem Mund. „Jackson?"

Don nickte.

Sean dachte nach, dann sagte er plötzlich: „Okay, ich denke, Cat und ich können vielleicht doch schon am Donnerstag mit dir dahinfliegen. Machst du die Logistik klar, bitte von Quantico aus?"

Jetzt verstand Don gar nichts mehr und auch Cat wunderte sich. „Natürlich", antwortete Don schnell, bevor Sean es sich doch noch anders überlegte. Er stand auf und griff seine Tasche. „Also gut, ich fahre dann direkt von hier nach Washington zurück. Ihr bekommt die Akte und auch die Einschätzung von der Antiterror noch heute per Mail." Er grinste Sean an, als er die Jacke überzog und in seine Schuhe stieg. „Danke, Sean, ich bin froh, dass du das machst."

Er drückte Cat einen Kuss auf die Wange; Sean brachte ihn zur Tür, schlug ihm beim Rausgehen freundschaftlich auf die Schulter.

Plötzlich drehte sich Don noch einmal um. „Hör mal", begann er zögerlich, sah an Sean vorbei, um sicherzustellen, dass Cat bereits wieder in der Küche war. „Was ich da gestern Morgen gesagt habe, mit dem Biss-Verlieren und, na du weißt schon, das war nicht so gemeint, okay?"

„Hast du dich etwa gerade bei mir entschuldigt? Es geschehen noch Zeichen und Wunder!", bemerkte Sean und verzog den Mund zu einem Schmunzeln. Don winkte und ging zu seinem Wagen.

Cat stand in der Küche und räumte das Geschirr in die Maschine. Er ging zu ihr und schlang von hinten seine Arme um sie.

Cat drehte sich zu ihm. „Bist du noch sehr böse auf mich?"

„Das war ich letzte Nacht schon nicht mehr, und jetzt lass uns das vergessen. Ich war nervös gestern, die Sache mit Winter und dann auch noch Don – vielleicht habe ich ein wenig überreagiert.

Weißt du, ich wollte dich nicht zum Weinen bringen." Er küsste sie flüchtig auf den Mund. „Komm, wir müssen auch langsam los, ich will nur noch schnell was von oben holen und dann fahren wir."

Quantico, Dienstag, 8. Januar 2019

„Hat er eine Besprechung?", fragte Cat an Bob gerichtet und blickte auf die verschlossene Bürotür. Es war bereits siebzehn Uhr und sie hielt den Stapel Anwärterdossiers in beiden Händen.

Bob sah auf, er hatte sie nicht kommen hören. „Oh, hallo Cat, nicht dass ich wüsste." Er sah auf die Telefonanlage. „Wenn er nicht gerade sein Handy benutzt, dann telefoniert er auch nicht. Gehen Sie einfach rein."

Cat wuchtete den Stapel auf einen Arm und klopfte an Seans Tür, öffnete, als sie sein „Herein" hörte. Er saß am Schreibtisch vor dem Desktop und blickte sie an. „Du bist es. Komm rein, aber mach die Tür hinter dir zu."

Sie hielt ihm die Dossiers hin. „Hier sind Simons und meine Ausbeute, fünfzig weitere zur Auswahl, die eventuell in deiner Klasse landen sollten."

„Leg sie auf den Tisch", nuschelte er gedankenverloren und blickte wieder auf den Bildschirm. Um den Computer lagen eine ausgebreitete Straßenkarte und verschiedene Papiere, manche sahen wie Rechnungen oder Quittungen aus.

Für Cat war es immer wieder verblüffend, wie unwiderstehlich Sean gerade hier in Quantico auf sie wirkte – sein markantes Gesicht mit den stark ausgebildeten Wangenknochen, seinen vollen, sinnlichen Lippen und den dunkelblauen Augen über der geraden

Nase. Sein hellbraunes Haar war etwas länger geworden, seit sie ihn vor sechs Monaten wiedergesehen hatte, und war immer etwas zerzaust, da er die Gewohnheit hatte hindurchzustreichen, wenn er über etwas nachdachte. Sean trug genau wie sie die dunkelblauen Winterhosen in den Schnürstiefeln, ein weißes Polohemd und eine blaue Sweatshirtjacke, die sie als Ausbilder kennzeichnete: das FBI-Wappen auf der linken Brust mit ihrem Namenszug darüber.

Sie trat hinter ihn und legte ihre Hände auf seine Schultern, um zu sehen, womit er sich beschäftigte. Sean zuckte kurz mit den Schultern und blickte sie an. „Lass das, nicht hier."

Sie nahm die Hände weg. „Schade. Ich finde Sie nur so anziehend, Boss."

Er sah wieder hoch zu ihr, sein Gesicht hellte sich auf. „Ich finde Sie auch extrem aufreizend, Agent Kampell, doch innerhalb der Mauern von Quantico: Hände weg."

Sie lachte auf, nahm den Briefbogen und fragte: „Was machst du da?", denn sie erkannte den handgeschriebenen Brief, den er ihr schon einmal gezeigt hatte.

„Komm, setz dich."

Cat zog einen Stuhl heran und studierte die Straßenkarte. „Jackson, Mississippi? Gehst du bereits Dons Akten durch?", fragte sie verblüfft.

„Nein, ich gehe nicht die Akten durch, ich suche nach *ihr*."

„Deiner Mutter?"

Sean nickte. „Sieh her, das ist eine Straßenkarte für die Gegend um Jackson Mississippi, die Tankabrechnung einer Tankstelle in Tuscaloosa und eine Hotelrechnung aus Knoxville vom 24. September 1982."

„Deinem Geburtstag", kommentierte Cat.

Wieder nickte Sean. Er gab ihr die Bibel. „Schau dir den Namen in der Bibel an und dann lies noch einmal den Brief."

Sie schlug die alte, abgegriffene Bibel auf und sah die kindliche Handschrift auf dem Innendeckel: Patricia Carmikel. Sie konnte sich daran erinnern, dass Sean ihr von seiner Mutter Maren erzählt hatte, deren Mädchenname Carmikel war – als sie Simon geheiratet hatte, nahm sie seinen Namen an: Caim.

Das war auch Seans wahrer Name: Caim, Nathaniel Caim. Zu Sean Caver war er erst durch das Zeugenschutzprogramm geworden, in das ihn das FBI gezwungen hatte. Sie griff den leicht vergilbten Briefbogen und begann zu lesen.

New York, 17. August 2009

Nathaniel,
gerade bin ich wieder in N. Y. angekommen. Ich habe zwei Wochen an deinem Bett gesessen und es nicht mehr ertragen können, dich so zu sehen. Wie viel ist mir bewusst geworden in den vielen Stunden, in denen ich in deine leeren Augen blickte. Mir wurde das erste Mal in meinem Leben bewusst, dass ich dich liebe, und darum bin ich gegangen. Nate, auch ich bin krank und habe nicht mehr lange zu leben, mein Herz will nicht mehr, und es kann jeden Tag passieren, doch hatte ich gehofft, ich würde vor dir sterben. So, wie ich dich jetzt sehe, kann es sein, dass du das, was du erlebt hast, nicht überstehst, und glaube mir, Junge, ich weiß jetzt, wie ein Vater fühlt. Auf der anderen Seite sagte deine Mutter immer, und sie war eine kluge Frau, dass du stark bist und ein Kämpfer. Wenn du diese Zeilen liest, bedeutet das, dass ich gegangen bin, zu deiner Mutter, zu meiner Maren.

Nathaniel, ich habe viele Fehler in meinem Leben gemacht, doch der größte war, dich nicht so zu lieben, wie ich es hätte tun sollen. Es tut mir leid! Bitte verzeih mir.

Junge, ich muss dir jetzt etwas sagen, was dich schockieren wird. Ich bin nicht dein Vater und Mom, Maren, war nicht deine Mutter. Wir beide haben dich adoptiert. Maren wollte, dass du es nie erfährst, und ich hoffe, sie verzeiht mir diesen Brief.

Wir waren beide schon Mitte dreißig und hatten längst die Hoffnung auf ein Kind aufgegeben, trotz aller Versuche hat es nie geklappt, als wir plötzlich doch noch die Chance auf ein Kind bekamen. Dich. Deine Mom hatte eine jüngere Schwester, Patricia. Vielleicht erinnerst du dich dunkel an deine Großeltern, sie waren sehr gläubig, und als Patricia, gerade mal zwanzig, in den Orden eintrat, waren sie überglücklich. Maren und ich waren bereits seit Langem verheiratet, und ihre Eltern hatten mich von Anfang an abgelehnt, da ich weder gläubig war noch – nach ihren Maßstäben – ihrer Tochter würdig. Doch Maren war eine starke Frau, die sich über Grenzen hinwegsetzte. Wir heirateten, und ihre Eltern wandten sich von ihr ab. Sie war damals sechsundzwanzig und ihre kleine Schwester gerade einmal zehn Jahre alt. Doch Maren und Patricia schafften es, in Kontakt zu bleiben, heimlich. So erfuhren wir auch, dass sie Nonne wurde. Deine Mom besuchte sie im Kloster, sooft es ging, und ihre Eltern wussten nichts davon. Dann passierte das Unmögliche: Patricia, die Nonne, wurde schwanger.

Es schien, dass Patricia verrückt geworden war, sie hatte Halluzinationen, und ich glaube, das kam daher, dass sie vergewaltigt wurde. Das Kloster arbeitete zusammen mit deiner Mom, alles wurde verheimlicht, und nachdem Patricia ihren Sohn zur Welt gebracht hatte, adoptierten wir ihn. Dich. Du bist Patricias Sohn. Ich kann dir nicht sagen, wer dein leiblicher Vater ist, nur dass ich es bin mit meinem Herzen.

Das Kloster zahlte Maren und mir fünfzigtausend Dollar und wir unterschrieben, ein Leben lang über diesen Vorfall zu schweigen. Offiziell blieb Patricia bei den Nonnen, doch sie war für immer geisteskrank. Deine Großeltern brachte Patricias Krankheit fast um, erst als sie erfuhren, dass Maren und ich einen Sohn haben, öffneten sie sich langsam. Nun ja, es waren keine Großeltern, wie sie es hätten sein sollen, doch trotz all dem Streit kamen sie dich immer mal wieder besuchen.

Es war für mich nicht einfach, dich heranwachsen zu sehen, denn ich sah weder Maren noch Patricia in dir, du kamst nach deinem Vater, und für mich war er immer nur ein Vergewaltiger. Du siehst, das erklärt auch, warum du uns so unähnlich bist mit deiner Größe und auch mit deiner Attraktivität. Mom und ich, beide keine einsfünfundsiebzig, mit durchschnittlichen Landbevölkerungsgesichtern. Ich war nur ein Ingenieur und habe als Schichtleiter gearbeitet. Du hingegen warst von der ersten Sekunde, als ich dich sah, so ein schönes Kind, du wuchsest heran, und warst von Anfang an so unglaublich begabt.

Ich weiß nicht, was mich von dir wegtrieb, warum ich dir nie meine Liebe zeigen konnte, obwohl es Maren jede Sekunde ihres Lebens tat. Verzeih mir, mein Sohn.

In großer Liebe
Dein Vater

Cat war, wie schon beim ersten Mal, als sie den Brief gelesen hatte, gerührt. Simon Caim liebte seinen Adoptivsohn und hatte sich das erst viel zu spät in seinem Leben eingestehen können.

„All das war bei den Unterlagen, die dein Vater dir nach seinem Tod zukommen ließ? Es hatte bestimmt einen Grund, warum er dir alte Tankrechnungen geschickt hat."

„Das denke ich auch. Er wollte mir eine Chance geben sie zu finden. Er konnte ja nicht ahnen, dass ich sie eines Tagen finden *muss*, um zu erfahren, wer mein leiblicher Vater ist." Er breitete die Straßenkarte aus und drehte sie um; jetzt sah man eine Übersichtskarte, auf der die südwestlichen Staaten umrissen waren. „Hier liegt Fredericksburg, dort wohnte meine Familie.“ Er tippte mit seinem Kuli darauf. „Dann die Hotelrechnung von Knoxville, auf halber Strecke nach Jackson, und kurz davor Tuscaloosa, die Tankstelle.“ Er drehte die Karte wieder um und man sah das Stadtgebiet von Jackson und die umliegenden Städte und Dörfer bis zu einem Umkreis von zwanzig Kilometern.

„Du denkst, sie haben dich, gleich nachdem du geboren warst, irgendwo in der Gegend von Jackson abgeholt und sind dann zurück nach Fredericksburg. Hast du deshalb heute Morgen bei Don deine Meinung geändert und willst noch diese Woche nach Jackson?“

Sean faltete den Brief sorgsam zusammen und steckte ihn in die Bibel. „Ja. Mir fiel die Straßenkarte ein; ich dachte mir, wir beide ermitteln in Jackson Donnerstag und Freitag und nutzen das Wochenende dort, um ein Kloster und eine gewisse Nonne zu finden.“

Cat machte eine Geste in Richtung seines Computers. „Hast du die Datenbanken schon nach Patricia Carmikel durchsucht?“

Sean drückte auf die Enter-Taste und der Screen-Saver verschwand, dort erschien ein Registereintrag.

Cat pfiff leise, als sie erkannte was dort stand. „Bist du da in der Datenbank der römisch-katholischen Kirche?“ Sean grinste und nickte. „Aber wie kommt man da rein? Alles, was den Vatikan betrifft, wird doch normalerweise geschützt und ist tabu, selbst für uns – und sogar die CIA, habe ich jedenfalls gehört.“

„Immerhin bin ich Leiter der BAU – eine gewisse Zugangsberechtigung habe ich, doch sehr weit komme ich auch nicht. Das Einzige, was ich sehen konnte, ist, dass Patricia bereits mit zwanzig einem katholischen Nonnenkloster in Virginia als Novizin beigetreten ist, ein Jahr später wurde sie zur Nonne geweiht und wechselte in einen anderen Konvent, doch ab da komm ich nicht weiter. Theoretisch müsste das FBI hier eine offizielle Anfrage an die Vertretung der katholischen Kirche in den Vereinigten Staaten stellen, mit verdammt guten Begründungen. Vor ein paar Jahren hatte ich einmal damit zu tun. So leicht geben die Heiligen Verwaltungskräfte keine Informationen über ihre Schäfchen heraus." Er kopierte die Seiten und loggte sich aus dem Programm aus.

Cat sah auf die Uhr. „Was hältst du davon, wenn wir jetzt abhauen? Es ist sechs Uhr, wir holen uns Pizza und dann setzen wir uns an unsere Laptops, um alle Klöster im Umkreis von Jackson rauszufinden. Wenn wir die haben, suchen wir die Sterberegister der Städte durch, denn es kann sein, dass sie gar nicht mehr lebt. Kommst du von zu Hause da ran?"

„Ja, komm ich. Keine schlechte Idee, irgendwie habe völlig verdrängt, dass sie nicht mehr leben könnte … Du hast recht, wir sollten das zuerst rausbekommen, bevor wir zwei Tage in Klöstern verbringen." Er runzelte die Stirn. „Wenn ich überhaupt eines betreten kann, ohne dass mich ein Blitz trifft."

Cat schüttelte den Kopf, als er den Laptop zuklappte und in seine Tasche steckte.

„Im Übrigen: Wie wäre es mit einem italienischen Salat statt Pizza?", meinte Sean und zog seine Jacke an.

„Gleich trifft dich wirklich der Blitz! Ich will eine Pizza. Und vergiss nicht, was du gestern gesagt hast: Du bist nicht mein Vater. Iss du nur deinen Salat, ich hab Lust auf Kalorien."

Sean sah sie aus dem Augenwinkel an. „Fein", meinte er ironisch, „dann stehen wir morgen um sechs auf und gehen joggen, vor der Arbeit. Hol deine Sachen, wir treffen uns auf dem Parkplatz."

Cat stöhnte und sie verließen sein Büro.

„So weit gibt es vier mögliche Klöster im Umkreis von zwanzig Kilometern; die sind so verstreut, da brauchen wir wirklich beide Tage. Kein Eintrag im Sterberegister. Ich muss mir was einfallen lassen, dass Don für uns noch den Montag im FBI-Büro Jackson abnickt."

Sean saß auf der Couch, den Laptop vor sich auf dem Tisch zwischen den beiden Pizzakartons. Er nahm sich ein weiteres Stück der mittlerweile lauwarmen Pizza und biss hinein, dabei sah er hinüber zu Cat, die auf dem Bauch am Boden lag, mit den angewinkelten Beinen in der Luft wippte, während sie Adressen und Routen auf ihrem Computer googelte.

„Kannst du bitte aufhören mit deinem Hintern so vor mir rumzuzappeln, ich kann mich nicht konzentrieren", meinte er kauend und betrachtete sie intensiv.

Sie drehte den Kopf. „Erotisch?"

„Hemmungslos!", sagte er trocken und schrieb die nächste Adresse auf.

Cat stand auf, kam zu ihn, drückte seine Schultern runter, bis er auf der Couch lag. Sie legte sich auf ihn, küsste ihn und sah dann in sein Gesicht.

„Lüstern", sagte er strafend, doch schmunzelnd.

„Wie wäre es jetzt mit ein bisschen Sport und wir lassen dafür das Joggen morgen ausfallen?"

„Schamlos", war seine Antwort, und er drückte sie von sich. „Wir machen das jetzt fertig und nehmen das Gespräch nachher im Bett noch mal auf, einverstanden?"

„Einverstanden", erwiderte sie mit einem Schmollmund, rutschte jedoch wieder vor ihren Laptop und wackelte provokant mit ihrem Hintern.

„Ekstatisch", hörte sie ihn leise sagen.

Plötzlich wurde sie ernst, setzte sich auf ihre Fersen. „Weißt du, was mir gerade eingefallen ist? Wenn wir wirklich das Kloster finden, dann können wir doch nicht da reinspazieren und nach Patricia Carmikel fragen – die Nonnen bekommen doch immer einen Ordensnamen. Denkst du, die Schwestern kennen gegenseitig ihre bürgerlichen Namen?"

Sean sah sie stirnrunzelnd an, er wusste nicht, was sie meinte.

„Na, Schwester Benedict Josef, Clara Hildegard, Maria Johanna. Meist haben sie zwei Namen und ihre Mitschwestern kennen den ursprünglichen nicht – ich bin mir noch nicht einmal sicher, ob die Oberin über die Namen Bescheid weiß."

„Du lieber Himmel, daran habe ich überhaupt nicht gedacht! Warte mal, vielleicht ist in der Registrierung noch etwas." Er blätterte die Seiten durch – nichts. „Super, damit sind wir wieder am Anfang. Selbst wenn wir das richtige Kloster finden, wissen wir nicht, wer sie ist."

Cat blickte nachdenklich. „Ich habe eine Idee. Ich glaube gelesen zu haben, dass sich Nonnen und Mönche drei Namen aussuchen können, auch wenn die endgültige Entscheidung der Namensgebung beim Abt oder der Äbtissin liegt. Gib mir mal ihre Bibel."

Sean reichte sie ihr. Cat blätterte darin rum. „Was suchst du?", fragte er und nahm sich eine Zigarette. Sie schwieg und blätterte langsam weiter.

Es dauerte eine Weile, dann hielt sie inne und stand auf, setzte sich neben ihn. „Hier, sieh mal: Neues Testament, Johannes, sie hat den Namen ‚Maria Magdalena' immer wieder unterstrichen und dann noch einmal an den Rand geschrieben, hier. Wenn du mich fragst, dann denke ich, Maria Magdalena war einer ihrer Wunschnamen."

Sean sah es sich an. „Wie passend, war Maria Magdalena nicht einen Hure?"

„Meine Güte, kommen da gerade die Gene deines Vaters durch?"

Sean zuckte die Schultern.

„Du glaubst doch nicht im Ernst, dass sie sich freiwillig mit einem gefallenen Engel eingelassen hat, oder?"

„Was weiß ich, auf jeden Fall steht nichts in den Schriften, dass sich die Frauen gegen die schönen Kinder Gottes zur Wehr gesetzt haben, als sie ihre Nachkommen zeugten", erwiderte er.

Cat strich durch sein Haar. „‚Schön' ist das falsche Wort, ‚atemberaubend' passt besser. In der Hinsicht kannst du die Gene deines Vaters nicht verleugnen."

Er sah sie eindringlich an. „Also schön, wir konzentrieren uns auf diese vier Klöster und unterstellen ‚Maria Magdalena'. Hast du die Adressen und Wegbeschreibungen?"

„Hab alles."

„Dann räumen wir zusammen und du gehst mit deinem atemberaubenden Mann endlich schlafen. Soweit ich mich erinnere, haben wir da ein gewisses Gespräch wieder aufzugreifen."

KAPITEL ZWEI

Jackson, Donnerstag, 10. Januar 2019

Don hatte für die beiden einen Jet des FBI organisiert und sie waren vor einer Stunde auf dem Flughafen Jackson Evers gelandet. Ihr drittes Opfer Jeffrey Hands hatte hier in Jackson gelebt, während Opfer Nummer eins, Kenneth Whealer, aus Concorde, New Hampshire, und Dominique Durbon, das zweite Mordopfer, aus Kansas City kam. Auch wenn Sean keinerlei Zeit gehabt hatte, sich die Ermittlungsakte anzusehen, so hatte er wenigsten im Flugzeug durch die Photos geblättert, die man an den Tatorten gemacht hatte. Alle drei Opfer waren an einem Genickschuss in ihrem Zuhause gestorben und hatten eine eingeritzte 14 auf der Stirn.

Das Summen seines Handys riss Sean aus seinen Gedanken, als Cat den dunklen Explorer auf die Ausfahrtsstraße des Flughafens fuhr.

„Caver", meldete sich Sean.

„Ich bin's, Don. Seid ihr schon im Wagen?" Er war bereits gestern nach Mississippi geflogen, um sich in der Pathologie das Opfer noch einmal selbst anzusehen. Sie hatten vereinbart, sich gegen halb elf am Tatort zu treffen.

„Ja, wir verlassen gerade den Flughafen."

„Hör zu, ihr braucht etwa eine halbe Stunde, wenn es sich nicht zu sehr staut. Wollte euch nur warnen, vor dem Haus stehen vier", Don räusperte sich und sprach leise weiter, „von den Nazispinnern und halten eine Mahnwache ab. Also nicht wundern, das sind die Jungs in den braunen Hemden mit den Hakenkreuzflaggen."

„Ach du Scheiße", erwiderte Sean. Cat sah ihn verwundert an, fluchen war so gar nicht seine Art. „Alles klar, bis gleich." Er legte auf. „Du kannst gleich hautnah deine interessante Gruppierung kennenlernen", raunte er Cat zu. Seine Worte trieften vor Sarkasmus. „Es scheint, die ziehen am Haus ein Kameradenritual ab. Hoffentlich begrüßen die uns nicht mit ‚Heil Hitler'."

„Stänker nicht schon wieder. Es ist nur eine Beurteilung, zwei Tage, und dann kümmern wir uns um deine Mutter."

Sie kamen gut durch, der Verkehr war einigermaßen flüssig, und sie bogen fast genau zwanzig Minuten später in die Straße der Vorortsiedlung ein. Hier lebte also der weiße Mittelstand von Jackson. Sean hatte noch nie eine solch große Ansammlung von amerikanischen Flaggen gesehen; entweder gab es einen Fahnenmast im Vorgarten oder hinter den Häusern flatterten die „Stars and Stripes".

Sie brauchten nicht nach dem Haus zu suchen, sie sahen es sofort. Vor dem Zugang zum Grundstück standen auf dem Bürgersteig je zwei Männer rechts und links des Eingangs, in der einen Hand hielten sie eine am Boden stehende Fahnenstange mit seitlich ausgestrecktem Arm, der andere war hinter den Rücken gelegt. Ihr Emblem: rot, weiß, schwarz, in der Mitte ein Hakenkreuz, über dem „NNM USA" stand. Cat fuhr hinter den schwarzen Crown Victoria, der gegenüber dem Haus parkte. Sie konnten Dons roten Haarschopf darin sehen, er hatte auf die beiden gewartet. Sie stellte den Motor ab.

Sean sah aus dem Beifahrerfenster. „Schade, dass die das Grundstück nicht betreten haben, dann hätte ich die Kameraden gleich verhaftet", sagte er eher zu sich selbst und stieg aus.

Don kam zu ihnen. „Hi, wollen wir?"

Er sah die Gestalten an, alle vier waren bullig, schwarze Hosen, die in Springerstiefeln endeten, schwarze Krawatten mit Krawattennadel – wieder ein Hakenkreuz – und am Hemdkragen irgendwelche militärischen Abzeichen, doch damit kannte er sich nicht gut genug aus, um zu wissen, was sie bedeuteten. Sie gingen zu dritt auf das Haus auf der anderen Straßenseite zu, als einer der Typen sich ihnen in den Weg stellte. „Da könnt ihr nicht rein, das ist ein Tatort." Es klang wie ein Befehl.

Sean, der ihn um einen ganzen Kopf überragte, blickte auf ihn hinunter. Cat roch förmlich, dass es gleich Ärger geben würde. Er griff langsam in die Innentasche seines schwarzen Jacketts und zog den FBI-Dienstausweis heraus, heftete ihn sehr langsam an seine Außentasche und blickte dann wieder mit unglaublich dunklen Augen auf den Mann von der NNM. Der beäugte den Ausweis und trat dann einen Schritt zurück, reihte sich wieder neben seinem Kameraden ein und hob zackig die Hand.

Sean hatte jede Bewegung beobachtet, dann sagte er laut: „Ihr Spinner, noch nicht einmal die Scheiß-SS hätte euch Fettsäcke genommen."

Cat blieb fast das Herz stehen, als sie das hörte, doch als sie die fragenden Blicke sah, wurde ihr bewusst, dass Sean Deutsch gesprochen hatte. Sie wusste, dass er es fließend sprach und verstand, seit sie gemeinsam in Deutschland ermittelt hatten. „Lass uns endlich gehen", sagte sie gereizt.

Als sie vor der Haustür standen, wandte sie sich an Sean. „Bist du übergeschnappt? Was, wenn einer von denen Deutsch versteht?"

Sean riss das Siegel an der Haustür herunter, öffnete die Tür und hielt ihr das Absperrband hoch. „Die? Die sind noch nicht einmal in der Lage, ihre eigene Sprache kultiviert zu sprechen, geschweige denn eine Fremdsprache."

„Du sprichst Deutsch? Seit wann? Was hast du gesagt?" Don sah ihn irritiert an.

„Ja, schon länger. Egal."

„Wie bitte?" Don beugte sich ebenfalls unter dem Absperrband durch.

„Ja, ich spreche Deutsch, ich spreche es schon länger und es ist egal, was ich gesagt habe, es war belanglos." Sean folgte ihnen ins Haus. Er fragte sich, ob ihn allein diese Clowns da draußen, die sich für Vertreter einer überlegenen weißen Rasse hielten, so auf die Palme brachten oder ob er sich innerlich immer noch ärgerte, diesen Job angenommen zu haben, als Cat plötzlich die Hand an die Nase legte. Dann roch er es auch.

„Uhmm", machte Cat angewidert. „Hat er lange hier gelegen?" Denn der intensive Geruch von verwestem Fleisch schlug ihnen entgegen.

Das lenkte Don von Seans Antwort ab. „Nein, ich verstehe das nicht." Er zog sich die Latexhandschuhe über und drückte auf den Lichtschalter, aber es passierte nichts.

„Irgendein Spaßvogel hat den Strom abgestellt. Ich wette, das kommt von der Kühltruhe", meinte Sean nüchtern. „Oh Mann, kommt, wir machen die Fenster auf – wenn die Jalousien offen sind, haben wir auch genug Licht, um uns alles anzusehen, und ersticken hier drin nicht gleich."

Sie standen im Wohnzimmer. „Cat, die persönlichen Daten", sagte Sean, bevor er sich langsam umsah.

Sie kramte das Dossier aus ihrer Computertasche, schlug es auf und las: „Jeffrey Hands, fünfundzwanzig Jahre, ledig, kinderlos. Von Beruf Maler, er arbeitete als Aushilfe in einer kleinen Firma hier in Jackson, drei Tage die Woche. Des Weiteren sind regelmäßige Bezüge von der NNM auf seinem Konto eingegangen, als Entlohnung für ‚Pressearbeit'", fügte sie ironisch an. „Legaler Vertrag, alles versteuert."

„Woher hat er das Geld für ein Haus?", fragte Sean. Er hatte sich eigentlich überhaupt nicht mit den Akten beschäftig, sie nur flüchtig im Flugzeug überflogen. So unvorbereitet war er noch niemals in eine Ermittlung gegangen.

„Hast du die Akten nicht gelesen?", fragte Don, als hätte er seine Gedanken gehört, und ging neben dem mittlerweile braun gewordenen Blutfleck auf dem Teppich in die Hocke.

„Geerbt, von seinem Vater – auch ein glühender Anhänger der Ideologie", antwortete Cat, so dass Sean Dons Frage übergehen konnte.

Er wandte seinen Blick von der NNM-Fahne mit dem Hakenkreuz über der Couch ab und sah sich die anderen Wände an. Meist versuchte er eine gewisse Struktur in seine Observierungen hineinzubekommen, er fing mit den Wänden an und ging aufs Mobiliar über, abschließend der präzise Tatort und dann erst sah er sich die Zeitschriften, Papiere und offen herumstehenden Gegenstände eines Haushalts an. Es half; die Systematik verhinderte, dass ihm etwas entging.

Fenster mit Gardinen, die Wand gegenüber der Couch mit Regalen, einem Flachbildschirm, daneben Porträts von Adolf Hitler und einem anderen Mann, den Sean nicht einordnen konnte. *Verdammt, ich habe meine Hausaufgaben wirklich nicht gemacht,* dachte er und wusste, dass Don wieder anfangen würde zu nörgeln, wenn er die Frage stellte. „Wer ist der andere neben seinem Führer?"

Don stand auf, sah ihn scharf an. „Sein wahrer Führer, der Kommandeur der NNM, Josef Schreiber. Kannst du mir bitte beantworten, was du hier in Jackson willst? Denn wegen einer Mordermittlung bist du nicht hier, dafür hätte man Akten lesen müssen."

„Mach dir nicht ins Hemd", antwortete Sean und betrachtete das Porträt von Josef Schreiber. „Ich bin hier, das wolltest du doch. Habe die letzten zwei Tage die Anwärterauswahl getroffen und die Klassen eingeteilt, das geht jetzt seinen Weg. Darum kann ich mich ganz auf die Beurteilung konzentrieren und werde die Akten in der nächsten Zeit ausführlich lesen. Außerdem musst du mir meine Fragen nicht beantworten, das kann Cat, denn sie hat sich mit den vierhundertsiebenundsechzig Seiten beschäftigt. Sie und ich als Team – sie hat die Fakten und ich arbeite erst einmal intuitiv, ist vielleicht auch besser bei dem Fall."

Don konnte nicht fassen, was er hörte. „Besser? Was macht diesen Fall so anders, dass du gegen deine Grundsätze verstößt?"

„Erstens mache ich das hier nur dir und Cat zuliebe, zweitens geht mir nichts so gegen den Strich wie Rassisten, vor allem, wenn es sich um dummdreiste Rednecks handelt, deren verbale Mordlust auch noch von der Verfassung der Vereinigten Staaten legalisiert ist. Also lass mich jetzt arbeiten und halt den Mund."

Selbst Cat sah auf. Er war wirklich geladen. Don schüttelte den Kopf und meinte trocken: „Eine Verfassung, auf die du geschworen hast."

„Ja, ja." Sean sah sich wieder das Bild dieses Schreiber an: ein charismatischer Mann mit harten, aber alles andere als abstoßenden Gesichtszügen, ernst aufeinander gepresste Lippen, blondes, kurz geschnittenes Haar, und leuchtend hellblaue Augen. Ein wahrer Arier und das genaue Gegenteil der schwammigen Gestalten vor der Tür. *Arier*, dachte Sean. Der Begriff kam aus dem Persischen und bedeutete so viel wie „edel", oder „wohlgefügt", eine Abstammung in Europa war fragwürdig. Dennoch hatten die Nazis den Begriff verballhornt und die Anschauung verbreitet, dass hellhäutige Kaukasier von den Ariern abstammen sollten. Solche Propaganda hatte nur einen Zweck: die Arier zu einer Herrenrasse zu mystifizieren. *Ich wette, das würde euch da draußen ganz schön stinken, wenn ihr wüsstet, dass „Arier" ein Wort unserer muslimischen Brüder ist*, dachte Sean mit einem gewissen Vergnügen.

An der letzten Wand hing nur ein kleines Photo von Hands, ihrem Opfer, in Tarnhosen und mit Gewehr in der Hand, an seiner Seite ein vielleicht Zwölfjähriger, ebenfalls in militärischem Overall und Waffe. Darunter ein Schriftzug, der eindeutig mit dem

Blut des Opfers geschrieben worden war; die bräunliche Schrift verblasste langsam: „Nazischwein verrecke!“

Nachdem er sich den Blutfleck auf dem Teppich, neben dem Don immer noch kniete, angesehen hatte, ging Sean zum Regal und betrachtete die Bücher. Zwei Regale voll mit rassistischer Standardliteratur, Werke amerikanischer Autoren, aber auch Übersetzungen aus dem Deutschen. Er nahm einen Nachdruck von Hilters *Mein Kampf* heraus, schlug es auf und sah die Widmung:

Meinem treuen Kameraden Jeffrey, im Kampf gegen unsere Feinde.
Bist du nicht Teil der Lösung, bist du Teil des Problems.

Kommandeur Josef Schreiber 2017
National Nazism Movement

Nachdem er es wieder zurückgestellt hatte, fragte er Cat, die immer noch in dem Dossier blätterte: „Hat die Spurensicherung irgendwas ergeben?“

Don war schneller. „Nein. Hunderte von Fingerabdrücken“, er zeigte auf die schwarzen Pulverrückstände an den Möbeln. „Hands hat sein Haus der regionalen NNM für Versammlungen zur Verfügung gestellt. Der Blutfleck zeigt, dass er auf die Knie gezwungen und, genau wie bei einer Exekution, mit einem Genickschuss getötet wurde. Der Schriftzug an der Wand enthielt keine DNA-Spuren außer der des Opfers, Handschuhe. Aus der Handschrift konnten unsere Graphologen nichts Maßgebliches ableiten. Rechtschreibung okay, keine speziellen Charakteristika abzulesen. Von acht bis achtzig kann das jeder geschrieben haben, sie wollten sich noch nicht einmal auf das Geschlecht festlegen …“

„Na ja, ‚Nazischwein verrecke' ist ja auch nicht unbedingt eine orthographische Herausforderung", nuschelte Sean, war aber in Gedanken bei einer ganz anderen Sache.

„Sagst du so. Besonders ethnische Gangs haben so ihre Schwierigkeiten mit dem Englischen."

Sean schüttelte den Kopf. „Das war keine ethnische Gang."

Don sah auf und hatte schon wieder seinen genervten Ausdruck im Gesicht, der so viel hieß wie „sprich mit mir".

„Aber auch nicht die Antifa", meinte Cat plötzlich.

Sean drehte sich zu ihr um. „Warum nicht?"

Sie hörte wieder den harten Tonfall ihres Ausbilders, der sie prüfte. „Kein Vandalismus", antwortete sie professionell.

Sean grinste in Dons Richtung; genau das war ihm selbst durch den Kopf gegangen. „Sie hat recht, selbst mich juckt es in den Fingern diese Hakenkreuzfahne runterzureißen, dabei bin ich nicht zornig genug, jemanden von der NNM zu erschießen."

„Stimmt. Also ein Einzeltäter aus der rechten Szene, der all die Symbole respektiert – oder doch ein Racheakt der NNM?", mutmaßte Don.

Sean zuckte mit den Schultern, doch Cat bemerkte: „Also, was ich hier von der Antiterror gelesen habe, war Hands sehr eng mit Schreiber verbunden, obwohl Schreiber als intelligent und kultiviert beschrieben wird und Hands als vollkommen durchgedreht, wenn es um die Ideologien und den Hass gegen Randgruppen ging. Eine nicht untypische Paarung, die man bei charismatischen Führern immer mal wieder findet; sie halten sich eine durchgedrehte Bulldoge." Cat sah die beiden an.

„Auch das stimmt." Sean lächelte sie zufrieden an. „Ziemlich gut für einen Newcomer, Agent Kampell. Daher denke ich auch nicht, dass Schreiber seinen PR-Chef auf die Abschussliste gesetzt hat."

Don schob demonstrativ die Unterlippe vor. „Ich finde Gefallen daran, dass du und Cat im Team arbeiten; sie bringt dich dazu, geistig einen Strip hinzulegen, ohne lange nachdenken. Also, sprechen wir wirklich von einem Einzeltäter?"

„Dafür weiß ich noch zu wenig von der NNM und ihrer Organisation. Wie viel Einfluss hat Schreiber wirklich? Wie viel Missgunst gibt es in der Bewegung? Es kann immer noch politisch motiviert sein. Vielleicht hatte Hands eine zu radikale Haltung, die anderen nicht gepasst hat. Daher mach langsam, Don, versuche keine Einschätzung aus mir rauszuholen nach einer Stunde und einer kurzen Tatortbesichtigung." Er zog demonstrativ die Augenbrauen hoch. „Ich sehe mir jetzt den Rest des Hauses an." Damit verließ er das Wohnzimmer und ging in die Küche.

Meridian, Samstag, 12. Januar 2019

„Warum schaust du ununterbrochen in den Rückspiegel?", fragte Cat und sah wieder auf ihr iPad, das ihnen die Route zum zweiten Kloster auf der Liste zeigte; es lag in Meridian und sie waren noch etwa zehn Kilometer davon entfernt.

„Ich kann mir nicht helfen, irgendwie habe ich das Gefühl observiert zu werden."

Sie sah ihn erstaunt an. „Was? Wer sollte das denn sein? Du siehst Gespenster. Pass auf, wir müssen bei der Ausfahrt 150 raus, halte dich Richtung Meridian Flughafen."

Sean setzte den Blinker.

Es war gerade einmal neun Uhr an diesem Samstagmorgen. Sie hatten fast den ganzen Donnerstag in Hands' Haus verbracht, und als sie abends ins Hotel gekommen waren, hatten alle drei ihre

Kleidung zur Reinigung geben müssen; der Gestank des vergammelten Fleisches war in jede Faser gekrochen. Freitags hatten sie sich in das Außenbüro des FBI in Jackson zurückgezogen und sich die Originalunterlagen, die von der Antiterroreinheit aus dem Haus geholt worden waren, angesehen. Sean hatte begonnen die Akte durchzuarbeiten, war jedoch längst noch nicht fertig. Daher hatte Don auch keinen Verdacht geschöpft, als Sean ihm erklärte, dass beide planten, über das Wochenende in Jackson zu bleiben. Sean hatte sich die Option offen gehalten, noch einmal zum Tatort zu fahren, falls er etwas in den Unterlagen finden sollte. Natürlich war das vorgeschoben, aber Don war einverstanden und flog allein nach Washington zurück.

Seit heute Morgen waren sie nun unterwegs und klapperten die Klöster ab. Er musste an die erste Schwester denken, die an der Tür erschienen war. Sie hatte so sanft ausgesehen, diese ältere Frau trug ihre Falten nicht verbittert im Gesicht.

Sie hatten sich vorgestellt und gebeten, Maria Magdalena sprechen zu können; Sean hatte dabei genau auf die Reaktion der Nonne geachtet, um eventuelle Gefühlsregungen mitzubekommen. Doch alles, was er gesehen hatte, war Erstaunen, und dann hatte sie ihnen höflich mitgeteilt, dass es keine Maria Magdalena in ihrem Kloster gäbe. Es waren so viele Unsicherheiten – hieß sie überhaupt Maria Magdalena? Und wenn sie eine Nonne mit dem Namen trafen, war es Patricia? Sie musste jetzt achtundfünfzig sein, wenn sie, kurz nachdem sie zur Nonne geweiht wurde, schwanger geworden war. Aber das war nicht alles, was Sean immer wieder durch den Kopf ging. Was sollte er sagen, wenn er ihr wirklich gegenüberstand? Sie war seine leibliche Mutter. Wie sollte er nach seinem Vater fragen, und was hatte es mit Simon Caims Behauptung auf sich, dass sie geisteskrank geworden war?

„Hey, du musst jetzt rechts“, unterbrach Cat seine Gedanken. „Hast du Angst davor sie zu treffen?“, fragte sie, als ob sein Kopf ein offenes Buch für sie wäre.

Sean bog ab, dann blickte er Cat kurz an. „Irgendwie schon.“ Er parkte und stellte den Wagen ab. „Oak Grove, hier ist es.“ Er hob sein Kinn und deutete in Richtung des großen Anwesens. Eine mit roten Klinkersteinen verkleidete Kirche bildete den Mittelpunkt der Anlage, direkt daran gebaut befanden sich Gebäude, die das Kloster zu einem Viereck verbanden. Es wirkte wie ein Fort, oder besser eine kleine Festung.

Sie stiegen aus. Sean hatte sich mit Absicht für seinen FBI-typischen dunklen Anzug mit weißem Hemd und Krawatte entschieden, Cat trug ein graues Kostüm mit weißer Bluse. Sie wirkten wie ein Paar aus der Oberschicht auf Kirchgang.

Sean blickte über seine Schulter. „Ich könnte schwören, den dunklen Pickup schon wieder gesehen zu haben“, murmelte er argwöhnisch und sie überquerten die Straße, um zum Haupteingang des Klosters zu gehen.

„Dunkler Pickup?“ Cat konnte sich ein Grinsen nicht verkeifen. „Wir sind in Mississippi; achtzig Prozent der Bevölkerung fahren einen dunklen Pickup. Werde mir ja nicht paranoid, du bist nur aufgeregt. Ich bin bei dir, das wird schon.“

„Ja, Ma'am“, erwiderte Sean etwas trotzig. „Aber wahrscheinlich hast du recht. Danke, dass du bei mir bist“, meinte er dann sanft und klingelte.

Es dauerte eine Weile, bis die Tür von innen entriegelt und aufgezogen wurde. Eine kleine, etwa fünfzig Jahre alte Schwester im Habit stand vor ihnen. Sie lächelte die beiden adretten jungen Leute an, sagte: „Gelobt sei Jesus Christus“, und wartete.

Sean kräuselte die Stirn, doch Cat antwortete bereits: „In Ewigkeit. Amen.“

Jetzt erschien ein großes Lächeln auf dem Gesicht der Nonne. „Was kann ich für Sie tun?“, fragte sie freundlich.

„Guten Tag, Schwester, mein Name ist Sean Caver“, er wies mit der Hand auf Cat, „und Catherine Kampell. Wir möchten bitte mit Schwester Maria Magdalena sprechen.“

Die Nonne sah ihn sichtlich erstaunt an, ihr Gesicht verdüsterte sich ein wenig. „Haben Sie denn einen Termin mit der Oberin gemacht?“

Sean schüttelte den Kopf. „Nein.“

„Tut mir leid, um einen Besuch zu machen, muss eine Erlaubnis der Oberin eingeholt werden. Bitte rufen Sie erst an.“ Sie wollte schon wieder die Tür schließen, doch Sean hielt seine Hand dagegen.

„Bitte, Schwester, ist dann wenigstens die Oberin zu sprechen? Es ist wichtig, bitte.“ Seine Worte waren resolut und er hinderte sie daran, die Tür zu schließen.

Die Nonne blickte von ihm zu Cat; man sah, dass sie sich bei der Sache nicht wohl fühlte, doch dann zog sie die Tür ganz auf. „Kommen Sie herein, ich werde sehen, ob die Oberin Zeit für Sie hat.“

Beide folgten ihr durch verschiedene Gänge bis zu einer Tür, vor der eine Reihe Stühle an der Wand stand. Die kleine Nonne klopfte leise an die Holztür und trat in das Zimmer.

Sean verschränkte die Arme hinter den Rücken und ging immer wieder eine paar Schritte im Gang auf und ab. Cat hatte sich gesetzt und sah ihn an. *Wie ein Tiger im Käfig,* dachte sie und sagte sehr einfühlsam: „Beruhige dich.“

Dann öffnete sich die Tür. Eine große, hagere Frau in der gleichen schwarzen Tracht stand vor ihnen; sie musste bestimmt schon Mitte sechzig sein, wenn nicht älter, das war schwer einzuschätzen.

„Miss Kampell, Mister Caver, bitte kommen Sie herein." Ihre angenehme Stimme war ruhig und tief. „Danke, Schwester Maria Augustina, ich brauche Sie nicht mehr." Die kleine Nonne nickte beiden zu, schob ihre Hände in die Ärmel ihrer Soutane und eilte den Gang hinunter.

Sie traten in ein schlichtes Arbeitszimmer mit weiß gekalkten Wänden, Aktenschränken und Bücherregalen aus dunklem Holz. Sean holte tief Luft. *Irgendwie riecht es hier überall nach Weihrauch*, ging es ihm durch den Kopf. Ein riesiges Holzkreuz hing an der Wand und er rieb sich automatisch die Narben an den Innenflächen seiner Hände.

„Bitte." Die Oberin wies auf die beiden Stühle vor dem antiken Holzschreibtisch und nahm selbst dahinter Platz.

„Danke, Frau Oberin", sagte Sean und schlug die Beine übereinander.

Die Oberin musterte sie aufmerksam, bevor sie sprach. „Sie haben sich nach Schwester Maria Magdalena erkundigt?"

„Ja, wir würden gerne mit ihr sprechen", sagte Sean und beobachtete sie mit dem gleichen intensiven Blick.

„Darf ich fragen, um was es geht?" Ihre Tonlage hatte sich verändert, angespannter, vielleicht sogar etwas ängstlich.

„Um ihre Familie – Patricia Carmikels Familie."

„Tut mir leid", kam die schnelle Antwort der Oberin. „Maria Magdalenas Familie ist schon lange verstorben, sie hat niemanden mehr."

Seans Augen wurden härter als er es wollte und seine Pulsfrequenz schnellte hoch. „Das ist nicht richtig. Sie hat immer noch einen Sohn."

Erschrocken legte die Oberin eine Hand vor den Mund; sie war sichtlich bemüht den Schock zu verdauen, doch meinte dann: „Sie müssen sich irren, sie ist eine Nonne und hat keinen Sohn."

„Wie lange sind Sie schon hier im Kloster?“, fragte Cat wie bei einem Verhör.

„Über vierzig Jahre. Warum fragen Sie?“

„Na, dann sollten Sie aufhören zu lügen, ich dachte, Ihr Glaube verbietet Ihnen so etwas!“, entgegnete Sean scharf. „Sie wissen ganz genau, dass sie einen Sohn hat; wahrscheinlich haben sogar Sie selbst Simon und Maren Caim das Schweigegeld von fünfzigtausend Dollar gezahlt, um das alles zu vertuschen.“

„Wer sind Sie und was wollen Sie von ihr?“ Das Gesicht der Oberin hatte alle Farbe verloren und ihre Lippen waren jetzt hart aufeinandergepresst.

„Es ist egal, wer wir sind. Ihr Sohn braucht Hilfe und Informationen von ihr, wir müssen mit ihr sprechen.“ Sean hatte sich wieder unter Kontrolle und sprach die Worte wesentlich ruhiger aus.

Die Oberin sah ihn eigenartig an, zögerte kurz, doch schüttelte dann den Kopf. „Es tut mir leid das zu hören, aber Sie können nicht mit ihr sprechen.“

„Warum, Schwester? Es ist lebenswichtig“, erklärte er entschieden.

„Weil sie seit damals sehr zurückgezogen lebt; sie hat nie wieder Besuch außerhalb der Gemeinschaft gehabt und führt auch mit ihren Mitschwestern sehr wenige Gespräche. Sie hat sich voll und ganz Gott zugewandt.“

„Dann haben *Sie* das Gerücht in die Welt gesetzt, dass Patricia nach der Geburt verrückt geworden sei, um sie von ihrer Familie fernzuhalten?“, fragte Cat ungehalten.

„So war es nicht, Miss Kampell. Sie selbst bat mich darum, nachdem sie ihren Sohn ihrer Schwester übergeben hatte. Sie sagte, dass sie ihre Familie nie mehr wiedersehen möchte, und wir haben ihrem Wunsch entsprochen.“ Die Oberin faltete ihre Hände wie im Gebet auf dem Schreibtisch.

„Wissen Sie, wer der Vater des Kindes ist?“, fragte Sean nervös.

Wieder schüttelte sie den Kopf. „Nein, Mr. Caver, das wissen wir nicht. Unsere Schwester sagte es uns nicht.“ Sie seufzte. „Damals, zu jener Zeit, als sie empfing, gab es keine Männer – ich meine Ordensbrüder oder Handwerker – hier im Kloster, und sie hat das Kloster nie verlassen. Wir können es uns nicht erklären.“

„Warum zum Teufel haben Sie dann das Schweigegeld gezahlt?“, platzte es aus Sean heraus.

Die Oberin hob die Hände. „Nehmen Sie seinen Namen nicht im Hause Gottes in den Mund!“, sagte sie entschieden.

„Tut mir leid“, reagierte er schnell, obwohl er immer aufgebrachter wurde.

„Es war kein Schweigegeld, auch wenn wir die Caims baten, nie darüber zu reden. Wir halfen auch mit der Geburtsurkunde für das Kind, aber alles nur aus einem Grund: wir, die Kirche, fühlten uns verantwortlich. So etwas hätte Patricia unter unserer Obhut niemals passieren dürfen. Mit dem Geld wollten wir den Caims doch nur helfen.“

Es klang sehr ehrlich, was sie sagte, dennoch fühlte Sean eine gewisse Wut. „Wir müssen mit ihr reden“, meinte er unmissverständlich.

„Warum?“

„Ich muss wissen, wer der Vater ist!“, antwortete er, obwohl er das gar nicht so offensichtlich hatte preisgeben wollen.

„Sie weiß nicht, wer dein Vater ist, Nathaniel, bitte glaube mir.“

Sean sah sie schockiert an. Er wollte schon etwas sagen, doch Cat legte ihm die Hand auf den Arm. „Dann sollten Sie ihr wenigstens die Chance geben, ihren Sohn wiederzusehen.“ Cat war ganz ruhig, betrachtete zärtlich Sean, der immer noch heftig ein- und ausatmete. „Und ihm die Chance, seine Mutter kennenzulernen.“

Die Oberin zögerte, sah Cat an, dann Sean und dann lange das Holzkreuz an der Wand, bevor sie endlich nickte. „Ist sie deine Frau?“, fragte sie und blickte wieder von Sean zu Cat.

Sean hatte sich einigermaßen gefangen. „Ja, auch wenn wir noch nicht verheiratet sind. Woher wussten Sie, dass ich Nathaniel bin?“

Sie lächelte sanftmütig. „Ich war die Erste, die dich im Arm hielt, nachdem du geboren warst. Du warst ein außergewöhnliches Kind, hast nicht einen Moment geweint, und deine dunkelblauen Augen strahlten irgendwie. Dieses Strahlen hast du immer noch an dir.“ Sie stand auf. „Na gut. Kommt, ihr beiden, ich bringe euch zu Maria Magdalena. Doch bitte seid darauf gefasst, dass es sie sehr schockieren wird.“

Sie ging um den Schreibtisch, knickste vor dem Holzkreuz und bekreuzigte sich. Die beiden standen auf, Cat schob ihre Hand in Seans und sie folgten der Oberin aus dem Zimmer.

Sie warteten ungeduldig in einem kleinen Aufenthaltsraum. Die Nonne war ein paar Minuten zuvor gegangen, um Maria Magdalena zu holen. Sean rieb sich unruhig mit der Hand über den Mund.

Cat legte ihre Hand auf seine Brust. „Ist schon gut, ich bin bei dir“, flüsterte sie beruhigend. Sean sah sie an, seine Augen waren vor Anspannung dunkel geworden. Er beugte sich zu ihr und hauchte ihr einen schnellen Kuss auf die Lippen, als sie ein Geräusch an der Tür hörten. Cat trat ein paar Schritte hinter Sean. Eine Nonne, gefolgt von der Oberin, kam ins Zimmer und hob ihren Kopf.

Sie war etwa so groß wie Cat, schlank und das Gesicht war trotz ihres Alters immer noch außergewöhnlich weiblich und anziehend. Bestechend schöne Augen, die einen magisch in den

Bann zogen, doch plötzlich weiteten sie sich entsetzt, als sie Sean anblickte.

Er schloss seine Augen. Irgendwie befürchtete er, dass sie anfangen könnte zu schreien.

Doch es blieb still. „Warum schließt du die Augen, wenn du mich siehst?“, hörte er eine für ihn wundervoll klingende Stimme, die ihm bekannt vorkam und die in ihm ein bestimmtes Gefühl auslöste: das Gefühl, tief und innig geliebt zu werden.

„Warum bist du hier? Du bringst ihn in Gefahr.“ Sie war vor ihn getreten und er sah sie an. Trotz der Worte waren ihre Gesichtszüge weich; sie hob die Hand und berührte seine Wange. Sean zuckte ein wenig, weg von ihrer Hand. Sie sah ihn fragend an, doch berührte wieder sein Gesicht, strich durch sein Haar. Sie lächelte. „Warum hast du dein wundervolles Haar geschnitten?“, fragte sie mit einer Erregung in der Stimme, die weder zu einer Nonne noch zu einer Mutter passte.

Dann traf ihn die Erkenntnis wie ein Schlag: *Sie denkt, ich bin er!*

Er griff ihre Hand, die immer noch an seiner Wange lag, hielt sie fest und musste sich räuspern, um überhaupt ein Wort herauszubekommen. „Ich bin dein Sohn, Nathaniel“, sagte er sehr leise.

Patricia trat einen Schritt zurück, entzog ihm ihre Hand. Er wusste ihren starren Blick nicht zu deuten.

„Nathaniel“, hauchte sie. „Du siehst aus wie dein Vater.“

Sean atmete laut aus. Er fühlte sich furchtbar, wusste nicht, was er machen, noch sagen sollte, blickte zu Cat und wäre am liebsten zu ihr gegangen, um sie in den Arm zu nehmen, sich an ihr festzuhalten. Doch Cat nickte ihm nur ermutigend zu und er wandte sich wieder seiner Mutter zu.

Sie blickte ihn immer noch fasziniert an, dann erschien ein wundervolles Lächeln auf ihren Lippen und sie streckte die Arme nach ihm aus. Er machte einen zögerlichen Schritt auf sie zu und dann umarmte sie ihn mit einer Inbrunst, dass er fast automatisch seine Arme auch um sie legte – diese Frau, die er bis vor einigen Minuten nie zuvor gesehen hatte. Sie war eine Fremde, doch die Umarmung barg eine Nähe, die er sonst nur mit Cat kannte. Seine Mutter. Er schloss die Augen, gab jeglichen Widerstand auf und zog sie fester an sich.

Es dauerte lange, bis er sich langsam löste. Patricia betrachtete ihn mit feuchten Augen. Sean durchbrach die Stille: „Mutter, ich möchte dir meine Frau Catherine vorstellen." Er drehte sich zu Cat und hielt ihr die Hand hin. Cat kam näher und ergriff sie.

„Ihr seid ein wunderschönes Paar. Wir sollten uns setzen, meine Beine zittern ziemlich heftig." Sie ging an den kleinen runden Tisch und ließ sich auf dem Stuhl nieder. Cat und Sean folgten ihr.

„Mutter Oberin, würden Sie uns jetzt bitte alleine lassen?", bat Patricia und die Oberin nickte etwas verwirrt, aber verließ den Raum.

„Wie hast du mich gefunden?", fragte Patricia und ergriff wieder Seans Hand, die auf dem Tisch lag.

Ihre Berührung war immer noch ein wenig ungewohnt für ihn, doch nicht unangenehm. Er begann zu erzählen, von Simon und Maren, dem Brief und wie sie sich auf die Suche nach ihr gemacht hatten; dabei betrachtete er sie genau. Auch wenn sie behauptete, dass er aussähe wie sein Vater, konnte er Teile von sich selbst in ihrem Gesicht sehen: die geschwungenen Augenbrauen, ihre Falten um den Mund, die wie Lachfalten wirkten, von denen er selbst aber wusste, dass sie es nicht waren.

„Warum jetzt? Simon ist vor fast zehn Jahren gestorben", fragte sie und dabei ruhte ihr Blick auf seinem Gesicht.

Sean sah zu Cat hinüber, dann legte er seine andere Hand auf die seiner Mutter. „Ich brauche deine Hilfe."

„Sag mir wie!“, erwiderte sie voller Eifer.

Es dauerte fast eine Stunde, bis Sean und Cat alles erzählt hatten: die schmerzliche Gefangenschaft, seine erste Begegnung mit Camio, Gabriel, die Drohungen. Patricia hatte ihnen ruhig zugehört, manches Mal geseufzt und den Kopf vor Entsetzen geschüttelt, jetzt saß sie da und hatte Tränen in den Augen.

„Ich muss wissen, wer und was mein Vater ist. Meine und Cats Zukunft hängt davon ab. Ich liebe sie über alles und habe Angst, dass ihr etwas zustößt. Bitte rede mit mir!“

Sie zog langsam ihre Hand aus seiner, verbarg sie auf ihren Knien unter dem Tisch. „An alldem bin nur ich Schuld.“ Ihre Worte waren leise und voller Bedauern, und dann begann sie zu berichten, von der Zeit, als Nate noch nicht geboren war.

„Es war an einem Abend im Dezember 1981. Die Mitternachtsmette war längst vorüber, doch ich konnte nicht schlafen, irgendwie war ich unruhig. Mein erstes Weihnachtsfest ohne meine Eltern stand an, ich dachte an Maren und Simon und wünschte mir so sehr, sie sehen zu können. Daher stand ich auf und kleidete mich an. Der Habit gab mir Sicherheit, ich fühlte mich besser und beschloss, wieder in die Kapelle zu gehen. Das war schon immer mein Zufluchtsort. Alles hier war noch so neu und ich fühlte mich noch nicht zu Hause. Es schneite leicht – mein Gott, Mississippi und Schnee, so selten.

Als ich in die Kapelle kam, brannten noch die Kerzen, die wir nach der Mette angezündet hatten, und sie tauchten den kleinen Raum in ein warmes Licht, obwohl es eiskalt war.

Da sah ich ihn. Er kniete vor dem Altar, blickte auf unseren Herrn Jesus Christus am Kreuz. Es war aber kein Obdachloser, der sich hier eingeschlichen hatte. Er war von der Gestalt eines jungen Mannes; er trug eine Hose, sein Oberkörper war trotz der Kälte nackt und sein langes Haar hing wirr über seinen Rücken. Ich erschrak furchtbar. Doch was mich am meisten verstörte, waren die schwarzen Flügel, die aus seinen Schultern ragten und ausgestreckt rechts und links neben ihm ausgebreitet waren. Ich wollte schon fortlaufen, doch dann hörte ich ihn. Er zitierte Verse. Es dauerte eine Weile, bis ich verstand – es waren die Worte der Offenbarung: ‚Und sie war schwanger und schrie in Kindesnöten und hatte große Qual zur Geburt.'

Ich musste mich schütteln und ließ mich auf einer Bank nieder. Es war alles so unwirklich, aber ich hatte keine Angst mehr und beruhigte mich, hörte ihm weiter zu. ‚Und sie gebar einen Sohn, ein Knäblein, der alle Heiden sollte weiden mit eisernem Stabe. Und ihr Kind ward entrückt zu Gott und seinem Stuhl.'

Ich stand auf und ging auf den Altar zu. Plötzlich gab es ein knirschendes Geräusch, ich war auf eine einzelne Feder, die auf dem Boden lag, getreten. Er sprang auf und stand plötzlich mit bedrohlichem Gesicht vor mir, die Flügel weit ausgebreitet und mit pechschwarzen Augen.

Irgendwie hatte ich keine Angst; ich betrachtete ihn, er war wunderschön. Trotz seines zornigen Blicks waren seine Züge weich und anmutig, sein Mund so sinnlich und sein Körper stark und muskulös. Aber am meisten beeindruckten mich seine Flügel, so wuchtig, irgendwie beschützend.

‚Bist du ein Engel?', fragte ich in meiner Naivität.

‚Fürchtest du mich nicht?', hörte ich seine betörende Stimme, die gleiche, die du hast, Nathaniel.

Ich antwortete ihm, als wäre es das Normalste der Welt, mit einem Engel zu reden; ich sagte: ‚Nein, warum sollte ich? Engel sind im Hause Gottes willkommen.'

Er sah mich an und sein Antlitz verlor an Härte. Er sank langsam vor mir auf die Knie. ‚Ich bin kein Engel. Nicht mehr, ich bin verdammt.'

Als ich den Schmerz in seiner Stimme hörte, konnte ich an nichts anderes denken, es war wie mein eigener Schmerz. Darum fiel ich selbst vor ihm auf die Knie und ergriff sein Kinn, hob es an und sagte: ‚Etwas so Schönes wie du kann nicht verdammt sein.'

Da traten Tränen in seine Augen, rollten langsam über sein Gesicht, sie schimmerten wie Sterne. Und ich weiß nicht, warum ich es tat, doch ich tat es: ich beugte mich vor und küsste die Tränen von seinem Gesicht.

Er war wie erstarrt, blickte in meine Augen, und plötzlich war er verschwunden, stattdessen hockte ein Vogel vor mir – der kleine Vogel mit den gleichen pechschwarzen Augen. Er erhob sich und flatterte davon." Patricia sah Sean und Cat an. „Unglaublich, nicht wahr?"

Sean rieb sich über die Augen. „Nein, ziemlich glaubwürdig. So ging es mir, als er vor dem Kreuz stand: erst die Drossel und dann der Engel mit den schwarzen Flügeln. Er berührte meine Füße und ich glaube, in dem Moment heilte er mich."

Cat legte ihre Hand auf seine Wange, sodass er sie ansah. Die Wärme war so außergewöhnlich, dass er den Kopf drehte und ihre Handfläche küsste; dann nahm er ihre Hand in seine. Er sah zu seiner Mutter, die die Szene beobachtet hatte; ein inniges Lächeln lag nun auf ihren Zügen.

„Bitte erzähl weiter", forderte Sean sie auf.

„Ich verließ die Kapelle, kehrte in meine Zelle zurück und dachte nach einer Weile, einen Wachtraum gehabt zu haben, nur eine Illusion. Es geschah zwei Tage später. Ich schlief bereits, als mich ein Geräusch weckte. Ein Vogel flog in meiner Zelle umher, obwohl das Fenster geschlossen war. Als ich mich aufsetzte und das Licht einschaltete, stand er vor mir.

‚Fürchte mich nicht', sagte er nur.

Ich schüttelte den Kopf. ‚Ich fürchte dich nicht.' Ich war etwas verschämt, denn ich trug nur mein Nachtgewand und ihr müsst wissen, mein Kopf war immer noch kahl geschoren von der Weihe. Doch er sah mich an, als ob ich das Wunderbarste wäre, das er je gesehen hatte.

‚Warum hast du mich geküsst?', fragte er.

Ich musste lächeln, denn sein Ausdruck war so jugendlich, so unschuldig. ‚Weil du geweint hast. Es ist meine Berufung zu trösten.'

Er kam langsam auf mich zu, faltete seine Flügel hinter dem Rücken zusammen, setzte sich vor mein Bett auf den Boden und nahm meine Hand. ‚Kannst du Seelen retten?', fragte er verunsichert.

Ich blickte in sein Gesicht, legte meine andere Hand auf seine anmutige Schulter und sagte: ‚Nur Gott kann Seelen retten, doch ich kann dafür beten.' Dann erwiderte er meinen Blick und ich sah das erste Mal sein Lächeln. Es traf mich mitten ins Herz. Dieses unglaublich unbeschreiblich wundervolle Wesen saß vor mir und sah mich an, die Lippen zu einem scheuen Lächeln verzogen und mit durchdringenden Augen, die in dem Moment so voller Hoffnung waren. Ich selbst war verloren, bezaubert, alles in diesem einen Moment. Und dann sagte ich die Worte, die meine und seine Existenz für immer zerstören sollten: ‚Ich werde deine Seele retten.'"

Schwester Maria Magdalena sah auf, in die Augen ihres Sohnes, und Tränen rollten über ihr Gesicht. „Es ist meine Schuld, nicht seine, er ist nicht schlecht", sagte sie und legte ihre Hand einen Moment lang vor den Mund. Dann fuhr sie fort: „Er kam jeden Abend, bald lag er auf meinem Bett, ich in seinen Armen – nein", sie lächelte glücklich, „in seinen Flügeln. Wir redeten über so vieles, er gestand mir so viel, doch je mehr er mir von sich erzählte, umso mehr verehrte ich ihn, was ihn immer von Neuem erstaunte. Sein Selbstwertgefühl war alles andere als groß. Eines Abends lag ich mit meiner Wange auf seiner Brust, ganz eingehüllt in seine Flügel. Er war so traurig in dieser Nacht und ich weiß nicht, warum ich es tat. Ich war naiv, hatte keine Erfahrung mit Körperlichkeiten, und nie hatten meine Eltern mit mir darüber gesprochen. Doch plötzlich wusste ich, wie ich ihn trösten konnte, und ich küsste seine Brust …" Patricia schluckte hart und senkte wieder den Blick.

Sean ergriff ihr Kinn. „Sieh mich an, Mutter. Es gibt nichts, wofür du dich schämen musst."

Patricia erstarrte. „Oh, Nathaniel, das waren genau seine Worte! Ich küsste ihn, er nahm mein Gesicht in seine Hände und dann spürte ich seine Lippen auf meinen. Es war berauschend, doch ich löste mich und schlug die Augen nieder. ‚Es gibt nichts, wofür du dich schämen musst', sagte er und hob mein Kinn an." Sie atmete tief durch. „In dieser Nacht geschah es." Sie sah Sean liebevoll an. „In dieser Nacht bist du entstanden."

„Er hat dich verführt", sagte Sean und ergriff wieder ihre Hand.

Sie schüttelte leicht den Kopf. „Nein, ich habe ihn verführt. Dein Vater hat mich geliebt. Er litt so sehr unter dem, was er war, und als ich ihm sagte, dass wir ein Kind erwarteten, war er vor Freude kaum zu bändigen; er war so glücklich bei dem Gedanken Vater zu werden."

„Also warst du freiwillig mit ihm zusammen?", fragte Sean ungläubig.

„Nein, ich war nicht mit ihm ‚zusammen', das wäre der falsche Ausdruck. Ich habe Camio *geliebt*, mehr als alles andere, sogar mehr als unseren Herrn, was mich in einen unglaublichen Gewissenskonflikt stürzte. Aber er war mein Ein und Alles. Mein Glück, mein Schmerz, meine Freude und letztendlich fast meine Vernichtung."

Sean sah Cat an. Patricia hatte alles in Worte gefasst, was er selbst für Cat empfand; genau so ging es ihm mit ihr, sie war seine größte Freude, sein Glück, ohne das er nicht mehr leben wollte, und wenn er daran dachte sie zu verlieren, war da nur Schmerz und danach seine Vernichtung.

Plötzlich schossen ihm all die gemeinsamen Momente mit ihr durch den Kopf: Cat auf der Anrichte mit baumelten Beinen, während er versuchte zu kochen und es ihr zu erklären, doch anstatt zuzuhören, redete sie nonstop über etwas anderes und brachte ihn zum Lachen. Cat, wie sie in seinem Lieblingshemd durchs Haus tobte, obwohl er ihr schon tausend Mal erklärt hatte, dass er es nicht mochte, wenn sie seine Kleidung trug. Daran, wie er sie das erste Mal wieder geliebt hatte, in Deutschland, nach sechs Jahren wieder mit ihr zusammen zu sein – es hatte sich angefühlt, als wäre er nach langem Herumirren endlich nach Hause gekommen. Cathy als Teenager, das erste Mal, als er sie gesehen, das erste Mal, als er mit ihr geschlafen hatte, und dann, es war keine fünf Tage her, als sie herzzerreißend weinte, er hatte sie zum Weinen gebracht. Er spürte, wie ihm jetzt selbst Tränen übers Gesicht rollten.

„Warum hast du Nate weggegeben, wenn ihr euch geliebt habt?“, fragte Cat, sie war vollkommen konzentriert auf Patricia, merkte nichts von seinen Gefühlen. Sean fuhr sich schnell übers Gesicht.

„Mein Kind, es war leider nicht so einfach“, antwortete Patricia. „Als er erfuhr, dass ich schwanger war, änderte sich alles. Zwar war er überglücklich, doch ab diesen Tag trat auch die Angst in sein Leben, die Angst um mich und das Kind.“ Sie seufzte. „Eines Tages sagte er mir, dass er mich, sobald das Kind geboren wäre, nie mehr sehen dürfte. Sein Gesicht war ein einzig großer Schmerz und er hielt mich in dieser Nacht wie ein Ertrinkender. Seine und meine Strafe für das, was wir getan hatten. Wer Gottes Zorn heraufbeschwört, muss mit den Konsequenzen leben.“

„Aber wie konntest du nur so naiv sein? Er war ein gefallener Engel! Was er mit dir gemacht hat, hatte er schon einmal getan und wurde so zu einem Gefallenen“, meinte Sean benommen. Sein Gefühlshaushalt war völlig durcheinander durch das, was seine Mutter ihnen erzählte; er konnte, wollte nicht glauben, dass sie seinen Vater freiwillig geliebt hatte, dass er selbst aus Liebe gezeugt worden war.

Patricia sah ihren Sohn streng an. „Bitte rede nicht so. Er ist dein Vater und du weißt nichts über ihn. Er war kein Gefallener, sonst wäre er gar nicht erst hier unter uns gewesen. Die Engel, die sich gegen Gott stellten, wurden verbannt unter die Erde bis zum jüngsten Gericht, ihre Kinder jedoch starben bei der Sintflut, die Gott schickte. Er hat mir erzählt, was sein Vergehen gegen Gott war, doch es ist nicht an mir, dir das zu sagen, das soll er eines Tages selbst tun.“

„Aber …“ Sean fehlten die Worte.

„Patricia“, griff Cat ein. „Sean hat ihn nur einmal gesehen, als er ihm damals das Leben rettete, aber noch nie mit ihm gesprochen.“

Seine Mutter griff über den Tisch und streichelte liebevoll Seans Wange. „Das Letzte, was Camio mir versprach, bevor er für immer aus meinem Leben verschwand, war, dich zu beschützen. Er ist immer in deiner Nähe, du musst nur hinsehen und es auch zulassen. Ich denke, er hat deine Angst gespürt und sich daher nie zu erkennen gegeben. Nur als du dem Tod so nahe warst, hat er sich dir gezeigt. Verliere deine Angst vor ihm und dem, was er ist, dann kannst du ihn alles fragen, was dir auf dem Herzen liegt. Mit mehr kann ich euch nicht helfen, denn ich habe die Antworten selbst nicht. Ich weiß nicht, warum Gott euch droht durch seinen Verkünder Gabriel.“

Sean lehnte sich zurück und griff sich ins Genick, als ob er Schmerzen hätte, schloss die Augen und fragte müde: „Warum hast du mich weggegeben? Auch wenn du Nonne warst … Maren und Simon hätten dir bestimmt geholfen. Warum, Mutter?" Er öffnete die Augen und sah in ihr Gesicht.

„Das, Nathaniel, war meine Strafe." Sie legte ihre andere Hand auf den Tisch und strich über den schmalen Ehering, den sie trug. „Ich habe Gott in vieler Hinsicht betrogen, diesen Ring über zwanzig Jahre nicht getragen, bis ich endlich wieder zu unserem Herrn zurückfand und meinen Schmerz über die Trennung von dir akzeptieren konnte. Camio wurde damit gestraft, mich nie wiedersehen zu können, und ich damit, dich nicht zu behalten; das wurde uns auferlegt. Man hatte uns gesagt, wenn wir uns dem nicht beugten, dann würde der Nephilim, so nannte er dich, genauso sterben wie alle anderen Kinder der Engel."

„Wer hat das gesagt?"

„Gabriel!"

Sean zuckte merklich zusammen. „Warum tut er uns das alles an?"

„Weil ich eine schwere Sünde begangen habe", erwiderte sie traurig.

Cat ergriff ihre Hand. „Jetzt habt ihr euch wiedergesehen. Denkst du, das wird Konsequenzen haben für Nate?"

„Mein liebes Kind, du liebst ihn sehr." Patricia fand ihr Lächeln wieder. „Ich denke nicht, denn Nathaniel hat mich gefunden. Aber wir sollten es bei diesem einen Treffen belassen, wir sollten Gott nicht erzürnen. Bitte denkt daran, dass Gott eigentlich nicht voll Zorn ist, er beschützt auch die Liebenden, das sieht man an euch. Folgt den Worten Gabriels und ihr könnt ein wundervolles gemeinsames Leben haben."

Sean lehnt sich ans Auto und zog das Päckchen Zigaretten aus der Jackentasche. Seine Hand zitterte, als er sich eine anzündete. Seine Mutter war nach diesem letzten Satz an ihn aufgestanden, hatte ihn und auch Cat in die Arme geschlossen und war aus dem Raum geeilt.

„Wie geht es dir?“, fragte Cat besorgt; sie stand vor ihm und griff behutsam nach seiner Hand. Er ließ die Zigarette fallen und zog sie grob in eine Umarmung, küsste ihren Mund mit einer Heftigkeit, dass Cat erschrak, vor allem, weil der Kuss so leidenschaftlich war – es dauerte gefühlte Ewigkeiten, bis er seine Hand aus ihrem Haar zog.

„Tut mir leid“, flüsterte er kleinlaut. „Ich bin völlig durcheinander.“ Er gab ihr die Autoschlüssel. „Fahr du bitte.“

Er schwieg, und als sie wieder auf die Interstate 20 nach Jackson kamen, durchbrach Cat die bedrückende Stille. „Ich bin froh, dass er deine Mutter geliebt hat, als sie dich bekamen.“

Sean sah sie niedergeschlagen an. „Nicht, Liebes, ich kann jetzt nicht darüber reden, dafür bin ich viel zu verwirrt. Ich muss erst wieder klar denken können und weiß momentan überhaupt nicht, was ich fühlen soll.“

„Ich verstehe“, sagte sie leise. „Was hältst du davon, wenn wir versuchen, heute Mittag noch einen Flug nach Washington zu bekommen?“

Er lächelte sie dankbar an. „Ja, ich rufe gleich beim Flughafen an. Ich will nach Hause.“

Stafford, Samstag, 12. Januar 2019

Es war bereits vier Uhr, als das Taxi endlich in Stafford am Monument Drive hielt. Sean zahlte und sie schafften ihr Gepäck ins Haus. „Es muss die letzten zwei Tage hier durchgeschneit haben. Komm, wir ziehen uns um und schaufeln die Auffahrt frei, sonst bekommen wir deinen Wagen Montag erst gar nicht aus der Garage." Seans Interceptor stand noch auf dem Parkplatz in Quantico, wo sie abgeflogen waren.

„Wenn du möchtest, können wir das gerne tun. Sean, sagst du mir wie es Dir geht?", forderte sie ihn behutsam auf, denn er hatte weder auf dem Flug noch während der Fahrt nach Stafford viel gesagt.

Er zuckte die Schultern. „Ich weiß nicht. Momentan möchte ich alles verdrängen, und das tue ich auch. Lass es gut sein, Cat, ich rede darüber, wenn ich so weit bin … später."

Sean schippte den Schnee vom Beton der Auffahrt auf den Rasen, der mit einer dreißig Zentimeter hohen weißen Schicht kein Stück Grün mehr zeigte. Cat war etwas entfernt und kehrte mit dem Besen die Schneereste an den Rand der Zufahrt, die er vom gröbsten Schnee bereits befreit hatte. Sie trug einen seiner dicken Winterpullover, in dem sie versank, und hatte eine weiße Wollmütze auf dem Kopf, unter der ihr langes blondes Haar völlig verschwand. Das war so typisch Cat, sie liebte es seine Sachen anzuziehen und es passierte ihm immer häufiger, dass er etwas in seinem Kleiderschrank suchte, das in der Wäsche lag, weil sie es getragen hatte. Er konnte nicht behaupten, davon begeistert zu sein, doch wenn sie dann sagte, dass der Pullover so wunderbar nach ihm roch – was blieb ihm übrig?

Er stützte sich nachdenklich auf die Schneeschaufel. Die ganze Sache, alles, was er heute Morgen gehört hatte, gärte in ihm. Es hatte aber etwas bewirkt, was er eigentlich nicht für möglich gehalten hatte: seine Liebe für Cat war noch intensiver geworden. Er betrachtete sie, wie sie mit dem Besen ungeschickt die Schneereste verteilte. Immerhin, sie bemühte sich, doch es würde noch Jahre dauern, bis sie in der Lage war, einen Haushalt zu führen.

Er schmunzelte. Don hatte nicht Unrecht; Sean war es, der kochte und auch den Rest erledigte. Das Kochen hatte er sich selbst beigebracht, und daran war Don nicht unschuldig. Sein Freund hatte ihn immer wieder in viel zu teure Restaurants eingeladen, wenn sie sich sahen, und da Sean es sich nicht leisten konnte, die Einladungen zu erwidern, hatte er sich kurzerhand ein Kochbuch angeschafft – aber nicht irgendeines: es waren Rezepte von Köchen, die mindestens einen Michelin-Stern hatten – und hatte dann mit dem Experimentieren begonnen. Mittlerweile kochte Sean so gut, dass Don darauf bestand, bei ihm zu essen; auch brauchte er schon lange kein Kochbuch mehr, um etwas wirklich Köstliches zu zaubern.

Cat hingegen ließ Wasser anbrennen, wenn er nicht aufpasste. An die Waschmaschine durfte sie nicht mehr, seit sie letzte Woche mit einem neuen roten T-Shirt fünf seiner weißen Oberhemden in ein zartes Pink verfärbt hatte. Aber sie gab sich Mühe, selbst beim Fegen. Klar, woher sollte sie es können? Er erinnerte sich genau an den Haushalt ihrer Jugend: Ihre Mutter hatte eine Haushälterin, María Hernández, die kochte, wusch, aufräumte. Als Teenager hatte Cat keine häuslichen Pflichten gehabt, Schule und danach Reiten, der große Pool, Freunde und Partys.

Sean hingegen war, so lange er denken konnte, zum Abwaschen, Rasenmähen und Aufräumen verdonnert worden. Sein Zimmer musste gewisse Standards erfüllen, sonst war seine Mom – Adoptivmom – unangenehm geworden. Aber das bedeutete bei Maren Caim einfach nur, dass sie ihn weniger in ihre Arme nahm, ihm nicht so oft übers Haar strich. Er hatte gewusst, dass seine Mom ihn liebte, dennoch waren die Zärtlichkeiten für ihn mehr als nur wichtig, da sein Vater Simon sich kaum dazu hinreißen ließ. Jetzt war Sean dankbar dafür, denn er hatte nicht nur gelernt, wie man ohne Haushälterin leben konnte, sondern auch, wie wichtig Zärtlichkeiten waren.

Cat bemerkte, wie er dort stand und sie beobachtete. „Hey, du hast mindestens noch zwei Meter bis zur Straße und es wird langsam dunkel! Träumst du?"

Er schmunzelte. „Nein, ich beobachte dich", entgegnete er und nahm die Schneeschaufel wieder in die Hand.

„Und, bin ich nicht gut?"

„Geht so", rief er ihr zu.

„Na hör mal, ich gebe mein Bestes!", erwiderte sie, und er konnte ihre roten Wangen und auch die von der Kälte rot gefärbte Nasenspitze sehen. „Lass uns fertig werden, du musst noch kochen und ich die Wäsche aufhängen."

Er hob die nächste Ladung Schnee auf den Rasen und atmete die kalte Luft tief ein. Es erfüllte ihn mit solch einer Zufriedenheit, all diese alltäglichen Dinge mit ihr zu tun. Vor allem nach dem, was er heute über sich und seine wirklichen Eltern erfahren hatte. Seine Mutter hatte seinen Vater, dieses fremde Wesen, wirklich geliebt ... *Warum – er war verdorben, oder?*, fragte er sich.

Plötzlich traf ihn etwa Hartes, Kaltes am Kopf. Er drehte sich um. Cat hielt bereits den zweiten Schneeball in der Hand und warf. Er duckte sich und rannte auf sie zu, zerrte sie vom Weg auf die Wiese und warf sie in die Schneeaufhäufung, ließ sich auf sie fallen und rieb ihr den lockeren Pulverschnee ins Gesicht. Sie prustete und lachte, der Schnee schmolz in ihrem geröteten Gesicht und er küsste ihren nassen Mund, der wunderbar kalt war.

„Sorry, wenn ich störe", hörten sie eine Stimme und unterbrachen ihren Kuss wie zwei Teenager, die beim Knutschen erwischt worden waren. Sean rollte sich auf die Seite und setzte sich auf. Cat blickte auf und sah die hübsche Frau mit den langen roten Haaren an. Sie trug eine Wildlederjacke mit Lammfell am Kragen, Jeans und ihre Füße steckten in hohen Mokassinstiefeln. Die

Hände leger in die Taschen gesteckt stand sie da und sah beide mit ihren unglaublich grünen Augen an.

„Corey, hi", sagte Sean. Er stand auf, schlug sich den gröbsten Schnee von Jeans und Jacke und streckte Cat die Hand hin, um sie hochzuziehen.

„Hallo Sean", sagte Corey mit einer aufregend sinnlichen Stimme.

Cat zog ihre Mütze auf dem Kopf zurecht, die von der Toberei schief über ihr Gesicht gerutscht war. Sie hielt Corey die Hand hin. „Hallo, ich bin Cat", sagte sie und kam sich vor wie ein Teenager, als diese überaus attraktive Frau ihre Hand ergriff und lächelte.

„Hallo", sagte sie und fügte hinzu: „Ich bin die Nachbarin."

Cat wurde ganz anders und sie musste schlucken. Das war also die Frau, mit der Sean für eine Weile zusammen gewesen war. Was hatte sie auch erwartet? Ganz bestimmt nicht, dass sie hässlich war; doch Corey war einschüchternd attraktiv.

Sean beugte sich vor und gab Corey einen Kuss auf die Wange. „Schön dich zu sehen. Wann bist du aus Orlando zurückgekommen?", fragte er und Cat schluckte wieder, als sie die ungezwungene Vertrautheit zwischen ihnen sah.

„Ich bin seit drei Tagen wieder da, hab schon nach dir Ausschau gehalten." Sie lächelte und man sah die perfekten Zähne; die Augen blitzten. *Oh Mann, die Farbe!,* schoss es Cat durch den Kopf. Ein Grün, das fesselte.

„Wie war deine Ausstellung? Immerhin warst du zwei Monate weg", fragte er, und dann fiel Seans Blick auf den großen weißen Schäferhund, der über den Schnee angesaust kam und direkt auf ihn zuhielt.

„Salvador!", rief Sean und ging in die Hocke. Der Hund rannte mit ungebremster Geschwindigkeit auf ihn zu und Sean landete wieder rücklings im Schnee, als der Hund ihn umwarf.

Er stand schwanzwedelnd über Sean und versuchte sein Gesicht abzulecken. Sean griff seinen Kopf und kraulte ihn. Dann richtete er sich wieder auf; Salvador sprang an ihm hoch und er ließ das große Tier gewähren, strich über seine Ohren und sprach mit ruhigen Worten auf ihn ein, bis sich seine Freude ein wenig gelegt hatte und er neben Sean im Schnee saß und zu ihm hoch sah.

Erst dann richtete sich Seans Blick wieder auf Cat und Corey, die ihn beobachteten.

„Entschuldige bitte, Corey, das ist Catherine, Cat, meine …", er suchte das richtige Wort, „… wir sind zusammen." Dann berührte er Coreys Arm leicht. „Ja, und das ist Corey, meine Nachbarin, und das da unten ist Salvador Dalí", meinte er, an Cat gerichtet. Der Hund sprang sofort auf und sah ihn erwartungsvoll an.

Cat rang sich ein Lächeln ab. Es war nicht einfach, Sean so intim mit einer anderen Frau zu sehen – und vertraut war er mit ihr, selbst ihr Hund schien ihn zu vergöttern.

„Sorry, ich wollte euch nicht stören", meinte Corey noch einmal, denn ihr entging nicht, dass Cat verunsichert war. „Wollte nur mal sehen, wie es so geht, wir haben uns seit Ewigkeiten nicht mehr gesprochen."

Sean sah Corey an und dann Cat. Er merkte, dass sie sich nicht gerade wohl fühlte in der Situation, und legte seinen Arm um ihre Schultern.

„Danke, es geht mir … uns gut. Cat ist bei mir eingezogen, wir leben zusammen", sagte er sanft.

„Oh, hab mir schon so was gedacht, als ich euch vorhin im Schnee sah", meinte Corey charmant, aber Cat sah ein Zucken in ihren Augen, das nicht so charmant war – eher verletzt.

„Warum kommst du morgen Nachmittag nicht mal auf einen Kaffee vorbei? Dann kannst du uns von der Vernissage und deinen

Bildern erzählen …", versuchte Sean die Situation zu retten; auch er hatte gesehen, dass Corey mit seinen Worten kämpfte.

„Mal sehen. Ich ruf an, wenn es klappt. Habt einen schönen Abend." Sie drehte sich um und ging wieder über die verschneite Rasenfläche zu dem alten Haus nebenan. Dann wandte sie sich wieder zu ihnen um. „Salvador, komm schon."

Der Hund sah Sean an und blieb sitzen, bis er sich hinunterbeugte und seine Ohren kraulte. „Na los, alter Junge, geh schon, geh mit Corey." Der Hund blickte nochmals zu Sean auf, ob vielleicht noch weitere Krauleinheiten zu erwarten waren, aber trollte sich, als Sean sich nicht bewegte. Dann fing er an zu laufen und hüpfte begeistert über die Schneewehen, seinem Frauchen hinterher.

„Komm, wir machen das hier fertig und kochen dann", sagte Sean und nahm die Schneeschaufel wieder in die Hand.

Cat saß auf ihrem Lieblingsplatz, der Anrichte, trank still von ihrem Wein und sah zu, wie Sean die Sauce für das Hähnchen, das im Ofen röstete, abgoss und passierte.

Er drehte sich zu ihr, nahm einen Schluck von dem Pouilly-Fuissé aus ihrem Glas und sah sie an. „Catherine Kampell, was ist los?"

Sie war viel zu still gewesen die letzten zehn Minuten, seit sie vom Wäscheaufhängen zu ihm in die Küche gekommen war.

„Nichts", sagte sie leise, nahm ihm das Glas ab und nippte wieder am Wein.

Sean trat vor sie und schaute ihr in die Augen. „Du sitzt in der Küche, wie immer mitten im Weg, und schweigst, anstatt mich vom Kochen abzuhalten und mir die irrsinnigsten Stories zu erzählen. Also, was ist los?"

Sie sah ihn an und schüttelte den Kopf.

„Gut, dann nichts", sagte er und grinste, als er sich umdrehte, um den klaren Sud höherzustellen, damit er noch weiter reduzierte. Er nahm die geschälten Kartoffeln und schnitt kleine Würfel. Wartete.

„Hast du sie geliebt?", fragte sie plötzlich sehr leise.

Er legte das Messer weg, wischte sich die Hände am Tuch ab und stellte sich wieder vor sie. „Ich habe niemals eine Frau geliebt außer dir", sagte er sehr ernst, beugte sich vor und küsste Cat sanft.

„Ich war überrascht, sie ist so schön."

Sean sah sie an und verzog leicht den Mundwinkel. „Ja, das ist sie. Und?"

„Na ja, sie ist auch nett."

„Ja?"

„Warum hast du dich getrennt, man merkt jetzt noch, dass sie dich mag … sehr mag."

Er schüttelte leicht den Kopf. „Bist du eifersüchtig?"

„Nein!", sagte Cat viel zu schnell. „Doch, ja, bin ich, und denke gleichzeitig, dass ich mich ziemlich kindisch verhalte", fügte sie hinzu. Sie sprang von der Arbeitsplatte. „Sean, wie war es mit ihr?"

„Lass es gut sein, Cat. Ich fühle auch so etwas wie Eifersucht, zum Beispiel bei Robert Briggs – ihr ward sehr vertraut miteinander. Doch ich habe mich zurückgehalten. Zerrede jetzt nicht etwas, das vollkommen unbedeutend ist. Ich habe Corey nie geliebt, aber ich mag sie sehr, immer noch. Sie ist eine Freundin, wie Robert ein Freund für dich ist. Liebe empfinde ich nur für dich und damit Punkt. Außerdem wollte ich dir eigentlich sagen, wie dankbar ich dir bin – das heute war nicht einfach für mich und du warst an meiner Seite. Darum sollte dich eine Ex eigentlich nicht irritieren."

Auch wenn Cat mehr von ihm und Corey erfahren wollte, sagte sie nichts mehr, umarmte ihn kurz von hinten und begann dann die Teller aus dem Schrank zu holen.

Sean stand leise auf, schlich aus dem Schlafzimmer und ging ins Bad, um sich eine Trainingshose und ein Sweatshirt überzuziehen. In der Küche schnitt er sich etwas Käse und Tomaten auf, goss sich eine Tasse Milch ein und setzte sich an den Tisch. Der Laptop fuhr gerade hoch. Es war halb eins und er konnte nicht schlafen. Cat war tief und fest eingeschlafen und es hatte ihn gewundert, dass sie ohne ein weiteres Wort die Augen zugemacht hatte.

Die wenigen Frauen, mit denen er intim gewesen war – außer Tandra –, schienen es zu lieben, nach dem Sex zu reden, und irgendwie hatte er erwartet, dass Cat wieder von Corey anfangen würde, doch kein Wort. Er hoffte, dass er in der Küche nicht schon wieder zu schroff gewesen war, als er auf einem Themenwechsel bestanden und sie vielleicht verärgert hatte, doch als sie sich vorhin geliebt hatten, hatte es sich nicht so angefühlt. Er schob sich ein Stück Käse in den Mund und wartete darauf, dass sich der Computer endlich in das FBI-Net einloggte.

Heute Nachmittag war ihm wieder einmal aufgefallen, dass Cat doch noch sehr jung war. Wann immer er mit sich haderte und Bedenken hatte, was sein Leben betraf, war sie unglaublich rational, doch heute Nachmittag, als sie Corey gegenüberstand, war sie das gewesen, was sie war: vierundzwanzig und keinen Tag älter. Er musste an seine Beziehung mit Corey denken; sie war zwei Jahre jünger als er, Mitte dreißig. Nein, von ihr hatte er nie einen Schneeball an den Kopf bekommen. Sie waren gemeinsam auf Vernissagen gewesen, in Restaurants und hatten über Kunst und Kultur geredet. Corey hatte nie auf der Anrichte in der Küche gesessen, mit den Beinen gebaumelt und sich mit wilden Wortergüssen über den Macho Freud beschwert, der in Cats Augen ein alter Lüstling war, denn ein Mann, der alle psychologischen Probleme von Frauen mit unbefriedigten sexuellen Wünschen zu erklären versuchte, war nun mal ein alter Lüstling! Er musste grinsen, denn er hatte, als sie das sagte, so gelacht, dass er seinen Wein ins Glas zurückgespuckt hatte, um nicht daran zu ersticken.

Corey hingegen hatte in der Küche Kräuter geschnitten, ein gepflegtes Gespräch über Politik geführt, dann hatten sie gepflegt gegessen und anschließend gepflegten Sex gehabt, der nichts mit dem zu tun hatte, was er und Cat taten. Sie ließen sich fallen, wie die Toberei in der Schneewehe, der Quickie in der Küche. *Verdammt*, dachte er und schmunzelte, es war egal, ob Cat noch viel zu entdecken hatte in ihrem Leben, egal, dass sie zwei linke Hände hatte, wenn es um den Haushalt ging, sie war natürlich und er mochte es, wenn sie sich vergaß und plötzlich ganz ungezwungen reagierte. Es bedeutete doch nur, dass sie mit ihm vertraut war, dass sie sich voll und ganz auf ihn einließ. *Genau wie ich selbst*, schoss es ihm durch den Kopf. *Ich erzähle Cat morgen, wie es war mit Corey, vielleicht auch von Mary-Ann,* beschloss er – seiner einzigen festen Beziehung, die über drei Jahre gehalten hatte. Von den beiden Frauen, die sich nach dem Sex nicht vollkommen verschwitzt aufs Bett hatten fallen lassen und laut „Scheiße, war das geil" gekeucht hatten. Die eine Küche für den falschen Ort hielten, um heißen Sex zu haben, sondern ihn ins Schlafzimmer zogen und sich vorher unbedingt noch die Zähne putzen mussten, so dass einem Mann die Lust verging. Vielleicht sollte er auch über Tandra reden, die in der Hinsicht ganz anders gewesen war: körperlich vollkommen frei, doch emotional eine Wüste, die es sich selbst nie erlaubte, die Kontrolle nur für eine Sekunde zu verlieren. *Ich werde sie fragen, mit wem sie zusammen war, um es besser zu verstehen,* dachte er, als ein Piepton ihn in die Wirklichkeit zurückholte.

Er war im System und sofort wieder auf den Fall konzentriert, checkte seine Mails. Dann fing er an, sich die Unterlagen der Counterterrorism Division über die NNM durchzulesen; es waren sehr viele Informationen. Er googelte im Internet nach Neonazismus,

Rassenhass, sah sich die verschiedenen Webseiten an, las die Hassschriften dieser Typen und erschrak. Auch wenn die NNM offiziell nur etwa zwei- bis dreitausend Mitglieder hatte, waren ihre Forderungen und Drohungen unglaublich. Das war kein durchgeknallter Verein, der an den Wochenenden Krieg spielte und die Militärromantik genoss, das waren gefährliche Leute, die in ihrem Hass bereit waren zu töten. Er überflog einen Artikel über einen Elfjährigen, den Sohn eines NNM-Mitglieds, der vor zwei Jahren ein afroamerikanisches Mädchen in der Schule erschossen hatte, auch sie war erst elf Jahre alt gewesen. In dem Artikel wurden die Lebensumstände des Jungen beschrieben: tägliche Indoktrination gegen die sogenannten Feinde – „Nigger“, „Itzigs“, wie sie die Afroamerikaner und Juden nannten, und natürlich Homosexuelle –, die paramilitärische Ausbildung an Waffen, die Übungen im Gelände, zu denen er bereits mit sieben seinen Vater begleitet hatte. Unwillkürlich fiel ihm das Photo in Hands' Haus ein – der kleine Junge mit dem Gewehr.

Wie kann man einem Kind nur so etwas antun?, fragte er sich. Ein Kind … er würde nie ein Kind haben mit Cat. Es war ihnen nicht erlaubt.

„Was machst du da?“, fragte Cat. Sie stand in Joggingklamotten auf der Treppe und sah verwirrt auf die geschlossenen Rollläden, den Laptop und ihn. „Ich dachte, du bist unten und wartest auf mich, um laufen zu gehen.“

„Wie spät ist es?“, fragte er und fuhr seinen Computer herunter.

„Sieben Uhr“, erwiderte sie verwundert. Sie ging zur Terrassentür und öffnete die Rollläden, um frische Luft hereinzulassen. Draußen war es immer noch dunkel, doch der Sonnenaufgang war bereits zu erahnen. Es hatte wieder geschneit in der Nacht.

Er sah sie erstaunt an. *Sieben Uhr – habe ich die ganze Nacht hier gesessen?*, stellte er überrascht für sich fest. „Bin gleich bei dir“, meinte er, klappte den Laptop zu und stand auf. „Ich ziehe mich nur um, dann laufen wir."

Cat ging auf ihn zu und hielt seine Hand fest, als er die Treppe hinaufwollte. „Hast du heute Nacht überhaupt geschlafen?"

Er beugte sich zu ihr und gab ihr einen Kuss. „Bin gleich bei dir, gib mir fünf Minuten."

Cat konnte die Zigaretten riechen bei seinem Kuss. Nein, natürlich hatte er nicht geschlafen, er hatte gearbeitet und wollte jetzt ernsthaft mit ihr joggen gehen.

„Hey, willst du nicht lieber schlafen?", rief sie ihm nach.

„Nein", hörte sie von oben, „bin viel zu aufgekratzt. Wir laufen jetzt und frühstücken zusammen, ich muss dir einiges erzählen."

Sie schob die Unterlippe skeptisch vor und öffnete die Rollläden in der Küche, setzte Wasser auf, denn wenigstens eine Tasse Kaffee brauchte er, um wirklich laufen zu können. Keine fünf Minuten später stand er fertig unten, die Winterlaufjacke in der Hand. Cat hielt ihm seinen Kaffee hin, in den sie bereits Milch gegossen hatte, und nippte selbst an ihrem Tee.

„Bist du auf etwas gestoßen?", fragte sie und setzte sich an den Esstisch.

„Was?", fragte er zerstreut.

„Du willst mir beim Frühstück etwas erzählen. Dir sind einige Lichter aufgegangen in unserem Fall – oder etwa mit deiner Mutter?"

Sean lächelte. „Nein, was ich dir erzählen will, hat nichts mit dem Fall oder Patricia zu tun."

„Okay, was dann?"

„Ich muss dir was von Corey erzählen, und Mary-Ann, und auch von Tandra, meiner ehemaligen Kollegin, wir hatten was miteinander. Ich bin heute Nacht zu dem Entschluss gekommen, dass du so viel wie möglich von den Frauen erfahren solltest, mit denen ich zusammen war."

Cat sah ihn an. Sie konnte kaum glauben, was sie hörte.

„Ach ja, und wenn mir dann nicht die Augen zufallen, möchte ich alles hören von den Männern, mit denen du zusammen warst." Er nahm den letzten Schluck Kaffee und ging in den Flur. „Bist du so weit, können wir?"

Sie nickte.

„Das Frühstück machst du, wenn ich dusche – mit allem Pipapo, weich gekochten Eiern, frischem Orangensaft; Brötchen bringen wir von unterwegs mit", setzte er hinzu und war schon halb aus der Tür. Cat schüttelte sich leicht, löschte das Licht der Wohnzimmerlampe und folgte ihm. Dabei versuchte sie sich krampfhaft zu erinnern, wie lange weiche Eier überhaupt gekocht werden mussten.

KAPITEL DREI

Stafford, Sonntag, 13. Januar 2019

Wir fordern die Vereinigung aller Weißen in ein gesamtes Amerika, auf der Basis des Rechts einer nationalen Selbstbestimmung.

Nur Mitglieder der Nation werden Bürger des Staates sein. Nur diese, von reinem, weißem Blute, wie auch immer ihr Glaube, sollen Mitglieder der Nation sein. Nicht-Mitbürger können in Amerika als Gäste leben, fallen aber unter die Fremdengesetze. Kein Schwarzer, Jude oder Homosexueller kann ein Mitglied dieser Nation sein.

Fuck, dachte Sean und las weiter in dem 25-Punkte-Programm der NNM, der Bibel der Bewegung. Um fünf Uhr nachmittags war er nach sechs Stunden Schlaf aufgestanden, hatte einen Kaffee gekocht und sich mit den Papieren ihres Falles auf die Couch geschmissen. Cat war nicht da und hatte auch keine Nachricht hinterlassen. Um ihn herum lagen Teile der Akte, ausgedruckte Seiten aus dem Internet und Josef Schreibers Dossier von der Antiterroreinheit. Die NNM wurde von jemandem geführt, der ziemlich genau wusste, wie er sozial Unterpriviligierte fangen konnte, denn abgesehen von den rassistisch stimulierten Forderungen stand dort etwas von Sozialversicherung, geeigneten Wohnverhältnissen, dem Recht auf Arbeit. Schreiber verstand sein Handwerk; in seinen Ansprachen benutzte er immer wieder Schlüsselwörter wie „Feind“, „Kampf“, „Kameraden“, „Brüder und Schwestern“, „Aufklärung“ und unterschrieb jeden der schriftlich niedergelegten Verbalergüsse mit der einen Zeile: „Kommandeur Josef Schreiber.“

Sean erinnerte sich, während seines Psychologiestudiums einmal etwas über Julius Streicher gelesen zu haben, den Herausgebers der Zeitschrift *Stürmer*, des Propagandablattes der NSDAP – ein Zitat aus dem Jahr 1939: „Mir hat einmal ein Professor gesagt: ‚Wie kommt es, dass auf jeder Seite des Kampfblattes geschrieben steht: Die Juden sind unser Unglück.' Ich sagte, ja wissen Sie nicht, das kann man nicht oft genug wiederholen. Das wiederhole ich deswegen immer wieder, damit es sich jeder einprägt. Wenn wir so weit sind, dass Sie als Professor es in sich aufgenommen haben, dann brauche ich es nicht mehr zu tun."

Klar, eine typische Methode totalitärer Propaganda. Immer wiederholen und dabei das Wort „Aufklärung" benutzen; an die niedrigsten Instinkte appellieren; Neid und Gier und eine Angstpsychose erschaffen, dann war es perfekt: ein Volk wurde bereit für fanatischen Hass, ohne die eigentlichen Gründe überhaupt in Frage zu stellen. Doch was noch essentieller war, um Menschen solch eine Gehirnwäsche mit faschistischen Ideologien zu verpassen, man musste in einer ökonomischen Krise stecken: es musste dem Großteil eines Volkes wirtschaftlich richtig schlecht gehen.

Er griff sich das Fünfundzwanzig-Punkte-Programm der NSDAP, das er im Internet gefunden hatte, und las den deutschen Text. *Moment mal …,* überlegte Sean, legte das Parteiprogramm der NNM USA daneben und verglich. *Das gibt es doch nicht*, dachte er und ging Punkt für Punkt die beiden Dokumente durch. Die NNM hatte Hitlers ursprüngliches NSDAP-Dokument fast wortwörtlich übersetzt, nur die für das Deutschland des Jahres 1920 spezifischen Gegebenheiten auf die Vereinigten Staaten umgeschmiedet. Adolf Hitler selbst hatte am 24. Februar 1920 dieses Parteiprogramm der Deutschen Arbeiterpartei im Münchner Hofbräuhaus vorgestellt. An diesem Tag wurde auch der Name der Partei geändert in „Nationalsozialistische Deutsche Arbeiterpartei".

Somit war das Parteiprogramm des *National Nazism Movement United States* eigentlich von Anton Drexler, Gottfried Feder und Adolf Hitler verfasst. Es propagierte somit, Hitlers NS-Staat in den Vereinigten Staaten wieder aufleben zu lassen – eine Diktatur, die nach Schätzungen mit achtzig Millionen Toten geendet hatte, die Opfer der Massenverbrechen und Kriegsfolgen mit einbezogen.

„Heilige Scheiße", murmelte Sean und schrak dann richtig zusammen, als Cat durch die Wohnzimmertür trat.

Sie sah ihn an und kräuselte die Stirn. „Guten Morgen", sagte sie süffisant, ging vor ihm in die Hocke, versuchte, dabei nicht auf die Papiere auf dem Boden zu treten, und gab ihm einen Kuss. Sie nahm ihm die losen Seiten aus der Hand und las. „Agent Caver, das führt weit über die Bearbeitung der Akten hinaus, besonders, wenn man bedenkt, dass du nur eine Beurteilung abgeben sollst."

Er nahm ihr die Papiere wieder ab. „Wie wäre es, wenn du mir noch einen Kaffee machst. Wo warst du eigentlich?"

Sie sah ihn selbstsicher an. „Bei Corey. Du hast recht, ihre Bilder sind unglaublich."

Er hob den Kopf und ließ die Blätter auf seine Brust sinken. „Du warst bei Corey?"

„Ja, sie hat heute um drei angerufen, wollte auf einen Kaffee vorbeikommen, und ich habe ihr gesagt, dass du die Nacht durchgearbeitet hat und noch schläfst. Es schien sie noch nicht einmal zu wundern, daher fragte sie, ob ich nicht rüberkommen wolle. Es war toll, sie ist wirklich eine Künstlerin und Salvador ist zum Knutschen." Damit ging sie in die Küche und stellte den Wasserkocher an.

„Und?", fragte Sean, der nicht wusste, was er davon halten sollte.

„Nichts, wir haben von Frau zu Frau geredet, du weißt wahrscheinlich nicht, wie das ist, aber es war sehr interessant.“ Cat grinste in sich hinein und löffelte den Kaffee in die Glaskanne.

„Habe ich bei eurem Gespräch meine Würde behalten oder habt ihr alles breitgetreten?“, meinte er halb scherzhaft, halb im Ernst. Er lehnte sich an den Türrahmen zur Küche, sah ihr zu, wie sie das heiße Wasser auf das Kaffeepulver goss und dann den Deckel mit Sieb langsam herunterdrückte.

„Alles in Ordnung mit deiner Würde. Ich habe ihr gesagt, dass ich dich liebe, und sie hat mir gestanden, dass sie dich auch einmal geliebt hat – Frauengespräche. Danach haben wir etwas Wein getrunken und auch ein bisschen gelästert, doch deine Würde ist intakt.“

„Gut, dann hätte ich gerne eine Tasse Kaffee mit Milch, auf der Couch“, sagte er lasziv, ging zurück, legte sich wieder in den Papierberg.

Cat kam mit seiner Tasse, setzte sich neben ihn auf den Rand der Couch. „Ihr Kaffee, Sir.“ Sie hielt ihm die dampfende Tasse hin.

„Danke dir.“ Er blies in den heißen Kaffee und nippte.

„Nein, ich hab dir zu danken, Sean. Nachdem du mir alles heute Morgen erzählt hast, war es kein Problem mehr ihr gegenüberzutreten, ich fühlte mich sicher – und wie es scheint, bin ich Corey gar nicht so unsympathisch.“

Sie lächelte ihn mit einer triumphierenden Sicherheit an, was bei Sean sofort eine ungewollte Reaktion auslöste, denn er liebte starke, selbstsichere Frauen. Es machte ihn unglaublich an, einer starken Frau gegenüberzustehen. Er stellte seine Tasse langsam auf den Tisch. Mit einer Hand in ihrem Nacken zog er sie zu sich hinunter, griff in ihr Haar und hielt ihren Kopf nur Zentimeter von seinem Gesicht entfernt. „Wunderbar“, raunte er verführerisch, „dann können wir endlich einen Dreier planen.“ Es kostete ihn

Überwindung nicht zu lachen, als er das sagte und in das empörte Gesicht von Cat sah.

„Caver!“, rutschte es ihr heraus, und sie biss in seine Lippe, dass er schmerzhaft zusammenzuckte.

„Hey“, knurrte er und leckte sich über die Stelle. „Bist du verrückt geworden?“

„Ich nicht, doch wenn du glaubst, jemals wieder in deinem Leben mit einer anderen Frau außer mir Sex zu haben, dann bist *du* verrückt geworden.“ Dabei verzog sie ihre Lippen zu einem Schmollmund, was ausgesprochen sexy aussah.

Sean genoss ihre Reaktion. Sie war so begehrenswert … Er sah sie an und zog sie wieder zu sich, ihre Lippen auf seinen, er würde nie genug von ihr kriegen.

Doch Cat löste sich nach dem erotischen Kuss, blickte wieder auf die Papiere und wurde ernster. „Was liest du da? Bisschen heftig, deine Recherche. Es ist doch nur eine Beurteilung!“

Sean setzte sich auf, zog seine Beine an ihr vorbei und stellte sie auf den Boden. Er nahm seinen Kaffee. „Keine Beurteilung, ein Fall – und ich befürchte, unser Fall.“

„Du bist dir sicher? Ein Einzeltäter?“, entfuhr es ihr mit einer Begeisterung, die ihn beunruhigte.

„Ja, ich denke schon. Bisher ein Bauchgefühl, aber bitte, sag es Don noch nicht. Ich versuche mich gerade in die Gedanken dieser NNM-Leute einzulesen, denn ich habe das Gefühl, der Mörder ist einer von ihnen. Aber nicht organisiert, es gab persönliche Motive.“

„Hast du Don schon angerufen, um ihm zu sagen, dass wir zurück sind?“

„Himmel, nein, ich bin doch nicht lebensmüde“, erwiderte er. „Das mache ich morgen früh von Quantico aus. Außerdem werde ich ihm noch eine Weile nichts von meiner Theorie sagen, darum halt bitte den Mund. Ich muss mir noch sicherer werden, und abgesehen davon wird es Zeit diesen Josef Schreiber kennenzulernen."

„Oh, danke für das Vertrauen, Agent Caver, Sir!"

Er sah sie an, wollte sie schon wieder zu sich ziehen, als sie sagte: „Was ist eigentlich mit dem Abendessen, soll ich das machen?"

Das brachte ihn in die Wirklichkeit zurück und er runzelte argwöhnisch die Stirn.

„Ich meine, etwas aus der Kühltruhe holen und aufwärmen, du kannst dann die Beilagen frisch zubereiten", erwiderte Cat schnell, ohne ihren Zynismus zu verbergen.

„Damit kann ich leben", entgegnete er amüsiert.

Sean blickte aus seinem Fenster auf das verschneite Waldstück. Er konnte eine Gruppe Polizisten sehen, die zur Weiterbildung hier waren, sie liefen den Yellow Brick, den Hindernisparcours der FBI-Akademie, und ihre roten Sweatshirts hoben sich grell von der weißen Winterlandschaft ab. Heute Nachmittag würde er vor den jungen Beamten einen Vortrag halten, bei dem es um Aggressionsbewältigung bei Einsätzen ging, besonders Massenversammlungen wie Sport- und Musikveranstaltungen, aber auch politischen Demonstrationen, Kundgebungen und Paraden.

Bei dem Gedanken war er schon wieder bei der NNM. Er sah auf seinen Laptop; es war bereits zehn. Er sollte Don anrufen, wunderte sich ohnehin, dass er noch nichts von ihm gehört hatte. Sean rief seine Nummer über ein FBI-internes Skypesystem auf, es dauerte eine Minute, bevor der Bildschirm aufflackerte und er Don an seinem Schreibtisch in Washington sitzen sah. Bei dem Gesicht, das Don zog, klingelten alle Alarmglocken bei Sean – Don war stinksauer. *Hoffentlich nicht auf mich*, dachte er und sagte: „Hi Don."

„Sean“, erwiderte Don, dann Stille.

Scheiße, er ist sauer auf mich. Er wartete, aber Don sagte kein Wort.

„Hör auf, mir Vorträge zu halten“, versuchte Sean es scherzhaft, doch selbst darauf reagierte Don nicht.

„Was willst du, ich hab zu tun“, sagte er schroff.

„Sag mal, was ist denn mit *dir* los?“

„Das fragst *du* mich? Erst erzählst du mir, dass du in Jackson bleiben musst, um eventuell nochmals den Tatort zu begehen, dann machst du stattdessen Kloster-Sightseeing-Touren mit Cat, und plötzlich fliegt ihr Samstag zurück nach Washington. Ich mag es nicht, wenn man mich belügt!“ Don hatte das sehr leise und artikuliert ausgesprochen, er war demnach fuchsteufelswild.

„Und ich mag es nicht, wenn man mir nachspioniert. Schwarzer Pickup, oder?“, erwiderte Sean im gleichen Ton.

„Ich höre!“ Don verschränkte demonstrativ die Arme.

„Ich habe *nein* gesagt, das geht dich nichts an, Punkt. Können wir jetzt über die Beurteilung reden?“

Don schwieg.

„Also, ich habe die Akte durch und mir die Tatortphotos der beiden anderen Morde genauestens angesehen. Ich schlage vor, dass wir nach Kansas City fliegen und uns mit dem Chef der NNM und einigen seiner Schergen treffen, die Hands oder unsere anderen beiden Opfer kannten. Ich will mir ein Bild machen von dem Mann und seinen Verein besser verstehen“, meinte Sean professionell.

„Wieso, hast du in Missouri noch Klöster abzuklappern und willst Flugkosten sparen?“ Don wurde gehässig.

Sean sah ihn wütend an. „Weißt du was? Das brauch ich nicht von dir. Ich habe Samstag auf Sonntag die Nacht durchgearbeitet und meinen restlichen Sonntag geopfert, um die Akte zu studieren. Wenn du meine Beurteilung nicht willst, dann sag es. Ich empfehle dir gerne einen anderen fähigen Profiler aus der BAU."

„Nein, mein Lieber, so kommst du aus der Nummer nicht raus. Ich kontaktiere diesen Schreiber und lass dich wissen, wann wir fliegen können. Warum erzählst du mir nicht, was bei dir los ist? Ich dachte, ich sei dein Freund und läge dir am Herzen." Don beruhigte sich langsam, nachdem er diesen Kommentar geradezu herausgepoltert hatte.

„Ich will nicht darüber reden, *weil* du mir am Herzen liegst", erklärte Sean, der ganzen Sache überdrüssig. „Jetzt lass uns aufhören, ich habe einfach keine Lust, mich ständig mit den einzigen zwei Menschen, die ich liebe, zu streiten."

„Daran bist du selbst Schuld. Wenn du Cat am Montag hättest aussprechen lassen, anstatt so ein sturer Hund zu sein, dann hättest du dich nicht mit ihr gestritten, und jetzt auch nicht mit mir. Also, was ist los?", bohrte Don beharrlich nach.

Sean stöhnte laut auf. „Es ist kompliziert."

„Versuch es, ich bin ein cleveres Kerlchen."

Sean legte demonstrative beide Hände auf den Kopf. „Du und Cat seid das Beste, was mir im meinem Leben passiert ist, aber manchmal treibt ihr mich in den Wahnsinn. – Es geht um meine Mutter. Sie ist eine Nonne, wir haben sie Samstag gefunden und ich habe sie gesehen. Was sie mir über meinen leiblichen Vater erzählt hat, war sehr verwirrend und ich habe es immer noch nicht ganz verdaut."

Don bekam große Augen. „Du meinst, sie wurde eine Nonne, nachdem sie dich weggegeben hatte?"

Wieder seufzte Sean. Klar, Don ließ einfach nicht locker. „Nein, sie war Nonne und wurde schwanger."

„Wow, dann ist dein Vater ein Priester oder so was? Mann, jetzt wundert mich auch nicht mehr, dass die ‚Desperate Angels' so wild auf dich waren."

Warum lass ich ihn nicht in dem Glauben, dachte Sean und zuckte nur mit der Schulter.

Don sah ihn einen Moment an. „Willst du mich schon wieder verarschen, Caver? Wenn das die ganze Story ist, dann hättest du mir das sofort erzählt, denn moralisch fundierte Schamgefühle hast du nicht, bloß weil deine Mutter eine Nonne ist. Also, worum geht es wirklich?“ Jetzt war er laut geworden – ein gutes Zeichen bei Don, dann war nicht mehr verärgert.

Sean gab auf. „Nichts fürs Telefon, Don, das besprechen wir über einem Glas Wein. Also, ich muss jetzt, machst du Schreiber klar?“

„Gut. Wie wäre es, wenn nur du und ich nach Kansas City fliegen? Dann haben wir auch Zeit zu reden“, schlug Don vor.

„Ich weiß nicht, Cat wird das nicht gefallen.“

„Ihr könnt doch wohl mal zwei Tage ohne einander auskommen“, meckerte Don und verzog den Mund.

„Darum geht es nicht. Ich bin mir sicher, sie wird enttäuscht sein, Schreiber nicht treffen zu können.“

„Momentan geht es nur um deine Beurteilung, Sean, und die will Sims bis Ende der Woche. Wenn wir die Ermittlungen übernehmen, ist sie dabei. Lass dir was einfallen, du bist immerhin ihr Boss.“

Kansas City, Donnerstag, 17. Januar 2019

Beide saßen im Wagen vor der Hauptzentrale der NNM in Kansas City. Sean war am Morgen mit einem Linienflug von Washington angekommen und Don, der bereits einen Tag zuvor nach Missouri geflogen war, hatte ihn am Flughafen abgeholt.

Als Sean Cat mitgeteilt hatte, dass er Donnerstag Morgen alleine nach Kansas City reisen würde, war sie, wie erwartet, nicht begeistert gewesen. Doch Sean hatte ihr erklärt, was zwischen Don und ihm vorgefallen war und dass er daher alleine mit Don sprechen wollte, um zu versuchen ihm das Unglaubliche zu erklären.

Abgesehen davon hielt er es für besser, ohne eine weibliche Agentin bei Schreiber zu erscheinen. Die Meinung der NNM über Frauen ging, genau wie auch ihr Parteiprogramm, konform mit den Ansichten der deutschen Nazis. Für diese bigotten Fanatiker war eine Frau in erster Linie „Mutter", und das zum Wohle der Volksgemeinschaft, so hatte sie ihre Pflicht zu erfüllen. Entscheidungen in allen anderen Fragen waren den Männern vorbehalten; Frauen hatten ein sehr begrenztes Mitspracherecht. Die NSDAP hatte sich als reine Männerpartei verstanden und die NNM hatte das eins zu eins übernommen. Da Cat, was ihren Beruf anging, immer emotionslos und rational handelte, verstand sie sofort, worauf Sean hinauswollte, und versuchte erst gar nicht mit ihm zu diskutieren. Sie bat ihn lediglich, ihr alle Papiere auszuhändigen, mit denen er sich beschäftigt hatte. Sie wollte sich auf den gleichen Wissenstand bringen. Außerdem wollte Sean seine Beobachtungen detailliert analysieren und später mit ihr darüber sprechen.

Das Gebäude des Parteibüros befand sich laut Auskunft der Antiterror in Schreibers Privatbesitz, ein altes Firmengelände mit Verwaltungsbüros und einer Lagerhalle, die nun zu Versammlungszwecken umgerüstet war. Um das ganze Anwesen zog sich ein hoher Metallzaun, alles war von Kameras überwacht und die Einfahrt von zwei roten Schranken mit Pförtnerhäusern gesichert. Hier waren keine Kosten gescheut worden, um unerwünschte Elemente auf Abstand zu halten.

„Also, wie machen wir das?", fragte Don. Er zündete sich eine Zigarette an und hielt Sean das Päckchen hin.

Sean steckte sich auch eine an und blies den Qualm durch die leicht geöffnete Scheibe. „Eigentlich habe ich mir keine besondere Strategie zurechtgelegt. Ich denke, wir plaudern ein bisschen. Mich interessiert seine Reaktion auf die drei Morde, vielleicht hat er einige Theorien auf Lager, die hören wir uns mal an."

Don schnaufte. „Theorien? Dann bekommen wir unter Garantie eine Lehrstunde in Faschismus. Lass mich raten – die Nigger waren es oder die Juden."

„Ist mit zu rechnen, doch was er genau sagt, ist mir nicht ganz so wichtig – ich möchte sehen, *wie* er es sagt und wann er verunsichert ist. Außerdem sollten wir aalglatt bleiben, uns zu keiner emotionalen Äußerung provozieren lassen."

Don lachte hämisch und warf den Zigarettenstummel aus dem Fenster. „Das sagst gerade du! Wer hat die Spinner vor Hands' Haus denn beschimpft?"

„Das habe ich auch nur, weil mir klar war, dass die kein Wort von dem verstehen, was ich sage", meinte Sean, entledigte sich ebenfalls seiner Zigarette und startete den Wagen, um an die Schranke heranzufahren. Sofort kam ein Sicherheitsmann in schwarzer Uniform mit den Emblemen der NNM auf der Brust zur Fahrerseite. Sean ließ die Scheibe ganz hinunter und hielt ihm seinen Ausweis hin. „Wir haben eine Verabredung mit Mr. Schreiber."

Der Mann nickte. „Kommandeur Schreiber erwartet Sie bereits, Agent Caver, Agent Viggen. Bitte seien Sie so höflich, das nächste Mal Ihre Zigaretten nicht so zu entsorgen, wir achten auf eine saubere Umgebung hier. Ich öffne Ihnen jetzt, bitte fahren Sie um das Gebäude, dort sind die Besucherparkplätze und auch der Empfang." Damit drehte sich der Mann fast militärisch um und die Schranke schwang auf.

Sean fuhr langsam um das Gebäude herum – ein sehr großes Anwesen, penibel gepflegt, mit Rasenfläche und Außenbereich.

Wenn man nicht wusste, was sich hier verbarg, hätte man dem äußeren Anschein nach einen erfolgreichen mittelständischen Produktionsbetrieb erwartet.

„Wenn ich das gewusst hätte, dann hätte ich die Kippe hier aus dem Fenster geschmissen", meinte Don lakonisch.

Don und Sean hatten sich ihre Ausweise deutlich erkennbar an die Brusttaschen ihrer Jacketts geheftet. Sie wurden von den weiteren Wachleuten am Haupteingang nicht aufgehalten, es war offensichtlich, dass jeder hier wusste, wer sie waren. Die Tür schob sich automatisch auf, der Empfangsbereich war großzügig und kostspielig ausgestattet. Ein hellgrauer Marmorboden, selbst die Wände schienen mit Marmorplatten verkleidet und hinter dem Empfangstresen hing das Zeichen der NNM. Es war ein roter Metallkreis, im Bogen über dem schwarzen Hakenkreuz „Kommandozentrale", darunter „National Nazism Movement".

Eine blonde Schönheit mit hochgestecktem Haar, weißer Bluse und rotem Einstecktuch lächelte sie gewinnend an. „Willkommen bei der NNM. Ich werde Sie Kommandeur Schreiber gleich melden, Agent Viggen, Agent Caver." Sie ergriff das Telefon und sprach ein paar kurze Wort in den Hörer, wandte sich dann wieder an sie: „Meine Herren, der Kommandeur kommt selbst herunter, bitte nehmen Sie doch so lange Platz." Sie wies auf die weißen Ledersessel, die neben dem Aufzug um einen dunklen Rauchglastisch standen.

„Schöne neue Welt", murmelte Don, nachdem sie sich gesetzt hatten.

„Eher *Big Brother is watching you*", meinte Sean in gedämpftem Ton und Don folgte seinem Blick zur Decke, zu den Kameras, die in jeder Ecke hingen. Dieser Bereich war bis auf den letzten Quadratzentimeter überwacht.

Mit einem ‚Bing' öffnete sich der Fahrstuhl, zwei Männer traten in die Halle, schüttelten sich die Hände zum Abschied und der kleinere der beiden ging zum Ausgang. Der andere Mann kam geradewegs auf sie zu. In seinem anthrazitfarbenen, maßgeschneiderten Designeranzug mit grauem Hemd und dunkler Krawatte hätte er selbst vom FBI sein können – nur dass Sean seine Anzüge von der Stange kaufte. An Josef Schreibers Handgelenk fiel Sean sofort die Chronospace Breitling Automatic auf, mit der er schon immer geliebäugelt hatte, doch ihm waren andere Sachen eingefallen, die er für knapp achttausend Dollar gemacht hatte. Alles an Schreiber war teuer und exklusiv. Oberflächlich gesehen war er eine attraktive Erscheinung: schlank und selbstbewusst, mit schmalem Gesicht und hellblauen Augen. Doch sein stechender Blick und der harte Zug um den Mund ließen ihn älter wirken, als er wirklich war.

Eine gefährliche Mischung für einen Mann, der sich zum Führer einer totalitären Gesellschaft machen will – Attraktivität, er strahlt Charisma aus und hat Geld. Ich kann nur hoffen, dass er den Mund aufmacht und jedem klar wird, dass er geistig minderbemittelt ist, ging es Sean durch den Kopf und er stand langsam auf. Auch Don erhob sich.

„Meine Herren", sagte Schreiber, jedoch hielt er ihnen nicht die Hand zum Gruß hin, er hatte sie hinter den Rücken gelegt. „Gehen wir in mein Büro." Er war keinen Zentimeter kleiner als Sean mit seinen eins fünfundneunzig und sah ihm in die Augen, dann glitt sein Blick hinunter zu Don, das winzige Zucken im Mundwinkel entging Sean nicht. *Ein rothaariger Mann mit Brille und keine eins siebzig groß gehört wohl nicht zu deinem Idealbild einer Leibstandarte*, dachte Sean bitter und seine Gesichtszüge gefroren zu der gleichen Maske, die Schreiber aufgesetzt hatte.

Der Aufzug hatte dasselbe Sicherheitssystem, das in fast jedem Büro der Bundespolizei installiert war: erst eine Swipe-Karte ermöglichte, dass ein Stockwerk ausgewählt werden konnte. Sie fuhren in den dritten Stock und traten direkt aus dem Aufzug in ein Arbeitszimmer. Don konnte sich nicht zurückhalten und räusperte sich, als er das Zimmer sah. Sie standen in einem Museum: dreißiger Jahre, aber nicht amerikanisch, das hier war europäisch, oder, um genauer zu sein: deutsch. Sean schluckte kurz, um nicht laut zu stöhnen, denn Schreiber sah ihn an, als ob er die Reaktion des FBI-Agenten prüfen wollte. Fast unwillkürlich drehte Sean sich um und sah auf die Vertäfelung über der Aufzugstür – da war er, der Reichsadler. Als er Sonntagabend zusammen mit Cat das Internet nach Informationen über Nazis und Hitler durchsucht hatte, war er irgendwann auf Photos gestoßen. Fast eine Stunde war er die Bilder durchgegangen, und jetzt stand er inmitten eines der alten Photos: dem Arbeitszimmer Adolf Hitlers im Reichstag in Berlin.

Schreiber kommentierte seinen Blick mit einem anerkennenden Lächeln. „Wie ich sehe, kennen Sie sich aus oder haben sich vorbereitet auf unser Treffen, Agent Caver." Dabei beobachteten seine klaren Augen Seans Reaktion.

Er spielt mit mir, versucht mich zu lesen. Also gut – spielen wir, Herr Kommandeur, entschied Sean.

Er blickte Schreiber an und lächelte, als ob er sich von dem Gesagten geschmeichelt fühlte. Sofort wurde dieser etwas lockerer, wies auf die cremefarbenen Ledersessel vor dem hellbraunen Schreibtisch mit Intarsien. „Es sind leider fast alles Duplikate, doch einige der Artefakte hier sind Originale aus dem Arbeitszimmer des Führers. Bitte, setzen wir uns doch. Kann ich Ihnen etwas anbieten?"

Don runzelte die Stirn. Sie verneinten und gingen durch das große Zimmer, um sich zu setzen. Schreiber nahm nicht in dem roten Ledersessel mit erhöhter Lehne Platz, sondern ließ sich auf dem Schreibtisch nieder, ein Bein am Boden, und verschränkte die Arme. Wieder hatte Sean ein Déjà-vu: es gab ein Photo, das Hitler genau in dieser Position am Schreibtisch zeigte. *Dieser Schreiber ist also ein Pedant bis ins Detail, Authentizität ist ihm wichtig und er kann sie sich leisten. Doch was am beängstigendsten ist: er sieht sich ganz eindeutig als „Führer"*, urteilte Sean. So weit zeigte er gute Manieren, war gepflegt und achtete auf Umgangsformen; er sprach artikuliert und ein grammatikalisch ausgezeichnetes Englisch, keine Slangworte und vor allem keinerlei Akzent, dabei stammte er ursprünglich aus Texas. *Scheiße, wenn er jetzt noch Hirn hat, dann ist er brandgefährlich* … Sean sammelte sich wieder.

„Mr. Schreiber", fing er an, wurde jedoch unterbrochen.

„*Kommandeur* Schreiber wäre mir lieber."

Sean sah ihn an. „Tut mir leid, als Bundespolizist kann ich den Rang ‚Kommandeur' nur Personen zugestehen, die in diesen Rang von den Vereinigten Staaten von Amerika erhoben wurden, das verstehen Sie bestimmt."

Don blieb ruhig. Er verstand, was Sean hier tat – er wollte Schreiber einwickeln und unterschwellig eine Sympathie in Richtung der NNM durchklingen lassen.

„Das verstehe ich. Bitte fragen Sie", kam es von Schreiber, jetzt das erste Mal mit einem Lächeln im Gesicht.

„Jeffrey Hands war ein persönlicher Freund von Ihnen?", setzte Sean wieder an.

Schreiber legte eine Hand auf den Tisch, die andere auf seinen Oberschenkel, wieder eine geprobte Pose. „Ja, das war er."

„Das erstaunt mich. Wie soll ich es sagen … Im Vergleich zu einem kultivierten Mann wie Ihnen war Hands das genaue Gegenteil, kaum Ausbildung und mit einem Hang zur Aggressivität", präzisierte Sean.

„Hören Sie, Agent Caver, Jeffrey Hands war voller Leidenschaft für unsere Bewegung. Er ist für uns ein Märtyrer, ein gefallener Kamerad, gestorben für unseren Kampf. Wir sind eine nationale sozialistische Bewegung, die gerade den Arbeiter unterstützt, denn in unserer Gesellschaft hat so manches begabte Kind armer Eltern nicht die Chance auf Ausbildung. Es ist eines unserer Anliegen, die Ausbildung von Kindern, die wie Jeffrey Hands aus einem unterprivilegierten Umfeld stammen, zu gewährleisten, auf Kosten des Staates."

Ah, die Indoktrination fängt an. Ist das nicht Punkt zwanzig des NNM-Programms? Mal sehen, wie ich aus der Nummer wieder rauskomme, überlegte Sean.

„Dann war Jeffrey Hands intelligent?"

Ein Nicken von Schreiber. „Ja, das war er. Er hat die Grundsätze und Ideale der NNM verstanden, und nicht nur das, er hat sie zu einer Herzenssache gemacht. Sie müssen wissen, dass wir, die Führung der Partei, versprochen haben, für die Durchführung unseres Programms rücksichtslos einzutreten, wenn nötig unter Einsatz des eigenen Lebens. Jeffrey ist im Kampf gefallen!"

„Unter Einsatz des eigenen Lebens? Ist das nicht aus der Rede, die Adolf Hitler bei der Vorstellung des 25-Punkte-Programms der NSDAP hielt? Ich kann mich nicht erinnern, das im NNM-Programm gelesen zu haben."

Josef Schreiber grinste wölfisch. „Ich wette, Sie haben es im Original gelesen. Wie mir berichtet wurde, sprechen Sie Deutsch, Agent Caver."

Scheiße, das ist nach hinten losgegangen, schoss es Sean durch den Kopf, doch er zuckte nur mit den Schultern.

„Nun, ich kann es Ihnen nicht verübeln. Eigentlich sollten die Runen nur von Ariern getragen werden, die ihrer Herkunft Ehre machen, und nicht von – wie nannten Sie unsere Männer der Mahnwache vor Jeffreys Haus, Fettsäcke?"

„Ach, so wie Himmler?“, fuhr Don jetzt dazwischen; er hatte die Nase gestrichen voll. „Was war er? Ein Meter siebzig groß? Brille und kaum Haare. Ein idealer Arier, um der Reichsführer der SS zu sein“, höhnte er, so dass Sean ihn scharf ansah. So kamen sie mit Schreiber nicht weiter.

Der lachte nur. „Mein lieber Agent Viggen, *Sie* sollten am besten wissen, dass geistige Größe nicht immer von Äußerlichkeiten unterstützt wird.“ Dabei sah er provokant zwischen Don und Sean hin und her.

Don war kurz vor dem Platzen, doch bevor er etwas sagen konnte, griff Sean ein: „Wer hat Hands Ihrer Meinung nach getötet?“

„Der Feind.“

Schreiber wollte schon wieder ansetzen, doch Sean hob eine Hand. „Das müssen Sie nicht ausführen, ich habe genug über die NNM gelesen, um zu wissen, wen Sie als Ihre Feinde betrachten. Hatte Hands Streit mit jemandem in der Organisation, jemandem, der nicht mit seiner ‚Intelligenz‘ zurechtkam?“

Wieder lachte Schreiber kurz auf. „Sie sind ein Zyniker, Agent Caver. Ich würde mich gerne einmal mit Ihnen persönlich unterhalten, als Privatmann, über unsere Ziele.“ Dann wurde sein Gesicht ernst. „Nein, Hands war geachtet in der NNM und wir sind Kameraden im Kampfe, es gibt keine Zwietracht unter unseren Mitgliedern. Wenn Sie keine weiteren Fragen mehr haben, dann müssen Sie mich bitte entschuldigen, ich habe noch einen Termin.“

Don drückte sein Kreuz durch und musste an sich halten, nicht das Falsche zu sagen. „Wir müssen mit Hands’ vertrautesten –“, er stutzte kurz, bevor er weitersprach, „Kameraden sprechen und brauchen auch eventuelle Drohbriefe, die Sie bekommen haben. Ich bin mir sicher, dass Sie davon eine Menge bekommen.“

Schreiber erhob sich, ging um den Schreibtisch und setzte sich in den roten Ledersessel. Er öffnete eine Schublade. „Damit habe ich gerechnet. Das ist“, und er hielt die Papiere explizit Sean hin, „eine Liste all derer Mitglieder, mit denen Hands am engsten zusammengearbeitet hat.“ Dann nahm er einen riesigen Briefumschlag, legte ihn wieder vor Sean auf den Schreibtisch. „Das sind die ernstzunehmenden Drohbriefe.“

Sean erwartete schon, Dampf aus Dons Ohren kommen zu sehen, denn so erbärmlich war er noch nie ignoriert worden in der langen Zeit, in der sie zusammenarbeiteten. Darum nahm er schnell die Unterlagen und stand auf.

„Wir finden hinaus. Ich nehme an, dass der Aufzug von hier oben ohne Code-Karte funktioniert?“, fragte er an Schreiber gerichtet, der mit selbstzufriedenem Gesicht hinter dem Schreibtisch saß.

„Natürlich.“

Sean ging zum Aufzug und Don trabte sichtlich aufgebracht hinter ihm her.

„Ach, Agent Caver, wenn Sie mal wieder in Kansas City sind, rufen Sie mich an, ich würde Sie gerne auf einen Drink einladen!“, rief Schreiber ihnen nach.

„Du bist ihm doch nicht wirklich auf den Leim gegangen?“, fragte Sean, als sie durch die geöffnete Schranke wieder ins wahre Leben fuhren.

Don begann schallend zu lachen. „Das glaubst du doch nicht im Ernst! Ich habe ihn schön in seinem Glauben gelassen, dass ein kleinwüchsiger Zwerg sich von Mr. Herrenrasse einschüchtern lässt. Aber du solltest aufpassen, ich glaube, der will dich für seine leibeigene SS-Standarte.“

„Ich hoffe es“, meinte Sean und grinste Don an.

Stafford, Sonntag, 20. Januar 2019

BEURTEILUNG BAU: 37-01/20/SC

Für:
Washington, National Center for the Analysis of Violent Crime (NCAVC), S.A. John McSimmens
Washington, Counterterrorism Division (CTD), S.A. James Carter

in den Mordfällen:
Jeffrey Hands (Jackson, MS)
Dominique Durbon (Kansas City, MO)
Kenneth Whealer (Concorde, NH)

sollte von Ermittler:
Quantico, Behavioral Analysis Unit (BAU), Profiler S.A. Sean Caver

eine Beurteilung abgegeben werden, ob es sich bei den drei Mordfällen im Unfeld der politisch rechtsextrem anzusiedelnden National Nazism Movement Partei (folgend kurz NNM genannt) um politisch motivierte Straftaten handelt oder ob der Täter in das Schema eines Serienmörder-Profils fällt. Ziel ist, eine Zuständigkeitsprüfung des CTD oder NCAVC zu klären.

Die Beurteilung basiert auf:
Tatortbegehung, Haus des Opfers Hands (Jackson, MS)
Ermittlungsakten der CTD Washington zu allen drei Mordfällen
Hintergrundrecherche zur NNM
Gesprächen mit Josef Schreiber (Leiter der NNM) und verschiedenen Mitgliedern der NNM (in Kansas City, MO)

Ergebnis:

Es kann in den Mordfällen an den NNM-Mitgliedern Hands, Whealer und Durbon keine eindeutige Beurteilung abgegeben werden. Dennoch zeichnet sich meiner Meinung nach ein starker Trend ab, dass die Morde einen persönlichen Charakter haben und es sich nicht in erster Linie um politisch oder rassistisch motivierte oder aus dem organisierten Umfeld der rechten/linken oder anderer fanatischer Szenen stammende Taten handelt.

Begründung:

Ausschluss einer rassistisch motivierten Rache, Vergeltungstat von ethnischen Gangs oder Einzelpersonen:

Weder die Tatorte noch die Art der Gewalteinwirkungen auf die Opfer lassen eine derartige Schlussfolgerung zu. Die Opfer wurden im Exekutionsstil mit einer Beretta FS92 9mm durch Genickschuss getötet. Die Verstümmelung der Stirn, eine höchstwahrscheinlich mit einem Jagdmesser eingeritzte Nummer 14, steht in rechtsextremen Kreisen für die Botschaft: „Wir müssen die Existenz unseres Volkes und die Zukunft für unsere weißen Kinder sicherstellen.“ Eine Verstümmelung dieser Art, mit dieser politischen Aussage, ist nicht von ethnischen Gegnern zu erwarten, selbst bei einer ausgeprägten Form von Zynismus, was aus psychologischer Sicht jedoch eher untypisch wäre.

Es fehlen jegliche Anzeichen von Vandalismus. Es wäre zu erwarten, dass politisch motivierte Täter sowohl die Hakenkreuzfahne als auch die Porträts von Adolf Hitler und Josef Schreiber in irgendeiner Art und Weise zerstört hätten.

Der Schriftzug „Nazischwein verreckte!“, der mit dem Blut der Opfer an die Wand gemalt wurde, lässt keine eindeutigen Schlüsse zu und ist ethnisch atypisch. Auch im Bereich der linksorientierten radikalen antifaschistischen Bewegung kann solch ein Schriftzug nicht als typisch angenommen werden, da diese Gruppierungen dazu neigen, politische Botschaften in Form von Parolen ihrer Zugehörigkeit oder Zeichen/Embleme zu hinterlassen.

Ausschluss einer disziplinarischen Strafaktion aus den Reihen der NNM, von generell radikalen weißen Bürgerrechtsorganisationen oder Parteien, wie z. B Klanvereinigungen:

Strafaktionen aufgrund von Fehlverhalten, das gegen den Kodex dieser rechtsextremen Organisationen verstößt (z. B. Ausstieg aus der Organisation), hinterlassen fast immer ein Opfer, dem außergewöhnlich viel Gewalt angetan wurde.

Die Statistik zeigt hier, dass Opfer solch einer Straftat fast immer zu Tode geprügelt oder gefoltert wurden. Das Einritzen der Botschaft „14" würde in diesen Kreisen als Geschmacklosigkeit angesehen werden, da es sich um einen der Leitsätze ihrer Ideologie handelt.

Die Wandbeschriftung und der fehlende Vandalismus können jedoch darauf hinweisen, dass der/die Täter eine der NNM anhängige Gesinnung hat/haben, doch nicht im Auftrag der Organisation handelte/n.

Die Antiterroreinheit, die die NNM seit geraumer Zeit observiert, hat Kenntnis von geplanten Racheakten, um die „gefallenen Kameraden", wie alle drei Opfer bezeichnet werden, zu sühnen. Dies kann als weiteres Indiz einer nicht der Organisation anhängigen Tat angesehen werden.

Aufgrund des Gesprächs mit Josef Schreiber, dem „Kommandeur" der NNM, welches ich und S.A.

Viggen in Kansas City, MO, geführt haben, bin ich überzeugt, dass speziell Hands ein wichtiges Parteimitglied der NNM war, was die Berichte der CTD unterstreichen.

Unabhängig von der Entscheidung, die das NCAVC und die CTD bezüglich meiner Empfehlung treffen werden, schlage ich dringendst vor, ein psychologisches Persönlichkeitsprofil von Josef Schreiber anfertigen zu lassen. Schreiber zeigt mentale Auffälligkeiten, die bei einem Mann in seiner Position ein gefährliches Potential für die Allgemeinheit darstellen können.

Empfehlung:

Daher empfehle ich, die Fälle Hands, Whealer und Durbon als Serienmord einzustufen und damit in den Zuständigkeitsbereich des NCAVC zu übertragen.

Quantico, 20. Januar 2019

S.A. Sean Caver

Special Agent Sean Caver, Profiler BAU, Quantico

Sean schickte die Beurteilung per Mail an Sims und James Carter. Beim Gedanken an Carter stöhnte Sean hörbar auf, denn er kannte den Agenten, der leider immer noch Chef der Antiterror war. Als Sean mit ihm zu tun gehabt hatte, war Carter der neue Boss des CASMIRC gewesen und hatte ihm ziemlich zugesetzt. Wenn es nach Carter gegangen wäre, dann wäre Sean schon lange nicht mehr beim FBI, Carter hätte ihn damals am liebsten in den Knast geschickt, denn er hatte Sean kurzfristig für einen Mörder gehalten.

Nachdem er Don und Cat in den CC gesetzt hatte, drückte Sean die *Senden*-Taste. „Herzlichen Glückwunsch, Agent Caver“, sagte er laut zu sich selbst. *Jetzt hast du den Fall am Hals*, fügte er in Gedanken hinzu und fuhr seinen Laptop herunter.

Aber eigentlich musste er zugeben, dass er Blut geleckt hatte. Dieser Josef Schreiber reizte ihn in psychologischer Hinsicht zu sehr, er wollte das Profiling der NNM-Morde jetzt unbedingt haben und wäre verdammt enttäuscht, wenn Sims einen anderen dafür im Sinn hätte. Die Erkenntnis war ihm gekommen, als er beim Frühstück mit Cat über die Beurteilung gesprochen hatte. Dabei hatte er ihr bis ins kleinste Detail das Gespräch mit Josef Schreiber wiedergegeben, und nachdem Cat ihm wie gebannt zugehört und ihn dann mit einem selbstgefälligen Grinsen angesehen hatte, war ihm klar geworden, mit wie viel Enthusiasmus er gesprochen hatte.

Es kam natürlich auch ein wenig auf Don an, ob Sean der Profiler wurde, und das bereitete ihm momentan ein paar Bauchschmerzen. Nach ihrem Gespräch am Donnerstag Abend in der Hotelbar war er sich nicht ganz so sicher, was Don von seinem, Seans, geistigen Zustand hielt.

Sie hatten nach ihrem Termin bei der NNM ein weiteres Parteimitglied in Kansas City aufgesucht, einen gewissen Barney Sell; er war als Propagandachef der NNM für die gesamten Vereinigten Staaten verantwortlich und unter anderem auch der Herausgeber des Magazins *Storm Trooper*. Seine Frau Jenna war eine glühende Anhängerin der NNM, auch wenn sie als Frau kein offizielles Mitglied sein konnte, und entsprach mit ihren fünf Kindern genau dem Frauenbild, das die Partei verherrlichte. Sell trug den offiziellen NNM-Rang eines Kommunikationsoffiziers und Jeffrey Hands, das dritte Opfer, war ihm in diesem Machtgefüge unterstellt gewesen, da er für die Propaganda in Mississippi zuständig gewesen war. Sean und Don fiel auf, dass Sell, genau wie Schreiber, kultiviert und erstaunlich intelligent war, was wiederum die Frage aufwarf, wie ein ungebildeter Redneck wie Hands zu dem

Posten eines Propagandaverantwortlichen für einen Bundesstaat gekommen war.

Sell hatte Sean diese Frage beantwortet, er hatte wörtlich gesagt: „Jeffrey Hands glühte förmlich für unsere Partei. Jedes der Worte, die er schrieb, war voller Leidenschaft. Damit kann man die Menschen erreichen. Meine Aufgabe bestand darin, seine Texte etwas zu entschärfen. Denn nicht jeder, der am Anfang unserer Ideologie steht, um sie kennenzulernen, wird das Feuer verstehen, und wir wollen die Menschen nicht vor den Kopf stoßen, indem wir ihnen die Wahrheit zu unverblümt näherbringen. Wissen Sie, Agent Caver, ich persönlich handhabe das lieber frei nach Max Frisch“, hatte er angefügt und dann erläutert: „Man soll der Menschheit die Wahrheit nicht wie ein nasses Handtuch um die Ohren schlagen, sondern sie darin einhüllen wie in einen warmen Wintermantel.“

Don und Sean hatten das Haus der Sells kopfschüttelnd verlassen. Die Organisation der NNM hatte scheinbar gebildete Leute an der Spitze und in den unteren Chargen dann ihre verblödeten, aber vom Hass zerfressenen Laufburschen, die die Sprache des gemeinen Volkes kannten und so die Botschaft der NNM weitergeben konnten, ohne irgendwen zu überfordern.

Und dann zitiert solch ein Mann wie Sells auch noch Max Frisch, war es Sean durch den Kopf gegangen. Einen Mann, der einmal sagte: „Wer schreibt, bekennt sich zu seinem eigenen Denken.“ *Im Übrigen lautet das Zitat: „Man sollte dem anderen die Wahrheit wie einen Mantel hinhalten, daß er hineinschlüpfen kann, und sie ihm nicht wie einen nassen Lappen um die Ohren schlagen*“, hatte er sich geärgert.

Anschließend waren beide ins Hotel gefahren. Sean hatte sich umgezogen, Cat angerufen und seinem Ärger über die NNM ein wenig Luft gemacht, bevor er sich mit Don zum Essen getroffen hatte. Als sie dann in der *Bar Central* des *Mariott Downtown* auf den cremefarbenen Sesseln über einem Chardonnay zusammengesessen hatten, war Don auch prompt wieder auf das leidige Thema zurückgekommen. Sean hatte bereits den ganzen Abend darauf gewartet und zu erzählen angefangen, von Patricia und was sie über seinen leiblichen Vater berichtet hatte. Wort für Wort hatte er es genau wiedergegeben, lediglich seine eigenen und Cats Erlebnisse mit Camio und Gabriel nicht erwähnt. Für Sean war es ein Leichtes gewesen, exakt Patricias Worte zu benutzen, denn er hatte ein Gedächtnis, das nahe an das hyperthymestische Syndrom herankam: alles, was er je in seinem Leben gehört oder gesehen hatte, war in seinen Erinnerungen vorhanden, nur dass er sich im Gegensatz zu Menschen wie Jill Price – bei der dieses Syndrom das erste Mal diagnostiziert wurde – nicht mit den unangenehmen Nebenwirkungen herumschlagen musste. Er war nicht gezwungen, ständig über seine Vergangenheit nachzudenken, was aber vielleicht auch daran lag, dass er unterbewusst einen Riegel davor geschoben hatte, denn seine Vergangenheit war über alle Maßen übel, so dass er sie zu seinem eigenen Schutz ausblenden musste.

Don war die ganze Zeit still geblieben und hatte konzentriert zugehört, bis Sean zum Ende gekommen war. „Nun, deine Mutter war nicht nur eine Nonne, sie war, beziehungsweise ist auch ziemlich krank. Hast du der Oberin vorgeschlagen, einen guten Psychiater einzuschalten?“, war sein Kommentar gewesen.

Sean hatte mit sich gekämpft, doch war bei der Wahrheit geblieben. „Don, ich habe einen Master in Psychologie und für mich wirkte sie absolut normal. – Ich …“, hatte er den Satz begonnen, hatte überlegt, doch dann zu Ende gesprochen, „… ich glaube ihr!“

In dem Moment hatte Don warnend die Brauen hochgezogen. „Als du dich das letzte Mal auf solche mythischen Engelsgeschichten eingelassen hast, wurdest du fast getötet. Und vergiss bitte nicht, dass man nur einmal im Leben in einer geschlossenen Psychiatrie sitzen sollte. Darum tu mir einen Gefallen und hör auf damit. Du hast deinen Job wiederbekommen, hast jetzt das erste Mal, seit ich dich kenne, eine echte Beziehung mit einer Frau – mach das alles nicht kaputt, indem du plötzlich wieder Henochisch verstehst oder an Nephilime glaubst."

Sean hatte ihn lange ohne ein Wort angesehen. Es war kein Wunder, dass Don so reagiert hatte – Sean hatte einen essentiellen Teil der Informationen verschwiegen, hatte kein Wort verloren über seine Begegnungen mit den Engeln, geschweige denn über die Drohungen Gabriels, die immer noch so schmerzhaft in seinen Erinnerungen hingen.

Trotzdem sie danach angeregt geplaudert und gemeinsam vor der Tür noch eine Zigarette geraucht hatten, bevor sie schlafen gegangen waren, hatte Sean seither das Gefühl, dass Don ihn auf eine seltsame Weise bei allem was er sagte und tat beobachtete. *Hoffentlich denkt er nicht, dass ich langsam, aber sicher verrückt werde*, sinnierte er und sah zu Cat, die bäuchlings auf der Couch lag und schon wieder die NNM-Akte vor sich hatte.

„Du kannst es kaum erwarten, mit dem Fall anzufangen, oder?"

Sie sah auf, verzog den Mund und nickte nur. „Weißt du was? Du solltest unbedingt aufschreiben, was du mir heute Morgen über euer Gespräch mit Schreiber erzählt hast."

Sean stand auf und streckte sich. „Das habe ich alles im Kopf, keine Sorge, das vergesse ich nicht. Außerdem habe ich gerade den Computer ausgeschaltet und es ist mal wieder ein Sonntag, an dem wir uns, anstatt mit uns selbst, mit dem Abschaum der Welt beschäftigen. Ich habe eine bessere Idee …"

Cat reckte den Hals und sah ihn erwartungsvoll an.

„Oh nein, Kampell, *das* meine ich nicht. Wie wäre es, wenn wir rüber zu Corey gehen und Salvador einkassieren? Einen langen Spaziergang machen?“

Cat erhob sich, legte Seans lose Rechercheblätter mit der Beurteilung, die er vorhin ausgedruckt und mit ihr diskutiert hatte, in das Dossier und klappte es zu. „Meinst du nicht, dass es nur höflich wäre, Corey zu fragen, ob sie mitkommen möchte? Ich meine, wir können doch nicht einfach ihren Hund holen und sie nicht fragen.“

Sean lächelte. „Frag, wenn du willst. Gott sei Dank kenne ich Corey gut genug – ich weiß, dass sie zu viel Taktgefühl hat, um *ja* zu sagen.“

Cat saß neben Sean auf dem Beifahrersitz und blickte in die verschneite Landschaft, durch die sie fuhren. John McSimmens hatte an diesem Montagmorgen bereits um 7:30 Uhr bei ihnen in Stafford angerufen. Er hatte Sean gebeten, wegen seiner Beurteilung nach Washington zu kommen, Don Viggen und auch James Carter vom CTD würden gegen 11:00 Uhr in Sims' Büro sein. Sean hatte darauf bestanden, dass Cat ebenfalls mitkam, um klarzustellen, dass – falls der Fall zum CASMIRC kam und man ihn als Profiler wollte – Agent Kampell mit dabei war. Sims hatte keine Einwände erhoben. Sie waren um Viertel vor zehn losgefahren und würden, wenn alles gut ging, in fünfzehn Minuten in der Tiefgarage des J. Edgar Hoover Building ankommen.

Sie lauschte der Musik aus dem Radio und hing ihren Gedanken nach. Der Spaziergang mit Salvador gestern Nachmittag war bezaubernd gewesen, Sean konnte so einzigartig sein, wenn er einmal völlig entspannt war. Sie hatten mit dem Hund in den Schneewehen getobt; er hatte recht gehabt, Corey überließ ihnen Salvador und wollte nicht mitgehen, hätte zu tun, so drückte sie es aus.

Sie riss sich von ihren Gedanken los und konzentrierte sich auf die bevorstehende Besprechung. „Sean", fragte sie, „kennst du diesen Carter von der CTD?"

Er drehte das Radio leiser und nickte. „Ja leider. Er kennt mich noch als Nathaniel Caim, und mit viel Pech weiß er auch, wer du bist. Er war für kurze Zeit im Fall *Desperate Angels* zuständig."

„Oh", sagte sie ruhig. „Ist er Freund oder Feind?"

„Eindeutig Feind, jedenfalls damals. Heute vielleicht ein unangenehmer Zeitgenosse, mit Winter zu vergleichen."

„Also Feind … Du hast ein Händchen dafür, dir richtig Feinde zu machen", meinte sie süffisant und zündete eine Zigarette an, die sie ihm hinhielt.

Er nahm sie und zog daran, öffnete das Fenster und seufzte übertrieben. „Stimmt leider. Feinde dort oben …", er sah durch die Frontscheibe in den grauen Himmel, „… und hier unten."

Cat war nur einmal während ihrer Ausbildung zur Besichtigung im Hoover Building, dem FBI-Hauptquartier, gewesen und es wirkte jetzt wieder sehr beeindruckend, irgendwie furchteinflößend und mächtig. Sie nahmen den Aufzug in der Halle und absolvierten den Sicherheitscheck, bevor sie sich auf den Weg zu Sims' Büro machten.

Cat ging steif, mit angespanntem Rücken. Ganz leicht berührte Sean ihren Arm und nickte ihr lächelnd zu. *Scheiße, er merkt wie aufgeregt ich bin*, dachte sie, als ihnen von Sims' Assistentin die Tür zum Büro aufgehalten wurde.

Sean ließ ihr den Vortritt und sie sah drei Männer vor sich: Sims und der Unbekannte, der wohl Carter sein musste, erhoben sich, als sie eintrat, nur Don lümmelte weiter mit vor der Brust verschränkten Armen im Sessel herum. Sims kam um den Schreibtisch und hielt ihr die Hand hin. Er war älter, als sie vermutet hatte, doch mit einem ehrlichen und freundlichen Gesichtsausdruck.

„Agent Kampell, endlich lernen wir uns persönlich kennen." Er schüttelte ihre Hand und dann Seans.

„Agent Carter von der CTD", stellte er den fremden Mann vor, der Sean intensiv taxierte. Sean nickte ihm zu und sah ihn genauso konzentriert an.

Dann wandte Carter seine Aufmerksamkeit Cat zu. „Freut mich, Agent Kampell. James Carter von der Antiterror", sagte er wichtig, und Sean konnte seinen unverhohlenen Blick, der über Cats Gesicht und Körper strich, nicht ignorieren. Carter hatte Sean in dem Moment erkannt, als zur Tür herein kam, sich jedoch zurückgehalten – das bedeutete, dass Sims ihn eingeweiht hatte. Doch er schien Cat nicht einordnen zu können, er wusste nicht wer sie war, und vor allen Dingen nicht, dass sie Sean Freundin war. Das dümmliche Grinsen, das jetzt auf Carters Gesicht erschien, war wohl seine Art von Anmache.

Cat ging zu dem freien Stuhl links neben Don und legte ihm beiläufig eine Hand auf die Schulter, die er kurz, aber liebevoll tätschelte.

Sean schüttelte Carters Hand. „Sean Caver, BAU Quantico", sagte er kurz und ließ sich rechts von Don nieder. Als die Assistentin mit dem Kaffee für Sean und Cat kam, setzen sich Sims und Carter auch wieder, Letzterer ließ den Blick nicht von Cat, so dass Sean langsam anfing, seine alte Aversion gegen diesen Mann, die er lange vergessen geglaubt hatte, wieder an die Oberfläche zu lassen.

Neben Carter war ein weiterer freier Stuhl. *Soll noch jemand an der Besprechung teilnehmen?,* dachte Sean beunruhigt, denn er hatte ein ungutes Gefühl dabei.

„Schön. Also, wir warten noch auf den Staatsanwalt. Mir wurde heute Morgen nur mitgeteilt, dass er an der Besprechung teilnehmen wird. Wie es scheint, will die Staatsanwaltschaft gleich von

Anfang an in die Fälle involviert sein. Die Relevanz der Ermittlung ist zurückzuführen auf das Presseinteresse."

Wieder öffnete sich die Tür. Sean hatte das Gefühl, als zöge man ihm den Boden unter den Füßen weg und ein Abgrund täte sich auf – denn in der Tür stand die wieder einmal perfekt gekleidete Generalstaatsanwältin mit einem triumphierenden und vor allem arroganten Blick in ihren Augen.

Sie kam auf die Runde zu. „Hallo John, James." Dann sah sie Don an. „Agent Viggen, lange her. Ach, und Agent Caver, wie geht's?" Dann reichte sie Cat, die mittlerweile blass und angespannt im Sessel saß, die Hand. „Agent Kampell, richtig? Wir hatten noch nicht das Vergnügen", spielte sie die Ahnungslose und setzte sich selbstsicher, denn ihr war sehr bewusst, was ihr Auftritt losgetreten hatte.

Sean legte die Hände auf die Sessellehnen und griff hart zu. Es kostete ihn all seine Selbstbeherrschung nicht aufzuspringen. Erst als er Cats unsicheren Blick auf Don und ihn selbst sah, löste er seinen verkrampfen Griff, schlug betont lässig die Beine übereinander und legte seine Hände in den Schoß. *Cat schafft das nicht, wenn ich auch noch unter Strom stehe. Sie muss sehen, dass es mir nichts ausmacht*, schoss es ihm durch den Kopf. Er versuchte ein absolutes Pokerface in Richtung von Generalstaatsanwältin Winter.

Cat reagierte sofort, als sie das sah, und wurde ebenfalls ruhiger.

„Also", ergriff Winter das Wort, „bevor die Fragen auf mich einstürmen: die Antwort ist *ja*, ich werde selbst die juristische Begleitung dieses Falles übernehmen. Durch die letzten Pressemitteilungen, die erneut die Wiedereinführung des zweiten Verfassungszusatzes fordern, der 2014 außer Kraft gesetzt wurde", lamentierte sie im Juristenamerikanisch, „ist es zu einer brisanten Situation gekommen, in der nicht nur die NRA, sondern auch die Waffenindustrie ernormen Druck auf die Regierung ausübt. Wir können uns in diesem Fall keine Fehler leisten, die NNM scheint die besten Kontakte zu haben und stachelt die Öffentlichkeit auf."

Verdammt, verdammt, verdammt, dachte Sean, sagte jedoch ganz gelassen: „Die Generalstaatsanwältin bei einem Dreifachmord in der rechtsextremen Szene, ist das nicht ein bisschen zu dick aufgetragen?"

Winters lächelte überlegen. „Ach Agent, als Leiter der BAU wissen Sie doch bestimmt, wie heiß ein Fall werden kann, wenn der Präsident involviert ist."

„Und wie stellen Sie sich das vor?", fragte Sean schneller, als Sims überhaupt den Mund aufmachen konnte.

„Sie, Agent Caver, leiten die Ermittlungen in Zusammenarbeit mit der CTD, tja, und ich stehe Ihnen juristisch zur Seite."

Totenstille in dem Büro. Jeder versuchte das zu verarbeiten, was Winter gerade gesagt hatte – jeder auf seine Weise.

Nach einer gefühlten Ewigkeit ergriff Sims das Wort, und Sean war ihm mehr als dankbar dafür, denn er war kurz davor, etwas sehr Dummes zu sagen.

„Monica, Sean ist Profiler, darin liegt seine Kompetenz. Don Viggen hat umfassende Erfahrung als Ermittlungsleiter, und was die Zusammenarbeit mit der CTD angeht: wir arbeiten sehr eng zusammen, doch in einer laufenden Ermittlung hat eine Soko, die von zwei unterschiedlichen Abteilungen geleitet wird, keine Chance, denn selbst wenn wir das genau organisieren, entstehen Zuständigkeitsprobleme, die uns nur behindern werden."

Sims, ich liebe dich, war Seans spontaner Gedanke zu Johns Worten.

„So? Was schlagen Sie vor, John?", fragte Winter gespielt, denn es war ihr als erfahrene Staatsanwältin vollkommen klar, dass ein Kompetenzgerangel zweier Abteilungen jedem Ermittlungleiter das Genick brechen musste. „James, die CTD und ich sind uns schon heute Morgen einig geworden, dass der Fall ins NCAVC gehört."

„John", unterbrach Carter seinen Satz, „vielleicht war ich voreilig. In Anbetracht der Brisanz sollten wir das noch einmal diskutieren", fügte er hinzu, und man konnte ihm seine Karrieregeilheit förmlich am Gesicht ablesen.

„Mhm", griff Winter zögernd ein, „ich habe die Beurteilung ebenfalls gelesen, Agent Carter, und sie spricht eine andere Sprache. Die CTD unterstützt mit den vorhandenen Informationen, aber John hat recht – was die Ermittlungen angeht, seid ihr raus!", sagte sie unmissverständlich, und Carter zuckte förmlich zusammen. „Also, Agent Viggen übernimmt die Leitung des Falles", fuhr sie autoritär fort, ohne einen Widerspruch zu dulden. Dann wurde ihre Stimme gefährlich sanft. „Agent Caver ist der Profiler und Agent Kampell", dabei sah sie Cat an wie die besagte Schlange das Kaninchen, „ist auch mit von der Partie. Sie hat bei den Coloradomorden gezeigt, dass sie sehr fähig ist, und wird somit gleich am zweiten großen Fall während ihrer vierundzwanzigmonatigen Probezeit arbeiten – nicht wahr, Miss Kampell? Oder haben Sie das Gefühl, dem nicht gewachsen zu sein?"

Cat sah ihr in die Augen – Warum war sie nur so boshaft? –, dann wieder zu Don und Sean, die Winter beide vollkommen kontrolliert anblickten, ohne Gefühle preiszugeben. Sie bog ihren Rücken durch, setzte ein eiskaltes Lächeln auf und erklärte: „Generalstaatsanwältin Winter, wenn es sein muss, dann bringe ich Mörder mit einem Kopfschuss zur Strecke", sie machte eine theatralische Pause, „ergo werde ich Ihnen auch gewachsen sein!"

Sims hatte nach diesen Worten die Besprechung aufgelöst. Winter war gegangen, nicht ohne noch ein paar ernsthaft wütende Blicke auf Cat zu werfen; Carter hatte sich mit eingezogenem

Schwanz davongetrollt und Don, Sean und Cat standen nun abwartend vor Sims, der eine Hand vor sein Gesicht gelegt hatte.

„Also, Don leitet", sagte er leise und unglaublich müde, „Sean macht das Profil, Sie, Kampell, arbeiten mit Sean, und ich stelle euch Mario und Gordon zur Seite. Jetzt, Leute, geht mir aus den Augen. Das ist ein vorprogrammiertes Desaster, ich werde zu alt für den Scheiß. Verschwindet."

Sie hatten das Büro verlassen und mit dem Aufzug die Tiefgarage erreicht, kein Wort war bisher gefallen.

Plötzlich blieb Don auf der obersten der drei Stufen zu den Parkplätzen stehen und rief Cat autoritär an: „Kampell, kommen Sie sofort her."

Sean drehte sich angesichts des Tons irritiert um, doch Cat war bereits auf der untersten Stufe vor Don angekommen. Der beugte sich vor, nahm ihr Gesicht in seine Hände und gab ihr einen deftigen Kuss auf den Mund.

„Das war erste Sahne, Hausdrache! ‚Wenn es sein muss, bringe ich Mörder mit einem Kopfschuss zur Strecke, ergo werde ich Ihnen auch gewachsen sein.' Wenn du nicht die Liebste meines besten Freundes währest, dann würde ich dich jetzt vernaschen, Baby – das war die beste Show, die ich je gesehen hab, und Winter hat sich gerade vor lauter Wut in ihren Generalstaatsanwältinnen-String-Tanga gepisst." Er lachte so laut, dass es in der Tiefgarage widerhallte.

Sie kräuselte die Stirn, drehte sich um und sah voller Sorge Sean an, denn sie wusste ganz und gar nicht, was er darüber dachte. Doch er erwiderte nur ihren Blick mit einem Kopfschütteln und einem geheimnisvollen Lächeln. „Hey, Viggen, warum machen wir drei heute nicht blau, fahren in deine Luxuswohnung und betrinken uns?", rief er in Dons Richtung, der die beiden zufrieden ansah.

„Auf geht's, folgt mir!" Er ging auf den schwarzen Maserati Quattroporte GTS zu. „Dann können wir auch gleich besprechen, wie wir aus der Nummer wieder rauskommen, ohne wie die Motten im Heiligenschein der Staatsanwaltschaft zu verbrennen."

„Don", sagte Cat und sah den Zweihunderttausend-Dollar-Schlitten an. „Das ist nicht dein Wagen?"

„Doch. Schon mal gefahren, Hausdrache?"

Sean stand an seinem Dienstwagen und wartete.

„Klar!", kam es ganz begeistert von ihr. „Eric fährt den gleichen und ich liebe diesen Wagen!"

Oh oh, dachte Sean. Eric Kampell, ihr Vater, der Stararchitekt in Europa, fuhr den gleichen Wagen wie Don, Mr. Sohn-eines-Erfolgsbrokers. *Was tue ich eigentlich hier in dieser elitären Gesellschaft?*, sinnierte Sean amüsiert und stieg in den Interceptor.

Don warf ihr die Schlüssel zu. „Tipp ‚Don' ins Navi, dann kommst du zu meiner Wohnung; der Code für die Tiefgarage is 8933A. Wir treffen uns dort." Dann ging er zur Beifahrerseite des Interceptor und stieg ein.

„Don", sagte Sean zögerlich, „ich bin nicht gut genug versichert, wenn sie ihn zu Schrott fährt, dann …"

Don lachte laut auf. „Mein lieber Freund, wenn ich dir den Schlüssel gegeben hätte, dann hätte ich einen Gedanken an Versicherung verschwendet, doch Cat – meine Güte, sie ist mit Hollywoods Reichen und Berühmten groß geworden, sie hat keinen Respekt vor Werten und ergo wird sie sich nicht verunsichern lassen. Sie fährt diesen Wagen, wie er gefahren werden muss: schnell, sportlich und schnittig. Sie wird keinen Fehler machen, weil sie Angst hat, eine Beule reinzufahren."

In dem Moment heulte der Motor des Maserati auf, und mit einem Kavaliersstart schoss Cat aus der Tiefgarage.

„Voilà, du solltest ihr manchmal einfach mehr zutrauen“, kommentierte Don die verschwindenden Rücklichter.

Sean lag mit Cat im Bett des Gästezimmers. Sie hatten einiges getrunken, ausgelassen herumgealbert, keinen weiteren Gedanken an Winter und den Fall verschwendet, sondern angefangen, alte Filme aus Dons Archiv anzusehen, während er das exklusivste französische Restaurant angerufen hatte. Das schaffte nur Don: ein Zwei-Michelin-Sterne-Restaurant zum Liefern zu bewegen. Nach dem Essen hatten sie sich zurückgezogen. Es war mittlerweile zehn Uhr und sie mussten spätestens um sechs aufstehen, um pünktlich gegen neun Uhr wieder in Quantico zum Unterricht zu erscheinen. Don würde noch mindestens zwei Tage zur Vorbereitung brauchen, bevor sie ausschließlich an den NNM-Morden arbeiten konnten.

Cat drückte ihren nackten Körper an Sean, der auf der Seite lag und sie ansah.

„Kampell, wenn du mir noch näher kommst, dann vergesse ich mich.“

„Vielleicht will ich genau das.“

„Nicht dass ich etwas dagegen hätte, aber ich bin nicht gerade vorbereitet – keine Kondome, sorry, diese Übernachtung kam ein bisschen überraschend!“

Cat strich mit der Hand über seine Brust zu seinem Bauchnabel, bis sie seinen erigierten Penis fühlte, und umfasste ihn zärtlich.

Sean stöhnte. „Gut, es geht auch anders“, murmelte er schwer atmend. „Aber erst bist du dran.“ Seine Hand streichelte um ihre Brustwarze, fing an sie zu massieren. Sofort reagierte Cat und ihr Griff um sein Glied verfestigte sich.

„Aaah“, keuchte er laut und rutschte tiefer, entwandt sich ihr und umspielte ihre Brustwarzen mit seiner Zunge, saugte, bis Cat genüsslich seufzte. Er glitt tiefer zu ihrem Bauch, doch sie hielt seinen Kopf fest.

„Warte“, sagte sie plötzlich und zog ihn wieder hoch, küsste seine Lippen sinnlich, sog an seiner Unterlippe, knabberte – sie wusste, dass ihn das verrückt machte, und seine Laute ließen keinen Zweifel daran.

Sie drückte ihn ein wenig von sich weg, sah ihm in die aufgeheizten bernsteinfarbenen Augen. „Ich habe meine Tage, das solltest du wissen“, sagte sie etwas unsicher.

„Hast du Schmerzen? Keine Lust?“, fragte er besorgt.

„Was? Nein! Ganz im Gegenteil, ich bin immer sehr … Ach Scheiße!“, entwich es ihr, sie unterbrach sich und setzte wieder an, „… ziemlich scharf, wenn ich meine Tage habe.“

Sean grinste. „Gut, worauf warten wir dann?“

„Es macht dir nichts aus?“

„Mit dir zu schlafen, wenn du blutest? Cat …!“, sagte er fast empört. „Ich kenne dich in- und auswendig, ich weiß, wie du schmeckst, überall, natürlich macht es mir nichts aus. Außerdem – wenn du deine Tage hast, dann können wir es ohne Kondom machen …“ Er sah sie an, küsste zart ihre Lippen. „In dir kommen!“, raunte er lasziv.

„Ist das so wichtig?“, fragte sie, erregt von seinen Worten. Sie ließ ihre Hände über seinen Rücken streichen, spürte, wie sich seine Muskeln anspannten bei ihren Berührungen.

„Ja“, antwortete er ehrlich, „wenn ich in dir komme …“, er zögerte, wartete, wie sie darauf reagierte, doch ihre Hände glitten in diesem Moment über seine Hüften wieder an sein Glied, „dann ist es, als ob ich dir nicht näher sein könnte.“ Er stöhnte auf, als sie ihren Zeigefinger um seine Eichel gleiten ließ. Dann griff er derb ihren Kopf, zog sie zu sich, und sein Kuss war mächtig, fast grob – doch seine Erregung zu spüren übermannte Cat und sie ließ sich in ihre eigene Leidenschaft fallen. Seine Hand schob sich zwischen ihre Beine, streichelte sanft, und dann legte sich sein Finger auf ihre Klitoris, kreiste langsam. Sie betrachtete sein Gesicht, diese hemmungslose Lust spiegelte sich in seinen Augen, flüssiges Gold in einer Form, die sie so intensiv nie zuvor gesehen hatte. Er hatte einen gewissen Punkt überschritten und war jetzt nicht mehr zu stoppen. Sie griff nach der Kleenexbox auf dem Nachttisch und entfernte ihren Tampon, ließ alles auf den Boden fallen.

Dann bog sie sich ihm entgegen, spreizte die Beine, als Sean sich auf sie legte. Er stützte sich mit beiden Händen seitlich ihres Kopfes ab und sah ihr fordernd in die Augen. Sie drückte ihre Hüften an ihn, wollte ihn so sehr in sich spüren. Er atmete mit einem Zischen durch die Zähne bei der Berührung.

„Komm schon", hauchte sie und ergriff ungeduldig seinen harten Penis, rieb ihn an ihren Schamlippen, ihrer Klitoris und brachte ihn in Position, um in sie einzudringen. Er zögerte sekundenlang, seine heißen, geheimnisvollen Augen sahen sie für einen Moment an, dann stieß er zu, tief, unerwartet und unglaublich hart.

Cat hatte das Gefühl, vor Lust zu zerreißen, und schrie auf. Im gleichen Moment hielt er inne. „Hab ich dir wehgetan?", fragte er atemlos.

„Nein, bitte …", seufzte sie, zu mehr war sie nicht imstande.

Er begann sich zurückzuziehen, um sofort wieder mit der gleichen Härte in sie zu stoßen, schrie selbst dabei auf und fand einen erbarmungslosen Rhythmus, tief, immer tiefer, und Cat verlor sich in der erotischen Ekstase ihrer Empfindungen, bis sie von einem intensiven Orgasmus überschwemmt wurde.

Normalerweise stoppte er kurz, wenn er spürte, dass sie kam, doch jetzt stieß er unerbittlich weiter, tief in ihren Körper, und sein lustvolles Stöhnen war kurzen Schreien gewichen, wenn er sie ganz ausfüllte. „Cat, verflucht!", rief er.

Oh nein, dachte sie für den Bruchteil einer Sekunde und hoffte ernsthaft, dass Don nichts davon mitbekam – Sean war viel zu laut. Doch bevor sie ihn zurückhalten konnte, überfiel auch sie erneut eine unwiderstehliche Leidenschaft. Sie wollte mehr, mehr von ihm, und wand sich, bewegte sich gezielt seinen Stößen entgegen, die dadurch noch kraftvoller und intensiver wurden; es war mehr als Sex, sie wurden eins. Cat krallte ihre Fingernägel in seinen Rücken und zog sie erbarmungslos sein Rückgrat hinunter.

Er reagierte mit einem tiefen animalischen Knurren, einer Mischung aus Schmerz und gieriger Lust. „Cat, komm mit mir!" Seine Bewegungen wurden schneller, ungezügelter, schonungslos. „Komm noch mal!", forderte er herrisch.

Sie sah in seine goldenen Augen, sein vom Schweiß feuchtes Gesicht und ließ los. Ein endlos scheinender Orgasmus griff nach ihr, ihre Muskeln spannten sich an, sie hielt ihn fest umschlossen, in einem eisernen Griff, dennoch zog er sich ein letztes Mal zurück und rammte sich wieder tief in sie. Ihr ganzer Unterleib zuckte glühend zusammen, und dann fühlte sie die Hitze, als er sich in ihr ergoss.

Sean fiel förmlich auf ihren Körper und lag bewegungslos, bis sie vorsichtig ihre Hand durch sein Haar gleiten ließ. Immer noch spürte sie die Kontraktionen ihrer Lust.

Er reagierte nicht.

„Liebling, ist alles in Ordnung?", frage sie etwas heiser.

Er reagierte nicht.

„Sean", sagte sie jetzt fordernder, „bist du okay?"

Er hob angestrengt den Kopf, legte ihn auf die Seite, um sie anzusehen, die Augen immer noch in einem leuchtenden Gold. „Okay?", fragte er überrascht. „Ich hatte gerade den überwältigsten Höhepunkt meines Lebens. Nein, ich bin nicht okay, ich bin verloren, wenn es um dich geht." Dabei lächelte er sinnlich und derart liebevoll, dass Cat ein Stich ins Herz fuhr.

„Ich liebe dich, Sean Caver."

Er schloss kurz die Augen, schmunzelte glücklich. Cat dachte schon, dass er eingeschlafen wäre, als er sie wieder ansah. Seine tiefe Stimme hatte plötzlich einen ernsten Klang. „Catherine, hör mal, wenn du unbedingt heiraten möchtest, dann habe ich nichts dagegen. Es ist mir nicht so wichtig, doch wenn du gerne …", er unterbrach sich, fragte dann einen Moment später entschlossener: „Willst du?"

Cat sah ihn mit weit aufgerissenen Augen an. *Was? Wie?,* dachte sie gerade, doch er sprach weiter, noch bevor sie irgendetwas sagen konnte.

„Ähm, also kein Traum in Weiß, okay? Keine große Feier mit Brautkleid oder womöglich Kirche – einfach nur heiraten, willst du das?" Seine Augenfarbe veränderte sich langsam in ein Blau und wurde von Sekunde zu Sekunde dunkler.

Cat legte zärtlich ihre Hand auf sein Gesicht, streichelte über seine Wangenknochen, berührte mit ihren Fingern die schmale Narbe an seiner Oberlippe und fühlte ihn immer noch so präsent und tief in sich. „Du bist der Mann, den ich liebe. Wir müssen nicht heiraten, wenn du es nicht möchtest", flüsterte sie und dachte an seine Reaktion, als Don danach gefragt hatte.

„Ist das ein *nein?*", fragte er zögerlich und seine mittlerweile dunkelblauen Augen sahen sie forschend an.

Als Cat seinen Stimmungswechsel sah, musste sie lachen. „Nein! Ich meine, ja, was immer du willst!"

Er richtete sich auf, glitt aus ihr heraus, so dass sie aufstöhnte, denn am liebsten hätte sie ihn die ganze Nacht in sich gefühlt. Dann sagte Sean plötzlich völlig entspannt: „Gut, dann heiraten wir! – Ich geh ins Bad und muss dann unbedingt an Dons Kühlschrank, ich hab Hunger wie ein wildes Tier. Willst du auch was?"

Sie schüttelte amüsiert den Kopf. Er bückte sich, hob das verknäulte Kleenex mit dem Tampon auf und ging ins Bad. Cat nahm ein frisches Papiertaschentuch, legte es sich zwischen die Beine, sah auf das Bettlaken und seufzte.

Als Sean wieder ins Schlafzimmer kam, suchte Cat gerade in den Einbauschränken nach etwas. „Was machst du?", fragte er amüsiert. Er blieb vor ihr stehen, nur mit seiner Anzugshose bekleidet, die er sich schnell übergezogen hatte, und trank ein Glas Milch leer.

„Ein Bettlaken. Wir haben eine ganz schöne Sauerei gemacht." Sie öffnete die nächste Tür.

Sean sah aufs Bett. „Komm, lass, mir macht das nichts aus." Er setzte sich und zog die Hose aus.

„Mir auch nicht, aber es wäre mir peinlich, wenn Don das sieht."

Sean ging zu ihr, drückte die Schranktür zu und zog sie mit sich zum Bett. „Don hat eine Putzfrau und eine Haushälterin, die jeden Tag kommen. Glaub mir, die Damen besprechen ihren Job garantiert nicht im Detail mit ihm."

Sie schlüpften wieder ins Bett, Cat kuschelte sich in seinen Arm und er gab ihr einen Kuss. „Mein Antrag war nicht gerade romantisch, aber das hole ich nach, versprochen."

„Wieso? Es hatte schon eine gewisse Romantik – immerhin haben wir uns kurz vorher sehr intensiv geliebt", erwiderte Cat süffisant.

Er sah sie schläfrig an, löschte das Licht. „Intensiv geliebt?", fragte Sean und gähnte genüsslich. „Deine Semantik lässt zu wünschen übrig, ich würde sagen, wir haben einfach nur ganz großartig und hemmungslos gefickt."

Cat knuffte ihn in die Seite, er lachte leise und schmiegte sich an sie.

KAPITEL VIER

Washington, Montag, 28. Januar 2019

Es herrschte eine aufgeheizte Spannung rund um das Capitol, überall waren Polizeikräfte im Einsatz, Hundertschaften zu Fuß, auf Pferden und in gepanzerten Fahrzeugen. Ein Hubschrauber zog seine Kreise über der Menge. War vor zehn Jahren bei einer Kundgebung der NNM nur ein kleines Polizeiaufgebot nötig gewesen, das dreißig Spinner mit Hakenkreuzfahnen gegen aufgebrachte Studenten und Bürger schützen sollte, so war es heute die Demonstration einer Partei, die mehr als zweitausend Mitglieder mobilisiert hatte. Heutzutage waren die Schaulustigen nicht mehr die engagierten Menschen, die zu der faschistischen Bewegung einen Gegenpol setzen wollten, heute standen hier viele bisher noch Unpolitische auf den Bürgersteigen, bereit zu hören, was der charismatische Josef Schreiber zu sagen hatte.

Sean ging mit Cat langsam näher an die Menschenmasse am Rande des Versammlungsplatzes heran. Er musste an die Videos und Fernsehsendungen denken, die er sich letzte Woche in Quantico angesehen hatte; etliche Berichte über die NNM. Diese „Rallys" waren noch vor zehn Jahren von Gegendemonstrationen bestimmt, die lautstark die wenigen Mitglieder beschimpften, und die Polizei hatte alle Hände voll zu tun, die zu recht wütenden Gegner der Nazis in Zaum zu halten. Was er heute hier sah, ließ ihm kalte Schauer über den Rücken laufen: Die Bürger am Rande waren still, sahen sich die Parade ruhig an, ein Nicken hier und da.

Aber auch die NNM hatte sich verändert; sie benutzten außerhalb ihres gesicherten Territoriums – wie der Hauptzentrale, die

Sean und Don gesehen hatten – keine albernen NSDAP-Uniformen mehr, für die sie vor Jahren noch als Hollywoodnazis veralbert worden waren; jetzt fehlte es an braunen Hemden und SS-Abzeichen. Die Mitglieder, die zum Versammlungsplatz gingen, trugen schwarze Hosen, schwarze Hemden, auf dem Oberarm das Emblem der NNM aufgenäht. Alle waren gepflegt, man sah kaum längeres Haar bei Männern, und wenn doch, war es zu einem ordentlichen Pferdeschwanz zusammengebunden. Auch die kahl geschorenen Köpfe, welche vor nicht allzu langer Zeit noch ein Markenzeichen dieser Organisationen gewesen waren, schienen fast verschwunden. Sie gingen diszipliniert in Viererreihen nebeneinander, zwar kein Stechschritt, doch organisiert, und es fielen einem unwillkürlich die Militärparaden zum 4. Juli ein. Die erste Gruppe, die vor dem Capitol angekommen war, schien so etwas wie Schreibers Vorzeige-NNM zu sein. Durchweg große, beeindruckende Männer, denen eine gewisse Attraktivität nicht abgesprochen werden konnte.

Sean musste daran denken, was Don gesagt hatte: „Vorsicht, der will dich für seine SS-Leibstandarte." Ganz unrecht schien Don nicht zu haben, denn in der Mitte dieser etwa vierzig Männer konnte er Schreiber sehen. Im dunklen Businessanzug, die Hände hinter dem Rücken verschränkt, schritt er dynamisch, ohne den Blick schweifen zu lassen – im Gegenteil, er sah stur geradeaus. Hinter den Männern kam eine kleinere Gruppe von Frauen, die ziemlich pathetisch mit ihren kleinen Fahnen in der Hand winkten. Alle trugen eine weiße Bluse, schwarzen Rock und höhere Halbschuhe. Alle waren blond und hatten sich das Haar hochgesteckt.

Eine Massenveranstaltung à la Hitler, ging es Sean durch den Kopf und er sah sich den Rest der Menge an, der weniger stilvoll eingesetzt war, aber dem es an Leidenschaft nicht zu mangeln schien.

Sie schwangen die Fahnen voller Inbrunst, die Rednecks, die Fettsäcke, die Einfachen, Unbedeutenden dieser Partei. Nur dass sie diejenigen waren, die die Mehrheit der NNM ausmachten. Der nicht-denkende Kern der Volksgenossen.

Er und Cat traten näher ans Podium, auf dem ein Rednerpult aufgebaut war. Man machte ihnen Platz, denn sie sahen mit ihrer Größe und ihren dunklen Lederjacken, die einen eingearbeiteten Kevlar-Schutz hatten und somit teuflisch schwer waren, mindestens genauso Furcht einflößend aus wie Schreibers Männer, die sich nun um das Rednerpult versammelt hatten. Immer mehr Menschen strömten auf den Platz und Sean hatte sich bereits einen Fluchtweg überlegt, falls es hier zu einer Massenhysterie kommen sollte.

Er zog Cat am Arm weiter zur Seite, so dass sie nicht mehr so von Körpern eingeschlossen waren, aber immer noch ein gutes Blickfeld hatten und alles hören konnten.

Nachdem auch die letzten Fahnen den Platz erreicht hatten, trat Schreiber an das Mikrophon. Ein donnernder Applaus erklang und es waren begeisterte Rufe zu hören, hier und da ein „Heil Hitler".

Cat sah Sean an und schüttelte leicht den Kopf, streckte sich zu ihm hoch und sagte laut in sein Ohr, um die grölende Masse zu übertönen: „Wir stehen keine zwei Kilometer vom Holocaust Memorial Museum entfernt, und hier wird ‚Heil Hitler' gebrüllt!"

Er nickte, ohne das zu kommentieren. Seit dem Jahr 2000 hatte die FBI-Akademie in Quantico es als festen Bestandteil in das Ausbildungsprogramm aufgenommen, ihre zukünftigen Agents in das United States Holocaust Memorial Museum zu bringen. Es bestand eine feste Partnerschaft mit der ADL, der Anti-Defamation League, die unterstützend mit den Ausbildern dort zusammenarbeitete. Sean erinnerte sich, selbst einmal den angehenden

Agents erklärt zu haben, wie wichtig es war, sich immer darüber im Klaren zu sein, dass Moral, Ethik und deren Bestand, besonders in Krisenzeiten, gesichert sein mussten. Es gehörte zu den Grundwerten des FBI.

Cat war gerade einmal seit sechs Monaten bei der Bundespolizei, die Ausbildungswerte waren noch sehr frisch in ihrem Gedächtnis und er verstand ihre Empörung. Obwohl er den Hauptteil seiner Zeit als Ausbilder zugebracht hatte, so hatte er doch schon zu viel gesehen in den zehn Jahren bei den Feds. Werte und Moral waren die eine Seite, doch dann gab es Situationen, in denen man sich als Agent des FBI zwingen musste, an den Eid zu denken, den man geschworen hatte. Sean hatte, wie alle anderen Special Agents, feierlich geschworen, die Verfassung der Vereinigten Staaten zu verteidigen und zu schützen gegen alle Feinde, wahre Treue und Loyalität gegenüber der Verfassung zu zeigen und ohne jegliche mentalen Vorbehalte seine Pflichten als Special Agent zu erfüllen. *So wahr mir Gott helfe*, dachte er bitter. Das bedeutete in diesem Fall, die Meinungsfreiheit der Vereinigten Staaten zu verteidigen und dadurch all denen, die hier „Heil Hitler" riefen, genau das zu ermöglichen. Im Gegenteil, falls irgendein Bürger versuchen sollte, die NNM davon abzuhalten, musste er eingreifen, um diese Nazis zu beschützen. *Ohne mentale Vorbehalte, welch ein Zynismus*, grübelte er. Gleichzeitig fragte er sich, was passieren würde, wenn muslimische Amerikaner eine Versammlung vor dem Capitol organisieren würden und mit aggressiven Parolen …

Er verbannte jeden weiteren Gedanken in diese Richtung und wandte sich wieder dem Rednerpult zu.

Schreiber breitete theatralisch die Arme aus. „Kameraden, Freunde der weißen Bürgerrechtsbewegung, Bürger des wahren, weißen Amerikas –" Stürmischer Applaus unterbrach ihn, doch er hob wieder die Arme und brachte die Menschen zum Verstummen. „Sie fragen sich, warum wir gerade heute hier vor dem Capitol in Washington, der Hauptstadt unserer Heimat, vor Ihnen stehen. Es ist nicht die Politik, die mich und meine Parteigenossen heute hierhergeführt hat, es ist die Trauer um drei gefallene Kameraden, die in unserem Kampf gegen die wahren Feinde Amerikas ihr Leben ließen. Bitte, lassen Sie uns nun eine Schweigeminute für Jeffrey Hands, Dominique Durbon und Kenneth Whealer einlegen." Er senkte seinen Kopf, es wurde schlagartig still.

Dann setzten die Pfiffe der einzelnen Gegenbewegungen ein, es wurde geschrien, zum Teil mit Megaphonen, und Trillerpfeifen erreichten jetzt jedes Ohr. „Verreckt, ihr Nazischweine! – Geh nach Hause, Adolf! – Wir brauchen ein KZ für die NNM! – Fickt euch!" So lauteten die Parolen, und Sean dachte, dass die Antifaschisten nicht gerade durch geistige Größe brillierten, wenn diese Parolen von ihnen kamen. Es hörte sich nicht anders an als der verbale Dünnschiss, den die meisten der NNM-Leute von sich gaben. *Zwei Dinge sind unendlich, das Universum und die menschliche Dummheit, aber beim Universum bin ich mir noch nicht ganz sicher*, sinnierte Sean über das Albert Einstein zugeschriebene Zitat, als Schreiber den Kopf wieder hob.

„Auch bei Toten, bei von Bestien ermordeten Menschen wird nicht Halt gemacht, noch nicht einmal die Ehre einer Schweigeminute wird eingehalten. Wie verroht ist unsere Gesellschaft? Und vor allen Dingen, warum ist sie so verroht? Fehlende Schulbildung, fehlender Wohnraum, fehlende Sozialversicherungen und vor allem: fehlende Arbeit. Vor sieben Jahren wurde der zweite Verfassungszusatz unseres Landes außer Kraft gesetzt. Wir, die Bürger eines freien Amerikas, durften keine Waffen mehr besitzen, um uns zu verteidigen, gegen Mörder, Drogendealer, Kinderschänder. Subjekte wie die, die meinen persönlichen Freund

Jeffrey Hands getötet haben. Doch was war das nächste Resultat aus der Beschneidung unseres verfassungsmäßigen Rechts? Über vierzig Prozent aller Arbeitsplätze in der Waffenindustrie mussten abgebaut werden – wir reden hier von dreihunderttausend Arbeitsplätzen –, um dieses Bubenstück eines Möchtegern-Politikers zu unterstützen. Die National Rifle Association, eine Bewegung, die 1871 von den Urvätern des weißen Amerikas gegründet wurde und vor sieben Jahren noch 4,2 Millionen Mitglieder hatte, wurde aufgrund eines Senatsbeschlusses der Auflösung nahe gebracht."

„Was ein Bullshit!", rief Cat wieder. „Die NRA wurde von der Union gegründet, hauptsächlich, um den im Bürgerkrieg kämpfenden ehemaligen Sklaven das Schießen beizubringen."

Sean zog die Augenbrauen hoch und drehte sich zu ihr, den Mund dicht an ihrem Ohr. „Das ist genau das Problem – man muss schon verdammt belesen sein, um seine kleinen versteckten Unstimmigkeiten zu erkennen. Ich muss zugeben, er macht es geschickt. Aber was ich nicht verstehe …", er musste noch näher an Cat heranrücken, da Schreiber lautstark seine Rede fortsetzte, „… dass die Antifa oder die demonstrierenden Studenten so einen Blödsinn wie ‚KZs für die NNM' brüllen."

Cat sah ihn an und nickte leicht mit dem Kopf. *Stimmt*, dachte sie, *das stinkt irgendwie.* Es ging ihr nicht mehr aus dem Kopf.

Cat und Sean gingen nach Ende der Ansprache zu Fuß zum J. Edgar Hoover Building zurück. Sie trafen gegen zwölf in Dons Büro ein und ließen sich in die Sessel vor seinem Schreibtisch fallen.

„Und, wie war's? Aufregend? Mit Feuerwerk?", fragte Don voller Zynismus, denn er hatte so gar nichts von Seans Idee gehalten, persönlich die Versammlung zu besuchen. Und scheinbar war noch etwas passiert, denn er schien wütend zu sein.

Cat rollte die Augen. „Don, hab nicht so eine große Klappe", meinte sie und wollte noch etwas anfügen, doch Don würgte sie ab.

„Das hast *du* gerade nötig! Wer hat denn mit seiner großen Klappe letzte Woche in meiner Wohnung die Nachtruhe …"

„Viggen, noch ein Wort und ich spring über deinen Schreibtisch und bring dich um! Was ist denn mit dir los?", fuhr Sean dazwischen. Schon die ganze Woche hatte Don ihm gegenüber immer mal wieder blöde Andeutungen gemacht, doch Sean hatte ihn eindringlich davor gewarnt, irgendeinen Spruch in Cats Anwesenheit loszulassen. Klar, dieses Ekel konnte es nicht lassen.

„Regt euch beide ab, das ist ja wohl lächerlich", sagte Cat energisch. „Können wir vielleicht wieder über den Fall reden?"

Doch Sean sah, dass sie leicht errötet war. *Ich bring dich um, Viggen*, dachte Sean sauer, und er sah Don zornig an.

Der schluckte sichtlich. „Sorry, war nicht so gemeint", nuschelte er schuldbewusst. „Wir haben Ärger. Aber sieh dir erst einmal das an." Er griff einen Zettel von seinem Schreibtisch und hielt ihn Sean hin.

Der zerrte ihn Don förmlich aus der Hand und las. „Eine Handynummer. Erleuchtest du uns oder kommt wieder nur gequirlte Scheiße aus deinem Gesicht?"

„Tut mir leid, Cat, das wollte ich nicht", meinte Don kleinlaut. „Ist wahrscheinlich der pure Neid, der da aus mir spricht."

„Don", knurrte Sean warnend.

„Schreibers Handynummer; er hat bereits zweimal hier angerufen, seit die Kundgebung vorbei ist; er wollte dich sprechen, du solltest ihn zurückrufen."

Sean sah ihn erstaunt an und vergaß für eine Sekunde seinen Groll. Er nahm sein iPhone und tippte die Nummer, hielt es ans Ohr und wartete.

Nach dem zweiten Klingeln wurde abgenommen. „Agent Caver, wie schön, dass Sie zurückrufen."

„Mr. Schreiber, was kann ich für Sie tun?“, fragte Sean kalt.

„Hat Ihnen die Kundgebung nicht gefallen? Sie sind so, wie soll ich sagen … Sie klingen so distanziert.“

„Was wollen Sie?“, wiederholte Sean seine Frage.

Don schüttelte hektisch den Kopf und Cat legte schnell eine Hand auf seinen Arm. *Scheiße*, er war ganz woanders und musste sich eigentlich auf diesen Mann konzentrieren!

„Sind Sie momentan indisponiert?“, fragte Schreiber ganz entspannt.

Sean holte tief Luft. *Denke, Sean,* ermahnte er sich selbst. „Ein Kollege hat mich gerade auf die Palme gebracht, doch es geht langsam wieder. Womit kann ich Ihnen dienen?“ Er hatte sich wieder im Griff und die richtige Wortwahl getroffen.

„Sehen Sie, Agent Caver, das ist es, was mir so außerordentlich an Ihnen gefällt: Sie sind ehrlich. – Nun, ich weiß, Sie sind auch in Washington, und ich dachte mir, meine Einladung auf einen Drink könnte heute Abend vielleicht eine Einladung zum Essen werden.“

Sean wartete einen Moment, überdachte das Gehörte sehr genau. Es war eine ideale Situation, so konnte er Schreiber näher kennenlernen. In seinem Kopf wuchs bereits ein Bild dieses Mannes – er musste Zeit mit ihm verbringen, doch das durfte nicht zu offensichtlich geschehen.

„Ich glaube, Mr. Schreiber, das geht ein wenig zu weit. Wir sind nicht persönlich bekannt und das FBI geht normalerweise nicht mit Betroffenen eines Gewaltverbrechens essen.“

Don und Cat sahen ihn beide gebannt an, doch er ließ sich nicht verunsichern und wartete.

„Das ist bedauerlich zu hören, dann muss ich wohl mit Ihrem Kollegen Agent Carter essen gehen; er hat mich letzte Woche dreimal kontaktiert und um ein Treffen gebeten.“

Stille. Sean schluckte. *Carter, dieses verdammte Arschloch*, schoss es ihm durch den Kopf. Dann fragte er ruhig: „Und das wollen Sie nicht?“

„Nein. Wir haben telefoniert und er macht mir nicht den Eindruck, eines, wie soll ich sagen … adäquaten Gesprächspartners, obwohl die Mordfälle eigentlich doch eher in seine Abteilung gehören. Er sagte mir, dass Ihre BAU und das CASMIRC zuständig seien. Dementsprechend wende ich mich an Sie. Wie wäre es, gegen acht Uhr im *Marcel's*? Sie sind natürlich eingeladen“, kam es elegant von Schreiber.

Sean überlegte einen Moment. Klar, das *Marcel's* – genau das Restaurant, das Don zur Lieferung überredet hatte, downtown, ein paar Blocks von hier und auch von Dons Wohnung entfernt. „In Ordnung, dann sehe ich Sie um acht Uhr dort.“

„Schön, das freut mich, Agent Caver. Bis heute Abend.“ Damit legte Schreiber auf.

Sean grinste erst, dann sah er Don mit einem gefährlichen Gesichtsausdruck an. „Carter von der Antiterror hat Schreiber letzte Woche dreimal kontaktiert. Don, setz Sims darauf an, der Arsch darf uns jetzt nicht dazwischenfunken. Und wenn du mich noch mal so wütend machst, dass ich mich nicht konzentrieren kann, dann …“

Don beendete seinen Satz: „… dann springst du über den Schreibtisch und bringst mich um, schon verstanden.“ Er seufzte. „Ich weiß von Carter. Sims meint, wir können ihn nicht daran hindern seinem Job nachzugehen. Die NNM ist nun einmal ein Teil seiner Arbeit, außerdem hat Carter das wohl in Absprache mit der Staatsanwaltschaft getan. Eine gewisse Monica Winter hat ihm zugestanden, Schreiber zu kontaktieren, solange er keine Fragen zu den Morden stellt.“

„Bist du deshalb so ein Ekel?“, fragte Cat.

„Mhm. Sims hat mich angerufen, eine Minute bevor ihr reinkamt. Er ist darüber genauso frustriert wie wir alle, aber er will noch mal mit Carter reden. Ja, ich habe meinen Frust an euch ausgelassen, war nicht so gemeint“, gab Don kleinlaut zu.

Sean schüttelte unzufrieden den Kopf. „Das geht so nicht, Don. Vielleicht sollten wir darüber nachdenken, mich als Profiler zu ersetzen. Carter und Winter fangen schon an, ihre Spielchen zu treiben, das kann nicht gut gehen. Du hättest Schreiber heute sehen sollen – er bekommt langsam, aber sicher eine Lobby in der Bevölkerung, benutzt die Morde zu Werbezwecken und will damit die Diskussion um die Wiedereinführung des zweiten Verfassungszusatzes anheizen. Das ist alles zu wichtig, um auf Kosten dieses Falles Winters und meine Diskrepanzen auszutragen.“

„Das habe ich Sims auch vorgeschlagen“, meinte Don. „Doch nachdem Schreiber Carter dreimal hat abblitzen lassen und dich freiwillig kontaktiert, wäre es Wahnsinn. Schreibers Selbstwertgefühl ist so ausgeprägt, dass er Kontakt mit dem Bureau haben will, und er hat nun einmal einen Narren an dir gefressen.“

Sean sah Cat an. Sie nickte und zuckte die Schultern. „Wo er recht hat, hat er recht.“

„Dann sieh zu, dass du mir Carter und auch Winter vom Leib hältst, und lass deine schlechte Laune in Zukunft nicht an uns aus. Schreiber will sich mit mir um acht Uhr im *Marcel's* treffen. Ich habe mittlerweile das Gefühl, dass er etwas ganz Bestimmtes plant. Vielleicht will er die Ermittlungen beeinflussen, in eine spezielle Richtung treiben. Leider ist er längst nicht so dumm, wie ich es gehofft habe, und somit müssen wir rausbekommen, was er will.“ Sean sah Don einen Moment an, dann fügte er hinzu: „Können wir heute bei dir übernachten?“ Sein letzter Satz hatte eine leicht bedrohliche Nuance und Don wusste, dass er jetzt auf keinen Fall einen blöden Witz machen durfte.

„Klar, ihr könnt bei mir einziehen, wenn es nötig wird. Willst du dich verkabeln heute Abend?", fragte Don gesittet.

Sean schüttelte den Kopf. „Nein, ich bin in der Lage, alles wortwörtlich wiederzugeben, was er sagen wird. Es gefällt mir auch nicht, dass er so genau weiß, wo ich mich aufhalte. Er observiert mich irgendwie, ich frage mich wirklich, was er von mir will."

Don und Cat hatten sich das Sashimi von Makato schmecken lassen und lümmelten jeder auf einer der großzügigen Couchen in Dons Wohnzimmer herum, während sie auf Sean warteten. Es war bereits halb elf und Cat wurde langsam unruhig.

„Du, Hausdrache", fing Don plötzlich an, „also, was ich da heute über letzten Montag gesagt habe, das war wirklich nicht so gemeint. Tut mir leid, dass ich dich in eine peinliche Situation gebracht habe."

Cat sah auf, setzte sich und griff nach ihrem Wasserglas. „Viggen, Viggen, Viggen", sagte sie nur und trank einen großen Schluck.

„Was?", fragte er und setzte sich ebenfalls auf.

Sie sah ihn kopfschüttelnd an. „Ich dachte wirklich, du kennst mich mittlerweile besser."

„Wie meinen?"

„Du und ich sind aus dem gleichen Holz geschnitzt, wir wissen, wovon wir reden. Doch Sean ist anders. Er hat mich ziemlich eindringlich darum gebeten, nicht über unser Sexleben zu reden, das ist der einzige Grund, warum ich pikiert reagiert habe."

„Das ist nicht dein Ernst! Du bist immerhin rot geworden, als ich eure Orgie im Gästezimmer erwähnt habe."

Cat verzog das Gesicht. „Na ja, so ein bisschen peinlich war es schon. Vor allem, da Sean so etwas als Taktlosigkeit betrachtet, er ist nun einmal ein Gentleman in der Hinsicht."

Don rollte die Augen und Cat sah ihn strafend an. „Hat er dir eigentlich erzählt, dass wir heiraten werden?“, fragte sie.

Don griff nach seinem Päckchen, zog eine Zigarette heraus und zündete sie an. „Ja, das hat er mir gebeichtet, obwohl ich ihn die ganze Woche richtig geärgert habe. Sagt man jetzt so was wie ‚Herzlichen Glückwunsch‘? Muss ich wohlmöglich aufstehen und dich in den Arm nehmen?“

Jetzt rollte Cat mit den Augen. „Mach dir keine Umstände, Herzchen!“

Don lachte frech. „Aber es stimmt schon, was du sagst, er ist manchmal eigenartig. Trotzdem muss man ihn einfach lieben – ich weiß auch nicht, was an ihm ist, dass man ihn so einfach lieben kann.“

Cat lächelte. „Fast haargenau diese Worte habe ich ihm auch schon gesagt. Doch ich denke, das hat mit seiner Herkunft zu tun, er ist nun einmal der Sohn eines Engels.“

Don erhob sich, verzog das Gesicht und holte eine Flasche Wein aus dem Klimaschrank. „Fang du jetzt nicht auch noch an“, sagte er wenig amüsiert. „Du solltest seine Paranoia nicht unterstützen. Willst du Wein?“

„Er ist nicht paranoid, Don. Ich habe sie auch gesehen, die Engel – Camio, seinen Vater, und auch Gabriel und noch vieles mehr. Don, versuche einfach offen zu sein, denk daran, was du selbst gesehen hast in Camino Esperanto. Eines Tages wird er dir alles erzählen, in einem Moment, in dem er dich braucht. Dann musst du ihm glauben.“

„Was meinst du mit ‚gesehen‘? Er hat mir nur erzählt, dass seine Mutter, na ja, die Nonne behauptet, sein leiblicher Vater wäre ein Engel. Mann, weißt du eigentlich, wie sich das anhört?“, erwiderte Don.

„Er hat sie gesehen, sie haben sogar mit ihm gesprochen, aber es ist besser, wenn er dir das eines Tages ganz genau erklärt. Wenn er das tut, dann haben wir wahrscheinlich richtig Schwierigkeiten und brauchen deine Hilfe, also behalte das im Hinterkopf." Cat hatte ihre Worte so eindringlich gesprochen, dass Don von der Weinflasche aufsah, sie lange kritisch betrachtete, dann aber nur nickte.

„All das bleibt unter uns, verstanden? Er würde mir die Hölle heiß machen, wenn er nur eine Ahnung hätte, dass ich dir das alles erzählt habe. Doch ich glaube, die Zeit wird kommen, in der wir dich mehr brauchen, als er es gerade realisiert."

Wieder nickte Don ernst und zog den Korken aus der Flasche, griff zwei Weingläser und kam zum Tisch zurück. „Na gut, Cat, ich lass das jetzt einfach mal so zwischen uns stehen, ohne mich mit dir darüber auseinanderzusetzen – und ja, ich kann schweigen, wenn ich das will. Abgesehen davon muss ich zugeben, dass mein bester Freund zwar ein wenig abgedreht ist, aber dafür einen exzellenten Geschmack hat, wenn es um Frauen geht!"

„Danke, Don, ich liebe dich auch."

Er hielt ihr die Flasche hin und sie nickte mit einem wehmütigen Lächeln auf den Lippen. Er füllte ein Glas und reichte es herüber.

„Ich frag mich nur, wo er bleibt. Es ist fast elf Uhr und das *Marcel's* schließt um diese Zeit", sagte er und goss den *Cloudy Bay* in sein Glas.

„Wir warten, bis er kommt. Er kann auf sich aufpassen, besonders, wenn er sich keine Sorgen um uns beide machen muss. Ich bin gespannt, was Schreiber zu sagen hat", erwiderte Cat und probierte den Wein.

Sie waren irgendwann auf den Couchen eingeschlafen. Sean sah das Licht im Wohnzimmer, als er gegen zwei Uhr die Tür aufschloss. Er legte leise eine Decke über Don, schaltete die Lampe aus, hob Cat vorsichtig hoch und trug sie ins Gästezimmer. Sie murmelte nur leise im Schlaf, als er sie zudeckte und ins Bad ging.

Danach legte er sich zu ihr, zog sich die Decke über und rutschte vorsichtig an sie heran, um sie nicht zu wecken. Instinktiv legte Cat im Schlaf ihren Arm um ihn. Er küsste ihre Stirn und schloss die Augen, doch er konnte nicht schlafen, der Abend im Restaurant kreiste immer und immer wieder in seinem Kopf – Josef Schreiber kreiste in seinem Kopf.

Eine der ersten Regeln, die er seinen Anwärtern in Quantico beibrachte, war: „Lasst einen Killer nicht in euren Kopf, sie sind oft charismatisch, intelligent und überzeugend." Er hatte gegen eine seiner eigenen Grundregeln verstoßen. Josef Schreiber war vielleicht kein Killer, aber etwas anderes, etwas durch und durch Böses – und bereits in seinem Kopf angekommen.

Sechs Stunden früher

Sean betrat das elegante Restaurant auf der Pennsylvania Avenue um Punkt fünf vor acht. Er wurde von dem Reservierungsmanager persönlich zu einem Vierertisch gebracht, der nur für zwei Personen eingedeckt war; Schreiber saß bereits am Tisch und sah ihm erwartungsvoll entgegen. Das geschmackvoll eingerichtete Restaurant mit ockerfarbigen Wänden, vielen Spiegeln und üppigen Kristallkronleuchtern, die ein warmes Licht zauberten, war nur mäßig besucht an diesem Montagabend. Bis auf einen Zweiertisch, an dem zwei Männer in dunklen Anzügen bei Mineralwasser saßen, waren die nächsten Tische um sie herum unbesetzt. Schreiber stand auf, bot Sean die Hand an.

„Es freut mich sehr, Sie zu sehen, Mr. Caver", sagte er, wieder in einen tadellosen Designeranzug mit weißem Hemd und petrolblauer Krawatte von Hermès gekleidet.

Sean sah ihn einen Moment lang an und blickte dann zu den beiden Männern am Nebentisch. Bei einem von ihnen war eine kleine Ausbeulung an der linken Jackettseite zu sehen. Er wandte sich wieder Schreiber zu und schlug ein.

„Mr. Schreiber“, sagte er salopp, obwohl er innerlich unruhig war.

„Bitte, setzen wir uns.“ Schreiber lächelte, er schien wirklich davon angetan, dass Sean seine Einladung angenommen hatte. „Haben Sie schon einmal im *Marcel's* gegessen? Es hat eine exquisite Küche.“

„Wenn ich ehrlich bin: erst letzte Woche“, antwortete Sean neutral und nahm die Speisekarte entgegen, die ihm der Oberkellner hinhielt.

„Soll ich Ihnen den Sommelier schicken, Mr. Schreiber?“, fragte dieser professionell.

Schreiber nickte und der Mann entfernte sich. Er sah Sean an. „Sie trinken doch einen guten Wein mit mir?“

„Nein, ich bin im Dienst. Auch wenn Sie mich mit ‚Mr. Caver‘ begrüßen, bin ich als FBI-Agent hier. Wie es scheint, sind Sie auch im Dienst, Kommandeur, wenn Sie Ihre beiden Leibwächter benötigen.“ Dabei nickte Sean zum Nebentisch.

Schreibers Mimik zeigte eine erstaunte Freude, er war augenscheinlich begeistert, dass Sean ihn Kommandeur genannt hatte. „Tragen Sie eine Waffe, Agent Caver?“

„Sicher.“

„Haben Sie eventuell vor, mich damit zu erschießen?“, fragte Schreiber süffisant.

„Nur wenn Sie mir einen guten Grund geben.“

Er schnippte mit den Fingern und die beiden Wachhunde sprangen auf, dann winkte er mit der Hand und beide zogen sich Richtung Ausgang zurück. Die beiden Männer schienen nicht gerade glücklich darüber zu sein, ihre Gesichter sprachen Bände, doch außer einem Nicken kam keine Reaktion.

„Trinken Sie jetzt mit mir, Agent Caver?"

Der Vertrauenstest. Ich verstoße gegen die Dienstvorschrift, wenn ich eine Waffe trage und Alkohol trinke. Sean nickte nur.

„Wunderbar, Sie sind ein Mann nach meinem Geschmack! Dann nehmen wir einen *Montrachet*. Wussten Sie, dass Alexandre Dumas einmal sagte, man müsste einen *Montrachet* auf den Knien mit gezogenem Hut trinken?"

„Das kommt von Ihnen?", fragte Sean überrascht. „Meines Wissens war Dumas der Enkel einer schwarzen Sklavin und sein Vater somit ein Mischling." Er war hoch konzentriert. *Das wird ein anstrengender, aber auch interessanter Abend,* ging es ihm durch den Kopf.

Schreiber lachte. „Nun ja, der erste mischfarbige General der französischen Armee – ich respektiere Mut selbst bei meinen Gegnern. Nun gut, begeben Sie sich in meine Hände, was die Bestellung betrifft?"

Schreiber bestellte ein Vier-Gänge-Menü, dessen Preis Sean erst gar nicht wissen wollte. Wenn er sich heute Abend hier einladen ließ – und das war es, was er vorhatte –, dazu Alkohol im Dienst trank, könnte Winter ihn ohne mit der Wimper zu zucken auf die Ersatzbank nach Quantico schicken. *Soll sie doch, nur so komm ich an den Mann ran,* dachte Sean, während er den Wein probierte. Er hatte kaum jemals etwas Besseres getrunken.

„Schmeckt ausgezeichnet", stellte Sean fest und probierte den Tatar vom Filet Mignon. „Kommandeur, was wollen Sie von mir?", fügte er nahtlos hinzu.

Schreiber strich sich den Tatar mit einem Wachtelei auf die gebackene Brioche. „Sie besser kennenlernen. Sie sind ein sehr gebildeter Mann und ich habe es nicht oft mit wirklicher Intelligenz zu tun. Es hat mich sehr beeindruckt, dass Sie Deutsch sprechen, dass Sie sofort mein Arbeitszimmer einordnen konnten und sich mit Geschichte auskennen. Außerdem habe ich gehört, dass Sie einer der Top-Profiler beim FBI sind. Jemand wie Sie wird den Mörder unserer Kameraden finden. Sagen Sie, Agent Caver, was wissen Sie von mir?" Schreiber biss mit Vergnügen in seine Brioche.

Sean legte das Besteck auf seinen Teller und lehnte sich im Stuhl zurück. „Josef Schreiber, Sohn eines Großindustriellen, dritte Generation Landmaschinen und Waffen. Ihr Großvater, deutschstämmig, eingewandert in die USA, galt als entnazifiziert, was ich persönlich für fragwürdig halte. Sie waren nicht gerade ein einfacher Teenager, mehrere Vergehen wegen Trunkenheit, die später aus dem Strafregister gelöscht wurden, aus Harvard flogen Sie raus, nicht weil es Ihnen an Verstand mangelte, eher weil Sie zur Aggression neigten. Ihre Familie schickte Sie dann für fünf Jahre auf eine private Elite-Universität in die Schweiz, Abschluss Diplom Jura, magna cum laude. Sie leiteten für eine Weile den väterlichen Betrieb, der nach den Waffenbesitzverschärfungen 2014 erhebliche Einbußen hinnehmen musste. Aber da Sie eine profitable Geschäftsverbindung mit dem Nahen Osten pflegen, natürlich Landmaschinen, was anderes konnte Ihnen nicht nachgewiesen werden, gehören Sie zu den fünfhundert reichsten Männern der USA." Sean unterbrach, weil man Ihnen den Hummer mit Cognac-Essenz an Pappardelle servierte. Er rollte ein paar Nudeln auf seinem Löffel und griff seinen Faden wieder auf. „Nach dem Tod Ihres Vater vor vier Jahren stiegen Sie mit achtundzwanzig engagiert in die NNM ein und übernahmen bereits nach einem Jahr das Kommando, seither hat die NNM einen Zuwachs von vierhundert Prozent bei den Mitgliederzahlen erfahren."

Er schob sich ein Stück Hummerfleisch in den Mund und kaute langsam, ließ sich Zeit, dann endete er. „Nie eine offizielle, noch nicht einmal eine inoffizielle Beziehung mit einer Frau, obwohl es einige Familien gibt, die Sie sehr gerne mit der reichen Tochter des Hauses vereint sähen. – Sitze ich etwa deshalb hier?" Jetzt musste Schreiber reagieren, der sich alles mit einem amüsierten Gesichtsausdruck angehört hatte – bis auf den letzten Satz. *Komm schon, ich will sehen, was passiert, wenn man dich aus der Reserve lockt*, dachte Sean, der mit seiner Frage andeuten wollte, dass der NNM-Chef eventuell schwul sein könnte.

Schreiber sah auf, sein Gesicht erstarrte für den Bruchteil einer Sekunde, dann lachte er plötzlich laut. „Nein, Agent Caver, ich stehe nicht auf Sie." Dann verschwand sein Lachen urplötzlich und er sagte hart: „Homosexuelle sind inkompatibel mit unserer Ideologie, sie tragen nichts zur Reproduktion unserer Rasse bei."

Sean legte wieder das Besteck auf seinen immer noch reichlich gefüllten Teller. Er konnte auf keinen Fall das ganze Menü essen, denn dieser Mann schlug ihm auf den Appetit. „Sie haben keine Kinder, also tragen Sie auch nichts dazu bei", erwiderte er neutral, Schreibers Logik folgend.

„Woher wollen Sie das wissen? Nur weil ich nicht verheiratet bin? Sie haben zu wenig Phantasie, Mr. Caver."

„Dann haben Sie Kinder?", fragte Sean ernstlich interessiert.

Schreiber trank einen Schluck des *Montrachet*. „Überlassen wir es doch Ihrem Kollegen Agent James Carter von der Antiterror, das herauszufinden, damit mein persönliches Dossier noch etwas dicker werden kann." Er ließ ebenfalls seinen halb gefüllten Teller zurückgehen. „Die Essenz ist zu mächtig für den Hummer, meinen Sie nicht auch?", lenkte Schreiber das Gespräch ab.

„Mr. Schreiber, lassen Sie mich ganz offen sein", setzte Sean wieder an, er wollte Schreiber wütend und musste jetzt schwereres Geschütz auffahren. „Ich bin in den drei Mordfällen zuständig und werde alles daransetzen, den Killer zu bekommen, weil ich als Bundespolizist einen Eid auf die Verfassung geschworen habe. Doch persönlich finde ich das Ableben Ihrer Nazischergen nicht für den Bruchteil einer Sekunde bedauernswert." Sean blickte ihn unverhohlen an, wartete auf eine Reaktion, doch bis auf ein kurzes Zucken um die Mundwinkel kam nichts, was auf Schreibers Gefühle hinweisen konnte.

„Das bedaure ich, Agent Caver. Ein Mann Ihres Formates, und dennoch durch und durch indoktriniert von den Lügen, die von der semitischen Hochfinanz nicht nur in die Ohren unserer Regierenden, sondern bereits in die Ohren von Schulkindern geflüstert werden. Ich dachte, mit Ihrer Intelligenz würden Sie das Komplott gegen die weiße Rasse durchschauen." Schreiber war jetzt verstimmt, sein Tonfall ließ keinen Zweifel daran.

Sean lachte höhnisch auf. „Wissen Sie, was mir immer mehr auffällt, je öfter ich Sie über Ihre sogenannte Ideologie reden höre? Es sind leere Sätze, die keine Logik haben, die nicht mit Beweisen untermauert werden können; demagogische Luftblasen, auf die nur Leute hereinfallen, die das Denken entweder nie gelernt oder es sich abgewöhnt haben." Sean beugte sich vor, legte die Ellbogen auf den Tisch und die Hände ineinander, dann sagte er scharf: „Außerdem wissen Sie nichts von mir, Sie haben keine Ahnung, wer ich bin."

Es schien, dass Schreibers Gesichtszüge sich wieder entspannten. *Scheiße, ich will dich wütend! Komm schon!*, dachte Sean beunruhigt.

Schreiber lehnte sich gönnerhaft zurück. Genau wie Sean rührte er das Entenbrustfilet, das man ihnen gebracht hatte, nicht an, schüttelte den Kopf und ließ ein „Tz, tz, tz" hören. Er sah Sean mit einem überheblich Grinsen an und sein Ton wurde schärfer, als er konterte: „Sean Caver, geboren am 21. September 1982 in New York, einfaches Elternhaus. Ph.D. in Psychologie, summa cum laude, und Master in Recht von der Columbia University, für die Sie sich entschieden, nachdem man Ihnen noch zwei weitere Stipendien angeboten hatte. Danach zwei Jahre als klinischer Psychologe in Washington tätig. Mit sechsundzwanzig ausgebildeter Special Agent beim FBI. Sie fingen bei der BAU in Quantico an, wurden Profiler, übernahmen die Ausbildung und später die Leitung der Behavioral Analysis Unit. Ihr bester Freund Donald Viggen ist ein extravagantes Genie, das trotz seiner ererbten Millionen noch immer beim FBI arbeitet, und Sie sind auch sein bester Freund; das alles, obwohl Sie aus kleinen Verhältnissen stammen. Sie hatten nie ein bekanntes festes Verhältnis zu Frauen, sind aber nicht homosexuell. Eskapaden, die letzte mit einer gewissen Corey Herm, Ihrer Nachbarin, die allerdings ziemlich schnell wieder vorbei war. Dann plötzlich tritt Ihre bezaubernde Kollegin Agent Catherine Kampell in Ihr Leben, nach kürzester Zeit zieht sie bei Ihnen ein, und das, obwohl sie Ihre Auszubildende war und immer noch Ihre Mitarbeiterin ist. Es muss Ihnen sehr ernst sein, wenn Sie das FBI davon überzeugen konnten, so etwas zu akzeptieren." Jetzt griff Schreiber seine Gabel und das Steakmesser, schnitt ein Stück von der Entenbrust und schob es sich in den Mund. „Hhmm, köstlich, lassen Sie es nicht kalt werden."

Sean überlief ein kalter Schauer, obwohl er bei Schreibers Worten angefangen hatte zu schwitzen. Er hatte erwartet, dass Schreiber sich schlau gemacht hatte über seinen Werdegang, der seiner neuen Identität des Zeugenschutzprogramms entsprach. Doch dass er Don und Cat ins Spiel brachte, war heftig, und er wusste sogar von Seans damaliger Affäre mit Corey. *Das ist also deine Art des Wütendwerdens, du drohst mir unterschwellig, indem du mir klar machst, wie viel du von meinem Leben weißt – und von den Menschen, die mir nahe stehen,* wägte Sean mit einem gewissen Entsetzen ab.

„Es scheint, dass wir beide unsere Hausaufgaben gemacht haben", sagte Sean mit abgeklärter Stimme, nachdem er sich wieder im Griff hatte, auch wenn eine gewisse Angst immer noch seinen Magen zusammenschnürte. „Dennoch ist es erstaunlich. Ich muss solche Sachen wissen, es ist mein Job – woher kommen Ihre Informationen?"

„Ich bitte Sie, enttäuschen Sie mich jetzt nicht mit solch naiven Fragen. Sie wissen, dass ich ein Mann mit Geld und Beziehungen bin", sagte Schreiber herablassend, als spräche er zu einem Kind.

Sean trank einen großen Schluck aus seinem Weinglas. „Gut, dann frage ich anders: Wollen Sie mir drohen?"

Schreibers Augen verengten sich und ein spöttisches Lächeln erschien um seinen Mund. „Will ich das?", fragte er emotionslos.

Sean legte entschlossen die Serviette auf seinen nicht angerührten Hauptgang. „Warum, was wollen Sie wirklich von mir?", forderte er, mittlerweile ungehalten, Schreiber zum Reden auf.

Auch Schreiber legte seine Serviette neben den Teller, nachdem er sich den Mund abgetupft hatte, und blickte gebieterisch in Seans Gesicht. „Dass Sie die Mordfälle endlich als das sehen, was sie sind: ein Racheakt meiner Gegner!" Schreiber war laut geworden, so dass die beiden verbliebenen Gäste am anderen Ende des Raumes sich zu ihnen umdrehten. Er holte tief Luft, rang um Beherrschung, aber sprach dann leiser weiter: „Da Sie immer noch der zuständige Profiler sind, Ihre BAU und das CASMIRC an den Fällen arbeiten, unterstellen Sie einen Serienmord aus persönlichen Motiven. Und damit, Agent Caver, liegen Sie falsch. Suchen Sie in Nigger-, Juden- oder Kommunistenkreisen und Sie werden fündig werden. Haben Sie gehört, was diese Subjekte während der Schweigeminute auf der Kundgebung gerufen haben? ‚Nazischweine verreckt' – kommt Ihnen das bekannt vor? So, und jetzt tun Sie endlich Ihren Job, für den ich bezahle als anständiger Bürger, der Steuern entrichtet."

Sean hatte seinen Ausbruch genau beobachtet, schwieg, wartete.

Schreiber beugte sich zu ihm, halb über den Tisch, und zischte: „Oder sind Sie auch ein Niggerficker? Ich dachte, Sie stehen auf weiße Frauen, blond, arisch, wie Ihre Freundin." Er lehnte sich zurück, sein Ausdruck war plötzlich wieder geschäftsmäßig, höflich. „Nun, ich nehme an", sagte er in einem fast herzlichen Tonfall, so dass Sean die Empfindung hatte, einem völlig anderen Mann gegenüberzusitzen als noch vor ein paar Sekunden, „dass ich Sie nicht zu einem Dessert überreden kann. Vielleicht können meine Assistenten draußen Sie irgendwohin bringen." Schreiber lächelte nonchalant, hob dann beide Hände, als ob ihm plötzlich etwas eingefallen wäre. „Aber das ist ja nicht nötig, die Wohnung von Agent Viggen ist ja nur ein paar hundert Meter von hier entfernt." Er legte die Hände ineinander.

Sean stand auf. Er konnte es sich nicht verkneifen, Schreiber angewidert anzublicken, bevor er sich ohne ein weiteres Wort umdrehte und das Restaurant verließ.

Es war halb elf gewesen und Sean war anschließend dreieinhalb Stunden durch das nächtliche Washington getigert, um wieder mit den Füßen auf die Erde zu kommen, bevor er gegen zwei Uhr endlich die Tür von Dons Apartment aufschloss.

KAPITEL FÜNF

Washington, Dienstag, 29. Januar 2019

Sean saß im Konferenzraum vor seinem Kaffee und blätterte wieder einmal durch Schreibers Dossier. Er war müde und rieb sich ständig über die Augen, um nicht einzuschlafen. Er hatte in der Nacht noch lange wach gelegen und gegen vier Uhr das letzte Mal auf die Uhr geschaut. Um sieben hatte Cat ihn regelrecht wachgerüttelt, er hatte weder den Wecker noch sie gehört. Anschließend waren alle drei ins Büro gefahren. Er wollte Don und Cat über sein Gespräch mit Schreiber informieren, um dann endlich wieder nach Quantico zurückzufahren – denn es gab momentan keinen Grund, noch länger in Washington zu bleiben –, als Sims auf der Bildfläche erschien und für neun Uhr dreißig eine Besprechung ansetzte. Don und Cat unterhielten sich leise, als die Tür aufging und John hereinkam, gefolgt von Mario Seppa und Gordon Donnoghou.

„Morgen miteinander", sagte Sims und setzte sich. Mario nahm neben ihm Platz und Gordon blieb am Whiteboard stehen, beide nickten ihnen zu.

Meine Güte, die gleiche Truppe wie bei der Soko Angel, nur dass die einzige weibliche Agentin damals nicht Cat war, sondern Tandra Romano, und das auch nicht lange, grübelte Sean und sah sich im Raum um. Ihm war nicht wohl, als er dabei Cat anblickte.

„Also, Leute, wir haben hier heute das erste Mal die gesamte Sonderkommission zusammen. Wenn ihr nichts dagegen habt, nennen wir sie ‚Soko 14'. Ich will mich nicht in deine Leitung einmischen, Don, aber ich dachte, es wäre gut, wenn ich mit einer Art

‚Kick-Off' starte. Gordon ist gestern erst von einem Symposium in Memphis zurückgekommen und Mario seit Montag wieder aus seinem Urlaub zurück. Habt ihr beiden die Akten bereits gelesen?"

„Ja", sage Mario Seppa knapp, wie es seine Art war.

Gordon schüttelte nur den Kopf.

„Gut, dann hole das als Erstes nach, heute noch", wandte sich Sims an Gordon, dann sah er wieder in die Runde. „Wie ihr wisst, ist Monica Winter die Staatsanwältin in unserem Fall. Außerdem ist es ein sensibler Fall, was die Presse betrifft, da die NNM gerade lautstark die Wiedereinführung des zweiten Verfassungszusatzes proklamiert, oder besser gesagt fordert, und somit ein gewisses Interesse an uns auch vonseiten der Regierung zu erwarten ist. Was noch dazukommt, ist das Kompetenzgerangel mit der Antiterror. Agent Carter hat das Recht, sich mit der NNM zu beschäftigen, da sie immer noch von seiner Abteilung überwacht wird, jedoch darf er keine direkten Fragen zu den Mordfällen stellen oder Ermittlungen betreiben. Was eine schwierige Sache ist. Es kann sein, dass wir, das NCAVC und die CTD uns dabei des Öfteren gegenseitig auf die Füße treten." Sims spielte mit dem Kugelschreiber in seiner Hand und schien einen Moment zu überlegen, dann sagte er: „Ferner – und das bleibt in diesem Raum – sollten alle wissen", er sah kurz sehr streng zu Sean, „dass die Generalstaatsanwältin hoch beglückt wäre, wenn sie Sean und Catherine einen Fehler bei den Ermittlungen nachweisen könnte, um ihnen die Dienstaufsicht auf den Hals zu hetzen."

Mario und Gordon machten erstaunte Gesichter.

„Sie hat etwas dagegen, dass Sean und Cat nicht nur Kollegen sind, sondern privat ein Paar, und ganz Unrecht hat sie damit nicht."

Sean verschränkte die Arme vor der Brust. „Mhm. Danke, Sims."

„Du musst gar nicht zynisch werden, du weißt selbst, dass sie dir den Arsch aufreißen will und nur auf eine Gelegenheit wartet. Und du, Catherine", er blickte nun autoritär zu ihr hinüber, „warst mit deiner Äußerung ihr gegenüber genauso undiplomatisch, wie es dein Boss neben dir die meiste Zeit ist. So, jetzt sind wir alle auf dem gleichen Wissensstand, nämlich, dass es nicht nur ein politisch brisanter Fall ist, sondern dass wir auch intern mit allem möglichen Mist zu rechnen haben. Darum merkt euch alle jetzt eins: Wenn ihr den Fall nicht nach den Vorschriften durchzieht, und das gilt besonders für dich, Sean, dann nehme ich den Rest, der von euch übrig bleibt, nachdem die Generalstaatsanwältin mit euch fertig ist, und reiße den auch noch auseinander. Verstanden?"

Stille. Alle sahen Sims an, Mario und Gordon verwundert, Sean und Don stinksauer.

„Meinen Sie nicht, dass Sie etwas übertreiben, Agent McSimmens, Sir?", kommentierte Cat so gelassen, dass selbst Sean die Kinnlade herunterfiel.

„Wissen Sie was, Agent Kampell, Ihnen tut es überhaupt nicht gut, mit Sean zusammenzusein, seine selbstzerstörerische Art färbt scheinbar auf Sie ab. Außerdem: nenn mich John oder von mir aus Sims, das tun doch ohnehin alle hinter meinen Rücken. Nein, Cat, ich übertreibe nicht. Also noch einmal: habt ihr das alle verstanden?"

Ein eher gemurmeltes „Ja, Sir" kam so nach und nach von jedem.

„Gut, dann ist das geklärt. Don, du leitest die Ermittlungen und wir nehmen uns jetzt Zeit, gemeinsam den Status Quo durchzugehen. Leg du los."

Don holte Luft und begann dann noch einmal alles zusammenzufassen, von der ersten Tatortbegehung zu den Erkenntnissen, die zu Seans Beurteilung geführt hatten, ihr gemeinsames Gespräch mit Schreiber und die Eindrücke, die sie vom NNM-Hauptquartier und auch von Schreibers Pressemann Sells bekommen hatten. Dann wandte er sich an Sean, damit dieser den Inhalt seiner gestrigen Unterhaltung beisteuern konnte. Don war selbst gespannt zu hören, was passiert war.

„Ich war gestern mit Josef Schreiber essen", begann Sean. „Im Übrigen, Sims, ich habe mich von ihm einladen lassen und Alkohol im Dienst getrunken." Dabei sah er McSimmens provokant an und zuckte mit beiden Schultern.

„Übertreib es ja nicht mit deinem losen Mundwerk! Jetzt rede schon, was wollte der Typ von dir?", brummte Sims, nicht gerade belustigt von Seans Kommentar.

Sean trank einen Schluck Kaffee. „Verschiedenes. Erstens: mir persönlich beweisen, wie großartig und brillant er ist; zweitens: mir subtil drohen und drittens: klarstellen, dass seine drei gefallenen Kameraden vom Feind getötet wurden; wörtlich sagte er: ‚Suchen Sie in Nigger-, Juden- oder Kommunistenkreisen, dort werden Sie fündig!'"

Sean stand auf und begann hin und her zu gehen. „Rein von den Fakten ist er ein gebildeter und intellektueller Mann, er ist sehr belesen, was Geschichte, Kultur und auch Psychologie angeht. Er hat eine für einen Zivilisten hervorragende Selbstkontrolle bezüglich Mimik, Körperhaltung und Diktion. Ich bin davon überzeugt, dass er darin unterrichtet wurde und besonders Körpersprache einstudiert hat. So war unser Gespräch zum einen ein Spiel für ihn, er wollte mich aus der Reserve locken und sehen, ob ich es bei ihm schaffe. Das ist mir auch nur zweimal gelungen: kurze Reaktion von ihm, als ich ihm unterstellte schwul zu sein; die heftige Reaktion kam, als ich ihm vorwarf, dass sein ideologisches Geschwätz nichts anderes als demagogische Luftblasen ohne Hand und Fuß seien." Sean blieb kurz stehen und lehnte sich mit dem Rücken an die Wand.

„Versuchst du gerade ein Persönlichkeitsprofil dieses Mannes aufzustellen?", fragte Sims sehr aufmerksam.

„Ja, dazu komme ich noch, doch lass mich erst den Rest ausführen. Also, ihm war es wichtig mir zu zeigen, dass er der Größte ist, er scheint der Meinung zu sein, ich wäre ein adäquater Partner, was das angeht. Als Nächstes, noch bevor er mir mitteilte, dass wir bei dem Mörder der drei NNM-Mitglieder auf der falschen Fährte seien, kamen seine unterschwelligen Drohungen. Er kennt meine gesamte Vita. Da wir alle hier über meine Vergangenheit Bescheid wissen, muss ich kein Blatt vor den Mund nehmen. Glücklicherweise, möchte ich mal sagen, hat er mir meinen Zeugenschutzprogramm-Lebenslauf in allen Einzelheiten vorgetragen. Somit hat er immerhin keinen Insider, der ihm mehr gesteckt haben könnte. Dennoch ist es beunruhigend, dass er alles danach, was ich als Sean Caver gelebt habe, in sehr intimen Details kennt. Er weiß, mit welchen Frauen ich zusammen war, hat mir Namen genannt und ist ziemlich genau im Bilde, was meine Beziehung mit Cat betrifft. Seit wann wir zusammenleben, wie sie aussieht, obwohl er ihr noch nie begegnet ist, und auch, dass ich ihr Ausbilder war. Er hat Kenntnis darüber, dass Don und ich befreundet sind und auch über Dons finanzielle Situation. Er wusste ebenfalls, dass ich an diesem Abend bei dir übernachten wollte."

„Was?", fragte Don, wobei das eher rhetorisch gemeint war.

„Ja", fuhr Sean nachdenklich fort, „mit all diesen Informationen hat er mir klargemacht, dass ich unter Beobachtung stehe, dass er jederzeit weiß, was ich tue. Er will eine Art Paranoia bei mir hervorrufen, wobei ich eingestehen muss, dass ich unser Haus in Stafford auf Wanzen und Cams prüfen werde – das hat er erreicht."

Wieder machte Sean eine kurze Pause, sah Cat an, die bei seinem letzten Satz sichtlich geschluckt hatte.

Sean setzte sich wieder, legte die Hände an die Tischkante und trommelte leicht mit den Fingern. „Er hat mit mir auf Augenhöhe diskutiert, dann die Drohung, und dann kam sein Befehl, so nenne ich es mal. Er hat mir ziemlich klar gesagt, dass wir falsch liegen, wenn wir einen Serienmörder suchen, der die Taten aus persönlichen Motiven verübte. Für Schreiber ist der Mörder bei den politischen Gegnern zu finden. Dann hat er mich sehr bewusst zweimal beleidigt, um mein Selbstwertgefühl anzugreifen; er fragte mich, ob ich ein ‚Niggerficker' sei und herrschte mich an, dass ich endlich meinen Job tun solle, er als Steuerzahler sorge für mein Einkommen."

„Scheint, als ob du einen richtig netten Abend hattest", kommentierte Don, und Cat sah ihn böse an.

„Was schließt du daraus für seine Persönlichkeit?", fragte sie stattdessen ernsthaft.

Sean sah sie streng an. „Sag du es mir."

„Narzissmus?", meinte sie etwas unsicher, da alle Augen auf sie gerichtet waren, besonders, da in Sims' Gesicht eine gewisse Schärfe lag – was bei ihm ein Ausdruck von Konzentration war, aber so gut kannte sie ihn nicht.

„Ja, da bin ich momentan, aber es ist definitiv ein maligner Narzissmus."

„Kannst du das verständlich ausdrücken", warf Mario ein, ohne vorwurfsvoll oder ironisch zu klingen.

Sean sah Cat auffordernd an und sie begann zu erklären: „Es ist eine Kombination von Selbstverherrlichung mit antisozialen Verhaltensweisen, oft sogar pathologischen Aggressionen und manchmal Neigungen, die ins Paranoide gehen. Ein Hauptkennzeichen ist ein realitätsferner Größenwahn, der sehr oft in Realitätsverlust endet.

Was bei Josef Schreiber besonders prägnant ist: ein mit dem malignen Narzissmus einhergehender Herrschaftsanspruch innerhalb einer Gruppe bis hin zu Hass und Sadismus. Weiterhin geht man in der psychologischen Betrachtung davon aus, dass dieses Krankheitsbild immer noch eine gewisse Empathie beim Patienten vermuten lässt, aber nur, um seine Interessen ausbeuterisch zu vertreten. Außerdem lügen diese Menschen ohne jegliches Scham- oder Schuldgefühl."

Sean lächelte kaum merklich und vervollständigte ihre Ausführungen: „Meiner Meinung nach ist es bei Schreiber jedoch nicht nur das. Ich möchte mir unbedingt auch noch einmal ansehen, ob bei ihm DLD, eine Dangerous Leader Disorder, vorliegt. Das ist eine Bezeichnung, die der Persönlichkeitspsychologe John D. Mayer in den Neunzigern geprägt hat, um speziell Adolf Hitler in eine eigene psychologische Kategorie einzuordnen."

Sims kratzte sich am Kopf. „Was bedeutet das jetzt für uns und den Fall? Du hast mich ein bisschen verwirrt … Ist Schreiber als Täter im Fokus?"

Sean schüttelte den Kopf. „Nein, er hat stichhaltige Alibis."

„Jetzt lass dir doch nicht alles aus der Nase ziehen, was denkst du?", kam es von Don wieder im alten, mürrischen Ton.

„Ich weiß es noch nicht, ich brauche mehr Zeit."

„Jetzt fängt das wieder an", stöhnte Don. „Cat, erleuchte uns. Was denkt er?"

Cat sah Sean kurz an, dann sagte sie: „Was Sean genau denkt, weiß ich auch nicht, doch eins ist mir ziemlich klar: mit dieser Persönlichkeit hat Schreiber ein ganz klares Ziel, wenn er uns von einem Einzeltäter ablenken will. Entweder sieht er seine große Chance, politische Gegner öffentlich an den Pranger zu stellen und die NNM im glorreichen Licht der zur Zielscheibe gewordenen Helden darzustellen, oder er weiß, dass es ein Einzeltäter war, und ist irgendwie involviert."

Don blickte zu Sean hinüber, der den Mund verzog.

„Oder beides", fügte Sean hinzu.

„Okay. Was planst du jetzt, Don?", fragte Sims knapp.

Don legte die Hände hinter den Kopf und streckte sich. „Also, ich denke, Sean und Cat sollten sich um diese DLD-Geschichte kümmern und sich die Drohbriefe genauer ansehen, die Schreiber uns gegeben hat. Abgesehen davon möchte ich, dass ihr beide euch alle drei Opfer genau anseht und analysiert – Gemeinsamkeiten, Tätigkeiten in der NNM, gemeinsame Interessen, Bekannte etc. Ein Opferprofil. Sean, sei so gut und hol dir einen Techniker aus Quantico, lass dein Haus, aber auch deinen und Cats Wagen prüfen. Mario wird sich eingehend mit den Strukturen der NNM beschäftigen, so eine Art Organigramm dieses Ladens anfertigen – frag Carters Leute, die können dir vielleicht helfen. Ich will sehen, wie unsere Opfer da reingehörten; hatten sie zusätzliche Aufgaben, bei denen sie zusammengearbeitet haben, wie, wo und wann haben sie sich getroffen? Gordon, Laufjob, tut mir leid. Also, du fliegst noch einmal zu den Tatorten und befragst die Nachbarn erneut, wir müssen wissen, wer bei den Opfern ein- und ausging, gab es andere Leute als die NNM, Frauen, Freundinnen? Sprich mit den Familien. Ich kümmere mich erst einmal um eine Art Zwischenbericht, am besten mit dir, Sims, denn ich denke, wir müssen der Staatsanwältin bald was vorlegen, sonst sitzt sie uns wieder im Kreuz."

„Ich würde mich gerne noch einmal mit Schreiber treffen", sagte Sean. „Es sind weitere Gespräche notwendig, wenn ich dir was Handfestes über ihn geben soll."

Sims schüttelte den Kopf. „Erst mal nicht, bis wir wissen, wie er an die Informationen über dich gekommen ist. Du und Cat, ihr bleibt in Quantico, arbeitet vom Schreibtisch aus, von mir aus häng dich ans Telefon und befrage NNM-Leute, versuche vorsichtig mehr über Schreiber rauszubekommen. Wenn er davon erfährt, wird er sowieso wieder wütend auf dich werden, das reicht erst einmal."

„Ach, noch was", ergriff Sean wieder das Wort. „Wir sollten herausfinden, ob Schreiber Kinder hat. Er hat so etwas Komisches gesagt, bei dem ich mich schon die ganze Zeit frage, was es zu bedeuten hat."

„Mach, was du für richtig hältst, steige in sein Privat- und Geschäftsleben ein, nutze alle Daten, die uns zur Verfügung stehen, aber halte dich erst einmal von ihm fern, verstanden?", wiederholte Sims nachdrücklich.

„Gut. Dann schlage ich vor, dass wir uns nächste Woche Montag alle wieder in Quantico treffen und uns ansehen, was wir erreicht haben. Wir bleiben aber telefonisch in Verbindung." Dann stand Don auf. „Fein, wenn das alles ist ... Es ist ein Uhr, ich habe Hunger. Geht jemand mit was essen?", fragte er, doch bekam keine Resonanz.

„Wir fahren zurück nach Quantico, ich will heute noch das Haus prüfen lassen", meinte Sean und merkte wieder, dass er eigentlich hundemüde war. Er stand auf und räumte seine Papiere zusammen, Cat tat es ihm gleich. Sie verabschiedeten sich von allen und machten sich auf den Weg.

Gegen halb drei waren sie in der Akademie angekommen. Cat war in ihr Büro gegangen, fing mit den Recherchen über Schreiber an und suchte die einschlägigen psychologischen Abhandlungen über DLD heraus, um die Sean sie gebeten hatte.

Er ging zur Technikabteilung hinüber und fuhr mit Martin Johnson, einem jungen Agenten, der auf die Aufspürung von Überwachungstechnologie spezialisiert war, direkt nach Stafford. Geschlagene zwei Stunden gingen sie gemeinsam alle Räume im Haus durch. Sean war ungemein erleichtert, als Johnson das Haus für „sauber“ erklärte, doch als sie dann in der Garage unter Seans Interceptor lagen, fanden sie einen gut versteckt angebrachten Peilsender.

„Wollen Sie, dass ich ihn entferne?“, fragte Johnson.

Sean schüttelte etwas frustriert den Kopf. „Nein, diejenigen, die das installiert haben, müssen nicht wissen, dass wir es gefunden haben. Können Sie es so modifizieren, dass ich, wenn ich nahe genug dran bin, ein Empfängersignal orten kann?“

„Ja, aber Sie müssten schon im Umkreis von ein paar Kilometern vom Empfänger sein, um ein Ortungssignal zu erhalten. Diese Dinger laufen über die normalen Handysendemasten, ohne eine Hightech-Computeranlage in Ihrem Wagen können wir keine weit entfernten Ziele orten. Also, wenn Sie genau wissen wollen, wer Sie observiert, müsste ich Ihren Wagen mit nach Quantico nehmen und eine Menge Technik einbauen.“

„Nein, wir wissen, wer dahintersteckt. Ich möchte eigentlich nur gewarnt sein, wenn sie zu nahe an uns dran sind“, erwiderte Sean abgespannt.

Johnson griff seine Tasche und schob sich ganz unter den Wagen. „Okay“, sagte er, „dann mache ich das jetzt fertig.“

In dem Moment fuhr Cats Wagen die Ausfahrt herauf.

„Agent Johnson“, sagte Sean und Johnsons Kopf erschien unter dem Wagen.

„Ja?“.

„Wenn Sie damit fertig sind, fahren Sie bitte Agent Kampells Wagen in die Garage und machen die gleiche Prüfung.“

„Ja Sir!“

Cat kam auf ihn zu. „Und?“

„Das Haus ist sauber, mein Wagen hat einen Peilsender, wird gerade modifiziert. Dann sieht er sich deinen Wagen an, lass den Schlüssel einfach stecken.“

Quantico, Freitag, 1. Februar 2019

Es war Freitagnachmittag der gleichen Woche, Sean machte sich gerade daran, den Brick zu laufen, der vom gröbsten Schnee befreit war, um den angehenden Agenten und den Polizisten in der Weiterbildung eine Trainingsmöglichkeit zu bieten. Weißer Nebel bildete sich vor seinem Mund, wenn er ausatmete, und der Schnee knirschte eisverkrustet unter seinen Füßen. Er spürte den unangenehmen Druck seiner Sprunggelenksbandage, die er nächste Woche endlich für immer abnehmen konnte – es schien, dass der Bänderriss völlig ausgeheilt war, denn sein Fuß machte ansonsten keine Probleme mehr.

Sachte trabte er mit geringer Geschwindigkeit durch den tief verschneiten Wald. Er musste an sich halten, um nicht an die Nacht in Deutschland zu denken: er war spät abends durch solch einen Winterwald gelaufen, als plötzlich Gabriel vor ihm gestanden hatte. Er schüttelte den Gedanken ab, wollte ganz bestimmt nicht über Gabriel oder seinen Vater Camio nachdenken, denn er hatte wahrlich genug, das ihn momentan beschäftigte. Alles in allem war es eine Scheißwoche gewesen und er lief eigentlich nur, um seinen Kopf freizubekommen und die verschiedenen Baustellen in seinem Leben zu sortieren.

Die letzten drei Tage hatte er sich eingehend mit den DLD-Symptomen beschäftigt und alles gelesen, was auf den Gebieten der Psychologie und Medizin dazu veröffentlicht worden war.

Wenn Schreiber mehr als nur ein maligner Narzisst war und wirklich in Richtung einer „gefährlichen Führerpersönlichkeit" ging, dann hatte Sean recht mit seinem Gefühl bei diesem Mann: er hatte etwas durch und durch Böses in sich.

DLD zeichnete sich nach John D. Mayer, einem Persönlichkeitspsychologen an der Universität New Hampshire, durch drei charakteristische Merkmale aus: erstens, dass Personen mit dieser Störung eine völlige Gleichgültigkeit gegenüber leidenden Menschen hatten und damit ständig Entwertungen bei anderen vornahmen. Zweitens die krankhafte Intoleranz für Selbstkritik und als Drittes das selbstgerechte Gefühl, einen Anspruch auf staatliche Macht zu besitzen. Spezifizierte man diese Symptome, kamen die wirklich beängstigenden Verhaltensmuster solcher Führer zum Vorschein. Man hatte in den letzten Jahrzehnten immer wieder versucht, psychologische Ansätze zu finden, um Ungeheuer wie Hitler oder auch Stalin einzuordnen, und Sean stimmte mit Mayer überein; seine DLD-Kategorisierung brachte es auf den Punkt. So gehörten zu den Spezifikationen die kompromiss- und skrupellosen Attacken gegen die Werte anderer Menschen, wie zum Beispiel Religion, Rasse oder den sozialen oder finanziellen Status. Das traf bei Schreiber mehr als einhundert Prozent zu. Des Weiteren führte Mayer auf, dass solche Führer die gezielte Tötung spezieller Gruppen innerhalb eines Staates anvisierten, Folter der störenden Subjekte ohne gerichtliches Verfahren, Verhaftungen und Gewalttaten an Familienmitgliedern und nahe stehenden Personen inbegriffen, bis hin zum Massenmord.

Würde Josef Schreiber so weit gehen, hätte er die Macht in Händen? – Ja, das würde er, beantwortete Sean sich seine eigene Frage, aber beweisen konnte er es nicht. Blieb er bei dieser Theorie, dann konnten Hands, Durbon und Whealer Bauernopfer sein in Schreibers persönlichem politischem Schachspiel. Was bedeuteten schon drei tote Menschen für jemanden, der an einer Version von DLD litt, wenn dadurch eine gewisse positive Lobby bei Wählern und der Presse erreicht werden konnte? Nichts, rein gar nichts. Aber es war verdammt weit hergeholt zu behaupten, dass Schreiber selbst für die Tode seiner Mitstreiter verantwortlich war. Sean seufzte. Gab es jemanden in Schreibers Organisation, der für seinen Führer so etwas tun würde?

Mit diesen Gedanken im Hinterkopf hatte sich Sean dann gestern einen ganzen Tag lang ans Telefon gehängt, mit neun NNM-Mitgliedern gesprochen und versucht, durch bestimmte psychologische Techniken die Einzelnen zu Gesprächen über Schreiber zu verleiten. Alle Telefonate hatte er aufgezeichnet.

Das Resultat dieser Aktion war nicht ganz nutzlos. Er hatte mit den niedrigen Rängen angefangen und war über die Opfer langsam zu Schreiber gekommen, hatte erfahren, dass Schreiber wie ein Gott verehrt und respektiert wurde und dass man in den geistig und sozial schwachen Rängen der NNM die Härte lobte, mit der Schreiber vorging. Als Sean versuchte herauszubekommen, wie sich die Härte denn manifestierte, wurden selbst die dämlichsten unter ihnen hellhörig und wortkarg. Klar sagte keiner etwas über eventuelle Aktionen, die der NNM nachgesagt, aber nicht bewiesen werden konnten.

Die CTD hatte die NNM ins Auge gefasst bei einem Überfall auf eine afroamerikanische Gemeindekirche, der letztes Jahr im Sommer stattgefunden hatte. Man hatte die Menschen nach einem Gottesdienst abgefangen und brutal zusammengeschlagen, Männer, Frauen und auch Kinder. Es hieß, dass die über zwanzig Angreifer Klan-Kutten getragen hatten, doch die Antiterror hatte damals der NNM nichts nachweisen können. In einem anderen Fall wurden Geschäfte von afroamerikanischen Besitzern, aber auch jüdischen Einwohnern verwüstet und niedergebrannt. Auch hier war die NNM zu gut organisiert vorgegangen, es war keine willkürliche Spontantat gewesen, im Gegenteil: planerisch zu perfekt, um der Polizei überhaupt etwas in die Hand zu geben.

Sean hatte sich dann auf die Offiziere der NNM konzentriert und es geschafft, drei weitere Gespräche zu führen, bevor man sofort auflegte, wenn er seinen Namen nannte. Irgendjemand hatte Alarm geschlagen und in Windeseile hatte es sich bei den

Mitgliedern herumgesprochen, dass ein gewisser Agent Caver unangenehme Fragen stellte.

Er lief den Hang hoch und merkte, dass er mehr keuchte als gewöhnlich. Seine Kondition war ziemlich beim Teufel durch die mehr als vierwöchige Pause, in der er nicht hatte laufen können. Erst als er die Bergkuppe erreichte und es wieder hinunter ging, beruhigte sich sein Puls. *Wie soll ich so die Anwärter über den Brick jagen?*, dachte er, denn er lief nur und ließ momentan alle Hindernisse aus. *Aber vielleicht auch gut, so bekomme ich einmal ein Gefühl dafür, wie es den armen Schweinen ohne Training geht, die ich sonst hier so quäle.* Dabei fiel ihm ein, wie er Cat vor knapp sechs Monaten auf dem Brick geschunden hatte, und der Gedanke daran beschämte ihn. Er zog an und spürte, wie sein Körper mit Schmerz reagierte, was von seinem eigenen schlechten Gewissen ablenkte.

Sofort war er gedanklich wieder bei seinem Privatleben – und das war die letzten Tage auch ziemlich auf die Probe gestellt worden. *Eigentlich brauche ich mir über ein schlechtes Gewissen, was Cats Ausbildung angeht, keine Sorgen zu machen*, dachte er. Denn am kommenden Wochenende würde er noch genügend Vorwürfe ertragen müssen, wahrscheinlich ziemlich heftige und vor allem bissige Kommentare bekommen. *Scheiße!*, fluchte er innerlich. Es passte ihm jetzt gerade gar nicht, dass Joan Ingres, Cats Freundin und ebenfalls ehemalige FBI-Auszubildende, ausgerechnet dieses Wochenende zu Besuch kommen würde.

Cat war selbst überrascht gewesen, als Joan am Mittwochabend auf ihrem Handy anrief. Sie hatte bereits ein Ticket von Chicago, wo sie momentan ihren vierundzwanzigmonatigen Außendienst ableistete, nach Washington gebucht und erwartete, bei Cat unterzukommen. Catherine hatte ihr noch nichts von ihrer Beziehung mit Sean gesagt, und man merkte, dass sie sich damit schwer tun würde, denn Jo hatte Sean regelrecht gehasst – nicht weil er als Ausbilder zu ihr selbst unfair gewesen wäre, das war er nicht, sondern weil er ihrer besten Freundin Cat das Leben in Quantico mehr als nur schwer gemacht hatte. Um es auf den Punkt zu bringen: Joan hielt ihn immer noch für das selbstgefälligste Arschloch, das auf Gottes weiter Erde herumlief. Daran hatten Cats Berichte von den gemeinsamen Ermittlungen in Deutschland auch nichts geändert; sie sah ihn so, wie er damals gewesen war: als Schleifer.

Cat war bereits unterwegs zum Flughafen, um Joan abzuholen, und hatte Sean gefragt, was sie tun sollte. Wie sollte sie ihrer Freundin sagen, dass sie mit dem Mann zusammenlebte, der damals alles darangesetzt hatte, sie aus dem FBI zu ekeln?

„Hol sie ab, bring sie nach Hause, trinkt ein Glas Wein und dann sag es ihr. Ich bleibe bis acht Uhr in Quantico und komme erst dann nach Stafford. Ihr habt gute drei Stunden ohne mich, das muss doch reichen. Erzähl ihr einfach, dass ich dich nach der Vereidigung zum Essen eingeladen habe und dass es funkte zwischen uns, dass ich dir in New York gestanden habe, schon vom ersten Tag vollkommen verrückt nach dir gewesen zu sein und daher während der Ausbildung härter mit dir war."

Es hatte Cat nicht sonderlich gefallen, geschweige denn überzeugt, da sie wieder lügen musste, doch eigentlich war lügen eine Routine, wenn es um ihre Beziehung zu Sean ging. Don war so ziemlich der Einzige, der die ungefähre Wahrheit über sie beide kannte.

Aber dass Joan Ingres das Wochenende mit ihnen verbringen wollte, war nicht alles, was Sean ein unangenehmes Gefühl gab – viel demütigender war das Gespräch mit Cats Vater Eric Kampell gewesen. Cat hatte ihn Mittwochabend in Paris angerufen, wo er als Architekt lebte und arbeitete. Er war gerade aufgestanden, als sie gegen Mitternacht Eastern Standard Time durchrief. Sie wollte ihrem Vater erst einmal erzählen, dass sie einen Freund hatte und bereits mit ihm zusammenlebte, bevor sie ihm verriet, dass sie womöglich in nicht allzu langer Zeit heiraten wollten. Leider kannte Eric Kampell Agent Sean Caver, wusste nicht nur, dass er Catherines Ausbilder gewesen war, sondern auch, dass Sean wesentlich älter war als seine Tochter.

Er zog das Tempo schwer atmend noch mehr an. Die Schiene scheuerte mittlerweile gemein an seinem Knöchel und ihm war klar, dass er sich die Stelle gerade wund lief, doch er brauchte diese Art von Selbstfolter, sonst hätte er sich vor Verlegenheit gekrümmt, wenn er weiter über dieses unerquickliche Telefongespräch nachdachte.

Sie hatte Eric alles erzählt, dann folgte Stille. Cat hatte ihrem Vater zugehört, eine ziemlich lange Zeit, Sean hatte ihr gegenüber auf der Couch gesessen und sich ihre Mimik genau angesehen, die zwischen Entrüstung und Demütigung hin und her geschwankt war. Er war schon dabei, sauer zu werden, als sie ihm, ohne etwas zu sagen, ihr Handy hingehalten hatte. Ja, und dann war etwas passiert, das Sean mit seiner Lebenserfahrung als erwachsener Mann von sechsunddreißig fast nicht mehr für möglich gehalten hatte: Er bekam von Eric Kampell einen Vortrag zu hören, der ihn wieder zu dem unsicheren Teenager machte, der vor knapp zwanzig Jahren seine damalige Freundin zum Abschlussball der High-School abholen wollte. Der Vater seiner Freundin hatte ihn in die Küche beordert und ihn dann richtig in die Mangel genommen. Das hatte für zwei Teenager alles ziemlich tragisch geendet, denn Sean, damals noch Nate, hatte sich die Beschimpfungen und Belehrungen wortlos angehört, war danach aus der Küche gegangen, hatte seiner hübschen Freundin im Ballkleid einen Kuss auf die Wange gegeben und war schnurstracks nach Hause gefahren.

Er war daher nie auf einem Abschlussball gewesen und seine immer noch vom Heulen gezeichnete Freundin hatte ihm am folgenden Montag in der Schule die Kette, die er ihr geschenkt hatte, an den Kopf geschmissen.

Fuck, dachte er und rannte. Er hatte Eric Kampell Rede und Antwort gestanden. „Ja, Sir, ich liebe Ihre Tochter. Nein Sir, wir waren nicht zusammen, als ich ihr Ausbilder war. Ja, Sir, mir ist bewusst, wie viel Jahre älter ich bin. Ja, meine Absichten sind ernsthaft."

Cat hatte sich gewunden, als sie seine Antworten gehörte hatte, und wäre am liebsten im Boden versunken. Er hatte ihr den Hörer zurückgegeben, geflüstert: „Ich liebe dich, bin gleich zurück", hatte sich die Jacke übergeworfen und war eine Runde an die Luft gegangen. Sie war entsetzt gewesen und hatte sich immer wieder für ihren Vater entschuldigt, als er endlich ins Haus zurückgekommen war. Sean hatte sie einfach in den Arm genommen. Dann war er in den ersten Stock gegangen, hatte die Schatulle geholt und ihr den Ring gegeben, den er bereits seit ihrem New-York-Urlaub dort liegen hatte. Es war ein Ring, den sie in einer der Auslagen auf der 5th Avenue gesehen hatten, ein Platinring mit einem kleinen Brillanten. Ihr damals absolut nicht ernst gemeinter Kommentar dazu war gewesen: „Wenn du mich einmal heiraten willst, dann muss es dieser sein."

Sean hatte sich den Ring und vor allem den Preis angesehen: achttausend Dollar. Er hatte sie ausgelacht und gesagt, dass eine Breitling die wesentlich bessere Investition für das Geld wäre. Auch sie hatte gelacht und ihn abschließend zum Schlittschuhlaufen verdonnert. Als Cat an diesem späten Nachmittag in ihrer Hotelsuite eingeschlafen war, hatte er sich angezogen und war zurück zu dem Juwelier gegangen, hatte den Ring gekauft und es seither keine Sekunde bedauert.

Der Ring passte wie angegossen; sie war sprachlos gewesen, denn sie hatte sofort gewusst, wo sie diesen Ring zum ersten Mal gesehen hatte. Was dann gefolgt war, hatte das Gespräch mit Eric Kampell ein wenig relativiert. Es war in dieser Nacht in den Hintergrund getreten, denn sie hatten sich im wahrsten Sinne des Wortes geliebt, im Wohnzimmer auf der Couch, und das hatte so gar nichts mit dem wilden Sex zu tun gehabt, den sie in Dons Wohnung gehabt hatten, es war einfach nur sanft, eine sanfte und ehrliche Liebeserklärung, die sie sich gegenseitig gemacht hatten. Doch jetzt, als Sean wieder an den Abend dachte, war er einerseits wütend auf ihren Vater und auf der anderen Seite sauer auf sich selbst, dass er es zugelassen hatte, wie ein pickliger Teenager abgekanzelt zu werden. *Ich muss das aus dem Weg räumen, sonst kann ich diesem Mann nicht vernünftig unter die Augen treten. Ich sollte ihn noch mal anrufen und dann ein Gespräch von Mann zu Mann führen*, beschloss er. Wenn das klappte, dann würde er auch offiziell um Cats Hand anhalten. Er konnte es ihr nicht noch einmal zumuten, diese Neuigkeit ihrem Vater mitzuteilen, denn für Eric Kampell war Cathy immer noch sein kleines Mädchen.

Sean blickte auf das Ausbildungsgebäude und verfiel in einen gelassenen Trab. Er sah auf seine Laufuhr: unglaublich, er war den Brick in alter Bestzeit gelaufen. Dafür würde sein Körper morgen bezahlen, und so ging er die letzten Meter auf das Gebäude zu. Jetzt, da er nicht mehr so sehr schwitzte, merkte er wieder, wie kalt es war, und war froh über die warme Heizungsluft, die ihm entgegenschlug, als er durch die Tür trat.

Joan überlebe ich auch noch. Mit diesem Gedanken ging er die Treppen hoch zu dem Zimmer, dass er in Quantico bewohnte, um ausgiebig zu duschen, bevor er sich wieder mit seinem Schreckgespenst Schreiber beschäftigen wollte.

Cat und Joan saßen zusammen auf der Couch in Stafford, sie waren vor einer Stunde dort angekommen und hatten als Erstes Pizza bestellt und eine Flasche Chardonnay geöffnet. Jetzt lungerten sie vollkommen entspannt im Wohnzimmer herum, die gefüllten Weißweingläser in der Hand, auf dem Tisch die halb aufgegessenen Pizzas, und schüttelten sich vor Lachen. Joan hatte wieder damit angefangen, wie sie zu Anfang ihrer Ausbildung täglich mit Agent Caver den Brick laufen mussten, und mit steinernem Gesicht Seans Gebrüll imitiert. Etwas, das sie immer dann gemacht hatten, wenn Sean sie so gedrillt hatte, dass sie vor Erschöpfung am liebsten in Tränen ausgebrochen wären. Doch anstatt vor Anstrengung und Ärger zu heulen, war Joan dann in ihrer Unterkunft in Quantico hin und her gelaufen, hatte das Gesicht wie von einer sauren Zitrone verzogen und in Seans Tonfall Kommandos gebrüllt, so lange, bis Cat vor Lachen die Tränen gekommen waren.

Sie schmunzelte immer noch, dachte dann aber, es wäre ein guter Moment, jetzt die Katze aus dem Sack zu lassen, und wurde etwas ernster. „Jo, mein Freund kommt in etwa einer Stunde, er ist immer noch in Quantico und …“

Joan unterbrach sie und sah Cat mit großen Augen an. „Er ist auch beim FBI?“, fragte sie ungläubig.

Cat nickte.

„Du bist doch nicht etwa mit Robert Briggs zusammen?“ Joan betrachtete Cat, ein breites Lächeln erschien auf ihrem Gesicht. „Klar, der hatte schon immer ein Schwäche für dich“, platzte Joan dann heraus und zog anerkennend die Augenbrauen hoch.

Cat schnaufte. „Nein, nicht Robert. Ich bin mit Sean zusammen“, sagte sie. Jetzt war es endlich raus.

„Sean wer?“, meinte Joan naiv und wollte gerade ihr Weinglas auf den Tisch stellen, als sie Cat weitersprechen hörte.

„Sean Caver, Agent Sean Caver.“

Es gab einen kurzen Knall, als das Weinglas auf dem Parkett aufschlug und in tausend Teile zersprang – Joan hatte bei den Worten den Tisch verfehlt und sah Cat an, als ob ihr gerade ein Geist erschienen wäre. „Nein, Cat, du meinst nicht *den* Sean Caver. Nicht unseren Ausbilder und deinen jetzigen Boss Caver." Dann schüttelte Joan den Kopf, zuckte mit den Schultern und meinte skeptisch: „Du meinst einen anderen Sean Caver."

Cat nahm Joans Hand und drückte sie, zog belustigt den Mundwinkel hoch. „Genau den meine ich."

„Heiliger Bimbam", erwiderte Joan entgeistert.

Cat stand vorsichtig auf, um nicht in die Scherben zu treten. Sie ging in die Küche und kam mit Handfeger, Schaufel und einem Lappen wieder. Während sie die Scherben zusammenkehrte, meinte Joan betreten: „Ich dachte immer, er kann dich nicht ausstehen, so wie er dich schikaniert hat …"

Sie bückte sich hinunter und wischte mit dem Lappen den Rest des Weins vom Boden, als Cat endlich antwortete: „Das dachte ich doch auch, aber er meinte, er war härter mit mir, weil er mich zu gern hatte, für einen Ausbilder. Verstehst du?" Das war die Version, die sie sich für Joan zurechtgelegt hatte. Sie ging wieder in die Küche, Joan hörte, wie sie die Scherben in den Abfalleimer warf. Cat kam mit einem neuen Glas wieder, goss Wein hinein und reichte es Joan.

„Sag mal, willst du mir etwa gerade erzählen, dass unser Ausbilder sich damals in dich verknallt hat?"

Cat stand noch einmal auf und brachte den nassen Lappen in die Küche, kam mit einem Geschirrhandtuch wieder und wischte den Boden trocken.

„Ich denk schon." Sie setzte sich wieder zu Joan.

„Muss ich dir jetzt jedes Wort aus der Nase ziehen? Oder erzählst du mir die ganze Story?", kam es ungeduldig und ziemlich derb von Joan.

Cat sah sie an, kräuselte die Stirn. „Hör mal, erwartest du etwa, dass ich jetzt mein Liebesleben vor dir ausbreite?“

Joan streckte ihren Rücken durch. „Ganz genau – erstens bist du meine beste Freundin und zweitens habe ich ein verdammtes Recht darauf. Mann, weißt du eigentlich, wie oft ich Caver an die Gurgel wollte? Und zwar nicht, weil er mich oder Robert scheiße behandelt hat, sondern nur, weil ich immer glaubte, er hasst dich und ist dir gegenüber vollkommen unfair. Also raus mit der Sprache, alles!“

Cat griff ihr iPad aus ihrer Tasche, die neben der Couch stand, und reichte es Joan, denn die Photos erklärten mehr als alle Worte. Schnappschüsse aus New York, viele mit Selbstauslöser gemacht, erschienen auf dem Bildschirm. Sie zeigten Sean und Cat zusammen, wie sie sich umarmten, sich küssten und auch das Bild, das mittlerweile in ihrem Wohnzimmer stand, aber für Joans Besuch erst einmal in der Schublade verschwunden war. In Cats Augen war es das schönste, da man ihnen beiden darauf einfach nur ansah, wie glücklich sie waren.

Joan fuhr mit den Finger über den Bildschirm und sah sich alles in Ruhe an. „Mein Gott, der Mann kann ja lächeln“, kommentierte sie sarkastisch die Photos. „Wann war das?“

„Gleich nach unserer Vereidigung sind wir zusammengekommen. Wir waren über Weihnachten und Neujahr in New York und dann bat er mich, bei ihm einzuziehen.“

Joan gab ihr das iPad zurück und sah sie immer noch skeptisch an. „Hätte ihm gar nicht zugetraut, so spontan zu sein. Und du? Bist du glücklich?“

„Ich liebe ihn und er liebt mich, wir sind glücklich“, sagte Cat und ihre Augen leuchteten.

„Habt ihr letztes Jahr in Deutschland schon was miteinander gehabt?“

Cat schüttelte den Kopf, bemüht, nicht doch noch etwas Falsches zu sagen. „Nein, da war er immer noch mein Ausbilder. Als er dann bei der Vereidigung auftauchte, war ich genauso erstaunt wie du. Kannst du dich erinnern, ich bin ihm dann hinterher, als er auf einmal plötzlich wieder abhaute. Wir haben geredet und sind etwas spazieren gegangen, da hat er mich dann gefragt, ob ich mit ihm essen gehe. – Tja, und dann ging alles sehr schnell", beendete sie ihre Ausführungen.

„Aha. Aber so lange seid ihr ja noch nicht zusammen, gerade mal einen Monat ... Ich hoffe, du überstehst es, wenn er plötzlich wieder der alte Caver wird." Joan war anzusehen, dass sie sich darüber ernsthafte Sorgen machte.

„Jetzt hör auf zu unken, du kennst ihn nicht, wie er wirklich ist. Er ist verdammt gut darin, sich nicht anmerken zu lassen, was er denkt und fühlt – doch privat ist er ein ganz anderer Mensch. Er ist sehr liebevoll und tut alles nur Erdenkliche, damit ich glücklich bin."

Joan sah Cat eine Weile ganz genau an. „Wenn ich dich so ansehe, muss ich zugeben, dass du wirklich gut aussiehst, irgendwie strahlst du. Aber, sag mal, habt ihr keine Schwierigkeiten mit dem Bureau bekommen? Er war schließlich dein Ausbilder und ist jetzt dein Boss."

„Nein, Sean hat das alles mit Washington geregelt, es ist akzeptiert worden. Im Übrigen berichte ich an Agent White, was die BAU- und Ausbildungsarbeit betrifft. Sean ist zwar der Profiler in dem neuen Fall und ich ihm unterstellt, aber wir können die Sache ganz gut trennen, glaube ... hoffe ich jedenfalls."

Joan lehnte sich zurück, zog ihre Füße hoch und setzte sich darauf. „Mann oh Mann, ihr macht ja Nägel mit Köpfen. Er hat das Bureau offiziell informiert? Wow, das hätte ihn locker seine Karriere kosten können. Der scheint es ja mächtig ernst zu meinen. Cat Kampell, ich hoffe nur, du weißt, auf was du dich da eingelassen hast. Das ist keine kleine Affäre, die du mal so eben in zwei Monaten beenden kannst."

„Das habe ich auch nicht vor. Du musst verstehen, er ist ... wie soll ich sagen ... der Mann, auf den ich immer gewartet habe."

Joan griff sich eine Zigarette aus Cats Packung und klickte ungeschickt mit dem Feuerzeug herum, bis Cat es ihr aus der Hand nahm, anzündete und ihr hinhielt. Sie rauchte eigentlich nicht, war so eine Art Gesellschaftsraucherin und paffte ab und zu. Das tat sie jetzt auch und sagte nichts mehr.

Dass Joan mit der Situation ganz und gar nicht zufrieden war, konnte Cat sehen. Wenn ihr etwas gegen den Strich ging, entgleisten ihr immer die Gesichtszüge ein wenig, wie bei einem Kind, das schmollte. Cat war es nach ein paar Monaten ihrer Freundschaft in Quantico irgendwann aufgefallen, doch sie erinnerte sich, dass selbst Sean während der Ausbildung in verschiedenen Situationen immer mal wieder sarkastisch gefragt hatte: „Passt Ihnen was nicht, Ingres?" Immer dann, wenn sie genau so einen Blick drauf gehabt hatte wie gerade jetzt.

Cat legte ihre Hand auf Joans Unterarm. „Joan, bitte, ich liebe ihn."

Joan zog die Augenbrauen hoch. „Cat, ich kenne dich als äußerst rationalen Menschen und Caver habe ich als einen sehr harten, kontrollierten Ausbilder kennengelernt. Das ist kein Mann, der sich so mir nichts, dir nichts verliebt, mit einer Frau zusammenzieht und das auch noch vor dem Bureau offiziell vertritt – der ist einer, der lange nachdenkt, bevor er wichtige Schritte unternimmt."

„Ich weiß."

„Also liebt er dich wirklich?"

Cat lächelte sanft. „Von ganzem Herzen, und ich gebe ihn nicht mehr her."

Joan schnaufte ein wenig, aber entspannte sich. Ihr Gesicht wurde wieder weicher und dann kam ihr schelmisches Lächeln zum Vorschein. „Verliebt sich in ihren Ausbilder, nicht zu fassen. Aber, von mir aus, meinen Segen hast du. Wehe, er behandelt dich nicht gut, dann kann er was erleben, und zwar von mir!“, alberte sie dann und Cat wusste, dass Jo ihre Gefühle für Sean endlich verstanden hatte. „Das ist also seine Bude hier und er kommt jede Minute durch die Tür?“

Cat nickte.

„Scheiße, ich übernachte dieses Wochenende beim Ausbildungsanarchisten Caver und er ist damit einverstanden?“

„Natürlich, du bist meine Freundin, klar ist er einverstanden. Ich kenne seinen besten Freund auch schon ziemlich gut“, sagte sie und schmunzelte dabei.

„Na ja, ungemütlich ist es ja nicht gerade“, meinte Joan und sah sich um. „So ganz anders als der Caver, den ich kenne“, stichelte sie weiter.

„Hör jetzt auf, lerne ihn erst mal kennen.“

Cat nippte an ihrem Chardonnay, als Joan wieder ansetzte: „Eins muss ich jetzt aber noch wissen …“ Sie machte eine theatralische Pause mit kritischem Blick und Cat rollte die Augen, weil sie die nächste Welle von Ermahnungen erwartete. „Wie ist Caver im Bett?“ Joan sah Cat todernst an.

„Jo!“, rief Cat entsetzt und boxte ihr auf den Oberarm, während Joan sich vor Lachen bog.

Als Sean etwa fünfzehn Minuten später ins Wohnzimmer trat, waren beide immer noch am Lachen und wischten sich die Tränen aus den Augen. „Guten Abend, die Damen. Scheint ja richtig nett zu sein, ich hoffe, ich störe nicht.“

Sofort versteifte sich Joan und ihr Gesicht wurde ernst. Es war alles etwas abstrakt gewesen, was Cat ihr erzählt hatte, doch als sie Sean Caver nun in voller Ausbildermontur im Wohnzimmer stehen sah, war sie innerhalb einer Sekunde wieder nach Quantico versetzt und hörte, wie er Cat anschrie.

„Hallo Joan – ich hoffe, ich darf dich so nennen.“ Er kam auf sie zu und hielt ihr die Hand hin.

Sie sprang auf, schüttelte seine Hand. „Agent Caver, Sir“, war alles, was sie sagte.

Er schmunzelte, hielt ihre Hand fest. „Wie wäre es mit *Sean*?“

„Hallo Sean.“ Sie zog ihre Hand aus seiner.

Cat verzog den Mund. „Warum ziehst du dich nicht um, hast du Hunger?“, unterbrach sie die unangenehme Stille, die entstanden war.

Er sah sie an, beugte sich zu ihr und gab ihr einen Kuss. „Mach ich. Nein, kein Hunger, ich hab in Quantico gegessen, aber ein Glas Wein nehme ich gerne.“ Damit ging er die Treppe hoch.

„Agent Caver? Sir?“, fragte Cat empört an Joan gerichtet, die immer noch mit versteinertem Gesicht vor ihr stand.

Sie sah Cat an. „Ja, was erwartest du denn? Da steht nun mal mein Ausbilder vor mir! Auweia, Cat, ich weiß nicht, ob ich das kann – ich meine, hier bleiben … im Ernst.“

Cat stand auf. „Da musst du jetzt durch.“ Sie ging in die Küche und füllte ein Glas für Sean. „Glaub mir, er hat genauso Bammel wie du.“ Sein Weinglas stellte sie auf den Wohnzimmertisch.

„Was habe ich?“, fragte Sean grinsend, als er die Treppe herunterkam.

Joan sah ihn an – ausgewaschene Jean, eine weißes, langärmliges Sweatshirt mit Knopfleiste, die am Hals offen war, barfuß. So hatte sie ihn noch nie gesehen. Wenn er nicht die Standard-Ausbildungssachen trug, dann einen dezenten dunklen Anzug mit Hemd und Krawatte, doch jetzt sah er so normal aus und damit auch viel jünger, irgendwie wie Robert Briggs. Er setzte sich auf die andere Couch und nahm das Glas, trank einen Schluck und atmete genüsslich aus.

„Na, hast du den ersten Schock überwunden?“, fragte er an Joan gewandt und schob einen Fuß unter seinen Oberschenkel, griff nach Cats Zigaretten und zündete sich eine an.

„Schock ist das richtige Wort“, rutschte es Joan heraus, so dass Cat sie strafend ansah. „Ist doch wahr“, schob sie zickig hinterher und erwiderte Cats Blick trotzig.

„Joan“, begann Sean wieder und spielte mit dem Glas in seinen Händen, „vielleicht bin ich gar nicht so schlimm, wie du denkst. Was hättest *du* denn gemacht, wenn du am Semesterbeginn in eine Klasse trittst, dir deine neuen Auszubildenden ansiehst und plötzlich in das Gesicht der Frau siehst, die du schon immer gesucht hast? Wenn dir plötzlich so etwas Pathetisches wie ‚Liebe auf den ersten Blick‘ passiert?“

Joan wunderte sich über Cavers Worte, das war so gar nicht seine Art. Sie entspannte sich ein wenig und lehnte sich zurück. „Dann hast du dich damals schon in Cat verliebt.“

Sean schmunzelte, sah Cat liebevoll an. „Ja, schon damals war ich ihr vom ersten Moment an verfallen“, sagte er.

„Dann meinst du es richtig ernst, oder?“

„Ja, absolut, sonst würden wir hier nicht zusammenleben. Ich habe meinen Job riskiert, um das Okay vom Bureau zu bekommen. Ich meine es ernst, Joan. Außerdem freut es mich, dass du dir so viele Sorgen um Cat machst.“

„Dann ist der Ring an deinem Finger“, Joan sah Cat an, die sich zurückhielt bei dem Gespräch, „von dem du bisher nichts weiter erwähnt hast, das, was ich vermute?“

Cat nickte, biss sich auf die Unterlippe.

„Er hat dich gefragt“, entfuhr es Joan, halb entsetzt und doch irgendwie erfreut.

„Ja, wir werden heiraten", beantwortete Sean ganz gelassen ihre Frage.

„Scheiße, ihr seid verdammt fix mit all dem", kommentierte Joan, wieder viel schneller, als sie es eigentlich wollte.

Cat holte die Flasche Weißwein aus dem Kühlschrank, goss sich selbst und Joan nach. „Stimmt, aber ich war mir in meinem ganzen Leben noch nie so sicher. Wir werden heiraten. Ende der Debatte!", erklärte sie rigoros.

Joan sah sie an, immer noch zögernd. „Alles Gute, Catherine. Na, dann sollte ich mal als Brautjungfer zur Verfügung stehen. Habt ihr das Wann, Wie, Wo schon besprochen?", fragte sie und der skeptische Ton war nicht zu überhören.

Sean stand auf, ging zu den beiden hinüber und hob sein Glas. „Es ist wohl der richtige Moment darauf anzustoßen, das haben wir bisher nicht getan. Joan, wenn es um Cat geht, dann gibt es keinen Zweifel. Ich liebe deine Freundin und bin es mittlerweile gewöhnt, mich ständig erklären zu müssen, wenn es um unsere Beziehung geht." Dabei dachte er an Don und auch an das Gespräch mit Eric Kampell, seinem Schwiegervater in spe. „Sei dir sicher, wenn es darauf ankommt, dann sterbe ich für Cat, und das meine ich so, wie ich es sage." Er hielt ihr das Glas hin.

Joan sah ihn an, das Glänzen in seinen Augen und den liebevollen Blick, den er auf ihre beste Freundin richtete. Sie und Cat standen auf, und dann stießen sie mit ihm an.

„Ich gratuliere euch von ganzem Herzen, und dass ihr mir ja glücklich werdet", sagte sie, jetzt doch ziemlich bewegt.

„Danke, Joan", erwiderte Sean, zog Cat für einen Moment in seine Arme und küsste sie zärtlich. „Ich glaube, ich lasse euch beide jetzt lieber allein, denn bei dem, was ihr zu besprechen habt, störe ich nur", fügte er hinzu und ging dann mit seinem Wein hoch in sein Arbeitszimmer.

Joan und Cat machten es sich wieder auf der Couch bequem.

„Herzlichen Glückwunsch, Kleines", sagte Joan nochmals, nachdem sie ihre Sprache wiedergefunden und Cat heftigst gedrückt hatte. „Ich muss zugeben, er ist ein cooler Typ, so zivil, aber vor allen Dingen scheint er dich abgöttisch zu lieben. Ich freue mich für dich."

Sean wurde am anderen Morgen schlagartig wach, weil Cat ungeschickt über ihn stieg und ins Bad eilte. Dann hörte er ihr Würgen und sprang selbst aus dem Bett.

Er öffnete die Badezimmertür und sah sie auf den Knien vor der Toilettenschüssel; sie erbrach sich. Schnell kniete er sich hinter sie, hielt mit einer Hand ihr Haar zurück und mit der anderen ihre Stirn. Cat stöhnte gequält auf, wollte ihn von sich drücken.

„Sch, alles gut, es hilft, wenn ich deine Stirn halte", sagte er leise und rückte keinen Zentimeter von ihr ab. Er schüttelte fast belustigt den Kopf, denn das hatte er schon einmal getan – ihre Stirn gehalten, während sie sich übergab, an einem Straßenrand, nachdem er Cathy, den Teenager, gewaltsam aus der Wohnung ihres damaligen Freundes geholt hatte. Die beiden hatten sich mit Marihuana und Alkohol zugedröhnt und ihr war auf der Heimfahrt hundeelend geworden. Wieder würgte sie, und eigentlich kam nichts aus ihrem Magen, sie fühlte sich einfach nur mies.

Als sich der widerliche Reiz beruhigte, ließ sie sich gegen Sean fallen, beide saßen auf dem Boden im Badezimmer und er hielt sie an sich gedrückt.

„Habt ihr so über die Stränge geschlagen letzte Nacht?", fragte er, zwar mitfühlend, doch auch etwas amüsiert, denn er war irgendwann schlafen gegangen und hatte nicht mitbekommen, wann sie ins Bett gekommen war.

Cat griff sich an die Stirn. „Ach, eigentlich dachte ich, es wäre nicht so viel gewesen, doch scheinbar war es mehr. Jetzt geht's schon wieder, danke." Sie stand auf und ging zum Waschbecken, um sich die Zähne zu putzen.

„Schaffst du es?", frage er und erhob sich ebenfalls.

„Geht schon."

„Na gut", meinte er, blickte sie aber noch einmal eindringlich an. Sie hatte bereits wieder etwas Farbe bekommen und sah nicht mehr so blass aus. Er zog sich das T-Shirt und die Boxershorts aus und ging beruhigt unter die Dusche.

Cat trank einen Schluck kaltes Wasser aus dem Hahn und legte sich wieder ins Bett. *Wir haben doch gar nicht so viel getrunken*, dachte sie und hörte in sich hinein. Es ging ihr wieder gut.

Als Cat eine Stunde später nach unten kam, saßen Jo und Sean bereits am Frühstückstisch. Sie gesellte sich zu ihnen und langte zu, sie war mittlerweile richtig ausgehungert und vertilgte zwei Brötchen und ein weich gekochtes Ei. Sean beobachtete sie. Er wunderte sich, denn als er mit Jo das Frühstück gemacht hatte, hatte er gesehen, dass die beiden zu zweit gerade mal eineinhalb Flaschen Wein getrunken hatten. Es war ein wirklich guter Chardonnay, nach dem man eigentlich nicht krank wurde, außerdem wusste er, dass Cat mehr vertrug. *Hoffentlich hat sie sich keinen Virus eingefangen*, ging es ihm durch den Kopf.

„Was habt ihr heute vor?", fragte er und trank seinen Kaffee.

„Was meint ihr, Sauna und Wellness?", fragte Cat mehr als gut gelaunt.

„Super, das ist mal ein Vorschlag", meinte Joan, die das alles nicht mitbekommen hatte, ihr ging es ebenfalls hervorragend.

„Wie wäre es mit dem *Isola* in Fredericksburg? Ich fahr euch", meinte Sean. Er war dort schon etliche Mal gewesen, auch einmal mit Cat. Eine sehr schöne Anlage mit verschiedenen Saunen, Pools und Wellnessanwendungen.

„Kommst du denn nicht mit?", fragte Cat unbefangen.

„Ähm", machte Sean. „Ich weiß nicht, Cat, vielleicht fühlt Joan sich damit auch nicht ganz wohl." Er liebte es, in die Sauna zu gehen, doch vor seiner ehemaligen Anwärterin nackt zu sein, war nichts, was er unbedingt wollte; dabei dachte er auch an sein Tattoo. Eigentlich hatte er keine Lust auf irgendwelche Erklärungen.

Joan sah ihn erstaunt an, sie schien das ganz entspannt zu sehen und meinte natürlich: „Für mich ist das kein Problem. Ich musste, was dich angeht, gestern in einer Sekunde von null auf hundert kommen, dann gehe ich auch mit dir in die Sauna. Komm mit, wir machen uns alle einen lässigen Tag – oder genierst du dich?"

Sean sah Cat und dann Jo an. „Ein bisschen", erwiderte er mit einem Schmunzeln, was eigentlich nicht darauf schließen ließ, fuhr dann aber fort: „Wisst ihr was, geht mal alleine, ich bin mir nicht sicher, ob ich wirklich alle eure Gespräche mitbekommen sollte. Wie wäre es, wenn ich einkaufen gehe und uns was Leckeres koche für heute Abend?"

Sean holte die beiden um achtzehn Uhr wieder ab. Zwar hätte Cat selbst fahren können, doch da auch bei ihrem Wagen ein Peilsender gefunden worden war, wollte er nicht, dass sie allein unterwegs war. Er lehnte am Wagen und wartete. Als sie aus dem Wellnesscenter kamen, schienen die beiden bester Laune zu sein, und als Jo auf ihn zukam, meinte sie plötzlich: „Jetzt habe ich den ganzen Tag nur zu hören bekommen, was für ein atemberaubender Mann du bist, ich glaube, den hast du jetzt verdient." Sie streckte sich zu ihm hoch und drückte ihm einen Kuss auf die Wange.

Sean sah erstaunt Cat an, die ihm zuzwinkerte. Beide Frauen plauderten ungezwungen während der Fahrt. Sean musste grinsen; ein ganzer Tag hatte scheinbar nicht gereicht, um sich alles zu erzählen. Er fühlte sich selbst sehr unbeschwert, da er immer mal wieder laut lachen musste – Joan war wesentlich witziger, als er es bei ihr vermutet hatte.

Seine Stimmung gefror urplötzlich, als die kleine blaue Kontrollleuchte anging, die Johnson neben dem Armaturenbrett angebracht hatte. Er fuhr gerade die Ausfahrt nach Stafford entlang, blickte schnell in den Rückspiegel und schaltete die LED aus, denn er wollte die beiden nicht verunsichern; sie waren so sehr in ihre Albernheiten versunken, dass selbst Cat nichts mitbekam. Er konnte keinen verdächtigen Wagen ausmachen, doch sie wurden observiert. Sean dachte darüber nach, ob Schreibers Männer Cat und ihrer besten Freundin in das Wellnessbad gefolgt waren, sie beobachtet hatten, dabei zugehört, wie sie scherzten, lachten. Der Gedanke schnürte ihm die Kehle zu und er griff gereizt nach seinen Zigaretten.

Sie hatten nach dem Essen noch ein Glas Wein getrunken – nur Cat hielt sich an Mineralwasser – und waren dann gegen halb zehn ins Bett gegangen, da die beiden Frauen von der Sauna ziemlich erledigt waren.

Sean lag mit Cat eng umschlungen im Bett, doch er bekam mal wieder Schreiber und die NNM nicht aus dem Kopf.

„Cat, wir wurden heute observiert“, sagte er, doch sie reagierte nicht, sie war mit dem Kopf auf seiner Brust bereits fest eingeschlafen. Vorsichtig legte er ihren Kopf auf das Kissen und wand sich aus ihrer Umarmung, stand auf, ohne Licht zu machen, und ging ins Bad, um sich seine Jeans und ein T-Shirt anzuziehen. Er musste mit jemandem darüber reden.

Es war bereits zwei Uhr nachts und vollkommen still im Haus. Er nahm sich ein weiteres Glas Weißwein aus dem Kühlschrank, setzte sich auf die Couch und tippte die Kurzwahl auf seinem iPhone.

„Yeap“, hört er eine entspannte Stimme am anderen Ende – Don war ein Nachtschwärmer.

„Don, wir haben ein Problem“, sagte er kurz.

„Scheiße, was ist los?“, meinte Don und war in Sekundenbruchteilen in Habachtstellung.

„Nein, es ist nicht direkt bedrohlich … Na ja, vielleicht doch. Sie observieren uns immer noch, ich hatte heute ein Signal, nachdem ich Cat und Joan von der Sauna abgeholt habe.“

„Sind sie Cat und Joan gefolgt?“, fragte Don. Er wusste, dass Cats beste Freundin an diesem Wochenende zu Besuch war, da Sean ihm von seinen Bedenken erzählt hatte.

„Ich weiß es nicht, kann sein. Cat hat nicht erwähnt, dass ihr etwas aufgefallen ist.“

„Du hast also ein Signal bekommen?“

„Ja, auf dem Rückweg von der Sauna. Ich habe sie abgeholt und dort waren sie definitiv hinter uns.“

„Du bist beunruhigt. Sag mal, Sean, lässt du Schreiber gerade in deinen Kopf? Macht er dir Angst?“, fragte Don nüchtern.

Sean atmete tief durch. „Ja, ich glaube, er hat es in meinen Kopf geschafft, aber ich sorge mich mehr um Cat.“

Es war still am anderen Ende. Don hatte etwas gehört, das er eigentlich von Sean nicht hören wollte. „Mhm, du lässt die NNM zu nahe an dich ran. Wenn Schreibers Drohungen euch zu nahe gehen, dann wäre es jetzt der richtige Zeitpunkt für dich auszusteigen, bevor es noch schlimmer wird.“

„Nein, Don, so weit ist es noch nicht. Lass mich bitte in der Soko, ich muss an diesem Fall arbeiten.“

„Ich weiß nicht, Sean. Dieser Irre hat einen Narren an dir gefressen. Vielleicht ist er nur ein Spinner und nichts wird passieren, doch wenn du weiter in seinem Leben rumstocherst, wird er richtig wütend werden und ich hoffe nur, dass –" Doch Don unterbrach sich an dieser Stelle.

„Dann müssen wir ihn halt kriegen, und das habe ich vor", erwiderte Sean. „Sorry, dass ich dich gestört habe. Ich wollte einfach nur mit jemandem darüber sprechen und Cat pennt tief und fest."

„Schon klar, aber tu mir den Gefallen und überprüfe, ob dein Haus fest verschlossen ist. Vielleicht sollte der Techniker noch ein zusätzliches Sicherheitssystem bei euch einbauen."

Sean nickte. „Ja, keine schlechte Idee. Danke, Don, und schlaf gut." Er fühlte sich etwas besser, legte auf, nachdem sich Don verabschiedet hatte. Dann überlegte er sich, dass es kein übler Zeitpunkt war, mit noch etwas anderem klar Schiff zu machen. In Paris war es jetzt acht Uhr morgens; er nahm sich Cats Handy vom Wohnzimmertisch und blätterte durch das Verzeichnis, bis er die Nummer fand.

Josef Schreiber saß hinter seinem Schreibtisch, sein Gesicht eine zornige Maske. Er hatte die schriftlichen Berichte von Sells bekommen, in denen haarklein die Telefongespräche niedergeschrieben waren, wie sie ihm seine Kameraden wiedergegeben hatten. Diese verfluchte FBI-Mann, er ließ einfach nicht locker und ermittelte immer noch innerhalb der NNM, anstatt sich auf das zu konzentrieren, was Schreiber ihm befohlen hatte. Vielleicht wäre es doch besser gewesen, sich mit diesem Carter von der CTD kurzzuschließen.

Er musste etwas tun – Agent Sean Caver war ein wenig zu klug, er konnte gefährlich werden, wenn Schreiber nicht aufpasste. Er musste dringendst aus dem Weg; Angst bekommen und sich selbst aus den Ermittlungen zurückziehen. Auf der anderen Seite hatte er sich beim Essen letzte Woche nicht wirklich einschüchtern lassen, er war wütend geworden, aber Angst hatte er nicht. *Das ist schade, Mr. Caver, schade für Sie und vor allen Dingen für Ihre Lieben,* dachte er boshaft.

Schreiber sah sich die Überwachungsprotokolle vom Samstag an. Seine beiden Offiziere waren Caver auf den Fersen geblieben. Plötzlich erschien ein widerliches Schmunzeln auf seinen Lippen, als er las, dass eine Schwarze das Wochenende in Cavers Haus verbracht hatte. Eine gewisse Joan Ingres, ebenfalls eine FBI-Agentin, die Caver selbst ausgebildet hatte. Hier stand, dass seine Freundin Kampell und Ingres den Samstag in einem Wellnessbad verbracht hatten. Es war eine Schande, dass es Weiße gab, die mit Niggern in die Sauna gingen, befand Schreiber entschieden. Er las, dass die Afroamerikanerin Caver umarmt und geküsst hatte, als er die Frauen abgeholt hatte.

Ist das deine Schwachstelle, Caver?, dachte Schreiber genüsslich, *Frauen? Vögelst du gerne deine jungen FBI-Anwärterinnen – ein Wochenende zu dritt?* „Also doch ein Niggerficker", sagte er leise zu sich selbst und dachte an Joan Ingres' mokkafarbene Haut. *Vielleicht fickst du auch immer noch deine kleine Künstlerin, die scharfe, rothaarige Nachbarin.* Schreiber merkte, wie ihn der Gedanke an die drei Frauen auf perverse Art und Weise anmachte, als er registrierte, dass er in seiner Designerhose eine Erektion bekam. *Na gut, dann werden wir dir mal einen kleinen Denkzettel verpassen, immer Schritt für Schritt,* entschied Schreiber. Er griff nach seinem Prepaid-Handy in der Schublade und drückte eine Kurzwahl, am anderen Ende wurde sofort abgehoben.

„Leutnant", sagte Schreiber in hartem Ton, „ich habe eine Aufgabe für Sie und Ihre Männer."

„Ich höre, Kommandeur", erwiderte der Mann militärisch.

KAPITEL SECHS

Quantico, Montag, 4. Februar 2019

Sean saß bereits um acht Uhr an seinem Schreibtisch in Quantico. Die Soko würde gegen zehn Uhr hier eintreffen und Sims wollte ebenfalls mitkommen, um sich die letzten Ergebnisse anzuhören. Es schien, als hätte Mario über das Wochenende etwas sehr Interessantes herausbekommen.

Cat war gegen halb sieben mit Joan nach Washington gefahren, damit sie die erste Maschine nach Chicago bekam. Zwar war es Sean nicht recht gewesen, dass sie alleine mit Joan fuhr, doch Cat war am Morgen dermaßen launisch gewesen, dass er irgendwann klein beigegeben hatte und sie nur bat, sehr vorsichtig zu sein. Scheinbar hatte sie immer noch eine Magenverstimmung und er nahm sich fest vor, sie am Nachmittag bei Dr. Persan, dem FBI-Amtsarzt in Quantico, vorbeizuschicken, ob sie nun wollte oder nicht. Immerhin hatte sie sich vor gut einer halben Stunde gemeldet und ihm mitgeteilt, dass sie Joan am Flughafen abgesetzt hatte und jetzt auf dem Rückweg war, so würde sie demnächst hier in Quantico ankommen.

Die LED seines Festnetztelefons leuchtete, er hatte es auf stumm geschaltet. „Ja, Bob", sagte er, denn alle eingehenden Telefonate im Festnetz gingen erst über seinen Assistenten.

„Sean, ich habe einen Detective Sunders vom Stafford Police Departement in der Leitung, er möchte dich dringend sprechen."

Sean wunderte sich. „Stell durch." Er hörte das Klicken und meldete sich: „Caver."

„Agent Caver, Detective Sunders, PD Stafford. Es gab einen Überfall auf eine Frau …"

Sean unterbrach ihn; sein Körper hatte sofort reagiert, das Herz schlug ihm bis zum Hals. *Cat!*, war sein einziger Gedanke, und er schrie fast ins Telefon: „Wo ist sie?“

„Äh, hier im Stafford Hospital, es geht ihr einigermaßen“, sagte der Detective, den Seans heftige Reaktion verwirrt hatte.

„Ich komme“, war alles, was Sean sagte. Er schmiss den Hörer hin, griff seine Jacke und rannte aus dem Büro. Bob sah ihm verwundert nach, denn normalerweise ließ Sean ihn wissen, wohin er ging und wann er wiederkommen würde.

Sean fuhr wie ein Besessener, hatte die Warnlichtleiste vorn am Kühlergrill wie auch die blinkende Leuchtschrift in der Heckscheibe, die den Wagen als Polizeifahrzeug auswies, eingeschaltet und ignorierte jede Geschwindigkeitsbegrenzung und rote Ampel, bis er vor dem Haupteingang der Klinik das Auto einfach stehen ließ und zur Notaufnahme rannte. Er sah den Beamten bereits; er stand vor einem Behandlungszimmer.

„Wo ist sie, ich will sie sehen!“, blaffte Sean den Polizisten an, der ihm ruhig in die Augen sah.

„Sind Sie Agent Caver?“

Sean nickte, zog seinen Ausweis aus der Jacke und drücke ihn dem Detective einfach in die Hand. Der klappte die schwarze Lederhülle auf und sah sich die FBI-Marke an.

„Kann ich jetzt zu ihr?“, schnauzte Sean in gereiztem Ton und wollte sich schon an Sunders vorbeidrücken. Der hielt ihn mit hartem Griff auf.

„Beruhigen Sie sich! Man versorgt sie gerade und dann wird noch ein Rape-Kit gemacht; danach können Sie sie sehen.“

Als Sean das hörte, glaubte er, nicht mehr stehen zu können. Er taumelte ein paar Schritte zurück und ließ sich mit dem Rücken an die Wand des Flurs fallen, legte eine Hand vor die Augen.

„Was ist passiert?", fragte er leise. Das Entsetzen war seiner Stimme anzuhören.

Sunders ging auf ihn zu; er hatte mittlerweile kapiert, dass diese Frau für den FBI-Agenten wesentlich mehr bedeutete. „Machen Sie sich keine Sorgen, sie wird wieder, die Verletzungen sind nicht ganz so schlimm. Na ja, das ist das, was die Ärzte mir bisher sagen konnten."

„*Was ist passiert?*", wiederholte Sean feindselig, nahm seine Hand von den Augen und sah den Detective mit versteinertem Gesicht an.

„Also gut", meinte dieser, denn er merkte, dass es keinen Zweck hatte; dieser Mann war kurz vor dem Ausflippen. „Es scheint, dass drei Männer in das Haus eingedrungen sind …"

„Haus?", unterbrach ihn Sean perplex.

„Ja, in das Haus – sie haben den Hund erschossen und sich dann …"

„Hund?", fragte Sean wieder, und so langsam löste sich seine Starre.

„Also, lassen Sie mich jetzt ausreden?", fragte Sunders säuerlich.

„Ja, gleich. Wie heißt sie?"

Jetzt war der Detective völlig irritiert. „Wollen Sie mich verarschen? – Corey Herm", antwortete er dennoch.

Sean strich sich über den Mund und atmete laut aus. Die Erleichterung, die er fühlte, war unbeschreiblich – es war nicht Cat! Der Druck in seinem Magen und auf seinem Herzen ließ nach und sofort fühlte er, wie ihn eine gewisse Erschöpfung erfasste, als der Adrenalinstoß abklang. Er griff sein iPhone, wählte Cats Kurzwahl, hielt einen Finger hoch und sah Sunders entschuldigend an. „Einen Moment", sagte er kurz und wartete.

Sie nahm ab. „Hey, wo bist du?", fragte sie vollkommen gelassen. „Ich stehe hier in deinem Büro und Bob hat auch keine Ahnung."

Er hatte das Gefühl, dass diese Sätze das Schönste waren, was er seit Langem gehört hatte, und wenn er sich nicht zusammengenommen hätte, wären ihm Tränen in die Augen gestiegen. Was momentan mehr als fehl am Platz gewesen wäre, denn dieser Detective glaubte sowieso schon, dass er nicht ganz richtig tickte. „Ich bin im Stafford Hospital, es ist irgendwas mit Corey. – Geht's dir gut?", musste er noch fragen, obwohl er wusste, dass alles in Ordnung war.

„Klar, bestens. Was ist mit Corey, ist es schlimm?"

„Das weiß ich noch nicht. Ich melde mich, bis später." Dann legte er auf und wandte sich an Sunders. „Detective, tut mir leid, wenn ich mich komisch benommen habe – ich dachte, es handelt sich um jemand anderen, jemand, der mir sehr nahe steht." Bei diesen Worten hatte er ein schlechtes Gewissen Corey gegenüber, aber er konnte seine Erleichterung einfach nicht ganz verbergen. „Bitte erzählen Sie mir, was passiert ist."

Sunders schüttelte ein wenig den Kopf und runzelte die Stirn. „Kommen Sie, wir setzen uns dort ins Wartezimmer. Es wird mit den Untersuchungen noch dauern, außerdem habe ich auch Fragen an Sie."

Sie waren alleine in dem Raum und saßen nebeneinander. Sean hatte sich einen Kaffee aus dem Automaten gezogen und extrem viel Zucker hineingerührt, um sein Zittern ein bisschen in den Griff zu bekommen, als Sunders zu reden begann.

„Also, soweit wir wissen, sind drei Männer in Ms. Herms Haus eingebrochen, haben sie von hinten angegriffen und ihr einen breiten Streifen Isolierband über die Augen und um den Kopf geklebt. Der Hund muss sie in dem Moment attackiert haben, und man hat ihn erschossen. Dann hat man sie zusammengeschlagen, und so, wie wir sie fanden, ist davon auszugehen, dass sie vergewaltigt wurde."

Sean nickte nur, und eine Falte bildete sich zwischen seinen Augen. „Woher wissen Sie, dass ich mit Corey bekannt bin?“

„Ms. Herm stotterte immer wieder ‚Ruft Sean an‘, bis sie uns Ihren vollständigen Namen sagen konnte und dass wir Sie in der FBI-Akademie finden. Bevor die Ambulanz kam, sagte sie etwas von einer Nachricht an Sie, eine Nachricht, die ihr die Täter für Sie hinterlassen hätten.“

„Was?“, fragte Sean, und schon beschlich ihn wieder eine gewisse Angst.

„Ms. Herm meinte, einer von ihnen hätte gesagt: ‚Beste Grüße an Agent Caver‘“, führte Sunders aus und beobachtete Seans Reaktion, dann fuhr er fort und fragte: „Woher kennen Sie Ms. Herm?“

Sean wurde heiß. Konnte das Schreiber gewesen sein, war der Überfall eine Warnung für ihn? Er sah Sunders fassungslos an. „Ähm, was haben Sie gefragt?“

„Woher Sie Ms. Herm kennen“, betonte der Detective eindringlich.

„Corey ist meine Nachbarin und wir waren vor drei Jahren eine Zeit lang näher befreundet“, antwortete Sean und war in Gedanken sofort wieder bei Schreiber.

„Haben Sie eine Ahnung, wer das getan haben könnte?“

Sean sah ihn an. „Nein“, sagte er knapp.

„Wo waren Sie heute Morgen um sechs Uhr?“

Klar, das musste Sunders als Polizist fragen, dachte Sean. „In meinem Haus nebenan, mit meiner Lebensgefährtin und einer Freundin beim Frühstück, beide sind ebenfalls FBI-Agentinnen und werden das bestätigen.“ *Meine Güte, wir haben gefrühstückt und dabei rumgealbert, als man Corey das antat,* dachte Sean schockiert.

„Hören Sie, Agent Caver, ich habe gerade so ein Gefühl, dass Sie ganz genau wissen, wer dahintersteckt.“

Sean schüttelte den Kopf. „Vielleicht habe ich eine Ahnung, doch da es sich um eine laufende Ermittlung des FBI handelt, kann ich nicht reden, selbst wenn ich es wollte. Der Überfall auf Corey Herm wird ebenfalls vom FBI übernommen, tut mir leid, Detective."

Sunders hob jetzt verärgert den Kopf. „Das werden wir noch sehen." Er stand auf und fing an zu telefonieren.

Eine junge asiatische Ärztin betrat den Raum und wandte sich an Sean, da der Detective gerade lautstark mit jemandem sprach.

„Ich bin Dr. Young. Sie sind ebenfalls Polizist?", fragte sie ruhig.

Sean zückte seinen FBI-Ausweis. „Sean Caver", stellte er sich vor.

Sie nickte. „Ah, Sie sind Mr. Caver. Ms. Herm fragt die ganze Zeit nach Ihnen. Es geht ihr den Umständen entsprechend, sie hat außer einer gebrochenen Rippe keine inneren Verletzungen von den Schlägen. Wie es aussieht, wurde sie mit Fäusten zusammengeschlagen. Man hat sie dann mehrfach vergewaltigt."

Seans Gesicht zuckte und er griff sich mit einer Hand in den Nacken, als die Ärztin fortfuhr: „Auch die Vergewaltigungen erfolgten sehr brutal, keine Samenflüssigkeit, man benutzte Kondome. Ich konnte einige Haare finden, die augenscheinlich nicht von Ms. Herm stammen, die sind mit allem anderen im Rape-Kit, Sie können es dann mitnehmen. Die Verletzungen im Genitalbereich sind erheblich, wir mussten sie nähen und haben ihr Schmerz- und Beruhigungsmittel gegeben. Sie ist aber bei Bewusstsein; Sie sollten zu ihr gehen."

Sean nickte. „Ich komme gleich. Tut mir leid, ich muss erst noch telefonieren."

Die Ärztin nickte. „Eine Schwester ist jetzt bei ihr. Wenn es geht, dann warten Sie mit dem Verhör, sie steht unter Schock und ist extrem emotional."

„Ich versuche mein Bestes."

Sean rief Sims an und erklärte die Situation.

Sims war mit Don, Mario und Gordon kurz vor der Marine Base, sie fuhren jetzt weiter nach Stafford zu Coreys Haus. Gleich nachdem Sean aufgelegt hatte, war Sims mit dem Leiter des PD Stafford am Diskutieren und erklärte ihm per Telefon, dass das FBI den Fall übernehmen würde. Der Beamte war nicht unglücklich darüber, eine Vergewaltigung aus seinem Zuständigkeitsbereich zu verlieren. Während Sean den Detective immer noch davon abhielt, zu Corey ins Zimmer zu gehen, und beide auf den Anruf von Sunders' Boss warteten, hatte Don ein Forensik-Team aus Quantico angefordert und auch Cat benachrichtigt. Sie war schockiert, als sie erfuhr, was Corey passiert war, doch als Don von der Nachricht erzählte, die ihr die Männer für Sean hinterlassen hatten, wurde Cat ganz flau im Magen. Sie schlug ihm vor, ins Krankenhaus zu fahren, doch Don bestand darauf, sie in Stafford am Tatort zu sehen. Er ermahnte sie eindringlich, auf die Ortungsanlage in ihrem Wagen zu achten und auf keinen Fall anzuhalten, egal was auch passierte.

Endlich klingelte Sunders' Handy. Seinem Gesicht war anzusehen, dass er nicht einverstanden war, den Fall an das FBI abzugeben, doch da ihm nichts anderes übrig blieb, schwieg er und verließ verärgert das Krankenhaus.

Sean atmete tief durch und klopfte leise an die Tür des Krankenzimmers. Beim Eintreten sah er Corey auf dem Bett, das Kopfende war aufgestellt, so dass sie etwas erhöht lag. Ihr hübsches Gesicht war blau geschlagen, sie hatte eine hässliche Wunde an ihrer rechten Oberlippe, geklammert und stark angeschwollen, an beiden Handgelenken und am Hals Hämatome von Fingern, die sich bereits bläulich verfärbten. Die Krankenschwester saß neben ihr und überprüfte gerade die Infusionskanüle in ihrer rechten Hand.

Corey sah auf. „Sean“, wimmerte sie und sofort liefen Tränen über ihr Gesicht. Er setzte sich auf ihr Bett und nahm sie vorsichtig in den Arm, sofort schluchzte sie auf und weinte nun hemmungslos. Er hielt sie, griff dabei mit der linken Hand in seine Jackentasche und zeigte der Schwester seinen Ausweis.

Sie nickte. „Nicht zu lange“ sagte sie und verließ den Raum.

Corey hielt sich an ihm fest. Sean spürte, wie ihre Tränen langsam sein Polohemd durchtränkten, und wartete, bis sie sich einigermaßen beruhigt hatte, was eine ganze Weile dauerte.

Er schob sie sachte wieder auf das Kissen und sah sie an. „Was ist dir passiert, Corey?“, fragte er behutsam.

Plötzlich verzog sich ihr Gesicht verzweifelt. „Ja, *mir.*“ Sie sprach abgehackt und schwer, da ihre Lippe stark geschwollen war und jedes Wort höllisch wehtun musste. „Wir sind noch nicht einmal zusammen und sie haben es *mir* angetan, wegen dir. Das ist nicht fair, das hätte *ihr* passieren müssen. *Cat*“, würgte sie zornig hervor und schlug mit ihrer linken Faust auf Seans Brust.

Er griff behutsam ihre Hand hielt sie sanft. Für den Bruchteil einer Sekunde war er schockiert von dem, was sie gesagt hatte, aber dann schob er alle persönlichen Gefühle beiseite und versuchte sich in Corey hineinzudenken. Er streichelte fürsorglich die Tränen aus ihrem Gesicht.

„Was ist passiert, Kleines?“, wiederholte er seine Frage.

Sie blickte zur Seite auf das Fenster. „Ich weiß nicht, sie haben mir was über die Augen geklebt … mein Gott, Salvador! Er hat gebellt und dann ein Plopp … dann war es plötzlich still …“

Schalldämpfer, dachte Sean. „Sprich weiter“, sagte er nur.

Sie sah ihn immer noch nicht an, ließ aber ihre Hand in seiner und drückte fest zu. „Ich wusste erst nicht, ob es zwei oder drei waren, sie hielten mich, waren sehr kräftig, ich hatte keine Chance.“

Pause, er wartete, erwiderte ihren Händedruck.

„Dann traf mich etwas auf der Lippe, ich sah Sternchen und fiel auf den Boden, dann ein Tritt in meine Seite, es knackte und ich konnte nicht mehr richtig Luft holen, dann …" Sie schluchzte wieder. Sean griff in seine Jackentasche und zog ein Taschentuch hervor, tupfte über ihr blaues Auge. Sie nahm das Taschentuch und putzte sich die Nase, atmete hart ein. „… dann rissen sie mir die Bluse auf, ich spürte eine Klinge, und dann war mein BH verschwunden, sie begrapschten mich, es war so widerlich. Als ich anfing mich heftiger zu wehren, traf mich eine Faust am Auge. Dann war ich kurz weg."

Sie drehte den Kopf und sah ihn an. „Als ich wieder zu mir kam, war ich ganz nackt und dann, dann haben sie mir …" Sie klammerte sich wieder an ihn. Sean hielt sie, küsste ihr Haar, hörte ihre Worte. „Sean, sie haben mir so weh getan … jeder von ihnen … es waren drei."

„Schon gut, alles wird gut, du musst jetzt nicht weiterreden." Er streichelte über ihr Haar, das wild abstand, dort wo das Klebeband Strähnen abgerissen hatte. Sie wischte sich wieder mit seinem Taschentuch über die Augen, blickte zu ihm hoch. „Tut mir leid, was ich vorhin wegen Cat gesagt habe, so etwas darf niemandem passieren, kein Mensch hat das verdient."

Er nickte nur. Corey legte sich zurück und schluckte. „Als sie fertig waren, sagte der eine … Er hatte eine heisere Stimme, Südstaatenakzent, es hörte sich an wie ein Befehl, verstehst du, was ich meine?" Er nickte wieder und sie fuhr vorsichtig mit der Zunge über die Wunde an ihrer Lippe, die wieder zu bluten begonnen hatte. „Er sagte: ‚Beste Grüße an Agent Caver.'" Sie schwieg jetzt, schloss müde die Augen.

Sean stand auf und sah sich im Behandlungszimmer um. Er holte sich Latexhandschuhe aus einer Box, riss eine sterile Kompresse auf und tupfte vorsichtig das Blut von ihren Lippen. Corey sah ihn an; so verdammt hilflos, so verletzt und ängstlich, dass es ihm das Herz zusammenschnürte. Er durfte erst gar nicht daran denken – *Was, wenn Cat an Coreys Stelle hier liegen würde? Es ist zu spät, ich komme aus diesem Fall nicht mehr raus. Wenn ich jetzt aussteige, werde ich den Rest meines Lebens über meine Schulter sehen und tausend Tode sterben, wenn Cat alleine unterwegs ist. Ich muss diesen Schreiber erledigen*, grübelte er.

„Versuch jetzt ein bisschen zu schlafen. Du wirst für ein paar Tage hier im Krankenhaus bleiben, ich komme heute Nachmittag wieder und bringe dir einige Sachen von zu Hause mit."

Sie nickte nur. Er beugte sich über sie und küsste sehr sanft ihre Stirn. „Bis später." Die Latexhandschuhe und die Kompresse warf er in den Mülleimer und verließ dann das Zimmer.

Der Pförtner des Krankenhauses wartete bereits aufgebracht an seinem Wagen. „Hey Mann, Sie können hier nicht parken!", herrschte er ihn an.

„Halt ja das Maul!", entfuhr es Sean und er war erschrocken über sich selbst. „Tut mir leid, war ein Notfall", fügte er beschwichtigend hinzu und stieg in den Wagen, schaltete das Warnlicht wieder ein und fuhr, so schnell es ging, nach Stafford zu Coreys Haus.

Die örtliche Polizei hatte das Haus großzügig mit gelbem Absperrband gesichert und es hatten sich grüppchenweise Schaulustige zusammengefunden, als er in die Straße fuhr, den Wagen parkte und das Blaulicht abstellte. Er stieg aus und heftete sich seine Marke gut sichtbar an die Sweatjacke, doch eigentlich war das nicht nötig, denn auf seinem Rücken prangten unübersehbar die gelben Buchstaben *FBI*, da er immer noch seine Ausbildungsjacke trug und vor lauter Hektik vorhin noch nicht einmal seinen Mantel übergezogen hatte. Dennoch sah sich der ältere Streifenpolizist seinen Ausweis genau an, bevor er ihm das Absperrband hochhielt. Er wusste, dass es immer wieder Witzbolde gab, die mit solch einer Jacke an Tatorten auftauchten und einmal FBI-Agent spielen wollten.

Sean ging die Auffahrt hoch, wie er es schon so oft getan hatte, und spürte, wie sich der Speichel in seinem Mund zusammenzog. Ihm war übel. *Kotz ja nicht*, ermahnte er sich selbst. Ein Forensiker gab ihm einen weißen Overall und Plastiküberzieher für die Schuhe. Er zog alles an und betrat dann das Haus. Zuerst konnte er niemanden wirklich erkennen, denn alle trugen die gleichen Overalls, doch dann sah er endlich Cat. Er ging auf sie zu und konnte sich nicht davon abhalten, ihr einen Kuss auf die Lippen zu drücken, was von ihr und auch von Sims, der keinen Meter entfernt stand, mit einem missbilligenden Gesichtsausdruck kommentiert wurde.

Er sah sich in Coreys Atelier um. Sie hatte gerade an einem Bild gearbeitet, über das sich jetzt ein roter Strich zog, der dort nicht hingehörte. Die Angreifer mussten sie beim Malen gepackt haben, und wahrscheinlich hatte sie den Pinsel in der Hand gehabt, als sie weggezogen wurde. *Wieso hatte Corey die Männer nicht kommen hören?*, schoss es durch seine Gedanken. Doch dann sah er ihren iPod mit den Ohrenstöpseln neben den Blutflecken auf dem Parkett liegen. Er selbst hatte dieses Parkett gemeinsam mit Corey hier verlegt und sie hatten, nachdem sie die Möbel wieder eingeräumt hatten, auf der Chaiselongue miteinander geschlafen. Er biss sich von innen auf die Wangen, bis es schmerzte. Dann sah er Salvador, mit seinem blutverschmierten weißen Fell. Sean ging hinüber zu ihm, hockte sich nieder und fuhr einmal mit seinen Latexhandschuhen durch sein Fell. Dem toten Hund hing die Zunge aus dem Maul und seine schönen schwarzen Augen schienen ihn vorwurfsvoll anzusehen.

„Hast du mit ihr gesprochen?", fragte Don, der hinter ihn getreten war.

Sean richtete sich auf und sah ihn an. „Ja“, erwiderte er traurig. „Wir sollten das später im Team in Quantico besprechen. Kann ich was tun?“, fragte er dann abwesend.

„Dich zusammenreißen. Und sieh dir den Tatort an. Du bist der Profiler, spiel es durch – Timing, Spuren, wie haben sie es gemacht? Denke, verflucht noch mal, Sean, denke!“, sagte Don kalt, doch es war genau der Ton, den Sean jetzt brauchte. Hätte er so etwas wie mitfühlende Worte gehört, dann hätte er es keine Sekunde länger hier ausgehalten und wäre wahrscheinlich unter Tränen aus dem Haus gestürzt.

Er ging vorsichtig durch den Raum, um den Forensikern, die Proben in kleine Plastiktüten fegten und Photos machen, nicht im Weg zu stehen, suchte sich einen Platz an der Wand, lehnte sich an und betrachtete die Szenerie eingehend. Dabei vermied er es, Cat auch nur mit einem Blick anzusehen, denn sein Drang, sie an der Hand hier hinauszuzerren und für immer weit wegzulaufen, war momentan übermächtig.

Zwei Stunden später verließ die Spurensicherung nach und nach das Atelier. Er löste sich aus seiner Starre, ging zu Cat und bat sie, nach oben zu gehen und eine Tasche für Corey zu packen. Auch wenn er besser wusste, wo er hier was finden konnte, traute er es sich selbst nicht zu. Don würde Cats Wagen zurück nach Quantico fahren. Sean schälte sich aus seinem Overall, gab ihn dem Agent vor der Tür und wartete anschließend in seinem Interceptor darauf, dass Cat endlich aus dem Haus kam.

„Wie geht's Corey?“, fragte Cat, als Sean langsam den Monument Drive entlang fuhr, vorbei an ihrem eigenen Haus. Sie legte ihre Hand auf seinen Oberschenkel.

„Sehr schlecht. Ihre körperlichen Verletzungen sind nicht lebensbedrohlich, doch was in ihrem Inneren vorgeht, ist wesentlich schlimmer. Drei Männer haben sie aufs Brutalste vergewaltigt", antwortete Sean. Seine Tonlage gefiel Cat nicht, er war emotionell tief betroffen.

„Wenn du nachher ins Krankenhaus fährst und ihr die Sachen bringst, dann komm ich mit. Ich glaube, es wird gut sein, wenn sie mit einer Frau reden kann."

Sean sah sie mit erschrockenem Gesichtsausdruck an. „Nein!", erwiderte er nur, und Cat musste schlucken, denn dieses *Nein* ließ nicht einen Funken Widerspruch zu. Dennoch konnte sie das nicht auf sich beruhen lassen.

„Gib mir keine Befehle, Sean. Ich weiß, wie sehr dich das belastet, deshalb komme ich mit!"

Wieder blickte er sie kurz an, und dann brach es aus ihm heraus: „Ich dachte im ersten Moment, dass du es bist." Dabei schüttelte er den Kopf. „Cat, es war furchtbar, so etwas will ich nie wieder fühlen. So schlimm es sich anhört ... als ich erfuhr, dass es Corey ist, da war ich so erleichtert, dass ich mich jetzt noch dafür schäme."

Sie streichelte liebevoll sein Bein, bis er ihre Hand nahm und fest drückte. „Ein Grund mehr, warum ich mitkommen werde", erwiderte sie.

„Ich weiß nicht ... Du solltest wirklich nicht zu Corey, jedenfalls nicht in den ersten Tagen. Es könnte sein, dass sie sehr verletzende Sachen zu dir sagt, und das möchte ich nicht."

„Macht sie dich dafür verantwortlich? Was hat sie gesagt, Sean? Versuch nicht andauernd mich zu beschützen."

Er überlegte kurz, antwortete dann mit reservierter Stimme: „Irgendwie schon. In einem Moment der Wut sagte sie, dass du an ihrer Stelle sein solltest, sie wäre ja noch nicht einmal mit mir zusammen, obwohl ich der Grund für alles bin. Sie hat sich später entschuldigt, aber ich weiß nicht, wenn du vor ihr stehst, dann ..." Doch er beendete den Satz nicht.

„Verstehe ... Das kann ich ihr nicht verübeln. Willst du aus der Ermittlung aussteigen?“ Es klang sehr nüchtern, wie sie das fragte.

„Das war mein erster Gedanke, aber ich kann nicht mehr, es ist zu spät.“ Er sah sie gequält an.

Sie schüttelte den Kopf, verstand nicht. „Wieso?“

„Weil ich nicht den Rest meines Lebens in ständiger Angst leben kann, dass er dir etwas antut. Also bleibt mir nichts anderes übrig, als dieses Arschloch zur Strecke zu bringen.“

„Na gut“, meinte Cat und ihr Tonfall war immer noch überraschend ruhig. „Lass uns sehen, was Sims und Don entscheiden. Es kann sein, dass sie uns nach dem, was passiert ist, sowieso raus haben wollen.“

Sean zog ihre Hand zu seinem Mund, küsste ihre Handfläche, war einfach nur dankbar, dass sie unversehrt hier neben ihm saß.

„Sean?“, fragte Sims noch einmal. Alle sechs Mitglieder der Soko 14 saßen um den ovalen Konferenztisch in einem der Besprechungszimmer der Akademie.

„Eigentlich nicht, denn dann hätte Schreiber genau das erreicht, was er will: mich aus der Ermittlung raus. Darum ging es bei dem Überfall auf Corey, er wollte mich einschüchtern. Ich denke, wir sollten genau das Gegenteil tun, ihn jetzt ganz massiv bedrängen. Wenn wir das tun, wird ihn diese Verhaltensweise völlig aus dem Konzept bringen – und dann macht er Fehler. Doch das geht nur wenn Cat und ich gut geschützt sind vor Übergriffen“, führte Sean, wieder zu sich gekommen, in beherrschtem Ton aus.

„Ich weiß nicht“, warf Don ein. „Es hört sich für mich zu gefährlich an. Abgesehen davon verstehe ich nicht, warum sie nicht versucht haben, sich Cat zu schnappen – das wäre für eine massive Drohung wesentlich effektiver gewesen, damit hätte er dich sofort aus dem Verkehr gezogen.“ Don hatte das ohne jede Gefühlsregung gesagt, er war Leiter der Ermittlung und durfte dabei auf Emotionen keine Rücksicht nehmen.

Egal, wie hart es klang – Sean wusste, dass es stimmte. „Weil Cat eine weiße Amerikanerin ist. Corey ist Jüdin“, beantwortete er Dons Anmerkung im gleichen Ton.

Sowohl Don als auch Cat sahen ihn erstaunt an. Das war neu für sie, eigentlich spielte es auch keine Rolle, aber in diesem Fall machte es den entscheidenden Unterschied.

„Er hat während des Essens zu mir gesagt: ‚Ich dachte, Sie bevorzugen weiße Frauen, blonde, arische, wie Ihre Freundin.‘ Damit schließe ich nicht aus, dass er bei Cat Skrupel hätte, doch für eine erste Warnung kam es ihm wohl recht, dass ich mit einer Jüdin befreundet war“, erklärte Sean.

Gordon sah auf. „Erste Warnung? Eine Frau wurde zusammengeschlagen und mehrfach vergewaltig und du nennst es *erste Warnung*?“ Es war ungewöhnlich, dass Gordon – oder auch Mario – sich in diese Art von Diskussionen einbrachten.

Sean sah Gordon an und nickte. „Ja, das ist genau das, was Schreiber als eine erste Warnung bezeichnen würde. Alles, was Corey angetan wurde, relativiert er dadurch, dass sie Jüdin ist, ein feindliches Subjekt, und das passt ihm verdammt gut in den Kram. – Sims“, wandte er sich dann an John, „nach allem, was ich über DLD gelesen habe, passt es eins a zu Schreibers Profil, und damit reden wir nicht über einen geistig gestörten Serienmörder, wir reden über einen gestörten Massenmörder. Zwar haben beide Arten von Tätern keine Empathie gegenüber ihren Opfern, aber der DLD-Kandidat denkt wirklich, dass er das Richtige tut, seine Ideologie und sein Anspruch auf Herrschaft legitimieren diese Art von Übergriffen. Dabei wird er emotionell auch noch von seinen Anhängern unterstützt. Die Anhänger der NNM reiben sich die Hände, wenn sie morgen in der Zeitung lesen, dass eine jüdische Künstlerin zusammengeschlagen und vergewaltigt wurde."

„Aber wie passen unsere drei Naziopfer da rein?", warf Gordon wieder ein.

Sean hatte den Eindruck, dass dieser Fall zum ersten Mal, seit er ihn kannte, auch Gordons emotionale Schutzmauer zum Bröckeln brachte. Er legte die Hände auf dem Tisch ineinander. „Er will unbedingt, dass die Morde den Feinden der NNM angelastet werden. Er will verhindern, dass wir weiter in seiner Organisation ermitteln. Er hat Angst vor mir. Das bestätigt nur, dass er entweder etwas mit den Morden zu tun oder etwas anderes zu verbergen hat."

„Wie beweisen wir das?", fragte Don kalt.

Sean rieb sich mit der Hand über die Augen und sah Don frustriert an. „Das wird unser Problem. Es gibt eigentlich nur eine Möglichkeit: wir bringen den Überfall auf Corey mit der NNM in Zusammenhang. Die Ärztin sagte, dass sie mehrere Haare an Corey gefunden hat, die nicht von ihr stammen. Wenn es sein muss, dann stecken wir allen Mitgliedern der NNM ein Stäbchen in den Mund und machen einen landesweiten DNA-Abgleich. Damit hätten wir dann ein Druckmittel, um Schreiber in die Enge zu treiben."

Sims stöhnte hörbar auf und unterbrach Sean. „Vergiss es. Wir reden hier von tausenden von Mitgliedern. Die Staatsanwaltschaft wird uns niemals dabei unterstützen, es ist eine Vergewaltigung und Körperverletzung ohne Todesfolge, der Aufwand ist somit nicht gerechtfertigt."

Sean nickte, denn eigentlich hatte er nicht damit gerechnet, dass Sims dem zustimmen würde; der Aufwand stand in keiner Relation zu der Tat. „Dann bleibt nur noch eins: darauf zählen, dass Schreiber in seiner Selbstherrlichkeit alles zugibt."

„Drehst du jetzt ganz durch? Wie willst du ihn dazu bekommen?", meinte Don kopfschüttelnd.

Sean erhob sich, stellte sich hinter seinen Stuhl und legte seine Hände auf die Lehne. „Indem ich sein größtes Hassobjekt werde. Ich ködere ihn."

Cat wollte schon den Mund aufmachen, doch Sims kam ihr zuvor. „Ich glaube, du bist bereits sein größtes Hassobjekt."

Sean schüttelte den Kopf. „Nein, Sims, momentan spielt er mit mir: er will mir zeigen, wie genial er ist. Außerdem scheint er zu glauben, dass ich immer noch was mit Corey am Laufen habe. Das bedeutet, dass er einen gewissen Respekt für mich aufbringt, auch wenn er mich für einen, um seine Worte zu benutzen, ‚Nigger- und Judenficker' hält", sagte er so teilnahmslos, dass es beängstigend war. Dann wurde seine Stimme plötzlich leise und er zischte: „Ich wette, du hast dir einen runtergeholt, als du das alles mit Corey geplant hast." Ein widerliches, triumphierendes Grinsen lag auf Seans Gesicht und so ziemlich alle im Raum sahen ihn mehr als nur irritiert an. Sein letzter Satz hatte sogar Cat schockiert, denn es war nicht nur abscheulich, *was* er gesagt hatte, sondern vor allem, *wie* er es gesagt hatte.

„Das ist es!", sagte Sean zufrieden. „So krieg ich ihn."

„Sean, ich weiß nicht, ob du momentan –", begann Cat vorsichtig.

Er sah sie scharf an und fiel ihr ins Wort: „… ganz normal bin? Das bin ich, glaub mir. So langsam komme ich zu der Überzeugung, dass ich mich in einer idealen Situation befinde, diesen Mann in die Knie zu zwingen. Für ihn bin ich keine der Kakerlaken, die er noch nicht einmal zertreten muss – er hat mir seine Macht gezeigt, nicht mehr und nicht weniger, aber wenn ich anfange ihn zu diskreditieren, den Spieß umdrehe, dann wird er reagieren."

Don starrte Sean an, denn er hatte gerade den gleichen Gesichtsausdruck, wie ihn Schreiber gehabt hatte, als sie in dessen

Büro gewesen waren. Diese Mischung aus Arroganz und Selbstherrlichkeit, mit dem gleichen wölfischen Lächeln. *Scheiße*, das war Sean, wenn er sich voll und ganz auf einen Killer einließ, wenn er kurzfristig selbst zu einem Mörder wurde. Es war nicht das erste Mal, dass Don so etwas bei Sean sah, aber heute grauste ihm.

Sims räusperte sich. „Also, ich muss mir das durch den Kopf gehen lassen, das kann ich nicht so schnell entscheiden. Ich denke, es wäre besser, du, Sean, und auch Cat, ihr geht jetzt nach Hause und erholt euch erst mal von der ganzen Sache. Wir bleiben heute Nacht alle in Quantico und unterhalten uns morgen früh noch einmal darüber. Don, kannst du mit dem Rape-Kit eine Art Schnellverfahren im Labor durchziehen?"

Don nickte nur, er hatte seine Sprache noch nicht wiedergefunden.

„Sims", setzte Sean wieder an. Er wirkte endlich wieder einigermaßen normal, dieses abstoßende Grinsen war von seinem Gesicht verschwunden. „Cat und ich werden noch heute in die Akademie umziehen, in Stafford sitzen wir wie auf dem Präsentierteller."

„Sean", reagierte Cat, fassungslos, entsetzt von all dem, was er gesagt hatte, von dem Gesichtsausdruck, den er dabei hatte – ein Mann, der ihr vollkommen fremd war. Und jetzt wollte er auch noch ihr Haus aufgeben und in die Akademie ziehen!

„Nein", sagte er rigoros, „darüber lass ich nicht mit mir verhandeln, versuch es erst gar nicht."

Sie schmiss frustriert ihre Klamotten in den Koffer, blickte durchs Fenster in den Garten – ein kleiner Vogel pickte an den kahlen Ästen der Eiche –, sie drehte ihren Ring am Finger. Nachdem sie bei Corey im Krankenhaus gewesen waren, hatte Sean darauf bestanden sofort zu packen, um möglichst schnell in die Akademie zu ziehen. Cat traute ihren eigenen Gefühlen im Moment nicht, sie war irgendwie nicht in ihrer Mitte, war ständig müde und so unausgeglichen, manchmal sogar zickig, das musste sie zugeben. Doch sein Auftritt heute im Besprechungszimmer war eine Katastrophe gewesen. Minuten vorher war er noch so verletzlich, und plötzlich dieser Wandel in etwas, dass sie eigentlich nie wieder bei ihm hatte sehen wollen, diese erbarmungslosen Züge in seinem Gesicht.

Erst als er seine Arme von hinten um sie legte, bemerkte sie Sean und fuhr zusammen.

„Alles in Ordnung bei dir?", fragte er einfühlsam, wie der Mann, den sie kannte und liebte.

Sie drehte sich um und sah ihn an. „Eigentlich nicht. Ich hatte heute das erste Mal Angst nicht um dich, sondern vor dir!"

Er nickte. „Das verstehe ich", sagte er nur.

Er beugte sich zu ihr, doch sie drehte den Kopf, verweigerte ihm den Kuss. Sean richtete sich auf und sah sie ernst an. Seine dunklen Augen funkelten argwöhnisch, dann griff er plötzlich in ihr Haar und zog sie hart zu sich, drückte ihr seinen Mund auf die Lippen. Cat erstarrte angesichts dieses rauen Übergriffs.

Sean ließ sie los, nahm seine Hände von ihr und sah sie an.

„Bist du eigentlich verrückt geworden?", entfuhr es ihr.

Er schwieg.

„Wenn ich dich nicht küssen will, dann erwarte ich, dass du das respektierst!", schrie sie ihn jetzt an.

Er schwieg, keine Regung in seinem Gesicht.

„Außerdem habe ich verdammt noch mal nicht die geringste Lust, in die Scheißakademie zu ziehen!", schimpfte sie wütend, verfluchte sich selbst dabei. Sie wollte das eigentlich nicht, dennoch musste sie zugeben, dass sie Streit mit ihm suchte.

„Ich schütze uns nur", antwortete Sean beherrscht und sah sie prüfend an.

Sie lachte verletzend. „Ja, ja, klar, schütz du *uns* nur. Und wer schützt mich vor *dir*? Dieser Schreiber steigt dir zu Kopfe, willst du sein wie er?" *Was sage ich da eigentlich*, versuchte sie sich selbst zurückzuhalten, doch plötzlich war so viel Wut in ihr; auf sich selbst, denn sie war es gewesen, die ihm diese Ermittlung eingeredet hatte; Wut auf ihn, weil er mal wieder recht gehabt hatte.

Er sah sie verstört an. „Cat, ich glaube, du fühlst dich momentan nicht gut, du bist verdammt launisch. Ich mach mir Sorgen, dass du krank bist", erwiderte Sean gefasst.

Sie konnte nicht glauben, was sie da hörte. Damit hatte er das Fass zum Überlaufen gebracht und ihre Hand landete schneller in seinem Gesicht, als sie es verhindern konnte. Sie griff mit beiden Händen sein Polohemd, schob ihn zurück.

Als seine Kniekehlen an das Bett gedrückt wurden, fiel er nach hinten, neben den Koffer, der dabei vom Bett rutschte und auf den Boden krachte. Cat drückte sich zwischen seine Beine und ließ sich auf ihn fallen, lag mit ihrem ganzen Gewicht auf ihm und verkrallte sich in sein Haar.

„Hör auf", raunzte er entsetzt, Zorn war in seinen Worten zu hören.

Doch stattdessen küsste sie ihn, drückte ihren Mund genauso hart auf seine Lippen, wie er es zuvor bei ihr getan hatte, biss zu, dass er vor Schmerz aufzuckte. Dann fühlte er ihre Hand zwischen seinen Beinen; sie griff erbarmungslos zu und sein Körper reagierte sofort. Sean versuchte sie von sich zu drücken, doch ihre Zähne hielten seine Unterlippe, was höllisch wehtat, und dabei knetete ihre Hand ihn rabiat. Es war so wahnsinnig erregend, dass Sean aufstöhnte. Sie öffnete den Knopf seiner Hose und zog den Reißverschluss herunter, schob ihre Hand in seine Boxershorts, während sie immer noch seine Lippe mit den Zähnen festhielt. Als Cat seinen Schwanz resolut umfasste und sofort anfing, ihn hart zu massieren, klickte etwas in Seans Kopf. Er griff nach ihr, drückte sie an sich, mit beiden Händen auf ihrem Hintern, und packte fest zu. Mittlerweile spielte seine Zunge an ihren Zähnen. Sie ließ seine Unterlippe los; er nahm den metallischen Geschmack von Blut in seinem Mund wahr, sie hatte ihn blutig gebissen und es machte ihn unglaublich an. Seine Zunge stieß in ihren Mund und Cat begann daran zu saugen. Urplötzlich griff er sie und drehte sich mit ihr, so dass sie unter ihm zu liegen kam. Er richtete sich laut atmend auf, zerrte ihre Hose herunter, griff sie wieder im Genick und küsste sie wie wahnsinnig. Cat stöhnte in seinen Mund. Er löste sich von ihr, zerrte an der Schublade des Nachttisches, zog sie mit solcher Wucht heraus, dass sie polternd auf dem Boden fiel. Sean fand ein Kondom und riss es auf, schob sich in einer fließenden Bewegung die Hose nur so weit herunter, wie es unbedingt notwendig war, und rollte das Kondom über, winkelte dann mit Gewalt ihre Beine an und griff nach ihren Hüften, drehte sie um. Cat schrie kurz auf, fand sich auf den Knien wieder, spürte seine Hand im Rücken, wie er sie niederdrückte und mit der anderen Hand ihren Unterleib anhob, sich an ihrem Geschlecht rieb – und dann stieß er zu.

Cat konnte es nicht fassen. Was sie hier taten, hatte etwas Gewalttätiges, doch sie hatte damit angefangen, um ihre ganze aufgestaute, unverständliche Wut loszuwerden, und dann war es plötzlich so unglaublich, unbeschreiblich scharf. Er fickte sie auf eine äußerst rohe Weise, und was sie gerade fühlte war heiß, so köstlich, sie schrie bei jedem Stoß auf, und das schien ihn nur noch mehr anzuspornen. Sie spürte, wie er hart ihre Schultern ergriff, seine Finger sich schmerzhaft in ihre Haut krallten und er ihren Körper mit jedem weiteren Stoß sich selbst entgegendrückte. Cat griff nach dem Bettgestänge, um Halt zu finden, umfasste die Holzverstrebungen und ging ins Hohlkreuz, damit er noch tiefer in sie eindringen konnte. Er stöhnte laut und zügellos, seine Stimme rau. Sie biss sich auf die Unterlippe, merkte, wie sie immer weitergetrieben wurde, berauscht von den widersprüchlichen Empfindungen. Seine Selbstvergessenheit, die Geräusche seiner Zügellosigkeit, sein harter Schwanz, und dann baute sich unaufhaltsam in ihr ein Orgasmus auf. *Oh mein Gott*, dachte Cat. Sean führte sie gerade in Sphären, die sie noch nicht gekannt hatte; ihr war so heiß, sie schien zu verbrennen, als ihre Muskeln sich zusammenzogen und ihn mit Kontraktionen einschlossen. Seine Fingernägel gruben sich in ihre Schultern, er stieß ein letztes Mal zu, und dann kam auch er. Obwohl er ein Kondom benutzte, hatte Cat das Gefühl genau zu spüren, wie er sich in ihr ergoss.

Stille. Seine Hände entkrampften sich, er löste sich von ihren Schultern. Cat verharrte immer noch in ihrer Position, erwartete, dass er sie umarmen, ihren Rücken küssen und ihr sagen würde, wie sehr er sie liebte – doch alles, was sie fühlte, war, dass er sich aus ihr zurückzog. Cat wagte nicht ihn anzusehen oder sich umzudrehen. Sie hörte, wie er sich den Reißverschluss hochzog und dann Schritte; Sean ging aus dem Zimmer. Cat ließ sich auf die Seite fallen, sah das benutzte Kondom, das er, verknotet, einfach auf den Nachttisch hatte fallen lassen. Er war gegangen, ohne ein Wort. Sie zog ihren Slip und ihre Hose an, dann legte sie die Arme um ihren Körper. *Verdammt noch mal, was ist denn bloß los mit uns*, dachte Cat und verstand sich selbst nicht mehr.

Er saß am Esstisch, hatte die Hände ineinander gefaltet vor den Mund gelegt und starrte vor sich hin. Cat kam langsam die Treppe herunter, hatte sich schnell wieder in den Griff bekommen. Sie trat an den Tisch und setzte sich ihm gegenüber. Er blickte auf, sah so verwirrt aus, verletzt. Seine dunkelblauen Augen musterten sie, aber sie konnte nicht deuten, was in seinem Kopf vorging.

„Ich liebe dich“, sagte Cat unentschlossen; es war das Einzige, was ihr in den Sinn gekommen war, das Einzige, was sie ihm immer wieder sagen wollte.

Er stöhnte hörbar auf und löste seine Hände, legte eine Hand an die Stirn über seine Augen und senkte den Kopf.

„Sean, du hast recht. Ich weiß nicht, was mit mir los ist, ich bin so furchtbar durcheinander, aber ich weiß, dass ich dich liebe.“

„Das hätte nie passieren dürfen“, flüsterte Sean zerknirscht.

Cat griff nach seiner anderen Hand, die auf dem Tisch lag. „Warum sagst du das? Es war für mich unbeschreiblich, ich bin wahnsinnig abgegangen.“

Er nahm die Hand von den Augen und sah sie mit gerunzelter Stirn an. „Es macht dich an, wenn ich dir fast die Schultern breche und dich ficke wie ein Nutte?“

Sie schluckte bei seinen Worten, doch erwiderte mutig: „Ich wollte mich unbedingt mit dir streiten. Ich hätte dir nicht ins Gesicht schlagen dürfen oder dich blutig beißen. Ich habe das alles provoziert.“

Er sog automatisch an seiner Unterlippe, die immer noch leicht blutete, und seufzte. „Weißt du, manchmal denke ich, dieser Job ist falsch für mich. Ich blicke so lange in einen Abgrund, bis der Abgrund in mich hineinblickt.“

Sie nickte. „Das habe ich heute bei der Besprechung gesehen. Ja, es macht mir Angst, und vielleicht bin ich deshalb so wütend geworden. Aber Sean, nur du kannst diese Ungeheuer fassen.“

„Und dabei selbst zum Ungeheuer werden. Cat, ich weiß nicht, warum ich das gerade eben getan habe, ich war plötzlich so unglaublich zornig.“ Er atmete laut aus. „Es hat mich wahnsinnig erregt, dich so zu nehmen, und ich bin dabei ruhig geworden, habe endlich das Gefühl, wieder ich selbst zu sein."

Cat lächelte zaghaft. „Mhm, ich glaube das nennt man ‚Verzweiflungssex'. Ich hoffe nicht, dich zu oft verzweifelt zu sehen, doch diese Art von Sex können wir gerne ab und zu wiederholen."

„Was?", fragte er fassungslos, aber seine Züge wurden weicher.

Cat stand auf, ging um den Tisch herum und setzte sich rittlings auf seinen Schoß. „Caver, wir sind ein ungewöhnliches Paar mit ganz ungewöhnlichen Problemen, in jeglicher Hinsicht. Jetzt sag mir bitte, dass du mich liebst, und dann packen wir die Koffer fertig und ziehen in diese Scheiß-FBI-Akademie."

Er schlang die Arme um sie, küsste sie zärtlich, zuckte ein bisschen, weil seine Lippe brannte. „Ich liebe dich, kann es kaum erwarten mit dir verheiratet zu sein und will auch nicht in diese Scheiß-FBI-Akademie, doch die nächste Zeit wird heftig werden. Versprich mir auf dich aufzupassen."

Sie streichelte seine Wange. „Nur wenn du mir das auch versprichst."

TEIL II

In der Falle

KAPITEL SIEBEN

Quantico, Dienstag, 5. Februar 2019

Sims saß mit Sean alleine in seinem Büro, es war kurz nach sieben Uhr. Sean und Cat waren am Montag in eines der Gästezimmer in der Akademie gezogen, mit seinen sechzehn Quadratmetern großzügig im Vergleich zu den Ausbildungsunterkünften. Es hatte sogar ein Doppelbett, da es eigentlich hauptsächlich für Besuche von hohen Politikern mit Gattin gedacht war, die sich die Akademie für zwei, drei Tage ansehen wollten. Selbst mehrere Präsidenten mit ihren First Ladys hatten hier übernachtet. Dennoch war es eine sterile Umgebung und beide vermissten sofort ihr Zuhause in Stafford. Gegen zweiundzwanzig Uhr waren sie erschöpft und müde schlafen gegangen und dementsprechend hatte es Sean heute Morgen schon um sechs Uhr aus dem Bett getrieben. Er war nicht schlecht erstaunt gewesen, als er um sieben Uhr mit einem belegten Brötchen und einer Tasse Kaffee an seinem Computer saß und plötzlich John McSimmens eintrat.

„Trinkst du einen Kaffee mit mir?“, fragte Sims, ging zur Sitzecke und ließ sich in den Sessel fallen. Sean stand auf, nahm seine Tasse und setzte sich ihm gegenüber auf die schwarze Ledercouch.

„Sag mal, wie lange kennen wir uns jetzt, Sean? Zehn Jahre?“

Sean nickte. „Fast genau zehn Jahre, am 5. Januar 2009 habe ich das erste Mal vor dir gesessen.“

Sims trank von seinem Kaffee. „Du warst ein ziemlich grüner Junge, aber, was das Profiling anging, schon damals erschreckend genial. Was ich gestern bei dir gesehen habe, hat mir nicht gefallen. Du gehst zu weit, Sean. Bist du dir sicher, dass du das im Griff hast?“

Sean lehnte sich zurück. „Kann man das denn, wenn man sich auf ein Monster wie Schreiber einlässt? Es ist auch egal, wir müssen ihn kriegen. Sims, wäre ich jetzt bei der CIA, dann würde ich vorschlagen, dass Schreiber demnächst einen tödlichen Unfall hat."

„Das hab ich jetzt nicht gehört!", zischte Sims leise. „Verdammt, Sean, eigentlich müsste ich dich und Cat von dem Fall abziehen. Durch das, was deiner Ex-Freundin passiert ist, bist du persönlich viel zu involviert."

„Aber?", fragte Sean und sah Sims eindringlich an.

„Nichts aber. Also gut, zieh dein Ding durch, koch ihn weich. Ich habe gestern lange mit Monica gesprochen und sie in deinen Plan eingeweiht. Sie scheint sich ein wenig beruhigt zu haben, was dich angeht, und wird uns unterstützen. Zwei Wochen und keinen Tag länger hat sie uns gewährt, bis dahin musst du Schreiber so weit haben, dass er einen Fehler begeht. Doch wenn er Nerven zeigt und nichts unternimmt, dann geht der Fall zurück an die CTD."

„Kann man Winter trauen?"

Sims zuckte die Schultern. „Ich denke schon, sie hat momentan mehr Probleme mit der NNM als mit ihrem verletzten Ego, und da die NNM mit Schreiber steht und fällt, will sie den Mann aus dem Weg haben."

„Wenn *du* das sagst, glaube ich es", erwiderte Sean nachdenklich.

„Nehmen wir mal an, dass du Schreiber wirklich bis zur Weißglut provozieren kannst und er ausflippt – was erwartest du, was er tun wird?"

Sean verzog den Mund zu einem bitteren Lächeln. „Er wird versuchen mich umzubringen."

„Und warum sollte er dafür nicht einen seiner Killer anheuern? Wieso denkst du, er wird sich selbst die Finger schmutzig machen?"

Sean lehnte sich vor, nippte an seiner Kaffeetasse und stellte sie wieder auf den Tisch. Er legte die Unterarme auf seine Oberschenkel und starrte einen Moment vor sich hin, um die richtigen Worte zu finden. „Das verbietet ihm seine Selbstherrlichkeit. Sieh, er nimmt mich als einen adäquaten Gegner wahr, er spielt mit mir, sonst hätte er mich gleich ausgeschaltet und nicht die Sache mit Corey veranstaltet; auf irgendeine perfide Art und Weise reize ich Schreiber ungemein. Er selbst wird mich jagen, ich bin so etwas wie ein Platzhirsch für ihn und du kannst mir glauben: den will er selbst abschießen. Schreiber wird es so arrangieren, dass er mir vorher noch haarklein erzählen wird, wie und warum er Hands und die anderen umbringen ließ. Er will sich meiner Bewunderung sicher sein – danach drückt er ab."

Sims sah Sean besorgt an. „Ich kann nur hoffen, dass du dich nicht irrst."

„Wirklich geirrt habe ich mich noch nie. Mir sind Fehler unterlaufen in anderen Fällen, doch der große Zusammenhang stimmte immer. John, dieser Mann ist noch gefährlicher als ein Stalin oder Hitler, denn er ist reicher, gebildeter und intelligenter."

„Gut, setzen wir alles auf eine Karte. Aber sei vorsichtig –" Sims unterbrach sich, als die Tür aufgerissen wurde.

„Sean", begann Don aufgeregt. Dann fiel sein erstaunter Blick auf Sims und er sah provokant auf die Uhr. „Morgen, Boss." Er wedelte mit den Papieren in seiner Hand. „Ich hab die DNA-Schnellanalyse von den Haaren, die bei Corey gefunden wurden. Jetzt haltet euch fest."

„Lass mich raten", sagte Sean und Don verstummte, hob auffordernd die Hände. „Die DNA passt zu Einträgen in unserem System, ein vorbestrafter Mann, auf jeden Fall ein Afroamerikaner", sagte er sachlich.

„Hast du heute Morgen schon mit dem Labor gesprochen?“, fragte Don überrascht.

„Nein, ich habe gestern Abend noch einmal darüber nachgedacht, warum Schreiber DNA hinterlassen sollte, vor allem so offensichtlich. Ich hätte das nur getan, wenn ich falsche Spuren legen wollte und ganz nebenbei das FBI und einen gewissen Agenten brüskieren möchte.“

Don verzog den Mund. „Du kannst einem wirklich jede Pointe versauen. Stimmt ungefähr. Die Haare stammen von einem gewissen Roy Smith, gehörte zum einschlägigen Drogenmilieu in Kansas City, hat wegen Vergewaltigung drei Jahre gesessen; er ist Mulatte. Nun seit mehr als vier Wochen verschwunden, für Smith wurde von seiner Familie eine Vermisstenanzeige gemacht.“

Sean zog die Augenbrauen hoch. „Sims, damit haben wir noch einen Mordfall, der auf das Konto der NNM geht. Don, kannst du anhand der Haarwurzeln feststellen, wie lang das Haar schon abgestorben ist?“

„Oh Mann, also, bei den Haaren können wir vielleicht spekulieren, ob sie gestern ausgefallen sind oder vor drei Monaten, doch wenn sie schön feucht gehalten und richtig gelagert wurden, kommen wir da nicht weiter. Wenn ich dich richtig verstehe und das Ganze für uns inszeniert wurde, dann lässt sich gar nichts beweisen“, erwiderte Don nüchtern.

Sims stand auf. „Wir treffen uns um zehn Uhr im Besprechungsraum. Sean, Ende der Woche will ich eine detaillierte Aufstellung über die Aktionen, die du planst. Ich kümmere mich jetzt um einen Partner für dich, jemanden, der sich mit Personenschutz auskennt und wenn nötig nicht zögert zu schießen. Ab nächsten Montag sitzen wir Schreiber im Nacken.“ Sims ging und ließ die beiden im Büro zurück.

Don setzte sich zu Sean, nickte Sims hinterher. „Dann hat er sein Okay gegeben?“

„Yeap.“

„Du bist bescheuert, dich zur lebenden Zielscheibe zu machen. Ich hoffe, Cat hat voll ausgeholt, als sie dir dafür eins aufs Maul gehauen hat.“

Als Sean die Stirn runzelte, tippte Don sich an die Unterlippe.

Sean verstand, schob die Oberlippe kurz über die leicht geschwollene Stelle an seinem Mund, die langsam verkrustete. „So ähnlich“, murmelte er verlegen.

Sean zermarterte sich bereits seit dem Vortag das Hirn, wie er mit Schreiber am besten vorgehen sollte. Er saß in der Kantine und wartete auf Cat, sie wollten gemeinsam essen und über die Informationen, die sie vom Team erhalten hatten, sprechen.

Er blickte auf das einfache Organigramm, das Mario angefertigt hatte. Demnach lag die Verbindung aller drei Morde scheinbar in der Jugendorganisation der NNM. Zwar war ihr letztes Opfer Hands seit einem halben Jahr nicht mehr der Leiter der aktiven Jugend-Kampftruppen gewesen, hatte den Posten des Propagandachefs für Mississippi übernommen, aber er war sehr lange in der Jugendarbeit tätig gewesen, bevor ein Taylor Rhyms seinen Posten dort übernahm. Was Gordons Berichte bestätigten: den Nachbarn von Hands war aufgefallen, dass bis vor geraumer Zeit Gruppen von Jugendlichen ein- und ausgegangen waren in seinem Haus. Außerdem hatten sie beobachtet, dass Hands mindestens zweimal im Monat für ein, zwei Tage verreiste. Sean dachte an das Photo in Hands' Wohnzimmer, der kleine Junge mit dem Sturmgewehr, als Cat sich zu ihm setzte.

„Hast du gegessen?“, fragte sie und blickte auf das Organigramm.

Er schüttelte den Kopf. „Kein Hunger. Hast du schon mehr rausgefunden über Schreibers Vermögensverhältnisse und seine Familie?“

„Ich hole uns erst mal was zu essen“, erwiderte sie, anstatt zu antworten, ging hinüber zum Buffet und kam nach kurzer Zeit mit zwei Tellern wieder. Sie stellte einen vor Sean und drückte ihm das Besteck in die Hand. „Iss was.“

Sean sah sie unzufrieden an, doch stocherte dann in dem Salat, nahm einen Bissen und merkte plötzlich, wie hungrig er eigentlich war.

Cat aß und fing dabei an zu erzählen. „Also, Schreibers Mutter Linda, eine geborene Hansen – das ist die mit dem Vater aus Deutschland –, ist um die sechzig. Sie ist engagiert in Benefizunternehmen, hat einige Stiftungen ins Leben gerufen, doch das muss ich noch intensiver recherchieren. Seit vier Jahren Witwe, ihr Mann, Josef Schreibers Vater, starb bei einem Autounfall. Es gibt eine drei Jahre jüngere Schwester, Doris Sanders, geschieden, hat einen Sohn von vier Jahren. Sie arbeitet nicht und ist genau wie ihre Mutter mit Stiftungen und Geldsammeln beschäftigt. Beide Frauen leben zusammen mit dem Kind in den Kansas City Mission Hills, nettes Anwesen, so etwa seine zwei Millionen wert.“

Sean hörte zu; sein Teller hatte sich mittlerweile geleert. „Was hast du zu seinen Unternehmen herausgefunden?“

Sie schüttelte den Kopf. „So weit bin ich noch nicht. Ich versuche, genau wie Mario, eine Art Organisationschart hinzubekommen, doch mit den Unternehmen ist das nicht so einfach, ziemlich verschachtelt.“

Sean fixierte sie unzufrieden über den Rand seiner Kaffeetasse hinweg. „Das muss schneller gehen, Cat“, raunte er ihr zu, so dass sie ihn mit einem genervten Gesichtsausdruck ansah. Sie wollte schon etwas erwidern, als sie den Mann bemerkte, der sich vor ihren Tisch gestellt hatte und beide mit ernstem Gesicht betrachtete.

„Sind Sie Caver?“, fragte er in einem fast rüden Ton.

Auch Sean sah auf, nickte. „Sean Caver, ja.“

Der Agent hielt Sean die Hand hin. „Derwan von der TacOps“, meinte er knapp. Dann schüttelte er Cats Hand. „Ich nehme an, Sie sind Kampell?“ Er setzte sich ungefragt zu ihnen.

Marc Derwan von der Tactical Operations Unit war ein durch und durch trainierter Mann, fast so groß wie Sean, nicht mehr als fünfundachtzig Kilo. Sein dunkles Haar war zu einem militärischen Bürstenschnitt geschoren, braune Augen betrachteten die beiden konzentriert und intelligent. Er trug einen schwarzen Overall und sah aus, als ob er gerade von den Schießständen oder einem Einsatz käme. Wie es schien, hatte Sims Erfolg gehabt.

Tatsächlich hatte er den Leiter der TacOps überzeugen können, ihm einen seiner besten Männer zu überlassen. Es war ein glücklicher Zufall, dass Derwan sich überhaupt in Quantico aufhielt, da er erst Anfang der Woche von einem Einsatz in Maine zurückgekommen war.

Die TacOps waren offiziell als Einsatzteam für die technische Unterstützung bei sogenannten nationalen Schwerpunktprogrammen bekannt. Was sie aber wirklich machten, ging wesentlich darüber hinaus: sie waren spezialisiert auf Spionage und Terrorismusabwehr, Korruption speziell bei Politikern, Wirtschafts- und Bandenverbrechen. Sie waren eine Art Joker, den man einsetzte, um am Rande der Legalität gerichtlich genehmigte Einbrüche vorzunehmen; Wanzen und Kameras überall dort zu installieren, wo man es für sinnvoll hielt; geheime Hausdurchsuchungen selbst in als uneinnehmbar bezeichneten Gebäuden und Wohnungen durchzuführen. Das Team der TacOps war als kaltblütig und unglaublich organisiert bekannt, denn wenn die Männer und Frauen bei ihren Einbrüchen erwischt wurden, mussten sie immer damit rechnen, von den observierten Eigentümern oder auch besorgten Nachbarn als Diebe auf Raubzügen erschossen zu werden. Außerdem waren sie, genau wie die BAU, für ihre Verschwiegenheit berühmt. Sie lebten meist zwei Leben, ihr reales mit Familie und Freunden und dann das als Agent im Einsatz, von dem niemand außer dem Team etwas wusste. Ähnlich einem Zeugenschutzprogramm wie dem, in dem Sean lebte, hatten sie eine wasserdichte Vita mit all den notwendigen Papieren. Observationen und auch Personenschutz waren ein Teil ihres Jobs, bei dem sie verdammt kreativ werden mussten.

„Haben Sie auch einen Vornamen, Derwan? Sie können mich Sean nennen", durchbrach Sean die Stille, da der Mann erst einmal nichts sagte, sondern beide unverhohlen beobachtete.

Ohne eine Miene zu verziehen antwortete Derwan in formellem Ton: „Nein, das werde ich nicht. Ich bin Derwan für Sie und Sie sind Caver für mich. Wenn ein Teil meiner Aufgabe darin besteht, Ihr Leben zu schützen, schließe ich bestimmt keine Freundschaft mit Ihnen." Dabei sah er Cat an, als wollte er ihre Reaktion sehen, doch sie beherrschte sich und erwiderte seinen Blick genauso nüchtern.

Sean lehnte sich zurück, er war erstaunt, denn Derwan machte keinen Hehl daraus, dass er seinen Job zwar ernst nahm, aber sonst keinerlei Interesse an ihnen persönlich hatte. Sean verschränkte die Arme vor der Brust. „Gut, wie Sie wollen. Sind Sie schon auf dem Laufenden, was unsere Ermittlungen angeht?"

„Zum Teil. Ich habe die Ermittlungsakte von McSimmens bekommen und mir gestern den größten Teil durchgelesen, den Rest bearbeite ich noch heute. Was ist mit Ihnen, haben Sie den genauen Aktionsplan für nächste Woche?"

Sean schüttelte den Kopf. „Nein, noch nicht, ich brauche noch ein paar Tage und muss das von McSimmens genehmigen lassen."

Derwan sah ihn missgelaunt an. „Das ist schlecht. Sie sollten den Plan so schnell wie möglich fertig bekommen und vor allen Dingen erst einmal mit mir besprechen. Denn ich muss die Vorbereitungen treffen, Caver."

„Jetzt machen Sie mal halblang, Derwan. Wir arbeiten als Team und werden Schreiber gemeinsam in die Enge treiben. Ich bin nicht irgendein Zivilist, den es zu beschützen gilt, ich weiß auch, wie der Hase läuft." Sean hatte jetzt schon die Nase voll davon, sich von dem TacOps-Mann Vorschriften machen zu lassen.

Derwan schüttelte demonstrativ den Kopf. „Nein, wenn es um Ihre Sicherheit geht, dann arbeiten wir nicht im Team – Sie tun, was ich Ihnen sage, denn ich beschütze Sie und nicht umgekehrt. Außerdem brauche ich die Einzelheiten, um die entsprechende Logistik bis nächste Woche fertigzubekommen."

Sean schnaufte und auch Cat sah den Agenten mit gerunzelter Stirn an. „Fein, ich versuche das heute noch auszuarbeiten und dann können wir uns später zusammensetzen. – Noch was?", schickte Sean hinterher.

Derwan verzog seinen Mund zu etwas, das man mit viel Wohlwollen als ein Lächeln interpretieren konnte. „Ja. Was ist mit Ihrer Ex im Krankenhaus?"

„Ein Agent vor dem Zimmer positioniert; wenn sie entlassen wird, geht sie erst einmal in ein Safe House", erwiderte Sean.

„Was ist mit dem Haus in Stafford und Don Viggen?", schob Derwan hinterher. Der Mann hatte sich ganz schön schlau gemacht, was Seans Leben anging.

Sean trank von seinem Kaffee. „Das Haus ist gesichert, von Martin Johnson, wird observiert, und Don ist gestern wieder nach Washington gefahren, er bleibt bestimmt nicht in Quantico."

„Mhm. Johnson ist ein guter Mann, fein. Mit Viggen werden Sie reden, er muss in Quantico bleiben, sonst gehe ich nicht mit Ihnen auf Tour. Das Letzte, was wir brauchen, ist, dass Sie sich um andere Sorgen machen, also überzeugen Sie ihn oder ich bin raus. Sie haben sonst keine weitere Familie oder vielleicht …", dabei sah er Cat wieder provokant an, „… eine Affäre, die uns dazwischenkommen kann?"

„Es reicht, Derwan", kam es jetzt in warnenden Ton von Sean. „Nein, ich habe keinerlei Familie, und mit dem Rest halten Sie sich gefälligst ein bisschen zurück."

„Okay, dann ist das geklärt. Wie fit sind Sie nach dem Bänderriss?"

„Ich bin die Schiene los und laufe wieder täglich, das sollte kein Problem sein", meinte Sean mit einem gewissen Trotz, er ärgerte sich über die unverfrorenen Fragen von Derwan.

„Schießen können Sie nicht besonders", merkte der an und schien sich nicht im Geringsten von Seans Tonfall irritieren zu lassen.

„Immerhin bestehe ich die jährlichen Prüfungen im oberen Drittel."

Derwan zog demonstrativ die Luft durch die Nase. „Womit Sie beim SWAT und der TacOps durchfallen würden. Ich rate Ihnen, bis Montagmorgen noch mindestens fünfhundert Schuss abzufeuern, damit Sie sich wieder an eine Waffe in der Hand gewöhnen." Er stand auf. „Ich bleibe in Quantico, wir sehen uns heute Abend um sieben Uhr in Ihrem Büro und besprechen den Plan."

„Moment. Was ist mit Ihnen, Derwan, wie gefährdet ist Ihre Familie, Frau, Kinder und/oder Freundinnen?", setzte Sean herausfordernd an, bevor Derwan sich abwenden konnte, um zu gehen.

„Caver, ich bin ein Geist. Bis auf wenige Leute weiß niemand, wer ich bin, bei mir gibt es keine Ansatzpunkte. Meine Legendierung ist auf höchstem Niveau, daran hat kein Bundesmarshall rumgepfuscht, das macht bei uns Stagehand." Er nickte Cat zu und sah Sean noch einmal prüfend an, bevor er ging.

Oh Mann, war das gerade eine Anspielung auf mein Zeugenschutzprogramm? Davon kann er nichts wissen, oder?, dachte Sean. Aber er wusste, dass Stagehand bekannt war für seine Möglichkeiten. Hinter dem Codenamen „Stagehand“ verbarg sich eine FBI-Einheit, die für verdeckte Einsätze so ziemlich alles beschaffte, angefangen mit Identitäten, die so wasserdicht waren, dass ein normales Zeugenschutzprogramm sich eine Scheibe abschneiden konnte. Sie lieferten, wenn es sein musste, Wohnungen, Häuser, Wagen, Flugzeuge, Jachten – alles bis hin zu Geldern in Millionenhöhe. Sie konnten, wenn es nötig war, fiktive Unternehmen mit Büros und Angestellten zur Verfügung stellen und griffen bei den Sachwerten auf den Fundus der bei Kriminalfällen beschlagnahmten Objekte zurück. Abgesehen davon war es ein bekanntes Geheimnis, dass die TacOps und Stagehand mit der CIA zusammenarbeiteten, besonders bei Terrorismusfällen. Die TacOps und ihre Mitarbeiter gehörten zu einer ziemlichen Elitetruppe, wenn sie auch arrogante Bastarde waren, das hatte Derwan gerade bewiesen.

„Super“, unterbrach Cat seine Gedanken. „Der weiß bestimmt auch, wie oft du am Tag pinkelst.“

Sean musste grinsen, als sie das sagte. „Wahrscheinlich.“

Sie schüttelte den Kopf. „Komm, lass uns gehen. Du hast deinem neuen Boss Derwan einen Plan zu präsentieren und ich muss weiter in Schreibers Imperium rumstochern. Vergiss ja nicht Don anzurufen, er wird begeistert sein, in Quantico einzuziehen.“

Sean räumte ihrer beider Geschirr auf ein Tablett, um es zur Rückgabe zu bringen.

Am gleichen Nachmittag stand Sean allein in seinem Büro vor dem Whiteboard, hatte das Gefühl sich im Kreis zu drehen, seine Gedanken überschlugen sich und er versuchte krampfhaft einen Ansatzpunkt zu finden.

Komm, mach schon, du weißt doch, was Schreiber wütend macht!, versuchte er sich zu motivieren. Obwohl Sean sich nach dem desaströsen Ausgang seines letzten Versuchs, zu tief in Schreibers Identität zu schlüpfen, vorgenommen hatte vorsichtiger damit zu sein, kam er so nicht weiter. Er musste, ob er nun wollte oder nicht, sich wieder ganz auf dieses Monster einlassen. *Solange ich alleine bin und Cat nicht in meiner Nähe, kann ich es tun,* ging ihm durch den Kopf.

Nachdem er die Bürotür hinter sich geschlossen hatte, nahm Sean den Aschenbecher aus dem Regal, den er hier drinnen schon lange nicht mehr benutzt hatte, und setzte sich mit einer Zigarette ans offene Fenster.

Das würdest du doch auch tun, dich über Vorschriften hinwegsetzten – wer seid ihr schon, dass ihr mir hier das Rauchen verbieten wollt, ich habe das Sagen und ihr macht, was ich bestimme.Wenn es mir gefällt, dann schicke ich drei meiner Männer los und lasse eine Frau zusammenschlagen und vergewaltigen. Lass ich mir danach haarklein erzählen, wie es war? Oder stehe ich darüber? Nein, es bereitet mir Vergnügen, ich lasse Bericht erstatten, was sie mit der Jüdin gemacht haben. Diesen Caver habe ich damit in die Schranken verwiesen, er wird nun endlich verstehen, dass er nicht weiter meine Männer, die NNM belästigen kann. Die NNM gehört mir und ist meine Familie, der man nicht zu nahe treten wird, Agent Caver!

Es gelang Sean, er ließ sich auf Schreiber gedanklich ein. Er nahm einen Stift und schrieb:

1. Vernehmungen der drei NNM-Offiziere. Wir verhaften sie, in ihren Häusern, bei ihren Familien oder am Arbeitsplatz. Aktion/Mario mit den Agenten der entsprechenden Büros.

Sells, Kennel und Sievers in einem üblen Verhörraum mit langen Wartezeiten und mindestens zwei Agenten. Das wird dich auf die Palme bringen, denn es ist massive Willkür. Das muss simultan ablaufen, alle drei zur gleichen Zeit, ich will es gleich Montagmorgen erledigt haben. Sims muss sich mit Winter um die entsprechenden Papiere kümmern. Die Familie – ja, das ist es, seine Mutter und die Schwester, und zwar in ihrem Zuhause. Ich muss den beiden Frauen verbal an die Wäsche, das wird unappetitlich, dachte Sean und zog an seiner Zigarette. *Aber bestimmt nicht so widerlich wie das, was man Corey angetan hat.*

2. Befragung der Mutter und Schwester in ihrem Zuhause. Aktion/Derwan und Caver.

Das wird dich wahnsinnig machen, wenn wir in deine Privatsphäre eingreifen, ich muss unverschämt werden mit den Frauen, sie beleidigen. Scheiße, auch dafür brauchen wir Winters Rückhalt, falls eine Anzeige wegen Beleidigung gegen mich gestellt wird. Wie hast du mich genannt? Einen Niggerficker. Na gut, mal sehen, was mir für deine Damen einfällt.

Auf Seans Gesicht erschien wieder dieses widerliche Lächeln. Gut, dass Cat ihn jetzt nicht sah, denn er ging gerade mental mit Schreiber spazieren, Hand in Hand, und fühlte selbst die Macht, die Vorfreude darauf, seine Familie zu bedrohen, aufs Gemeinste zu demütigen.

Ich brauche schnellstens von Cat die Informationen über seine Vermögensverhältnisse und diese Stiftungsscheiße. Er erhob sich und wollte schon nach seinem iPhone greifen, um Cat Dampf zu machen, als er im letzten Moment innehielt, sein Handy entschlossen ausschaltete und in die Schublade legte. Sean sah kurz auf das Waldstück hinaus. *Bleib bei ihm, sprich erst wieder mit jemandem, wenn du damit fertig bist. Es war beängstigend, observiert zu werden, ständig über die Schulter sehen zu müssen – wie kann ich das toppen? – Indem ich ständig offensichtlich vor dir stehe,* gab sich Sean die Antwort. *Nicht nur ein Peilsender oder Kameras, ich werde vor dir stehen, egal, wohin du gehst. Diese Bedrohung ist viel drastischer, ab Montag hast du kein Privatleben mehr.*

3. Schreiber Observation. Geschäftsessen, private Treffen, egal, ob du Golf spielst oder in die Oper gehst, ich bin da. Aktion/Derwan und Caver.

Dann fehlen nur noch deine Geschäftspartner, mal sehen, ob die noch mit dir arbeiten, wenn das FBI permanent auftaucht.

4. Geschäftspartner! Sobald Schreibers Unternehmensstruktur klar ist, besuchen wir die Geschäftsfreunde. Aktion/Mario und Gordon

Was machst du, wenn die Steuerfahndung plötzlich dein Unternehmen prüft, wenn die Zollfahndung jeden deiner Container für den Nahen Osten durchsucht? Du wirst Zeit verlieren, das alles kostet Zeit und vor allem dein Geld.

5. Steuer- und Zollprüfung des Schreiber-Konzerns. Aktion/Sims organisiert die IRS und Zollfahndung

Sean drückte, sehr mit sich zufrieden, die Zigarette im Aschenbecher aus und bemerkte, dass dort bereits fünf Kippen lagen. Es war eiskalt im Büro und er schüttelte sich unwillkürlich, als es klopfte.

„Moment“, sagte er laut und rieb sich übers Gesicht, versuchte sich endlich wieder von Schreiber zu entfernen, was gar nicht so einfach war. Er sah auf seine Uhr – verdammt, es war bereits kurz vor sieben und das da draußen war bestimmt Derwan. *Reiß dich zusammen*, ermahnte sich Sean und schloss erst einmal das Fenster.

Als er die Tür öffnete, stand ihm Derwan gegenüber. Der TacOps-Mann drückte sich an ihm vorbei ins Büro und sah sich um.

„Ich dachte, man kann dafür gefeuert werden, im Gebäude zu rauchen“, meinte er lakonisch, sah sich jedoch mit wesentlich mehr Interesse das Whiteboard an. Sein Blick schwenkte durchs Zimmer und Sean hatte das Gefühl, dass er den Raum scannte, wie es selbst eine seiner Angewohnheiten war.

„Machen Sie mal die Heizung an, es ist schweinekalt hier. – Das ist Ihr Plan?“, fragte Derwan mit einem zynischen Unterton und einem Seitenblick auf das Board.

Sean ignorierte ihn und drehte die Klimaanlage auf Höchststufe. Er nahm sein Handy aus der Schublade und schaltete es ein, prüfte kurz, ob bei den eingegangenen Anrufen etwas Wichtiges dabei war.

Derwan hatte sich bereits gesetzt und beobachtete ihn mit Argusaugen. „Sie haben sich bei unserem Gespräch in der Kantine gut gehalten – einmal kurz emotional geworden, doch den Rest gut gemeistert, vor allem, weil Ihre Freundin dabei war.“

„Soll ich mich jetzt bedanken?“, fragte Sean und bemerkte selbst, dass er immer noch einen Tonfall hatte, der Schreibers erschreckend ähnlich war.

Derwan zuckte mit den Schultern. „Also, Caver, ich habe mich über Sie erkundigt. Es heißt, Sie sind ein außergewöhnlicher Profiler, ein Agent, der aneckt, da er nicht immer den Dienstweg wählt und sich dadurch gerne mal in die Nesseln setzt. Außerdem gehen Sie mit einer Ihrer Mitarbeiterinnen ins Bett und wie es scheint, wird das toleriert. Das heißt, Sie haben Ihren Boss im Griff, wie, ist mir egal. Hauptsache, er hat guten Kontakt zur Staatsanwaltschaft, denn wenn wir das durchziehen, was da steht“, er zeigte mit den Finger auf das Whiteboard, „dann brauchen wir juristische Unterstützung. Außerdem haben Sie einen Punkt vergessen: wir müssen unseren Einbruch in die Hauptzentrale der NNM planen."

Kansas City, Montag, 11. Februar 2019

Am folgenden Montagmorgen waren Derwan und Sean in Missouri. Der TacOps-Mann hatte bereits übers Wochenende so einiges vorbereitet – sich angesehen, wie Schreiber lebte, einen Peilsender an seiner Limousine angebracht und für sie selbst einen Wagen besorgt. Jetzt fuhren sie zur NNM-Zentrale in Kansas City und parkten den schwarzen Explorer sehr offensichtlich unter einer der Kameras am Sicherheitszaun. Der Wagen besaß mehr technische Details, als Sean jemals gesehen hatte. Sie warteten – etwas, das sie in den nächsten zwei Wochen die meiste Zeit tun würden. Als Schreibers Limo endlich das Grundstück verließ, öffnete Sean sein Fenster und blickte auf den Wagen, der langsam an ihnen vorbeifuhr. Durch die schwarz getönten Scheiben wusste er nicht, ob Schreiber ihn sah, doch er war sich dessen ziemlich sicher.

Sie folgten dem Wagen sehr ostentativ und parkten jetzt vor dem Kansas City Country Club, den Schreiber gerade betrat.

„Und jetzt?", fragte Derwan, als sie vor dem Eingang warteten und schon zum zweiten Mal den Parkboy weggeschickt hatten. Sean sah sich das langgezogene Gebäude mit seinen groben Natursteinmauern und dem mit Schieferschindeln gedeckten Dach an. Es lag in den Mission Hills, umgeben von Wiesen und Waldstücken, mit einem ansehnlichen Golfplatz.

„Jetzt gehe ich da rein und sorge dafür, dass Mr. Schreiber sich für einen peinlichen Auftritt entschuldigen muss", erwiderte Sean und schmunzelte.

„Okay. Muss ich mit oder denken Sie, er wird Sie nicht vor Publikum umbringen?"

Sean grinste, so langsam gefiel ihm Derwans grober Humor. Er verließ den Wagen und betrat das Gebäude, zeigte dem Manager seinen Ausweis und wurde mit etwas Zögern ins Restaurant durchgelassen. Er sah Schreiber mit zwei Geschäftsleuten am Tisch sitzen, beide waren ihm unbekannt und er sah sich ihre Gesichter genau an. Sean heftete sich den FBI-Ausweis sichtbar an sein Jackett und ging dann zielstrebig zu dem Tisch, stellte sich vor Schreiber, sagte aber nichts.

Schreiber blickte auf. In seinem Gesicht spiegelte sich keine Emotion, doch seine Augen sprachen Bände. „Agent Caver, schön Sie wiederzusehen. Haben Sie Neuigkeiten, die Sie mir mitteilen wollen?", fragte er durchaus nonchalant. Seine Geschäftspartner sahen Sean irritiert an.

„Nein, jedenfalls keine, die das FBI mit Ihnen teilen würde. Ich wollte mir nur ansehen, mit wem Sie zu Mittag essen, denn wie Sie ja wissen, ist jeder", und dieses Wort betonte Sean besonders, „für uns von Interesse, der sich momentan in Ihrer Nähe aufhält." Er lächelte und sah die pikierten Blicke von Schreibers Begleitern.

„Sind Sie Mitglied hier im Country Club oder haben eine gerichtliche Verfügung, die Sie berechtigt hier zu sein?", fragte Schreiber, jetzt doch um Fassung ringend.

„Nein."

„Dann sollten Sie gehen." Schreiber gab einem der Leibwächter, die am Nebentisch saßen, einen Wink. Der Kleiderschrank im Anzug stand auf und kam resolut auf Sean zu, um dann einen eklatanten Fehler zu machen: Er versuchte Seans Arm zu packen. Doch der reagierte schneller, ergriff das Handgelenk des Mannes, drehte es schmerzhaft auf den Rücken, trat von hinten in seine Kniekehlen, so dass er vornüber stürzte und mit dem Kopf im Buffet landete. Der Tisch kam ins Wanken und unter gehörigen Scheppern stürzte das komplette Arrangement, einschließlich des vor sich hinplätschernden Schokoladenbrunnens, in sich zusammen.

Sofort herrschte Totenstille im Restaurant. Alle der mindestens fünfzehn Gäste, meist Geschäftsleute, starrten ihn entsetzt an, der Manager und einige Kellner kamen angerannt und wollten schon eingreifen, als Sean seine Handschellen nahm, den Mann vom Boden hochzog und seine Hände hinter dem Rücken verschnürte.

„Ich verhafte Sie wegen tätlichen Angriffs auf einen Bundespolizisten. Sie haben das Recht zu schweigen. Alles, was Sie sagen, kann und wird vor Gericht gegen Sie verwendet werden. Sie haben das Recht, zu jeder Vernehmung einen Verteidiger hinzuzuziehen. Wenn Sie sich keinen Verteidiger leisten können, wird Ihnen einer gestellt.“ Dann sah er zu Schreiber. „Tut mir leid um Ihr Mittagessen, Mr. Schreiber, einen schönen Tag.“ Er schob den Leibwächter, dem der Pudding noch aus dem Gesicht tropfte, Richtung Eingang und rief mit seinem Handy das Kansas City Police Department an.

„Sie haben ihn wirklich mit dem Gesicht in die Torte gedrückt und das ganze Buffet ist zusammengebrochen!“, meinte Derwan, immer noch vor sich hin grinsend, als sie langsam tiefer in die Kansas City Hills fuhren.

Sean prüfte seine Nachrichten auf dem Handy und erwiderte gelassen: „Es war Pudding, keine Torte. Dort drüben müssen Sie abbiegen.“

Er sah auf den Routenplan, den Bob ihm geschickt hatte. Es war keine Stunde her, dass sie den lädierten Leibwächter der Polizei übergeben und sich sofort auf den Weg gemacht hatten, um bei Schreibers Mutter und Schwester aufzutauchen. Sims hatte unglaublicherweise wirklich einen Gerichtsbeschluss erwirkt, um Zugang zum Haus der Schreibers zu bekommen. Sean wollte es erst einmal auf die sanfte Tour probieren, zum Zwecke von Befragungen Einlass zu erhalten. Falls man sich querstellte, würde er den Beschluss vorlegen können oder die Damen zum FBI-Büro in die Stadt begleiten.

Mario hatte am gleichen Morgen veranlasst, die Offiziere Sells, Kennel und Sievers abzuholen. Die Agents der entsprechenden FBI-Büros hatten eine ziemlich auffällige Show abgezogen und die Männer in Handschellen grob aus ihren Häusern oder Büros gezerrt. Das gab Schreiber nach Seans Auftritt im Country Club genug zu tun. Er war jetzt damit abgelenkt, Anwälte für seine Offiziere zu besorgen – daran zu denken, dass Sean bei seiner Familie auftauchen könnte, das kam ihm bestimmt nicht in den Sinn.

Derwan und Sean betraten das großzügige Anwesen. Es lag in der besten Gegend von Kansas City und war zu ihrem Erstaunen weder von einem Zaun noch von anderen ersichtlichen Sicherheitsvorkehrungen abgeschirmt. Sie hatten ihren Wagen einfach an der Seite des Rondells vor dem Eingang geparkt. In der Mitte des üppig bepflanzten Beetes stand eine Fahnenstange mit der amerikanischen Flagge; das Gebäude bestand aus Sandstein in einem edlen Beige, mit Stuckarbeiten unter den Fenstern und zwei Säulen am Haupteingang.

Sie gingen auf die Tür zu und klingelten. Zu beider Erstaunen öffnete ein dunkelhäutiger älterer Mann die Tür, gekleidet in einen tadellosen schwarzen Anzug mit weißem Hemd, Fliege und weißen Handschuhen. Er hätte genauso gut in eine Szene aus *Vom Winde verweht* gepasst.

„Guten Tag, was kann ich für Sie tun, meine Herren?“

„Wir möchten Mrs. Schreiber sprechen, und wenn möglich auch Mrs. Sanders“, sagte Sean und zeigte ihm seinen Dienstausweis.

Der alte Mann sah sich den Ausweis und die Marke an. „Es tut mir leid, Mrs. Sanders ist noch unterwegs. Wir erwarten sie bald zurück. Madame Schreiber ist im Hause, doch ich muss Sie anmelden. Bitte kommen Sie herein.“

Beide warteten in der Vorhalle und Sean glaubte auch hier, in einer Kulisse von Tara zu stehen: Marmor, eine ausladende Holztreppe, die in den ersten Stock führte, über ihnen ein Kristallluster von überdimensionalen Ausmaßen und auf dem runden Tisch in der Mitte stand ein Blumengesteck aus weißen Lilien, die einem mit ihrem schweren Duft fast den Atem nahmen. Als sie nach einer Weile in das herrschaftliche Wohnzimmer geführt wurden, war Sean fast enttäuscht, Linda Schreiber nicht in einem geschnürten Kleid mit Reifrock zu sehen, so sehr erinnerte hier alles an die Südstaatenkulisse der Konföderiertenzeit. Das Wohnzimmer wurde dominiert von einem mannshohen Kamin, in dem ein angenehmes Feuer prasselte, davor ausladende Couchen, kleine Tische mit Blumen, der Parkettboden ausgelegt mit Perserteppichen, die ein Vermögen gekostet haben mussten. Eine groß gewachsene, hagere Frau im blauen Hosenanzug, der mit seinen goldenen Knöpfen und Passen an eine Marineuniform erinnerte, kam auf sie zu.

Daher hat Schreiber sein Aussehen, dachte Sean, als er die Hand von Linda Schreiber schüttelte. Blondes, volles Haar, die gleichen leuchtend blauen Augen und für eine Frau um die sechzig erstaunlich wenige Falten. Sie war perfekt geschminkt, elegant und nicht zu auffällig, außer ihrem roten Mund, der einen harten Zug hatte.

„Meine Herren“, sagte sie, die Stimme resolut; sie war es gewöhnt Befehle zu erteilen. „Was kann ich für das FBI tun? Bitte nehmen Sie Platz.“

Sean und Derwan setzten sich vor den Kamin, beide trugen dunkle Anzüge und selbst Derwan wirke darin über die Maßen seriös.

„Kann ich Ihnen einen Tee anbieten?"

„Sehr gerne, Mrs. Schreiber", erwiderte Sean, denn er wollte so lange wie möglich in diesem Haus bleiben und hoffte, so auch noch Doris Sanders kennenzulernen. Während Linda Schreiber dem Butler zunickte, der immer noch an der Tür stand, fragte sie: „Um was geht es?"

„Mrs. Schreiber, wie Sie sich denken können, ermitteln wir in den drei Mordfällen an den Mitgliedern der NNM, der Partei Ihres Sohnes."

Sie nickte leicht. „Ja, ich bin natürlich über die traurigen Umstände informiert und auch besorgt, denn wenn so massiv gegen die NNM vorgegangen wird, dann könnte mein Sohn ebenfalls in Gefahr sein." Sie nahm die Teekanne, die der Butler auf einem Tablett hereingebracht hatte, und füllte Tassen für Sean, Derwan und sich selbst. „Aber", ergriff sie erneut das Wort, „ich weiß wirklich nicht, wie ich Ihnen weiterhelfen kann."

Sean lehnte sich mit der Teetasse in der Hand zurück, schlug die Beine übereinander. „Sind Sie ebenfalls eine Anhängerin der NNM, eine Faschistin?", fragte er in bissigem Ton und beobachtete ihre Reaktion.

Sie schien jedoch keineswegs irritiert – im Gegenteil, plötzlich sah er das angedeutete arrogante Lächeln, das er bei seinem Essen mit Schreiber des Öfteren bemerkt hatte.

„Mein lieber Agent Caver, Faschismus wurde durch Benito Mussolini geprägt und hat einen italienischen Ursprung. Wir bezeichnen uns als Nationalsozialisten. Ja, ich unterstütze die politischen Ansichten meines Sohnes."

Sean zeigte das gleiche, abwertende Lächeln, als er fragte: „Dann sind Sie als Frau einverstanden, nichts anderes als eine Gebärmaschine für die Zucht einer neuen Herrenrasse zu sein?"

Sie stellte die Teetasse abrupt auf den Unterteller. „Sie sind anmaßend und verstehen nicht im Geringsten die politischen Ziele unserer Organisation." Linda Schreiber war echauffiert, die Grande Dame war es scheinbar nicht gewohnt, dass man so mit ihr sprach. Sie wollte noch etwas hinzufügen, doch Sean kam ihr zuvor.

„Es interessiert mich wirklich", meinte er mit einem maliziösen Lächeln und blickte dann auf ihre so elegant übereinandergeschlagenen Beine. „Müssen Sie als Frau der NNM gegenüber Rechenschaft ablegen, wen Sie zwischen Ihre Beine lassen?"

Sie schoss aus ihrem Sessel hoch, ihr Mund hatte einen verkniffenen Ausdruck. „Es ist besser, Sie gehen jetzt. Ich dulde solch ein Benehmen in meinem Hause nicht!"

„Mutter?"

Sie drehten die Köpfe zur Tür. Dort stand eine puppenhafte Schönheit, so absolut perfekt, was ihre Haare, Kleidung und Figur anging, dass Sean sich nicht erinnern konnte, jemals schon so eine makellose Frau gesehen zu haben. Sie hatte etwas Unrealistisches an sich, eine eiskalte blonde Perfektion. Selbst ihr Gang war geschmeidig wie der einer Raubkatze, auch wenn die Schritte energisch waren.

„Was soll das?", fragte sie schneidend.

Sean und Derwan standen auf. *Das ist also Doris Sanders, seine Schwester. Noch so ein perfekter Übermensch*, dachte Sean und sein Gesichtsausdruck wurde bewusst lasziv, er tastete ihren Körper mit fast obszönen Blicken ab.

„Mrs. Sanders, bei Ihrem Anblick tut es mir fast leid, ein – wie drückte es Ihr Bruder aus? – ‚Niggerficker' zu sein. Bei einer Frau wie Ihnen würde ich mich sogar überzeugen lassen, am Zuchtprogramm der Herrenrasse teilzunehmen.“

Ihre Augen verengten sich. Bevor Sean sich versah, war sie einen Schritt auf ihn zugetreten und er zuckte ein wenig, als eine schallende Ohrfeige auf seiner rechten Gesichtshälfte landete. Er hatte keine Anstalten gemacht ihre Hand abzuwehren, obwohl er genau gewusst hatte, dass sie ihn schlagen würde.

Er rieb sich über die Wange und grinste selbstzufrieden. „Agent Derwan, Sie haben gesehen, dass ich von Mrs. Sanders angegriffen wurde?“

„Natürlich habe ich das“, meinte Derwan kalt.

Doris Sanders kochte vor Zorn und ihr makelloses Gesicht wurde zu einer hässlichen Maske. „Damit kommen Sie niemals durch.“ Sie griff in ihre Handtasche, tippte etwas auf ihrem Handy und hielt es sich ans Ohr.

„Ich bitte Sie. Das Wort von zwei FBI-Agenten gegen die Aussagen zweier hysterischen Frauen, die einer Schmuddelpartei wie der NNM anhängig sind. Wem wird man wohl glauben?“

„Josef, ich bin es, Doris. Du musst sofort herkommen, zwei FBI-Agenten sind hier bei uns und beleidigen uns aufs Erbärmlichste.“

Sean schüttelte den Kopf, als sie die Verbindung getrennt hatte. „Das war doch nicht nötig, wir hatten ohnehin vor zu gehen; mir ist die Gesellschaft hier zu widerlich. Bitte richten Sie Ihrem Bruder meine besten Grüße aus. Auf Wiedersehen, die Damen!“

Er ging schnellen Schrittes aus dem Wohnzimmer und Derwan folgte ihm, nachdem er die beiden Frauen noch einmal anzüglich angesehen und ihnen zugenickt hatte. Sie beeilten sich, zu ihrem Wagen zu kommen, denn sie wollten unbedingt vermeiden Schreiber zu begegnen. Er würde vor Wut kochen und sollte keine Chance bekommen, seinen Frust auch nur verbal an ihnen auslassen zu können.

Jetzt waren sie auf dem Weg zum Kansas City FBI-Büro in der Summit Road nahe dem Flughafen. Als sie gerade auf das Gelände des zweistöckigen Gebäudes fuhren, nachdem die Barrierenstopper für sie in den Beton heruntergelassen worden waren, klingelte Seans iPhone. Er sah sich die Nummer an und nickte Derwan zu, der sofort den Wagen stoppte, in Sekundenschnelle ein Übertragungskabel zum Aufnahmegerät an das Telefon anschloss und sich selbst einen Empfänger ins Ohr steckte. Dann hob er den Daumen und Sean nahm das Gespräch an.

„Guten Tag, Mr. Schreiber", sagte er, bevor sein Gesprächspartner überhaupt eine Chance hatte das Wort zu ergreifen. „Sie wollen mich doch nicht schon wieder zum Essen einladen, das wäre zu großzügig."

„Caver, Sie sind zu weit gegangen", hörte er Schreibers Stimme. Auch wenn sich dieser bemühte ruhig zu bleiben, war nicht zu überhören, dass er innerlich tobte.

„Mr. Schreiber, erstens bin ich *Agent* Caver für Sie und zweitens haben Sie keine Ahnung, wie weit ich gehen kann."

„Wollen Sie mir drohen?", fragte Schreiber zähneknirschend.

„Will ich das?", fragte Sean in gelassenem Ton, haargenau so, wie es ihn der Kommandeur der NNM vor einer Woche in dem Washingtoner Restaurant gefragt hatte.

Stille am anderen Ende.

„Einen schönen Tag noch, Mr. Schreiber." Sean legte auf und Derwan zog den Empfänger aus seinem Ohr.

„Sie hätten ihn länger in der Leitung halten sollen, vielleicht hätte er sich vergessen", meinte Derwan und sah Sean kritisch an.

„Nein. Was Psychoterror angeht, kenne ich mich besser aus als Sie, das ist mein Metier."

Josef Schreiber schmiss sein iPhone quer durch das Arbeitszimmer; es schlug gegen die Holzvertäfelung und das Gehäuse splitterte in mehrere Teile. Cavers Auftritt heute Morgen im Country Club hatte Philippe Dubose, den Geschäftsführer von *Intec Corp.*, verunsichert, er hatte darauf bestanden, den Club zu verlassen und ihr Gespräch zu vertagen. Er war besorgt, dass das FBI momentan herumschnüffelte, und wollte ihre Transaktion verschieben. Dieser Mann hatte keinerlei Rückgrat; immer wenn die Situation etwas brenzliger wurde, zog er den Schwanz ein und Schreiber musste zusehen, wie er wieder die Kohlen wieder aus dem Feuer holte.

Dennoch konnte er auf das Geschäft nicht verzichten. Seine Kontakte im Nahen Osten warteten auf die Lieferung der Schnellfeuergewehre. Wenn das nicht pünktlich über die Bühne lief, dann würde er Millionen verlieren, und genau das konnte er sich momentan nicht leisten.

Der Aufmarsch der NNM in der vorigen Woche in Washington hatte ihn ein kleines Vermögen gekostet, auch wenn seine Sponsoren aus der Wirtschaft und auch einige der NRA-Freunde sich großzügig beteiligt hatten. *Zum Teufel mit diesem Caver!*, fluchte er innerlich.

Schreiber hatte sich letzte Woche den Bericht über die Aktion seiner Sturmtruppe durchgelesen und war sich sicher gewesen, dass Caver nach dem, was seiner Ex passiert war, den Rückzug antreten würde, doch dieser Hund tat genau das Gegenteil. Linda und Doris waren außer sich gewesen, und als Doris ihm Cavers Beleidigungen vom Vormittag geschildert hatte, waren seine Hände zu Fäusten geballt. Fast hätte er einen seiner jähzornigen Ausbrüche bekommen, doch er wusste, wie sehr seine Mutter das hasste. Sie hatte ihn ganz klar angewiesen: „Bring diesen Caver zum Schweigen!“

Er ärgerte sich über sich selbst. Sie hätten sich gleich seine Freundin schnappen sollen, das hätte Caver aus dem Verkehr gezogen. Doch wie es schien, hatte man die Peilsender an den Wagen gefunden, und auch Cavers Haus in Stafford stand mittlerweile leer. Er hatte sie in Sicherheit gebracht, bevor er seine Schikanen hier in Kansas City angefangen hatte.

Vor einer Stunde hatte er mit Kennel, seinem Offizier für Jugendarbeit, und Sievers, dem Leiter der Kampftruppen, gesprochen, sie hatten die sogenannten Verhöre in den FBI-Büros gut überstanden. Es hatte keine drei Stunden gedauert, bis die Anwälte ihre Mandanten wieder in die Freiheit entlassen konnten, und was die Fragen der Agents anging, schien alles nur auf Provokation ausgerichtet gewesen zu sein. Sell machte ihm Sorgen, er schien außergewöhnlich nervös, bekam kalte Füße, dieses Weichei. Er hätte Sell nie genommen, wenn der Kerl nicht so ein hervorragender Marketing- und PR-Mann wäre.

Das Festnetztelefon klingelte. „Was?", knurrte Schreiber und hörte die Stimme seiner Sekretärin.

„Verzeihen Sie, Kommandeur, der Controller der *Schreiber Incorporation* ist am Apparat, er besteht darauf Sie zu sprechen."

Schreiber sah auf seine Uhr. Es war bereits später Nachmittag und eigentlich war er nur noch hier, um auf Sell zu warten, den er herbestellt hatte, um ihm den Kopf zu waschen und ihn an sein Gelübde zu erinnern. Es war nicht Dereks Art, so spät noch anzurufen, etwas musste in der Firma schiefgegangen sein. „Stellen Sie durch", maulte er.

„Hallo Josef, wir haben Probleme!", kam Derek Thysen zur Sache. Schreiber schwieg und wartete. „Ich habe heute Nachmittag einen Anruf der Steuerbehörde bekommen, sie haben eine Betriebsprüfung angesetzt, werden noch Ende der Woche hier anfangen. Josef, darauf bin ich nicht vorbereitet."

„Wir hatten erst letztes Jahr eine Prüfung, dürfen die das schon wieder?"

„Theoretisch ja. Es wundert mich selbst, man hat letztes Jahr nur Kleinigkeiten gefunden und ich dachte, wir haben jetzt zehn Jahre Ruhe. Wenn Sie mich fragen, ist das reiner Mutwille, aber leider rechtlich abgesichert."

Caver, dachte Schreiber und legte den Kopf in den Nacken, um seine verspannten Schultermuskeln zu lockern. „Sind wir sauber?"

Derek zögerte einen Moment. „Ich denke ja. Es gibt zwei, drei Transaktionen, die ich in den nächsten Tagen trimmen muss, doch der Rest sollte in Ordnung sein. Was ich Ihnen aber sagen muss: die Projekte, die wir mit *Greenland* und *GLSMO* geplant haben, bleiben erst einmal liegen. Wenn wir die Steuerbehörde im Haus haben, es ist einfach zu gefährlich, dass die was mitbekommen."

„Verdammt noch mal, Derek, können Sie das nicht anders lösen!", schrie Schreiber seinen Finanzmann an, doch er wusste, dass Derek Thysen einer der wenigen Zahlenjongleure war, die bereit waren, hart an der Grenze zur Illegalität zu spielen – und alles andere als konservativ. Wenn er heute Abend hier anrief, dann hatte er gute Gründe.

Derek ließ sich von Schreibers Wutausbruch nicht irritieren. „Nein, das können wir nicht. Wir müssen die Projekte stoppen, solange die Beamten der IRS im Haus sind."

„Dann tun Sie es." Schreiber drückte ihn weg. Wenn Sell ihm gleich auch nur eine Sekunde etwas vorheulte, dann würde er den Mann persönlich zusammenschlagen.

Das FBI-Skype-System meldete sich, als Sean gerade an seinem Laptop arbeitete. Er nahm den Anruf entgegen und sah Sekunden später Cats Gesicht vor sich.

„Hi", sagte er und lächelte.

„Hallo Sean." Sie runzelte die Stirn, als sie hinter ihm eine Karte des Stadtgebiets von Kansas City sah. „Wo bist du, ich dachte ihr wärt bereits im Hotel? Kannst du reden?"

Sean blickte zur Pritsche hinter dem Schreibtisch, auf der Derwan lag. „Wir sind in einem Vier-Sterne-Zwanzig-Quadratmeter-FBI-Büro mit zwei Feldbetten und ich besaufe mich gerade mit Leitungswasser, um unseren Erfolg zu feiern", sagte Sean sarkastisch, denn er war immer noch ungehalten darüber, dass Derwan ihm eröffnet hatte, dass sie die nächsten Tage hier übernachten mussten. Er sah Cats Gesichtsausdruck und seine Stimme wurde sanfter. „Ja, ich kann reden. Nur den Telefonsex müssen wir ausfallen lassen, denn Derwan liegt keine zwei Meter von mir entfernt und tut mal wieder, als schliefe er – wobei ich glaube, dass Schlaf keine Vokabel ist, die zu seinem Sprachschatz gehört", meinte er und zwinkerte ihr zu, sah dann zu Derwan hinüber, der die Augen öffnete und ihn kurz anblinzelte.

Er hörte Cat seufzen. Ihr Gesicht nahm einen säuerlichen Ausdruck an. „Du bist nicht der Einzige, der um elf Uhr Nachts noch im Büro sitzt. Wir sind im Konferenzraum – und mit *wir* meine ich die vollständige Soko."

„Ups, sorry, ich dachte, du bist allein. Was gibt's, soll Derwan mit dazu?"

„Ja", antwortete sie, und bevor er etwas sagen konnte, stand Derwan bereits neben ihm und zog sich einen Stuhl vor den Laptop.

„Okay, legt los, was habt ihr?"

Das Bild wechselte und Don erschien. „Also, wir alle sind erst einmal daran interessiert, wie das mit dem Telefonsex so bei dir abläuft." Dabei erschien ein so unverschämtes Grinsen auf Dons Gesicht, dass man sogar seine Zahnlücke sah. Sean hörte das Feixen der Männer im Hintergrund und Cats warnende Stimme, die nur laut „Don!“ sagte.

„Die IRS fängt noch diese Woche bei Schreiber an, er sollte mittlerweile darüber informiert sein. Ich glaube, mit eurem Auftritt und Marios Aktionen hatte der Kommandeur heute einen wirklich netten Tag. Die Zollfahndung wird sich morgen einschalten, alle spielen mit. Aber Winter hat ihr Okay bezüglich der Verwanzung von Schreibers Arbeitszimmer bei der NNM nicht gegeben. Also steigt da ja nicht ein, es gibt keine gerichtliche Genehmigung und alles, was ihr finden würdet, kann nicht als Beweismaterial gegen ihn verwendet werden.“

„Scheiße“, murmelte Derwan so leise, dass nur Sean es hören konnte.

„Gegen dich sind hier zwei Beschwerden eingegangen, eine vom Besitzer des Country Clubs und eine von Schreibers Schwester, dieser Doris Sanders. Winter hat das abgewiegelt und die Kosten für den Country Club muss der Leibwächter, den du ins Buffet befördert hast, zahlen. Was Sanders angeht, hat Winter mit Klage gedroht, da sie einen Agenten tätlich angegriffen hat, daraufhin hat Schreibers Anwalt die Beschwerde zurückgezogen. Die waren wohl der Meinung, die Staatsanwaltschaft stehe nicht hinter uns. Cat hat weiter in Schreibers Privatleben gewühlt und ist auf ziemlich interessante Dinge gestoßen.“

Wieder war Cat zu sehen. „Ich habe mir mal Sanders etwas näher angesehen, sie hat sich vor zwei Jahren von ihrem Mann Gilbert Sanders scheiden lassen. Obwohl es keinen Ehevertrag gab, ist ihr Mann sang- und klanglos aus der Ehe gegangen, ohne einen Cent. Er lebt immer noch in Kansas City und leitet dort ein Immobilienbüro; ich denke, es wäre gut, wenn ihr dem Mann mal einen Besuch abstattet. Ach ja, bevor ich es vergesse: ihr vierjähriger Sohn ist nicht das leibliche Kind der beiden. Es wurde von einer Adoptionsagentur namens *Hopeland* an die beiden vermittelt. Warum das so interessant ist, seht ihr gleich auf dem Chart von Schreibers Geschäftsimperium."

Endlich, dachte Sean, er wartete schon die ganze Zeit darauf.

„Sean, ich habe es dir gemailt, ruf die Datei auf und dann führe ich euch durch alles", meinte sie. Sean öffnete seine E-Mail und teilte den Bildschirm, sodass er und Derwan nun das Chart sahen, aber auch weiterhin Cat.

„Ich habe mit den Steuerbehörden und auch mit dem Gewerbeamt zusammengearbeitet, daher kennen wir jetzt die offiziellen Verbindungen zu den einzelnen Unternehmen. Was wirklich bemerkenswert ist, sind die einzelnen Stiftungen, die Schreiber, aber auch seine Mutter und Schwester unterhalten. Das fand ich auch nur heraus, weil die als gemeinnützig und steuerlich absetzbar gelten. Daher hatten auch die Sozialbehörden, die Jugend- und Schulämter der einzelnen Staaten einige Informationen für mich. Fangen wir mit seinem Privatvermögen an: ich habe das hier nicht extra ausgewiesen, aber die Schätzung ist in etwa zwei- bis dreihundert Millionen Dollar inklusive der gebundenen Vermögenswerte, aber es wird gemunkelt, dass er momentan Zahlungsschwierigkeiten hat, warum, weiß ich noch nicht."

Derwan pfiff kurz.

„Die Unternehmensstruktur ist relativ einfach gehalten, *Schreiber Inc.* gehört zu achtzig Prozent Schreiber und zu zwanzig Prozent einer *Greenland Holding* – Gartenbaumaschinen –, die zu hundert Prozent von *Intec Corp.* gehalten wird. Einer der großen Produktionsbetriebe für Handfeuerwaffen in den Staaten. Erwähnenswert ist die *Hopeland* Adoptionsagentur, die jeweils zur Hälfte von Schreibers Firma und *Greenland* gehalten wird. Die Agentur macht kaum Umsätze, doch die Spenden sind enorm, pro Adoption etwa zehntausend Dollar."

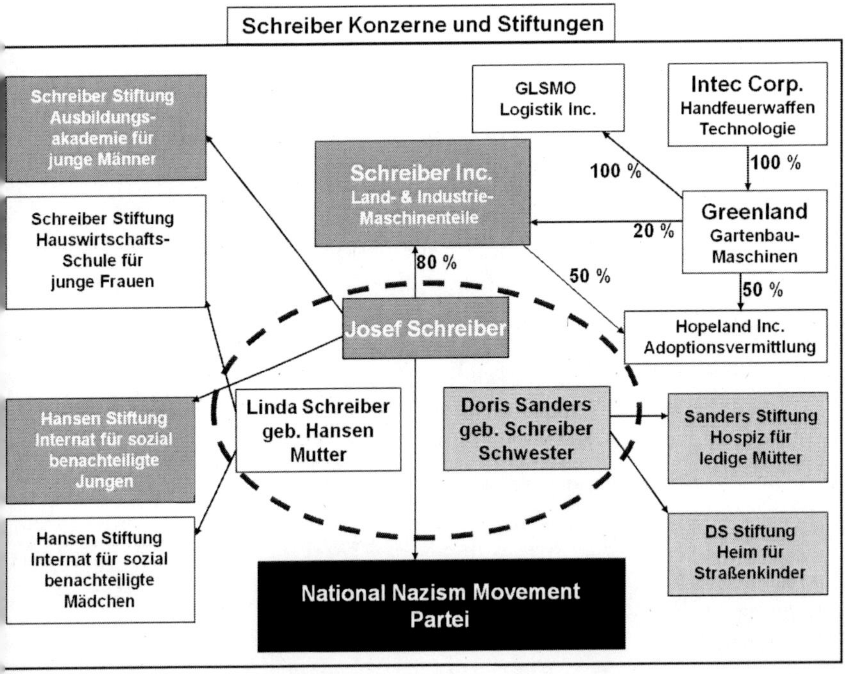

Dann zeigte sie auf die entsprechenden Kästchen des Organigramms. „Das sind die von der Schreiber-Familie gegründeten Stiftungen, allesamt als gemeinnützig anerkannt, und es gibt ohne Ende finanzielle Unterstützung, vor allem von den Parteimitgliedern der NNM und auch von *Intec Corp*."

Sean schüttelte den Kopf und unterbrach sie. „Seine ganzen Stiftungen? Wie muss ich mir das vorstellen? Sind die erwähnenswert? Worüber sprechen wir da, Cat?"

Sie kramte in den Papieren. „Nun ja, klein sind sie nicht, besonders die Stiftungen seiner Schwester Doris. Das Hospiz für ledige Mütter in New Hampshire hat zum Beispiel eine eigene Entbindungsstation mit Ärzten und Pflegepersonal. Momentan sind dort etwa fünfzig Schwangere aufgenommen und noch einmal fünfzehn junge Frauen, die kürzlich entbunden haben. Was das Heim für Straßenkinder angeht, das ist ein riesiger Gebäudekomplex, ebenfalls in New Hampshire, etwa einhundert Kinder leben dort. Das Jugendamt und auch das Gesundheitsamt haben die Organisationen als ‚sehr gut' zertifiziert. Die Hansen Stiftungen sind wesentlich kleiner, gerade mal zwei Klassen werden dort unterrichtet, also etwa vierzig Jungen und Mädchen; sie sind auch auf dem gleichen Gelände untergebracht, wenn auch nach Geschlechtern getrennt in verschiedenen Häusern. Die Hauswirtschaftsschule und Ausbildungsakademie wurden erst vor knapp zwei Monaten von Schreiber selbst ins Leben gerufen, die stehen noch am Anfang."

„Diese Adoptionsvermittlung, bekommt die ihre Kinder ausschließlich vom Hospiz?", hörten sie Don im Hintergrund fragen.

„Ja. Erstaunlich, aber das Sozialamt hat sich mit dem Prozess einverstanden erklärt. *Hopeland* schlägt die Familien vor, die dann vom Jugendamt durchleuchtet werden, es wird ein Unkostenbeitrag gezahlt, wenn es zur Adoption kommt, doch es scheint, dass die Familien dann hohe Spenden an *Hopeland* weiterleiten, die für das Hospiz eingesetzt werden, alles völlig legal", beendete Cat ihre Ausführungen.

„Es sei denn …", setzte Sean an. „… es sei denn, es handelt sich bei diesem Hospiz um eine Art Babyproduktion."

„Was bedeutet?", warf Gordon ein und sein Bild erschien auf dem Bildschirm.

„Dass dort nur schwangere, weiße Mädchen aufgenommen werden, die Babys werden dann von *Hopeland* verschoben. Alles natürlich rein arisch. Ich bin auch davon überzeugt, dass bei den Straßenkindern kein einziges Kind aufgenommen wird, das nicht weiß oder womöglich gar jüdisch ist", sagte Sean, als wäre es das Natürlichste der Welt.

„Sean, das ist krank“, zischte Gordon.

Derwan erhob das erste Mal offiziell die Stimme, seit die Skype-Konferenz begonnen hatte. „Vielleicht auch nicht. So eine Art Lebensborn?“ Dabei sah er Sean an, der, erstaunt über sein Wissen, nickte, bevor er darauf einging.

„Ja, die NSDAP hat damals in Deutschland den Lebensborn-Verein aus einem Mütterhilfswerk entwickelt – eine Zuchtanstalt für die Herrenrasse. Zwar wurden Gerüchte, dass es sich um eine Art Bordelle für SS-Offiziere handelte, die dort Kinder zeugten, nie bestätigt, doch bei Schreiber weiß man nie, er könnte das alles zur Perfektion geführt haben.“

„Scheiße“, brummte Don und sein ernstes Gesicht erschien. „Also, was machen wir mit den Informationen?“

Sean lächelte ein dreckiges Lächeln. „Wie wäre es, wenn ihr Mario als Mitarbeiter des Sozialamts mal bei dem Hospiz vorbeischickt? Er kann mit den werdenden Müttern reden; woher sie kommen, wer die Väter sind, wie es weitergeht mit ihnen – ein Routinecheck. Stellt ihm eine richtige Sozialarbeiterin zur Seite, am besten jemanden, der skeptisch ist, was dieses Hospiz angeht. Derwan und ich werden an Schreiber dranbleiben, ihn nervös machen, einfach durch unsere permanente Anwesenheit. Außerdem halte ich es für eine gute Idee, den Ex-Mann von Doris Sanders aufzusuchen.“

„Sean, meinst du nicht, wir fahren hier zu viel parallel?“, schaltete sich Don wieder ein.

„Nein“, antwortete Derwan für ihn. „Schreiber ist abgelenkt und vor allem wütend – je mehr wir gleichzeitig schalten, umso wütender wird er werden; das alles kostet ihn Zeit und er kann einfach nicht überall sein“

„Cat, bleib an den Hintergrundrecherchen dran, stöbert weiter in Schreibers Privatleben, seiner Jugend, dem verstorbenen

Vater. Außerdem musst du einen Teil meines Unterrichts übernehmen."

„Moment mal", warf Cat ein, „du erwartest doch nicht, dass ich hier in der Akademie rumhänge und nichts anderes mache als Recherche und Ausbildung?"

Sean sah sie mit ernstem Gesicht an, doch Derwan griff ein. „Genau das – und wenn Sie Ihren hübschen Hintern nur für eine Sekunde vom Gelände bewegen, dann mache ich Ihnen persönlich die Hölle heiß. Darauf wartet Schreiber doch nur." Er studierte Cats entnervtes Gesicht. „Falls Sie, Kampell, die Notwendigkeit nicht erkennen, dann schlage ich vor, Sie sehen sich noch einmal die Photos von Corey Herm an, die im Krankenhaus gemacht wurden. Eins ist sicher: wenn er an Sie rankommt, wird die Sache nicht so glimpflich ausgehen. Denn über Sie kommt er an Caver ran."

Cat nickte langsam. „Okay."

KAPITEL ACHT

Kansas City, Donnerstag, 14. Februar 2019

Josef Schreiber saß in der Bibliothek im Hause seiner Mutter. Er wartete auf einen Anruf, sah immer wieder auf das stumme Prepaid-Handy, das vor ihm auf dem Schreibtisch lag, als Linda eintrat. Sie brachte ihm eine Tasse Tee.

„Die Vorbereitungen für das Wochenende in Hampshire sind abgeschlossen. Was ist mit den FBI-Leuten, bist du dir sicher, dass wir sie loswerden?"

Schreiber blickte zu seiner Mutter. Sie trug ein lavendelfarbenes Chanel-Kostüm und wirkte darin wie eine Königin. Er lächelte. „Mutter, du siehst wieder einmal bezaubernd aus." Dann änderte sich sein Tonfall. „Ja, ich warte nur noch auf die Bestätigung. Wenn alles so läuft wie geplant, dann fliege ich mit dem Senator Samstagmorgen völlig ungestört nach Newport. Was ist mit dem Mädchen?"

Linda lächelte gönnerhaft und setzte sich in den Ledersessel, der vor dem Schreibtisch stand. Sie schlug die Beine übereinander. „Natürlich, Marianne hat Clarisse dafür vorbereitet."

Schreiber zog eine Augenbraue hoch. „Clarisse?" Er musste an das dürre Mädchen denken, das sie vor drei Jahren von der Straße geholt hatten; damals war sie auf Crack gewesen und hatte mit ihren jungen Jahren bereits eine Karriere als Straßenprostituierte hinter sich. Er wusste, dass sie mittlerweile eine Schönheit war, clean und ihr Körper in Topform, außerdem war sie gerissen und verdiente sich neben ihrer Arbeit im Hospiz gerne ein paar Dollar dazu – bei genau solchen Spezialeinsätzen. „Ist sie nicht ein wenig zu alt dafür?"

„Nein“, kam es resolut von Linda. „Ich habe sie gesehen. Marianne und Clarisse können Wunder wirken; in unserer Schuluniform, mit Pferdeschwanz und den Ballerinas ist sie ein Traum. Du weißt doch, was für einen Körper sie hat. Aber was viel wichtiger ist: sie weiß, wie sie es anstellen muss. Genau solche Typen wie unser Senator waren früher ihre Freier. Mach dir keine Sorgen.“

„Na gut, ich verlasse mich auf euch.“ Er unterbrach sich, als das Handy endlich klingelte. „Ja“, meldete er sich und hörte konzentriert zu. „Sehr schön, Leutnant, dann läuft die Sache heute Abend. Und stellen Sie sicher, dass Caver es bis spätestens Freitagabend erfährt, ich will ihn und seinen Wachhund aus Kansas City weg haben. – Gut, tun Sie Ihren Job.“ Sein Mund verzog sich voller Vorfreude.

Sie kam langsam zu sich, schüttelte den Kopf und schmeckte immer noch den widerlich süßlichen Geschmack des Chloroforms. Durch den Nebel der Betäubung realisierte sie, dass ihr Mund und auch ihre Augen verklebt waren. *Verdammt!* Alle ihre Instinkte schlugen an und alles, was sie beim FBI gelernt hatte, schoss ihr durch den Kopf. Doch als sie versuchte sich zu bewegen, spürte sie die Kabelbinder, die ihre Arme hinter dem Rücken zusammengeschnürt hielten und auch in die Haut ihrer Fußknöchel schnitten. Ihr wurde schlecht. *Nein, nicht brechen, dann ersticke ich mit dem Knebel im Mund!* Sie schluckte, so weit es ihr möglich war. *Denk nach!* Was tat man in solch einer Situation? Sie lag immer noch auf ihrem Bett, trug das lange Schlafanzugoberteil – war das ein gutes Zeichen? Vorsichtig robbte sie mit den Füßen voran zur Bettkante. Wenn sie aufstehen könnte, es bis zur Tür schaffen würde …

Doch im selben Moment hörte sie Atemgeräusche. Hände griffen sie brutal an beiden Oberarmen und zogen sie hoch, sodass sie zum Stehen kam. Es waren mindestens zwei, von denen sie gehalten wurde, doch ein untrügliches Gefühl sagte ihr, dass noch jemand im Raum war. Erst kurz bevor die Faust mit dem Schlagring auf ihre rechte Gesichtshälfte auftraf, spürte sie den Luftzug. Ihr Kopf wurde zurückgeschleudert, die Haut ihrer Wange platzte auf und zwischen den Sternen, die nun vor ihren Augen tanzten, und dem unsagbaren Schmerz, der bis in ihre Eingeweide zuckte, fühlte sie ihre eigenen Blutstropfen, die wie ein Nieselregen zurück auf ihren Körper fielen. Der Tritt, der seitlich ihre Brust traf, hinterließ ein lautes Knacken und sie versuchte verzweifelt Luft zu bekommen. Sie konnte kaum atmen und schmeckte ihr eigenes Blut, das sie durch die Nase in ihre Kehle sog, um nicht zu ersticken. Die Hände hielten sie unbarmherzig, obwohl ihre Beine schon nachgegeben hatten und sie wie ein nasser Sack in dem eisernen Griff ihrer Angreifer hing. Der nächste Schlag, der wieder seitlich ihr Gesicht traf, ließ ihren Kopf mit einem Geräusch von brechenden Knochen explodieren. Eine gnädige schwarze Ohnmacht umfing sie, trieb sie weg von all den Schmerzen.

Sean stand an den Kotflügel des Explorers gelehnt und versuchte seine Kreuzschmerzen zu ignorieren, die ihm das Feldbett langsam, aber sicher bescherte, da es zum einen durchhing und zum anderen für ihn mindestens fünf Zentimeter zu kurz war. Er rauchte mit kalten Fingern einen Zigarette und wartete darauf, dass Schreiber endlich nach Ende der Vorstellung herauskam – aber es war erst halb neun und das konnte somit noch dauern. Sie standen in der Cherry Street genau vor dem Repertory Theater; Schreiber war mit seiner Schwester hierhergekommen. Freitagabend, und Sean hoffte inständig, dass Schreiber danach in seine Wohnung fuhr und nicht noch mehr unternahm. Es war eine mehr als anstrengende Woche gewesen, Derwan und Sean waren Schreiber permanent gefolgt, waren wie Schatten immer dort aufgetaucht, wo er sich gerade befand. Mittwochabend hatten sie vor dem Eingang des Hotels gestanden, in dem eine Benefizveranstaltung von seiner Mutter und Schwester ausgerichtet wurde. Mit der FBI-Marke an die Lederjacke geklemmt, hatte Sean sich jeden einzelnen Gast angesehen. Derwan hatte sogar Photos gemacht, was manche der Gäste in ihren Abendroben so sehr irritiert hatte, dass sie erst gar nicht das Hotel betreten hatten, sondern schnurstracks zu ihren Autos umgekehrt waren. Schreiber war schnaubend vor Wut mit einem seiner Leibwächter zu ihnen rausgekommen. In seinem teuren Smoking hatte er vor Sean gestanden und ihn angeschrien. Sean hatte kein Wort gesagt, innerlich gebetet, dass Schreiber übergriffig wurde, doch dann war dieser plötzlich ganz unerwartet ruhig geworden, hatte sich noch näher zu Sean gebeugt und leise geflüstert: „Das werden Sie bereuen!“

Sean hatte gleich danach Don angerufen, um sicherzustellen, dass Corey auf keinen Fall irgendwo alleine unterwegs war; sie war gestern in die gesicherte Wohnung des FBI in Washington gezogen und stand unter 24-Stunden-Personenschutz. Cat hatte nach dieser Drohung zähneknirschend ihre abendlichen Runden auf dem Brick aufgegeben. Sean wollte eigentlich nur eines: zu ihr zurück, um sich selbst davon zu überzeugen, dass es ihr gut ging und sie sicher war.

Ginge es nach ihm, wären sie bereits seit Stunden zurück in Quantico gewesen, doch Derwan hatte darauf bestanden, die Observierung fortzusetzen, Schreiber keine Pause zu gönnen. Der Kommandeur verlor langsam seine Contenance und die Chancen standen zu gut, dass er in seiner Wut Fehler machte. Sean schmiss die Kippe auf die Straße und trat sie aus, um wieder ins warme Innere des Explorers zu kommen, als sein Telefon klingelte. Auf dem Display erschien Cats Name und ein Lächeln erhellte sein Gesicht, als er abnahm.

„Hallo Liebes“, sagte er. Am anderen Ende hörte er ein Räuspern und ihn überkam das gleiche Gefühl wie damals, als Sunders ihn wegen Corey angerufen hatte.

„Sean, ich bin's, Don.“

Er hatte keine Chance, noch ein weiteres Wort zu sagen, Sean schrie in den Hörer: „Wo ist Cat, ist sie in Ordnung?“

„Beruhige dich, sie ist okay, sie sitzt hier bei mir.“

„Mann, Don, bist du verrückt geworden, von ihrem Telefon anzurufen? Ich hätte fast einen Herzschlag bekommen. Was ist los?“

„Sean, jemand hat Ingres attackiert, gestern Nacht in ihrer Wohnung in Chicago“, sagte Don gefasst.

„Um Himmels willen, wie geht es ihr?“

Derwan war aus dem Wagen gekommen, er hatte Sean ins Telefon schreien hören und konnte an seiner Körpersprache sehen, dass etwas passiert war. Er stellte sich neben ihn und hörte mit.

„Es geht ihr sehr schlecht, sie liegt auf der Intensivstation in Chicago. Kieferbruch, etliche andere Knochenbrüche, ihr Gesicht ist übel zugerichtet. Die Ärzte meinen, sie bräuchte einige Operationen, um jemals wieder annähernd so auszusehen wie vorher. Immerhin wurde sie nicht vergewaltigt.“

Sean atmete laut aus, strich sich mit einer Hand durchs Haar. „Wurde eine Nachricht hinterlassen?“, fragte er erschöpft, denn er wusste nicht, wie Cat das Ganze wegsteckte. Verdammt, er hatte nicht an Joan gedacht … Sie hatte doch so gut wie nichts mit ihm zu tun.

„Nein, nichts Offensichtliches. Haben wir eine geringe Chance, dass es vielleicht jemand anders gewesen sein könnte? Weißt du, ob Joan einen Freund hat oder an einer Ermittlung war, bei der so etwas passieren könnte?“

„Nicht, dass ich wüsste. Hat schon jemand mit ihr gesprochen?“

„Sie ist immer noch bewusstlos, das kann auch noch dauern. Nach dem, was Chicago mir mitteilte, wurde bisher in ihrer Wohnung nichts gefunden, was uns Aufschluss geben könnte. Jemand ist Donnerstagnacht dort eingedrungen, hat sie im Schlaf erwischt. Sie wurde kurz betäubt, dann wie bei Corey: Klebeband über die Augen und den Mund. Anschließend wurde sie systematisch zusammengeschlagen. Eine Freundin fand sie gestern Morgen, sie waren zum Squashspielen verabredet und sie ging in die Wohnung, da die Tür nur angelehnt war."

Sean schüttelte wieder den Kopf. „Wie hast du so schnell Wind davon bekommen?"

„Neben Ingres' Eltern ist auch Cat als Kontaktperson eingetragen, und da die Eltern momentan auf einer Urlaubsreise sind und Cat in Stafford nicht zu erreichen war, hat das Krankenhaus endlich heute Abend hier in Quantico angerufen."

„Don, ich muss jetzt mit Cat sprechen. Sie will bestimmt nach Chicago, und das kann ich ihr nicht verweigern."

„Verstehe", meinte Don. „Ich nehme an, du willst dann auch nach Chicago?"

„Ja natürlich."

„Gut, ich gebe dir jetzt Cat. Ich werde sie persönlich nach Chicago bringen und wir treffen euch am Flughafen. Sean – flieg nicht ohne Derwan."

Um Mitternacht saßen sie in einem Leihwagen der Flughafenautovermietung und fuhren zum Northwestern Memorial Hospital, das etwa zwanzig Minuten vom Flughafen Chicago Midway entfernt lag. Derwan fuhr und seine Augen observierten unruhig den Verkehr. Er war schweigsam und machte keinen Hehl daraus, wie unzufrieden er mit Seans Entscheidung war hierher zu fliegen. Don saß auf dem Beifahrersitz. Mit versteinertem Gesicht lehnte

Cat neben Sean auf dem Rücksitz; er machte sich Sorgen, dass sie unter Schock stand, denn sie hatte alles mit stoischer Ruhe ertragen, nicht eine einzige Träne vergossen – noch nicht einmal, als er sie am Flughafen in seine Arme gezogen hatte, um ihr Trost zu spenden. Das Einzige, was sie gesagt hatte, war: „Ich muss zu Joan." Seither hatte sie geschwiegen, ihre Hände auf dem Schoß gefaltet, saß einfach nur starr mit blassem Gesicht.

„Wie geht's dir, Liebes?", fragte er leise, so dass die beiden vorne es nicht mitbekamen.

Cat sah ihn an und schüttelte den Kopf. „Nicht, Sean, nicht jetzt!"

Derwan war aus dem Wagen gestiegen, hatte das Terrain sondiert und dann beiden zugenickt. Sie eilten ins Krankenhaus. Sean sprach kurz mit einem der Ärzte, der sie nur unwillig zu Joan lassen wollte, doch da sie sich alle als FBI-Agenten auswiesen, war er, trotzdem es fast ein Uhr nachts war, mit einem kurzen Besuch einverstanden. Sie wiesen sich bei dem Polizisten aus, der auf Dons Anraten vom Chicago PD abgestellt worden war. Sean und Cat gingen hinein, die anderen warteten vor dem Zimmer.

Selbst Sean konnte ein Stöhnen nicht unterdrücken, als er Joan sah. Cat schlug die Hände vor den Mund und drückte sich an ihn. Jetzt flossen die Tränen, die sie so lange zurückgehalten hatte. Er hielt sie fest an sich gedrückt und blickte auf Joan, die an Monitore angeschlossen war, die ihre Herzfrequenz maßen. Das stetige Piepen durchbrach die Stille. Das einmal so hübsche Gesicht von Joan Ingres war bis zur Unkenntlichkeit angeschwollen, ein langer geklammerter Schnitt zog sich über ihre rechte Gesichtshälfte, der Kiefer wurde mit Stahlklammern gehalten. Ihre Augen waren blaue, aufgedunsene Schlitze, durch die sie wahrscheinlich nichts würde sehen können, falls sie versuchen sollte sie zu öffnen.

Langsam löste sich Cat von Sean und ging zum Bett, setzte sich auf den Stuhl und griff vorsichtig nach Joans Hand, in der eine Kanüle steckte, die zu einem Tropf führte.

Sean legte eine Hand auf Cats Schulter. „Ich warte draußen. Kommst du klar?"

Sie nickte nur, ließ ihre Hand und den Blick nicht von Joan.

Er verließ das Krankenzimmer und ging zu den beiden, die gegenüber der Tür warteten.

„Wie geht's ihr?", fragte Don leise.

Sean schüttelte den Kopf. „Joan sieht schlimm aus. Mein Gott, wie konnte ich nur vergessen, dass sie …" Doch er brach ab.

„Stimmt, das können Sie sich auf die Fahne schreiben", erwiderte Derwan hart im Flüsterton. „Ich habe Sie explizit gefragt, ob es noch jemanden gibt!"

„Danke, das hilft mir gerade sehr, Derwan. Was machen wir jetzt?" Seine Stimme klang trotzig und er war lauter geworden als beabsichtigt, die Worte hallten in dem leeren nächtlichen Krankenhausflur, so dass die Krankenschwester am Empfang der Station aufsah.

„Wir müssen Ihre Freundin so schnell wie möglich wieder nach Quantico schaffen, ich kann hier nicht für Ihre und Kampells Sicherheit garantieren", raunte Derwan jetzt sehr leise.

„Vergessen Sie das, Cat wird nicht gehen, bis Joan zu sich gekommen ist und ihre Eltern hier sind. Vorher können wir nicht weitermachen", erwiderte Sean mit ebenfalls gedämpfter Stimme.

Derwan fluchte leise vor sich hin, zückte sein iPhone und wandte sich von Sean ab. Auch wenn er leise sprach, konnte Sean hören, dass er von einer gesicherten Leitung redete und einem Safe House in Chicago, dann hörte er konzentriert zu, nickte eher zu sich selbst. Als er auflegte, war sein Gesicht schon etwas entspannter. „Gut, ich bringe uns in eine sichere Wohnung der TacOps. Reden Sie noch mal mit dem Arzt, wir müssen ungefähr wissen, wann sie zu sich kommt."

„Sehr schön, Leutnant", sagte Schreiber, lehnte sich genüsslich in seine Couch und legte die Hand auf das Knie der Frau neben ihm. „Wo sind sie jetzt?" Er hörte konzentriert zu, eine Augenbraue zog sich hoch. „Mhm. Das haben Sie hervorragend gemacht, ich bin sehr zufrieden. Alles Weitere wie geplant." Dann drückte er das Gespräch weg, drehte sich zu der blonden Schönheit und gab ihr einen Kuss.

„Du solltest dich nicht so auf diesen Agenten konzentrieren, er ist nicht unsere oberste Priorität. Du wirst sehen, nach dem, was wir mit seiner kleinen schwarzen Freundin angestellt haben, zieht er sich zurück. Viel wichtiger ist, dass das FBI endlich von unserer Organisation ablässt."

Josef sah in ihr betörendes Gesicht. „Du hast recht, Liebling, aber das FBI werden wir nur los, wenn dieser Caver verschwindet. Was ist mit dem Agenten und der Sozialarbeiterin, die im Hospiz aufgetaucht sind?"

Sie fuhr mit ihrer Hand seinen Oberschenkel hoch. „Wir haben ihm und der Sozialschlampe unsere Vorzeigemädel vorgestellt, die anderen wurden vorsichtshalber weggebracht. Einige sind immer noch renitent, doch über kurz oder lang werden wir die auch noch in den Griff bekommen. Wie geht es mit Dubose voran?", fragte sie. Ihre Hand hatte ihr Ziel gefunden und streichelte zärtlich über seine Erektion.

Er brummte genießerisch. „Ich musste ihm drohen, doch dann hat er die drei Container freigegeben; wir haben sie via *Greenland* mit *GLSMO* losgeschickt, sie kommen in spätestens zwei Tagen an. Die Scheiß-Zollfahndung kontrolliert nur die *Schreiber Inc.*-Transaktionen." Er legte seine Hand auf ihre und drückte sie fester auf seinen Schwanz.

Sie beugte sich zu ihm, leckte sich lasziv über die Lippen. „Hast du wirklich vor die Sache durchzuziehen?" Ihr Blick war doch etwas besorgt.

Er nickte nur leicht, griff nach ihrer Brust und umschloss sie.

„Sei vorsichtig, Josef, ich hab Angst um dich."

„Mhm, das bin ich doch immer. Wenn alles gut geht, dann sind wir alle auf einen Schlag los, und ganz nebenbei werde ich Caver vernichten."

Sie verstärkte ihren Griff in seinem Schritt, sodass er stöhnte, streckte sich sich auf der Couch aus und zog ihn über sich.

„Für das, was er zu dir gesagt hat, serviere ich dir seinen Kopf auf einem Silbertablett." Er schob seine Hand unter ihren Rock und raunte an ihrem Mund: „Oh, Doris, du raubst mir den Verstand ..."

Der frischgebackene Senator Kevin Maxwell saß mit Josef Schreiber in dessen Privat-Jet auf dem Weg nach New Hampshire. Mit seinen zweiunddreißig Jahren einer der jüngsten Senatoren, war er doch auch einer der überheblichsten – dabei hatte er der Familie Schreiber eine Menge zu verdanken. Schon vor Jahren hatte Schreibers Geld Maxwells Wahl zum Gouverneur von Missouri erst möglich gemacht, und als vor einem Jahr der alte Senator Kains plötzlich an Herzversagen gestorben war, war Maxwell als strahlender Nachfolger aufgerückt, hatte sich seinen Platz in den höchsten Rängen der Politik erobert – und seither war er Josef Schreiber ziemlich bewusst aus dem Weg gegangen. Er war gönnerhaft geworden, da er der Meinung war, Josef jetzt nicht mehr zu brauchen.

Es wurde also Zeit, den Senator in seine Schranken zu weisen. Denn egal, welche Pläne Maxwell für seine politische Karriere hatte – für Schreiber war er der Mann, der unter anderem die Diskussion zur Wiedereinführung des zweiten Verfassungszusatzes im Senat der Vereinigten Staaten neu anfachen sollte und durch geschickte Lobbyarbeit eine Mehrheit erreichen konnte. Wenn er sich nur darauf konzentrieren würde! Stattdessen ließ Maxwell jetzt, da er am Höhepunkt seiner Karriere war, lieber die Finger von diesen brisanten Themen. Er engagierte sich bevorzugt in Fragen der Haushaltsbudgetierung, was eher seinem Wissen und Naturell entsprach, da er ursprünglich aus der Wirtschaft kam und als junger Überflieger jahrelang in diesem Bereich tätig gewesen war. Es war gar nicht so einfach gewesen, den Mann endlich zu einem gemeinsamen Wochenendausflug nach New Hampshire zu überreden und Schreiber war sich sehr wohl im Klaren darüber, dass es seine letzte Chance war, den Mann ein für alle Mal in die Hände zu bekommen.

Es hatte ihn über ein Jahr observieren lassen und etliches an Geld investiert, um an die Geheimnisse des smarten und scheinbar untadeligen Mannes zu kommen. Maxwell war mit einer attraktiven, erfolgreichen Anwältin verheiratet, die sich seit seiner Nominierung aus ihrem Beruf zurückgezogen hatte und nun tatkräftig seine Karriere unterstützte. In den ersten sechs Monaten war Schreiber fast verzweifelt: Der Mann trank nicht, er kokste nicht und ging nicht zu Nutten. Er war weder korrupt, noch schien er andere Leidenschaften zu besitzen, bei denen man auch nur im Geringsten ansetzen konnte.

Als der Senator und seine Frau dann vor sechs Monaten glücklich verkündet hatten, ihr erstes Kind zu erwarten, änderte sich plötzlich etwas. Denn je weiter Anna Maxwells Schwangerschaft voranschritt, je runder ihr Babybauch wurde, umso öfter besuchte Kevin Maxwell eine ganz bestimmte Dame. Eine Frau, die nur die wirklich wichtigen Männer der Wirtschaft und Politik bediente und dafür mit gewissen Annehmlichkeiten belohnt wurde. Das Problem mit ihr war: sie war absolut verschwiegen. Keiner von Schreibers Männern konnte etwas herausbekommen. So hatte er, ganz gegen seine Gewohnheit, selbst die Initiative ergriffen: Er hatte sich der Dame vorstellen lassen und war nach etlichen Essen und Geschenken in ihren Stammkundenkreis aufgenommen worden. Wenn Schreiber es wollte, konnte er nicht nur sehr charmant sein; mit seinem Aussehen und seinen Talenten im Bett hätte er so ziemlich jede Frau haben können, und bereits nach zwei Monaten war Carmen Estera so weit, nur noch seine Mätresse zu sein.

Doch Schreiber verlangte das nicht von ihr, was sie umso mehr an ihn band. Er hatte ihr alle möglichen Sachen gesagt, die eine verliebte Frau hören wollte, ihr eine Wohnung in Kansas City eingerichtet, und der schwarze Audi Sport, den sie jetzt fuhr, war ein Geburtstagsgeschenk gewesen. Er erfüllte ihr jeden Wunsch, besonders im Bett – und Miss Estera hatte ziemlich ausgefallene Wünsche. Damit hatte Schreiber keine Probleme, denn es war ein Job für ihn, eine Notwendigkeit, um an Maxwell heranzukommen. Wenn er es ihr besorgte, dachte er an die einzige Frau, die er je geliebt hatte – und Doris verstand ihn nicht nur, sie bestärkte ihn in allem, was er tat. Doris war es, die ihm in ihren Liebesnächten zuflüsterte, was er mit Estera tun sollte, wie er was sagen sollte; und sie war die beste Beraterin, die man sich wünschen konnte.

Carmen ließ sich, ganz gegen ihre Gewohnheit, Stück für Stück erweichen über ihre anderen Liebhaber zu reden. Schreiber hatte ihr gesagt, dass es ihn erregte zu erfahren, was sie mit anderen Männern tat, besonders, wenn es außergewöhnlich war. Vor sechs Wochen hatte sie ihm dann anvertraut, dass K., wie sie Maxwell nannte, eine Vorliebe für gewisse Spiele hatte. Sie musste ihn, wenn er sich bei ihr angesagt hatte, bereits an der Tür als Teenager empfangen, mal in Jeans mit T-Shirt und Zöpfen, mal in einer Cheerleader-Uniform, kein Make-up. Carmen hatte Schreiber zugeflüstert, wie sehr K. abgegangen war, nachdem sie sich am ganzen Körper rasiert hatte und ihn in Baumwollhöschen und einem Sport-BH mit kleinen aufgedruckten Herzchen empfangen hatte. Während sie darüber redete, hatte Schreiber sie auf dem Esstisch gevögelt. In dieser Nacht bezahlte er sie für all ihre Informationen, denn er gab ihr, was sie am meisten verlangte, aber auch am meisten antörnte, wenn sie es nicht bekam: er erlaubte ihr, ihn zum Höhepunkt zu bringen. Sie konnte nicht verzichten – all die Monate hatte sie nie erlebt, dass er beim Sex auch nur einmal einen Orgasmus bekommen hatte, und genau wie er es erwartet hatte, überschritt sie in dieser Nacht die Grenze. Wenn es Doris in Schreibers Leben nicht gegeben hätte, dann wäre seine Wahl auf Carmen gefallen – doch es gab Doris.

Als er ohne ein Wort ging, wusste Carmen, dass sie ihn nie wiedersehen würde. Sie verstand, dass sie ihren Reiz für Schreiber verloren hatte. Auch wenn sie ihn vermisste, war es ein ungeschriebenes Gesetz, ihn nicht weiter zu belästigen.

Heute musste er alles auf eine Karte setzen. Kevin Maxwell stand auf Teenager – was würde er tun, wenn ihm ein wirklicher Teenager zur Verfügung stand?

Kevin sah, mit seinem Whiskey sour in der Hand, gelangweilt aus dem Fenster, als sie auf dem Privatflugplatz Parlin landeten. „Josef, müssen wir wirklich die Stiftung besuchen? Ich meine, Straßenkinder sind Straßenkinder, und ich habe in den letzten Monaten mindestens ein Dutzend dieser Einrichtungen besucht."

Schreiber sah ihn an und lächelte großmütig. „Bitte, Kevin, es liegt mir so viel daran, dass du siehst, was meine Schwester hier für die Kinder tut", sagte er fast väterlich, obwohl sie im gleichen Alter waren.

Senator Maxwell hatte sein Publikumslächeln aufgesetzt und war durch den Jungentrakt gegangen, hatte die Hände der Angestellten geschüttelt, den Kindern über die Haare gestrichen und überall sein Lob verteilt. Erst als sie in das Mädchenhaus hinübergingen, schien er sich irgendwie zu entspannen; er verweilte länger bei einigen der Mädchen, stellte interessiert Fragen, lachte natürlicher.

Schreiber wollte seinen Augen kaum trauen, als er das Mädchen sah, das in diesem Moment den großen Schlafsaal betrat. Das war die kleine Crackhure? Alle Achtung, da war ganze Arbeit geleistet worden. Sie trug einen schwarzen, knielangen Faltenrock, eine weiße Bluse, die bis zum Hals zugeknöpft war, schwarze Halbschuhe mit weißen Socken und Marianne hatte ihr einen Pferdeschwanz gebunden. Doch dass man ihr einen Pony geschnitten hatte, machte sie mit ihrem zierlichen Körper wirklich zu einem kleinen Mädchen.

„Ah, Clarisse", sprach er sie an. „Komm bitte einmal her, ich möchte dich dem Senator vorstellen."

Sie kam schüchtern näher, auf ihrem Mund nur etwas Lipgloss, der eindeutig nach Erdbeeren roch, in den Ohren kleine Stecker in Form von goldenen Herzchen. Clarisse knickste artig vor dem Senator, der noch auf dem Bett saß und einen Arm um ein anderes Mädchen gelegt hatte. Als Schreiber Kevins Blick sah, wie er schnell den Arm von dem Mädchen zog und seine Hand für Clarisse ausstreckte, wusste er, dass er auf ganzer Linie gewonnen hatte.

„Clarisse, du weißt ja, dass, wenn Tante Doris oder ich im Landhaus sind, immer ein Kind das Wochenende mit uns dort verbringen darf. Möchtest du mir und dem Senator Gesellschaft leisten?"

Kevin sah immer noch wie gebannt auf Clarisse, als diese euphorisch mit den Kopf nickte, so dass ihr Pferdeschwanz wippte.

„Na dann“, meinte Schreiber. „Marianne, bitte packen Sie für Clarisse eine Tasche; ich denke, sie kann dann gleich mit uns fahren.“ Er nickte der hageren Frau in der weißen Schwestertracht zu.

Schreiber ging mit dem Senator auf den Flur und Clarisse folgte ihnen. Dann schob sie plötzlich ihre Hand unschuldig in die des Senators. Kevin sah sie erstaunt an, aber drückte ihre Hand liebevoll, und so gingen sie zum Wagen. Schreiber musste sich wirklich konzentrieren, um nicht laut loszulachen – das kleine Aas spielte ihre Rolle wirklich überzeugend.

Nachdem sie im Landhaus angekommen waren und die Haushälterin sie begrüßt hatte, führte man Clarisse auf ihr Zimmer.

Schreiber und Maxwell standen in der Bibliothek vor dem brennenden Kaminfeuer und nippten an einem Brandy, als das Mädchen aufgeregt die Treppe heruntergerannt kam. Sie stürmte zu Kevin. „Senator, Sie müssen sich mein Zimmer ansehen, bitte!“

Kevin zuckte nur mit den Schultern, stellte sein Glas ab und ließ sich von dem Mädchen die Treppe hochziehen.

Schreiber folgte ihnen mit den Cognacschwenkern in der Hand. Er hörte Clarisse in dem Zimmer plappern und Maxwells Gelächter über ihre Begeisterung. Dann trat Schreiber ein, reichte Kevin wieder sein Glas. Er musste dafür sorgen, dass der Senator, ganz gegen seine Gewohnheit, heute einiges trank. Er nahm auch einen großen Schluck, konnte aber den Blick nicht von der im Kreis tanzenden Clarisse lassen.

„Jetzt muss du mir dein Zimmer zeigen“, sagte sie und sah Kevin erwartungsvoll an.

„Wenn ich wüsste, wo es ist, würde ich das tun“, meinte er und nahm wieder einen Schluck.

„Es ist gleich nebenan“, warf Schreiber ein. „Geht, ihr beiden – ich muss mich kurz entschuldigen, es sind noch ein paar Anrufe zu tätigen. Warum macht ihr euch nicht ein bisschen frisch und wir treffen uns in einer Stunde zum Essen unten."

Schreiber zeigte sein Sonntagsgesicht und ließ die beiden allein, er ging die Treppe hinunter und verschwand im Arbeitszimmer.

Clarisse ging wieder auf Kevin zu, schob ihre Hand in seine. „Jetzt sehen wir uns dein Zimmer an", sagte sie und zog ihn mit sich.

Als Clarisse in der offenen Tür zu dem riesigen Badezimmer stand, hörte Maxwell nur, wie sie ehrfürchtig „Wow" sagte. Er trat hinter sie und legte seine Hände auf ihre Schultern. Ihr Kopf reichte gerade einmal an sein Kinn. Er fühlte die Wärme, die ihr Rücken verströmte, und musste an sich halten, nicht noch näher an sie heranzutreten.

Sie sah ihn über ihre Schulter an, wobei ihre Wange seine Hand streifte. „Du hast einen Whirlpool!", sagte sie und seufzte sehnsüchtig. Dann ging sie zu dem im Boden eingelassenen Bassin, das man über drei Stufen erreichen konnte, und setzte sich auf die oberste Stufe, sah mit glänzenden Augen auf den Pool.

Ihr Rock war über die Knie nach oben gerutscht und Kevin konnte durch ihre leicht geöffneten Beine ihren weißen Slip sehen. Es überlief ihn heiß. Er trat auf sie zu und ging in die Hocke, legte sanft seine Hände auf ihre Knie. „Hast du noch nie in einem Whirlpool gebadet?", fragte er und streichelte zärtlich über ihre Beine.

Clarisse sah ihn mit großen, kindlichen Augen an. Sie zog die Unterlippe in den Mund und schüttelte nur den Kopf.

„Wie alt bist du, mein Schatz?", fragte er und schob seine Hände auf ihrem Oberschenkel etwas weiter nach oben.

„Vierzehn", sagte sie, jetzt wieder schüchtern.

„Na dann wird es Zeit, dass du es mal versuchst", meinte Maxwell.

„Wirklich?", fragte Clarisse. Dann warf sie sich in seine Arme und gab ihm einen Kuss auf die Wange. „Jetzt?", fragte sie mit leuchtenden Augen.

„Wenn du möchtest, gerne." Er stand auf und stellte das Wasser an, nahm eine Flasche Schaumbad und ließ etwas hineinlaufen, so dass sich sofort ein Schaumteppich bildete. Als er sich wieder zu ihr umdrehte, hatte sie bereits die Schuhe und den Rock abgestreift und fummelte an den Knöpfen ihrer Bluse herum. Er spürte, wie sich ein Schweißfilm über seiner Oberlippe bildete und sein Schwanz gegen seine Hose drückte.

„Warte", sagte er, ging zur Badezimmertür und schloss sie, „lass mich dir helfen." Dann setzte er sich auf die Stufen des Whirlpools und begann die Knöpfe ihrer Bluse zu öffnen.

Schreiber sah auf seine Uhr. Eine Stunde – das musste ihr reichen; wenn sie ihn jetzt nicht so weit hatte, dann konnte er es vergessen. Er ging die Treppe hoch und öffnete Clarisses Zimmertür. Sie war nicht da. *Gut*, dachte er und ging weiter zu Kevins Zimmer. Die Tür war verschlossen und er presste sein Ohr daran, vernahm leises Stöhnen. *Okay, Showtime, Herr Senator.*

Schreiber öffnete mit einem Ruck die Tür und blieb mit gespieltem Entsetzen stehen.

Clarisse sah ihn voller Angst an und sprang auf. Er rief das Mädchen zu sich, zog sein Jackett aus und hängte es ihr über die nackten Schultern. Dann ließ er einen vernichtenden Blick auf Maxwell fallen, der sich rasch und sichtlich erschrocken das Bettlaken über seine Blöße gezogen hatte, und brachte Clarisse weg.

Er schob sie in sein eigenes Schlafzimmer. Als er die Tür hinter ihnen geschlossen hatte, entwand sie sich seinem väterlichen Griff, ging auf den kleinen Tisch zu und nahm sich eine Zigarette aus der Schatulle. Schreiber trat auf sie zu, zündete für sie das schwere Tischfeuerzeug an und hielt es ihr hin.

Sie sog den Rauch ein, setzte sich und schlug die Beine übereinander. „Mein Gott, Josef, du hättest ruhig früher kommen können.

Dieser Kerl ist ja vollkommen durchgedreht, er hat mich gleich im Whirlpool so heftig gevögelt, dass ich fast abgesoffen wäre, und dann wollte er noch, dass ich ihm im Bett einen blase." Sie zog das Haarband, das ihren Pferdeschwanz zusammenhielt, herunter und schüttelte ihre braune Mähne, dann zog sie sein Jackett von ihren Schultern und hielt es ihm mit einem lasziven Blick hin.

Schreiber grinste spöttisch. „Du hast erst mal Stubenarrest. Ich schicke dir Klamotten hoch, dann bringt dich mein Fahrer zurück zur Stiftung."

„Oh schade, ich dachte, du wolltest dem bösen Mädchen vielleicht eine Tracht Prügel verpassen", sagte sie, stand auf und streckte ihren Hintern in seine Richtung.

Schreiber sah auf Clarisses nackten Körper, ihre perfekten jugendlichen Rundungen. „Dein Angebot ehrt mich, aber ich kann es leider nicht annehmen. Du warst gut, ich bin sehr zufrieden; ich denke, du hast dir dieses Mal etwas mehr verdient."

Sie drehte sich zu ihm. Er beugte sich herunter und gab ihr einen Kuss, zwinkerte und legte ein Bündel Hundertdollarscheine auf den Tisch, was sie mit einem erfreuten Lächeln quittierte.

Schreiber betrat, ohne anzuklopfen, wieder Maxwells Zimmer.

Kevin saß auf der Bettkante, hatte sich den weißen Frotteebademantel angezogen und den Kopf in die Hände gestützt. „Josef", flüsterte er durch seine Finger, „ich weiß nicht, wie das passiert ist, ich schwöre dir, ich weiß es nicht. Sie wollte baden … Sie war es …" Er brach ab und schluchzte. Schreiber ging zu der Karaffe mit Brandy und goss den Cognacschwenker voll, trat dann zu Maxwell und hielt ihm das Glas hin.

„Trink", sagte er.

Kevin sah auf, die Augen gerötet, nahm das Glas und schüttete den gesamten Inhalt in einem Zug hinunter. Schreiber nahm es ihm wieder aus der Hand und füllte es erneut.

„Josef, bitte denke nicht falsch von mir. Sie wollte, dass ich mit in den Pool komme; sie war es, sie wollte, dass ich sie küsse, es ist einfach passiert …"

„Halt den Mund, Kevin. Du hast eine Vierzehnjährige gefickt, also erzähl mir nichts." Schreiber genoss es, endlich hatte er Macht über den Senator.

„Ich bin erledigt, es ist alles vorbei!", schluchzte Maxwell. Rotz hing an seiner Nase.

Schreiber griff in seine Hosentasche und hielt ihm angewidert ein Taschentuch hin. „Nein, ist es nicht. Niemand wird das je erfahren. Ich kümmere mich um das Mädchen, mach dir keine Sorgen."

Maxwell sah auf, zog die Nase hoch, dann nahm er das Taschentuch und putzte sie. Er trank noch einen großen Schluck Brandy. „Danke, Josef, das vergesse ich dir nie, ich schwöre es."

Schreiber nickte. „Ich lass dir was zu essen hochschicken. Ruh dich aus, trink, das hilft, und morgen fliegen wir zurück nach Missouri. Vergiss alles, es ist nie passiert."

Senator Maxwell nickte heftig und sah Schreiber mit dankbaren Augen hinterher, wie dieser die Tür hinter sich schloss.

Chicago, Sonntag, 17. Februar 2019

Es war noch sehr früh an diesem Sonntagmorgen, das erste graue Licht fiel durch die halb geschlossene Jalousie des Schlafzimmers. Sean lag auf dem Rücken; Cat schlief immer noch fest in seinem Arm, atmete ruhig und regelmäßig. Sie waren gestern Nachmittag wieder ins Krankenhaus gefahren, doch Joan war immer noch nicht zu Bewusstsein gekommen. Sean betete, dass sie heute zu sich kam; der Arzt war relativ optimistisch.

Solange sie hier zusammen in Chicago waren, fühlten weder er noch Derwan sich wohl. Doch nach dem, was Corey und jetzt auch noch Joan geschehen war, würde Sean nicht das geringste Risiko mit den Menschen, die ihm am Herzen lagen, eingehen.

Sie waren nach ihrem Besuch im Krankenhaus in die gesicherte Wohnung gefahren. Derwan war mit Don losgezogen, sie hatten eingekauft und für alle vom Chinesen etwas zu essen mitgebracht. Mario hatte sich am Abend gemeldet, ihnen mitgeteilt, dass er und die Sozialarbeiterin, die ihn in das Hospiz begleitet hatte, absolut nichts Ungewöhnliches hatten feststellen können. Nachdem sie relativ früh ins Bett gegangen waren, hatte er Derwan noch ziemlich lange im Nebenzimmer gehört; er sah fern und der unterschwellige Ton eines Footballspiels drang zu ihnen herüber. Da Don nebenan im Gästezimmer schlief, musste Derwan mit der Couch vorliebnehmen, was ihm scheinbar nichts ausmachte.

Cat war unverhältnismäßig still gewesen, wenn man bedachte, dass ihrer besten Freundin so etwas Schreckliches zugestoßen war. Sie hatte weder mit Sean geredet, noch seine Schulter zum Ausweinen gesucht. Dennoch spürte er ihre tiefe Trauer und hatte sie nur liebevoll im Arm gehalten, bis sie eingeschlafen war. Nun stand er leise auf und ging ins Badezimmer. Als er wieder zum Bett zurückkam, sah er, dass sie die Augen aufgeschlagen hatte und ihn ansah. Er kroch zu ihr zurück unter die warme Decke; sie legte sich wieder in seinen Arm und umschlang seine Brust.

„Es wird alles wieder gut, Cat. Joan wird gesund. Ich hätte an sie denken sollen, ich hätte sie warnen müssen“, flüsterte er leise.

Sie streichelte ihm über die Brust. „Es ist nicht deine Schuld. Wenn einer Schuld hat, dann ich. Mein Gott, ich hatte keine Ahnung, wie schlimm es werden würde … Hätte ich dich nicht dazu überredet, dann ginge es Corey und auch Joan gut, wir beide wären jetzt in unserem Zuhause und keiner wäre in Gefahr.“

Sean drehte sich zu ihr, hob ihr Kinn an und sah in die feuchten Augen. „Nicht, tu das nicht. Weder ich noch du haben das getan. Einer muss diesen Mann stoppen. Wenn nicht wir, wer dann?“

Er beugte sich hinüber, küsste sie zart auf die Stirn. Sie hob ihr Gesicht und suchte seinen Mund mit ihren Lippen. Ihr Kuss hatte etwas Verzweifeltes und sein Gewissen meldete sich, da er dadurch versucht war, leidenschaftlicher zu werden. Es fühlte sich falsch an jetzt Verlangen zu spüren. Darum rückte er etwas ab, sah sie an.

„Was hast du?“, frage sie, überrascht über seinen Rückzug.

„Liebes, ich weiß, wie dich das alles mitnimmt. Ich möchte nicht, dass du denkst, dass es mir jetzt wichtig wäre, mit dir zu schlafen.“

Cat lächelte sanft. „Aber mir ist es wichtig. Liebe mich, Sean, ganz langsam und zärtlich, tröste mich einfach nur.“

Er zog sie vorsichtig wieder ganz nah an seinen Körper, legte seinen Mund auf ihren, eroberte ihn behutsam, wartete auf ihre Reaktion. Cat griff in sein Haar und nahm mit der gleichen liebevollen Hingabe seine Lippe zwischen ihre, ließ ihre Zunge an seinen Zähnen entlanggleiten, bis er sie einließ und sich seine Hände fast automatisch auf ihrem Körper bewegten. Er fuhr mit seinen Fingern über ihre Schulterblätter, zeichnete ihr Rückgrat nach, dann löste er sich von ihren Lippen und sein Mund wanderte an ihrem Hals hinunter. Seine Zunge liebkoste die Kuhle über ihrem Schlüsselbein, während seine Hand sich sanft um die Rundung ihrer Brust legte, seine Lippen die Brustwarze fanden, sie warm umschlossen und in seinen Mund saugten.

Cat wimmerte leise, als er ihren Bauch küsste, bis zu ihrem Bauchnabel, und seine Zunge darin versenkte, er bedacht ihre Beine ein wenig spreizte und seine Wange auf ihr Schamhaar legte, verweilte. Cat berührte sein Gesicht; er küsste ihre Handfläche, dann ihre Schamlippen, öffnete sie mit seiner Zunge, bewegte sich behutsam an ihrer seidigen Nässe und drang in sie ein.

Sie seufzte auf, zog ihn wieder hoch zu sich, küsste ihn, schmeckte sich selbst an seinen Lippen und drückte ihn mit leichter Gewalt von sich, sodass er auf dem Rücken zu liegen kam. Sie nahm ihre Tasche vom Nachttisch und kramte ein Kondom heraus, behielt es in ihrer Hand und ließ, genau wie Sean es getan hatte, ihren Mund seinen Körper erforschen. Er raunte und bemühte sich leise zu sein. Als ihre Zunge sein mittlerweile hartes Glied liebkoste, unterdrückte er das Aufstöhnen, das aus seiner Kehle hochstieg, zu einem rudimentären Knurren. Sie umschloss ihn ganz mit ihrem Mund, saugte und nahm ihn tief in sich auf, fuhr mit ihren Lippen zurück, um ihn gleich wieder mit der Wärme ihres Mundes zu verwöhnen. Dann rollte sie das Kondom über seine Erektion und setzte sich rittlings auf ihn. Sean hatte sich ebenfalls aufgesetzt und gegen das Kopfende des Bettes gelehnt. Er griff mit beiden Händen nach ihrem Po und zog sie fest an sich. Cats Hand wanderte zwischen sie und dirigierte ihn, bis er unendlich langsam in sie eindrang.

Beide bewegten sich nicht, küssten sich inbrünstig, genauso tief mit ihren Zungen ineinander versunken wie mit dem Rest ihrer Körper. Obwohl er sich nicht rührte, sie nur fest auf sich niedergedrückt hielt, spürte Sean, wie sich sein Orgasmus unwiderruflich in seinem Unterleib aufbaute, wie sein Glied sich in ihr aufbäumte, und als die Kontraktionen ihres Orgasmus ihn stimulierten, kam er mit solch einer Intensität in ihr, dass er seinen Mund fest in ihre Halsbeuge drückte, um einen Aufschrei zu unterdrücken. Cat hielt ihn fest umschlungen, wartete darauf, dass das Zittern, welches beide immer noch erschauern ließ, sich langsam legte.

„Oh Sean“, hauchte sie, als er seinen Mund von ihrem Hals nahm und sie ansah.

Seine Augen blickten sie voller Liebe an, seine Lippen legten sich wieder auf ihren Mund. „Catherine, versprich mir, immer bei mir zu bleiben", sagte Sean, und sie konnte den sorgenvollen Tonfall seiner Stimme hören.

Sie strich mit ihren Händen durch sein Haar. „Ich verspreche es", flüsterte sie und streichelte sein Gesicht.

„Es würde mich umbringen, wenn dir etwas zustößt, ich würde …"

Doch sie legte sachte ihren Finger auf seinen Mund, hinderte ihn daran weiterzusprechen. „Sch", war alles, was sie sagte, bevor sie ihre Lippen wieder auf seine drückte.

„Wir haben nichts, gar nichts!", fluchte Winter energisch.

Die gesamte Soko saß an dem ovalen Konferenztisch. Die Generalstaatsanwältin war am Morgen mit Sims aus Washington gekommen; Sean und Cat waren spät gestern Nacht mit Derwan und Don nach Quantico zurückgekehrt, Mario hatte sie selbst an der Militärmaschine abgeholt und ihnen mitgeteilt, dass am Montagmorgen in aller Frühe eine Besprechung angesetzt war, zusammen mit der Staatsanwaltschaft.

„Kein Ergebnis im Hospiz; die IRS bestätigt uns, dass *Schreiber Inc.* so weit sauber ist; die Zollfahndung öffnet einen Container nach dem anderen, in dem sich Landwirtschaftsmaschinen befinden. Was jetzt?" Sie sah jeden Einzelnen mit eindringlichen Blick nacheinander an.

Sean nahm seine Hände vom Mund, die er, mit auf den Tisch gestützten Ellenbogen, die ganze Zeit davor gefaltet hatte. „Sie vergessen Corey Herm und Joan Ingres." Seine Stimme war sachlich.

Winter sah auf. „Nein, Agent Caver, die vergesse ich nicht. Doch die Sachlage in den beiden Gewaltfällen ist rein faktisch für den Schreiber-Fall unerheblich. Wir haben eine vergewaltigte Frau, der eine Nachricht von ihren Angreifern übermittelt wurde, die nur auf Sie rein persönlich bezogen ist. Die gefundene DNA weist auf einen Drogendealer hin. Agent Ingres wurde zusammengeschlagen, ohne dass auch nur irgendwelche Informationen von den Tätern hinterlassen wurden. Das Einzige, was ich schwarz auf weiß auf meinem Schreibtisch habe, sind drei Beschwerden gegen Sie, Caver: wegen Stalking, Beleidigung und Sachbeschädigung."

„Monica, wir haben uns darauf geeinigt, den Fall so durchzuziehen ...", griff Sims ein, doch sie fiel ihm ins Wort.

„Mein Gott, John, das weiß ich doch. Ich mache hier auch niemandem einen Vorwurf, noch nicht einmal Ihnen, Caver – ich zeige rein die Fakten auf. Ich muss meine Schritte ebenfalls rechtfertigen und kann Ihnen jetzt schon sagen, dass ich bald keinen Richter mehr finden werde, der mir irgendeine Verfügung unterschreibt im Fall Schreiber."

Sie schien genauso frustriert wie alle im Raum, schüttelte entnervt den Kopf, die schmalen Lippen, die dezent rosa glänzten, hart aufeinandergepresst. „Ich bin genau wie Sie der Meinung, dass Herm und Ingres auf das Konto der NNM gehen, aber ohne Beweise ist da nichts zu machen."

Sie hat ja recht, dachte Sean. Cat und er waren gestern Nachmittag noch einmal bei Joan gewesen; sie war aufgewacht, konnte nicht sprechen mit ihrem gebrochenen Kiefer, doch hatte gequält ein paar Sätze für sie aufs Papier gebracht. Demnach waren mehrere Personen nachts in ihre Wohnung eingedrungen, hatten sie im Schlaf betäubt, und als sie zu sich kam, waren ihre Augen wie auch ihr Mund mit Klebeband umwickelt. Dann fing ihr Martyrium an, wortlos und schmerzhaft, bis sie das Bewusstsein verlor. Keiner hatte auch nur einen verständlichen Laut von sich gegeben, sie hatte nur das heftige Keuchen von Männern gehört, als sie zusammengeschlagen wurde.

„Was sollen wir jetzt tun?“, fragte Don.

Winter legte die Hände zusammen und klopfte mit den Fingerspitzen gegeneinander. „Noch eine Woche, dann werden Sie sich zurückziehen, Caver. Wenn Schreiber sich bis Ende der Woche zu nichts Unüberlegtem verleiten lässt, dann ist damit zu rechnen, dass er das nie tun wird. Ende der Woche werden sich auch die Steuerprüfung und die Zollaktion erledigt haben.“

Derwan schüttelte demonstrativ den Kopf. „Frau Generalstaatsanwältin, wir müssen tiefer rein in seine Organisation. Besorgen Sie mir eine richterliche Genehmigung, um seine Stiftung oder den Hauptsitz der NNM zu durchsuchen und zu verwanzen. Ich befürchte, anders kommen wir an ihn nicht ran.“

„Nein. Haben Sie sich in letzter Zeit mal die Presse angesehen? Die NNM bekommt immer mehr Lobby, selbst bei den konservativen Politikern im Senat; mittlerweile rufen viele Bürger lautstark nach der Wiedereinführung des zweiten Verfassungszusatzes und diese Forderungen fallen bei einigen Leuten in der Regierung auf fruchtbaren Boden. Schreibers Pressesprecher, dieser Sell, macht keinen Hehl daraus, dass er das FBI für unfähig hält, in der Mordserie Erfolge zu erzielen. Er hat wörtlich von Schikane und Willkür gegen Schreiber und die NNM gesprochen. Selbst wenn ich wollte, ich finde keinen Richter, der so karrieremüde ist, mir eine solche Genehmigung zu unterschreiben.“

„Dann machen wir es ohne Genehmigung, wäre nicht das erste Mal“, gab Derwan lakonisch zurück, sodass selbst Sean und Sims die Stirn kräuselten.

„Ich warne Sie“, setzte Winter wieder an. „Erstens habe ich das gerade nicht gehört und zweitens werde ich Sie zur Rechenschaft ziehen, falls so etwas passiert. Wir leben in einem Rechtsstaat, den ich gerne trotz oder gerade wegen Parteien wie der NNM aufrechterhalten möchte."

„Na gut. Dann fliegen Derwan und Sean morgen in aller Frühe zurück nach Missouri und hängen sich wieder an Schreiber ran. Sprecht mit dem Ex-Mann seiner Schwester, mehr ist nicht drin. Wir werden uns weiter mit Hintergrundrecherche beschäftigen und können nur hoffen", fasste Don zusammen.

Eine Stunde später saß Sean in seinem Büro und grübelte. *Was mache ich falsch?*, fragte er sich. *Warum komme ich an Schreiber nicht ran? – Weil ich mich auf das Falsche konzentriere,* beantwortete er seine eigene Frage. *Ich bin Profiler und kein Ermittler, der observiert und sich auf der Straße herumtreibt. Bleib bei Schreiber,* zwang er sich selbst, stand auf und blickte aus dem Fenster.

Ich bin Schreiber. Worum geht es mir? Was ist mein eigentliches Ziel? Es muss groß sein, wenn ich das Riskio eingehe zu morden, zu vergewaltigen und in das Privatleben eines Agenten aufs Brutalste einzugreifen, nur damit er sich zurückzieht. – Er hat Angst, dass ich ihm auf die Schliche komme, verstehe, was er eigentlich will, und fühlt sich außerdem persönlich angegriffen. Was hat ihn ausrasten lassen? Vor der Benefizveranstaltung hätte er sich fast vergessen, war kurz davor mich zu schlagen. Seine Stiftungen sind ihm sehr wichtig, das ist nicht nur die Spielerei von zwei gelangweilten High-Society Frauen, es geht um mehr. Außerdem hat er extrem emotional reagiert, als ich seine Schwester erniedrigt habe. Er treibt sich ungewöhnlich viel mit ihr rum, ging es Sean durch den Kopf, *regelmäßige Besuche, Theater, Veranstaltungen. Komisch, nicht gerade normal für Geschwister.*

Gut, ich muss zurückgehen an unseren Ausgangspunkt. Drei Morde, drei Leutnants, alle drei in der Ausbildung und Jugendarbeit der NNM tätig. Hands, Whealer und Durbon sind keine geistigen Größen, doch haben einen Draht zu den Jugendlichen der NNM, den Jungschar-Kampftruppen.

Ich brauche eine feste These, an der nicht zu rütteln ist. Also: Schreiber hat die Morde in Auftrag gegeben, das ist meine Überzeugung. Jetzt, Sean, beantworte das Wie und das Warum.

Er wurde aus den Gedanken gerissen und blickte ungehalten zur Tür, als Cat hereinkam. Sie stellte einen Teller mit einem Sandwich und eine Packung Milch auf seinen Schreibtisch. „Du solltest was essen." Dann sah sie seinen Gesichtsausdruck. „Ich stör dich, mhm?"

Sean nickte, sie atmete tief ein und wollte schon zur Tür gehen, als er sie aufhielt. „Warte, Cat." Er kam auf sie zu. „Danke für das Essen."

„Schon gut, ich lasse dich jetzt allein."

Sean sah ihr nach und stoppte sie wieder. „Cat, ich bin gerade an Schreiber, ich könnte noch eine gute Profilerin dabei gebrauchen."

„Okay, was hast du vor?" Sie setzte sich in die Sitzecke und Sean ließ sich ihr gegenüber in dem Sessel nieder.

„Assoziative Adaption!"

Sie verzog den Mund. „Sean, das habe ich erst einmal gemacht, mit dir in der Ausbildung. Ich weiß nicht, ob ich damit genug Erfahrung habe."

„Unsinn, du warst damals bei der Session fantastisch. Komm, lass es uns versuchen. Also, ich beginne mit einer These und versuche diese zu begründen; du wirst versuchen, mich während unseres Gesprächs zu widerlegen. Wir assoziieren unsere Gedanken und passen sie an, okay? Ich mache Notizen dabei." Er ging an das Whiteboard.

These: Schreiber hat die drei Morde in Auftrag gegeben.

„Warum sollte er das tun?", entfuhr es Cat, sie wusste, dass solch ein Gedankenabschlag schnell gehen musste.

„Er braucht eine Lobby für die NNM, will Presse und Aufmerksamkeit.“

„Warum seinen guten Freund Hands, warum nicht einen unbedeutenden Mann aus den unteren Chargen?“

„Gute Frage!“, erwiderte Sean und schrieb:

Warum Hands, Whealer und Durbon?

„Weil alle drei in der Ausbildung tätig waren“, antwortete Sean, ohne lange zu denken, das war genau der Sinn solch eines psychologischen Rollenspiels, nicht denken, artikulieren.

„Welchen Sinn macht das?“, erwiderte Cat.

„Es hat einen Grund und es hat mit der Ausbildung zu tun.“

Weil sie in der Ausbildung tätig waren.

„Schreiber ist kein Mann, der sich in die Hände eines Killers begibt, dadurch, dass er einen Mord beauftragt. Er würde sich nie erpressbar machen.“

„Nein, aber er hat es auch nicht selbst getan“, konterte Sean schnell.

„Jemand, dem er traut.“

Der Killer ist eine Vertrauensperson Schreibers.

„Dann haben die Opfer dem Killer auch getraut, denn sie zeigten keine Gegenwehr“, meinte Cat rasch.

„Stimmt.“

Der Killer ist eine Person, der auch die Opfer vertraut haben.

„Lass uns bei der Ausbildung bleiben, was ist so speziell daran?", drängte er Cat.

„Lernen, Erfahrungen sammeln, in der Lage sein, das Erlernte anzuwenden – und wenn ich an meine eigene Ausbildung denke, gehört auch gehorchen und in gewisser Weise gepeinigt zu werden dazu", meinte sie schnell.

Sean sah sie einen kurzen Moment lang irritiert an, doch versuchte bei Schreiber zu bleiben. „Gehorchen – denkst du, die Opfer haben gehorcht?"

„Als Ausbilder haben sie auf jeden Fall solch einen Prozess durchlaufen. Ja, ich denke, sie haben auf Schreiber gehört. Vergiss nicht, alle drei waren nicht gerade Intelligenzbestien, solche Leute sehen gerne zu einem Führer auf und folgen seinen Worten."

„Was hältst du davon?", fragte Sean und schrieb:

Alle drei Opfer waren damit einverstanden, als Märtyrer zu sterben!

„Wow, wow, halblang, Sean!", sagte Cat entrüstet. „Nein, Studien haben belegt, dass der Selbsterhaltungstrieb immer noch einen höheren Stellenwert hat."

„Stimmt, aber du hast die typischen Selbstmordattentäter vergessen – hier hat sich gezeigt, dass beim Selbsterhaltungstrieb ein gesunder Menschenverstand gegeben sein muss", erwiderte er ungerührt. „Bei Selbstmordattentätern muss irrationales Handeln unterstellt werden, es ist dabei egal, ob es sich um politische oder religiöse Faktoren handelt, die außerhalb gängiger Rationalitäten stehen. Bei einer Untersuchung von Selbstmordattentätern, die überlebt haben, und unter Einbeziehung der Familien von verstorbenen, hat man herausgefunden, dass sechzig Prozent dieser Täter nur aus einem Motiv agieren: sie folgen Autoritätspersonen und sind sogenannte Ja-Sager; sie werden als abhängig-vermeidende Typen bezeichnet. Beim Rest handelt es sich um Impulsivtäter, die einfach nur emotional sehr instabil sind."

„Du willst im Ernst damit sagen, dass Hands, Durbon und Whealer damit einverstanden waren, erschossen zu werden?", fragte Cat fassungslos und zweifelte, ob Sean überhaupt zurechnungsfähig war, wenn er so etwas behauptete.

Sean sah sie eindringlich an, nickte kaum merklich. „Lass uns doch mal unterstellen, dass unsere drei Mordopfer zu diesenm abhängig-vermeidenden Typ gehörten, dass sie aufgrund ihrer Ideologie und der Eingliederung in die NNM weit außerhalb von irgendwelchen rationalen Überlegungen standen und dazu noch ein ziemliches Problem mit ihrem eigenen Selbstwertgefühl hatten. Was passiert, wenn dann ein charismatischer Führer wie Schreiber auf der Bildfläche erscheint? Catherine, überleg doch mal – er hat es innerhalb kürzester Zeit geschafft, drei Männer dazu zu bewegen, eine ihnen unbekannte Frau zusammenzuschlagen und zu vergewaltigen; ich wette, es war ein Anruf und er musste noch nicht einmal erklären warum. Sie folgen ihm blind – wenn es sein muss, bis in den Tod. Spricht wirklich so viel dagegen, dass Hands und die anderen in eine Art Freitod gegangen sind für ihre Sache? Von mir aus nenn es auch altruistischen Suizid, der aufgrund der Abhängigkeit von der NNM ausgeführt wurde und durch Schreibers Verschleierung zum heroischen Tod von Märtyrern hochstilisiert wird."

Cats Kopf arbeitete auf Hochtouren – es ging hier darum ihn zu widerlegen. „Vielleicht hat er sie aber auch nur missbraucht, zum Beispiel für Demonstrationszwecke oder Aufnahmerituale."

„Red weiter, ich kann dir nicht folgen", kam es eilig von Sean.

„Ähm, Hands nimmt einen neuen Jugendlichen auf, eine Mutprobe vor dem Führer, eine Exekution wird nachgestellt, der

Junge drückt ab und Hands ist tot.“ Cat schnaufte. „Sean, das ist verrückt, was wir machen.“

„Nein, nein, warte mal, du bist da an etwas dran. Ein Jugendlicher?“

Könnten die Opfer von Jugendlichen der NNM getötet worden sein? Hands, Whealer und Durbon, auf Befehl von Schreiber?

„Was hat Schreiber davon?“

Sean sah sie plötzlich mit einem Gesicht an, dass es ihr eiskalt den Rücken herunterlief – wieder dieses widerliche Lächeln, das sie schon einmal bei ihm gesehen hatte. Er schrieb:

Es gibt mir Macht über die Kinder, die Presse, die ich brauche, und endlich bin ich diese hirnlosen Arschlöcher los.

„Hör auf“, entgegnete Cat scharf. „Meine Güte, Sean, sieh dir nur an, was du geschrieben hast – du bist wieder in Schreiber eingetaucht! Ich will das nicht, ich hasse es! Wir machen Schluss.“

Er sah sie einen Moment an. „Cat, das war gut, richtig gut; das ist unser Job; das macht einen guten Profiler aus.“

Sie sah ihn nur irritiert an, stand abrupt auf und ging zur Tür. „Iss was und hör jetzt auf, es reicht.“

Sean hatte sich an seinen Computer gesetzt, die acht Stichpunkte in eine Mail getippt, den letzten Satz von „ich“ in „Schreiber“ geändert und mit dem Betreff „Was zum Nachdenken“ ohne weiteren Kommentar an Don geschickt.

Nachdem Schreiber am folgenden Dienstagmorgen eine Versammlung mit etwa zwanzig seiner Leutnants im NNM-Hauptsitz angesetzt hatte und es sehr unwahrscheinlich war, dass sie vor dem Abend das Gebäude verlassen würden, waren Derwan und Sean zu dem Immobilienbüro von Doris Sanders' Ex-Mann gefahren. Nur unwillig hatte Gilbert Sanders sie in sein Büro geführt, und ihm war anzusehen, dass er alles andere als beglückt war, die FBI-Agenten bei sich zu haben. Wie es schien, war ihm vollkommen klar, um was es ging, denn nach seinem einleitenden: „Ich weiß nicht, wie ich Ihnen helfen kann, ich habe Schreiber seit zwei Jahren nicht mehr gesehen. Außerdem habe ich jetzt einen Termin", hatte er noch nicht einmal gefragt, warum die beiden bei ihm auftauchten. Sean hatte nicht locker gelassen und gedroht, ihn mit ins FBI-Büro zu nehmen, falls er seinen Termin nicht verschieben sollte. Mit säuerlichem Gesicht hatte Sanders seine Sekretärin angewiesen, den Termin um eine Stunde zu verlegen, und saß nun an seinem Schreibtisch. Derwan und Sean saßen ihm gegenüber.

„Sie wissen, dass wir in den Mordfällen der NNM-Leute ermitteln?", fragte Sean.

„Ich habe und hatte nie was mit der NNM zu tun; was wollen Sie ausgerechnet von mir?", kam Sanders' Gegenfrage.

„Sie sind geschieden von Doris Sanders, haben aber keinerlei Geldforderungen gestellt, obwohl Sie keinen Ehevertrag abgeschlossen hatten. Wieso?"

„Was hat das denn mit den Mordfällen zu tun?"

„Können Sie auch mal eine Frage beantworten?", kommentierte Derwan in so barschem Ton, dass Sanders sichtlich zusammenzuckte.

„Doris und ich haben uns gütlich getrennt, ich wollte nichts vom Schreibervermögen."

„Sehr altruistisch", stichelte Sean. „Was ist mit Ihrem Sohn, er ist vier, oder?"

Sanders setzte sich auf, sein Gesicht wurde eisig. „Er ist nicht mein Sohn. Doris hat ihn adoptiert, ich hatte mich noch nicht einmal als Adoptivvater eintragen lassen."

„Warum? Waren Sie mit der Adoption nicht einverstanden?"

Er schnaufte laut. „Nein, das war ich nicht. Sowohl Doris als auch ich waren körperlich in der Lage Kinder zu zeugen, doch sie wollte nicht – und jetzt fragen Sie ja nicht warum, das hat sie mir nie erklärt. Bei Doris wird nicht erklärt, dort wird befohlen. So, und jetzt sagen Sie mir, was Sie wollen, und gehen dann bitte."

„Wie gut kennen Sie Josef Schreiber?", erkundigte sich Sean und wunderte sich immer noch über das, was Sanders gesagt hatte.

„So gut wie gar nicht, das gilt auch für meine Ex-Schwiegermutter. Bitte, ich weiß wirklich nichts, weder von der NNM noch von Schreiber." Sanders wirkte nervös, als ob er Angst hätte, etwas Falsches zu sagen. Er stand auf und hielt ihnen demonstrativ die Hand hin.

Derwan war nicht schlecht erstaunt, als Sean ebenfalls aufstand, näher an Sanders herantrat und ihm die Hand entgegenstreckte. *Er will gehen? Caver muss doch merken, dass hier was nicht stimmt*, dachte er.

Sanders ergriff Seans Hand und zog ihn noch ein wenig näher heran. „Bitte lassen Sie mich in Ruhe", flüsterte er eindringlich und so leise, dass selbst Derwan das nicht mitbekam, sagte dann mit lauter Stimme: „Tut mir leid, dass ich nicht helfen kann. Meine Herren, ich denke, Sie finden raus." Er schüttelte Derwan ebenfalls die Hand und beide verließen das Büro.

„Warum sind Sie so schnell gegangen? Der weiß doch noch viel mehr über den Schreiberklan, als er uns gesagt hat! Ich verstehe Sie nicht, Caver", sagte Derwan säuerlich, als sie wieder im Auto saßen und sich auf den Rückweg zur NNM-Zentrale machten.

Sean nickte nachdenklich vor sich hin. „Er hat Angst, denkt, dass sein Büro abgehört wird. Er hat mir zugeflüstert, mich regelrecht angefleht ihn in Ruhe zu lassen."

„Was?", fragte Derwan entgeistert.

„Ja. Mensch, Derwan, ich glaube, wir haben das erste Mal so etwas wie einen Hoffnungsfunken, wir müssen uns diesen Sanders kaufen, er weiß viel mehr."

Wieder hatten sie über mehrere Stunden hinweg vor der NNM-Zentrale gewartet, bis die Limousine endlich vom Gelände fuhr. Derwan sah erstaunt auf, als der Wagen genau neben ihnen hielt. Er hatte seine Glock gezogen und auf seinen Schoß gelegt. Sean tat es im gleich. Sie sahen, wie das hintere das Fenster heruntergelassen wurde, Schreiber blickte sie an, schien zu warten. Derwan fuhr das Fenster an der Fahrerseite runter und hob die Waffe etwas an, aber so, dass Schreiber sie nicht sehen konnte.

„Ich glaube, das gehört Ihnen", sagte Schreiber und rollte den kleinen Peilsender zwischen seinen Fingern, dann warf er ihn in den Explorer, fuhr seine getönte Scheibe wieder hoch und die Limousine rollte langsam los.

„Hat ja lange gedauert", meinte Sean, zog die Augenbrauen hoch und nahm den Sender von der Fußmatte. Derwan hatte den Wagen bereits gestartet und sich hinter die Limousine geheftet, seine Glock steckte wieder im Halfter.

„Öffnen Sie ihn und nehmen Sie die Batterie raus", sagte er im Kommandoton ohne weitere Erklärungen.

Sean fummelte an dem kleinen Teil herum, bis er endlich den Schließmechanismus fand, und puhlte mit dem Fingernagel die flache Batterie aus der Verankerung. Da Derwan immer noch schwieg, fragte er: „Warum?"

Derwan sah ihn kurz an und verzog den Mund, als ob Sean ein FBI-Anfänger in Quantico wäre und eine wirklich saublöde Frage gestellt hätte. „Es gehört nicht viel technisches Verständnis dazu, so einen Sender umzuprogrammieren. Wir wollen doch keine Wanze mit uns rumtragen, oder?“

Schreibers Wagen verschwand, wie fast jeden Abend, in der Tiefgarage seines Appartmentblocks. Es dauerte keine halbe Stunde, bis Doris Sanders' roter Porsche zur Einfahrt kam und ebenfalls in die Parkgarage fuhr.

„Seine Schwester, genau wie letzten Dienstag. Ich würde zu gerne wissen, was die beiden da oben treiben“, murmelte Sean vor sich hin.

„Vielleicht spielen sie Rommé. Ich wette, um Punkt zehn geht sie wieder, wie letzte Woche. Caver, Sie sind dran mit Essen holen.“

Sean hatte beim Deli um die Ecke zwei labberige Sandwichs und heißen Tee besorgt – was beides genau so schmeckte, wie es aussah. Derwan hatte danach den Sitz nach hinten gelehnt und die Augen zugemacht, während Sean draußen stand, eine Zigarette rauchte und mit Cat sprach. Derwan behielt recht, pünktlich um zehn Uhr fuhr der Porsche wieder aus der Tiefgarage und keine fünfzehn Minuten später gingen die Lichter im vierten Stock des Luxus-Wohnblocks aus.

Beide saßen am anderen Morgen um sieben in dem FBI-Büro, in dem sie schon die letzte Woche mehr oder weniger gelebt hatten. Das im Haus befindliche Gym erlaubte ihnen wenigstens, sich vernünftig zu duschen und zu rasieren. Sie tranken den scheußlichen Kaffee aus dem Automaten im Flur und wollten in einer halben Stunde los, da Schreiber ein Gewohnheitstier war und immer gegen acht Uhr sein Apartment verließ. Derwan sprach gerade mit einem seiner Kollegen von der TacOps, um sich einen Ratschlag zu holen, wie ein neuer Sender am Wagen angebracht werden konnte, ohne entdeckt zu werden, während Sean sich den Leitartikel in der *Washington Post* durchlas.

Genau wie Winter es gesagte hatt, drehte sich die Presse, was das politische Geschehen anging, nur um ein Thema. Gestern hatte Senator Kevin Maxwell, der sich bisher aus der Diskussion um die Wiedereinführung des Waffenbesitzrechts herausgehalten hatte, seine Unterstützung erklärt, sobald ein neuer Gesetzesentwurf durch das Repräsentantenhaus oder den Senat erfolgen sollte. *Wieder ein Senator mehr*, dachte Sean, als sein iPhone klingelte.

Es war Don. „Wo seid ihr?", war seine Begrüßung und Sean war schlagartig klar, dass etwas los war. Er schnippte mit dem Finger in Derwans Richtung, der sofort sein Gespräch unterbrach und zu Sean kam. Der stellte sein Telefon auf Lautsprecher.

„Noch im Büro, was ist los?"

„Auf Schreiber ist heute Morgen um fünf Uhr in seiner Tiefgarage geschossen worden."

„Was?", fragte Sean entsetzt. „Ist er tot?"

„Nein, aber sein Fahrer. Schreiber ist verletzt, hat scheinbar ziemliches Glück gehabt. Einer seiner Leibwächter kam etwas später in die Tiefgarage und konnte den Attentäter stören, er ist entkommen. Warum zum Teufel muss ich das eigentlich erzählen, ich dachte, ihr observiert ihn?"

„Hast du sie noch alle?", meinte Sean sauer. „Wir können keine vierundzwanzig Stunden vor seiner Wohnung stehen. Aber woher weißt du das alles?"

„Läuft seit eineinhalb Stunden über CNN. Ich habe gleich, als ich es heute früh gesehen habe, das PD in Kansas City angerufen, die haben mir die Einzelheiten gegeben."

„Wieso hat die Presse das schon?“, fragte Derwan so teilnahmslos, als wollte er ein Frühstück bestellen.

„Die haben einen Bekenneranruf bekommen; ein Mann hat sie zehn Minuten nach der Tat angerufen und mitgeteilt, dass er Schreiber erschossen hat und wo. Die waren als Erste am Tatort. Ihr könnt euch ja vorstellen, was die seither für Bilder senden, der Leibwächter konnte die Aasgeier nicht abhalten und die Polizei und der Arzt kamen fünf Minuten nach der Presse.“

„Das stinkt doch zu Himmel. Was macht Schreiber um fünf Uhr morgens in seiner Garage?“, warf Sean ein. „Dahinter steckt er doch selbst.“

Derwan sah ihn mit großen Augen an und auch Don war erst einmal still am anderen Ende, bis er endlich wieder Worte fand. „Sean, deine Obsession für Schreiber geht zu weit. Der Mann wird gerade operiert, hat einen Schuss in den Rücken bekommen, sein Fahrer ist tot und der Leibwächter hat zu Protokoll gegeben, einen vermummten Täter gesehen zu haben. Es reicht, hebt eure Ärsche und kommt zurück nach Quantico.“

„Bist du bescheuert? Wir fahren jetzt zum Tatort und dann ins Krankenhaus!“, entfuhr es Sean.

„Nein, das tut ihr nicht. Doris Sanders hat heute Morgen bereits eine einstweilige Verfügung gegen euch erwirkt, das FBI darf im Moment nicht intervenieren und besonders du musst dich da raushalten.“

„Einstweilige Verfügung, mit welcher Begründung?“ Jetzt war selbst Derwan vollkommen von den Socken.

„Verdacht auf Verschleierung von Tatsachen bei polizeilichen Ermittlungen, das PD in Kansas City übernimmt die Spurensicherung und Zeugenbefragung und wird dann mit dem FBI-Büro in Missouri daran arbeiten. Du und Derwan, ihr müsst da raus. Winter konnte nichts machen, sie hat es wirklich versucht. Aber der zuständige Staatsanwalt und Richter vor Ort, die heute Morgen aus ihren Betten geklingelt wurden, haben dem zugestimmt. Ausschlaggebend war der Peilsender an Schreibers Wagen. Sanders hat ihnen das erzählt und es gibt wohl auch eine Videoaufzeichnung, wie Schreiber euch den Peilsender zurückgibt."

Sean strich sich durchs Haar und fing an zu lachen. „Sanders hat das alles heute Morgen gemacht? Ihr Bruder wird angeschossen und sie hat nichts Besseres zu tun, als ihren Anwalt einzuschalten und das alles zu veranlassen? Das ist doch lächerlich, da merkt doch jeder, der nur bis drei zählen kann, dass da was stinkt."

„Caver hat recht, Viggen, das ist nicht ganz astrein", brummte Derwan. Sein Blick folgte Sean, der vor dem Schreibtisch auf und ab tigerte.

„Erzählt das nicht mir, ich habe von der ganzen Scheiße auch gerade erst erfahren. Winter hat mich persönlich angerufen, ich habe die Dame noch nie so besorgt erlebt. Also kommt mit der nächsten Maschine her, Sims und Winter sind heute Nachmittag in Quantico, dann können wir alles besprechen."

„Wir kommen", beendete Derwan das Gespräch und fing gleich an, die Unterlagen vom Schreibtisch in seine Sporttasche zu legen.

„Das gibt's doch wohl nicht, dieses verdammte Dreckschwein!"

Derwan sah auf. „Komm schon, Sean, pack deinen Kram, ich besorge uns Flüge."

„Hab ich da ein ‚Sean' gehört?", fragte Sean und begann ebenfalls, seinen Laptop und die Unterlagen zusammenzupacken.

„Ja. Ich heiße übrigens Marc, und da unsere Zusammenarbeit nach dem Debakel höchstwahrscheinlich beendet ist, habe ich nichts dagegen, einen freundschaftlichen Ton mit dir anzuschlagen." Dann griff er sein Telefon und rief am Flughafen an.

KAPITEL NEUN

Quantico, Mittwoch, 20. Februar 2019

Sean war sich nicht sicher, worauf er sich gefasst machen sollte nach Dons Anruf, doch er war erstaunt, dass weder Winter noch Sims sich in Vorwürfen oder irgendwelchen Anschuldigungen ergingen.

Als er Doris Sanders' Interview gesehen hatte, das bereits seit dem Mittag jede Stunde über die größten Fernsehsender lief und in dem sie haarklein von Schikane und Bedrohung vonseiten des FBI berichtete, gingen die Pferde mit ihm durch. „Jetzt bleibt uns nur noch zu hoffen, dass es post-operative Komplikationen bei Schreiber gibt und er endlich verreckt. Meine Güte, wie bescheuert kann man denn nur sein, den Kopf eines Mannes zu verfehlen und ihm nur in den Nacken zu schießen? Wer immer da geschossen hat, hat ihn mit Absicht verfehlt." Er unterbrach seinen Ausbruch eigentlich nur, weil Cat laut stöhnte. Er sah alle Augen der Soko auf sich gerichtet und schwieg.

Winter machte ein strenges Gesicht in seine Richtung und sagte dann ruhig: „Auf uns werden verschiedene Anschuldigungen zukommen, doch Ihrer und Derwans Hintern sind gerettet. Alles, was die Soko unternommen hat, wurde von mir genehmigt, dazu gehört auch der Peilsender und die intensive Observierung von Schreiber. Sie werden mit der Beleidigungsklage, die wieder aufgenommen wurde, nicht weiterkommen, da Doris Sanders Ihnen ins Gesicht geschlagen hat. Aber der Fall ist seit heute Morgen wieder zurück bei der CTD. James Carter wird in einer Stunde eine Pressekonferenz halten, er wird sich offiziell vor den Medien bei der Familie Schreiber entschuldigen und zugeben, dass die Sonderkommission Fehler gemacht hat. Alle hier halten sich jetzt aus dem Fall raus und Sie, Caver, glänzen in nächster Zeit durch Abwesenheit. Sie machen Ausbildung und verkneifen sich jeglichen Kommentar, falls die Presse Sie ausfindig macht – was noch ganz andere Probleme nach sich ziehen würde." Dabei sah sie Derwan an und führte das nicht weiter aus.

„Monica", versuchte es Sean ein letztes Mal, „Sie müssen doch sehen, dass Schreiber das inszeniert hat. Kaum ist er angeschossen, ist die Presse vor Ort, seine Schwester redet mit ihrem Anwalt und ist dann erst im Krankenhaus bei ihrem Bruder, die Sache ist doch von vorne bis hinten geplant. Die wollen uns raushaben, wir sind ihnen zu nahe gekommen."

„Es reicht, Sean", meinte Sims resigniert. „Hier ist Schluss. Kannst du dich erinnern, was ich dir sagte? Es ist sehr dünnes Eis, auf dem wir uns bewegen – und wir sind eingebrochen. Außerdem muss ich dir ehrlich sagen, dass ich dir bei allem, was Schreiber angeht, glaube – bis auf die Tatsache, dass sich ein Mensch absichtlich anschießen lässt."

Sean legte beide Hände ausgebreitet an die Tischkante, als bräuchte er Halt. „Seid ihr eigentlich alle blind? Ich bin wahrlich kein Freak, wenn es ums Schießen geht, nicht wie Derwan, aber ich schwöre euch: wenn ich auf einen Mann schieße, der fünf Meter von mir entfernt ist, dann treffe ich seinen Kopf, und wenn du mir sagst, verletzte ihn, dann treffe ich auch seinen Nacken und breche ihm das Schlüsselbein. Ein Profi hat ihn angeschossen, genau so, wie er es wollte! Verdammt noch mal, seht ihr das denn nicht?"

„Nein", sagte Cat ernst, „ich sehe das nicht so!"

Sean glaubte seinen Ohren nicht zu trauen – selbst Cat sagte das? Er sah sie wütend an, hob dann abweisend beide Hände. „Fein, okay, das war's dann also."

Alle hatten den Konferenzraum verlassen, außer Cat, die ihre Papiere zusammenräumte und Sean besorgte Blicke zuwarf. Seine Ellbogen aufgestützt, starrte er mit an den Kopf gelegten Händen vollkommen frustriert auf die Tischplatte seit die anderen den Raum verlassen hatten.„Kommst du auch? Ich packe schon mal, wir können zurück nach Stafford fahren." Sie wartete auf eine Reaktion, es kam keine. „Na gut, dann geh ich jetzt vor."

Sean stand auf, sah sie an, dann sagte er leise: „Wie konntest du mir nur so in den Rücken fallen?"

Cat war wie erstarrt, mühsam fand sie Worte: „Ich bin dir nicht in den Rücken gefallen, ich habe nur das gesagt, was ich dachte, was alle dachten in diesem Raum."

Er sah sie gekränkt an und schlug dann plötzlich mit einer solchen Wucht auf den Tisch, dass eine der Kaffeetassen, die zu nahe am Rand stand, auf den Boden fiel. Die braune Flüssigkeit hinterließ einen großen Fleck auf dem Teppichboden. „*Du* vor allem, du bist mir am Nächsten, aber gerade du musstest so etwas sagen! Nicht einmal Don hätte mich so bloßgestellt! Warum, Cat, warum hast du das vor allen hier getan?"

Er hatte geschrien, etwas, das Cat noch nie zuvor bei ihm erlebt hatte. Ihre Gesichtszüge gefroren. „Ich will dir mal was sagen, Sean Caver", antwortete sie ruhig. „Auch wenn du es noch nicht wahrhaben willst: ich bin FBI-Agentin und ich habe das Anrecht auf eine eigene Meinung, egal, ob ich dich liebe. Und in diesem Fall bin ich der Meinung, dass du dich verrannt hast. Kein Mensch lässt sich so schwer verwunden, nur wegen politischer Interessen oder um das FBI loszuwerden. Sean, ich packe jetzt und fahre nach Hause."

Sean sah sie fassungslos an. „Mein Gott, ihr seht es alle nicht, ihr alle versteht nicht, was für ein Untier dieser Mann ist." Er schüttelte den Kopf und ging an ihr vorbei aus dem Raum.

Er war zu den Privaträumen hochgegangen, hatte seine Laufsachen angezogen und als Cat ihr Apartment betrat, verließ er es gerade, ohne dass sie nur ein Wort miteinander wechselten. Sean war losgerannt, auf den Brick, und hatte jedes Hindernis mitgenommen. Er war atemlos an der Wende angekommen und hatte sich, trotz der schmerzhaften Reaktionen seines Körpers, genauso rücksichtslos auf den Rückweg gemacht. Als er vor der Bretterwand stand, und den dritten Versuch unternahm, das einen Meter achtzig hohe Hindernis zu überwinden, fiel er rücklings in den Schnee. Laut fluchend blieb er einfach einige Sekunden liegen. Voller Wut rappelte er sich dann keuchend hoch und setzte sich aufrecht mit dem Rücken gegen die Holzwand, schüttelte den Kopf, versuchte wieder klar zu werden, als sein iPhone in der Jackentasche klingelte. *Cat*, dachte er und kramte es heraus, doch es zeigte eine Nummer aus Washington, die er nicht kannte.

„Ja, Caver" keuchte er und stand langsam vom kalten Boden auf.

„Agent Sean Caver?", fragte eine männliche Stimme, die Sean entfernt bekannt vorkam.

„Ja, mit wem spreche ich?"

„Sanders, Gilbert Sanders. Wir sollten uns treffen." Sanders' Stimme war leiser geworden, als er seinen Namen aussprach.

Lass die Finger davon, dachte Sean für den Bruchteil einer Sekunde, doch fragte dann: „Wo sind Sie?"

„In Washington, aber Sie müssen sicherstellen, dass niemand Ihnen folgt. Ich darf nicht mit Ihnen gesehen werden, das wäre für mich lebensgefährlich."

Sean überlegte kurz. „Geht's morgen bei Ihnen?"

„Ja."

„Okay, dann hören Sie zu ..."

Immer noch pitschnass, war Sean in seinen Joggingklamotten direkt zur TacOps gegangen, in der Hoffnung, dass Marc sich noch auf dem Gelände befände. Er entdeckte Marc Derwan schließlich auf dem Gang, in ein Gespräch mit einem Kollegen vertieft. Es dauerte keine Sekunde, bis Marc ihn bemerkte und ihm kurz zunickte. Er verabschiedete sich von dem Mann und kam dann auf Sean zu. „Hast du deinen Frust auf dem Brick ausgetobt?", fragte er ironisch und taxierte Seans verschwitzte Klamotten.

„Können wir kurz reden, unter vier Augen?"

Marc nickte und ging mit Sean nach draußen vor die Tür. „Hier kann man am besten reden, wenn man sicher sein will, dass niemand zuhört. Was ist los?"

„Bist du immer noch der Meinung, dass bei Schreibers Attentat was nicht stimmt?"

Marc Derwan nickte wieder. „Yeap, ich gebe es zwar nicht gerne zu, aber in diesem Fall bin ich ganz deiner Meinung, dieser Schreiber hat sein eigenes Attentat inszeniert. Warum fragst du?"

„Marc, ich will dranbleiben!", meinte Sean leise.

Der lachte nur. „Und dich suspendieren lassen? Wenn einer dahinter kommt, hast du die Interne an den Hacken. Lass es lieber."

„Also bist du nicht mit von der Partie?", fragte Sean unmissverständlich.

Marc zog die Augenbrauen hoch. „Wobei? Was hast du vor?"

„Ich muss erst wissen, ob du mitmachst, sonst werde ich nicht reden."

„Bist du irre? Hör zu, ich gebe dir mein Wort, dass diese Unterhaltung nie stattgefunden hat, aber jetzt erzählst du mir, was los ist, und dann entscheide ich", erwiderte er grob in dem für ihn so typischen Ton.

„Also gut. Gilbert Sanders hat mich vor zwanzig Minuten angerufen, er will sich morgen mit mir in Washington treffen. Marc, ich will mir anhören, was er zu sagen hat, zusammen mit dir. Entweder er hat wirklich was, womit wir arbeiten und Schreiber zur Strecke bringen können, oder es ist ein für alle Mal vorbei." Sean sah ihn erwartungsvoll an, sein Atem bildete weiße Wolken in der kalten Winterluft.

„Man kann uns keinen Vorwurf daraus machen, wenn wir nur mit jemandem reden, oder?" Der TacOps-Mann schmunzelte.

„Danke, Marc. Wir treffen uns morgen gegen zehn im Holocaust Memorial Museum in Washington; wende dich an Aron Stein, er ist unser Ansprechpartner für die Anwärterbesuche. Sanders will so gegen halb elf kommen."

„Ungewöhnlicher Ort", kommentierte Marc.

„Da ich mich um die Ausbildung kümmern soll, werde ich morgen zwei Anwärterklassen dorthin begleiten. Da drin fällt es nicht auf, wenn ich für eine Stunde verschwinde."

„Also gut, ruf diesen Stein an und sag ihm, dass ich komme und er im Museum ein ruhiges Plätzchen für uns finden soll."

Sean grinste übers ganze Gesicht. „Schon passiert!"

Marc Derwan verschränkte die Arme vor der Brust und sah Sean mit missbilligendem Gesichtsausdruck an, dann schüttelte er leicht den Kopf und verzog den Mund zu einem angedeuteten Lächeln, bevor er wieder ins Gebäude ging.

Sean wollte eigentlich in der Unterkunft duschen und war nicht schlecht erstaunt, als er sah, dass Cat scheinbar seine gesamten Sachen gepackt und mitgenommen hatte. Außer der dick gefütterten FBI-Jacke, seiner Glock, den Ausweispapieren und seinem Autoschlüssel war alles verschwunden. Auf dem Bett lag ein Zettel. „Komm nach Hause", war alles, was sie geschrieben hatte.

Er fuhr sofort raus nach Stafford und war froh, ihren Dienstwagen in der Auffahrt zu sehen. Auch wenn Schreiber im Krankenhaus lag, traute er dem Drecksack zu, dass seine Leute Cat immer noch verfolgten. Egal wie, er musste Cat davon überzeugen, dass immer noch gewisse Sicherheitsvorkehrungen getroffen werden mussten – und dazu gehörte, nicht alleine im Haus zu sein. Eigentlich war er immer noch verärgert darüber, was Cat vor der Soko gesagt hatte, aber er hätte sie nicht anschreien sollen.

Als er ins Haus kam, fiel ihm sofort auf, dass Cat sauber gemacht hatte, außerdem war der Tisch gedeckt für ein Abendessen. Sean blieb an der Küchentür stehen. „Du kochst?", fragte er.

Sie sah ihn an. „Ja, die Strafe hast du verdient."

Er betrat die Küche, hievte sich auf die Anrichte, dort, wo sie normalerweise saß, und sah ihr zu, wie sie Salat putzte.

„Sagst du bald mal was", meinte Cat und reichte ihm ihr Weinglas.

Sean nippte am Rotwein. „Was willst du, eine Entschuldigung?"

„Zum Beispiel", erwiderte Cat und blieb vor ihm stehen, ihr Gesicht ungewöhnlich ernst.

„Gut, ich entschuldige mich dafür, dass ich dich angeschrien habe, das wird nicht mehr vorkommen. Doch was ich gesagt habe, nehme ich nicht zurück."

Sie sah ihn nachdenklich an. „Wie du willst. Aber denk mal darüber nach, wie du auf mich reagiert hättest, wenn wir kein Paar wären, sondern nur Kollegen."

Sean schüttelte leicht den Kopf. „Das brauche ich nicht, denn wir sind ein Paar und daher ist das nicht zu trennen."

„Du bist ein Dickkopf."

„Du auch", erwiderte er entnervt, dann sah er sie eindringlich an. „Würdest du mich bitte jetzt küssen, denn ich hab Angst, wenn ich es versuche, eine gescheuert zu bekommen." Sean wartete. „Bitte!", sagte er noch einmal eindringlich.

Cat schnaufte, doch legte dann beide Arme um seine Hüften und drückte ihm einen kurzen Kuss auf. Er hielt sie fest und zog sie wieder näher zu sich, beugte sich wieder ihrem Mund zu und wartete.

„Du bist schrecklich“, flüsterte sie.

„Mhm“, brummte er und legte seine Lippen sanft auf ihre, ließ nicht los, bis sie seinen Kuss erwiderte.

Seine Zunge spielte zwischen ihren Lippen, er schmeckte herrlich salzig und roch so wahnsinnig gut, herb, nach Wald und Sean. Endlich erwiderte sie seinen Kuss genauso leidenschaftlich. Cat hatte das Gefühl eine Ewigkeit mit ihm geknutscht zu haben, bevor er sie langsam losließ und lächelte. „Ich geh duschen, dann essen wir zusammen. Außerdem müssen wir auch noch dringend einiges besprechen, okay?“

Der Bus hatte an der 14th Street SW gehalten, bis die etwa sechzig FBI-Anwärter ausgestiegen waren. Sean ging mit Simon White voran, alle waren in zivil und als die Gruppe an der langen Schlange der Wartenden vorbeiging, konnte man den Eindruck bekommen, Studenten einer Universität machten einen Ausflug in das Museum. Sie passierten das sechseckige graue Memorial auf der rechten Seite und betraten dann das rote Backsteingebäude.

Sean sah Aron Stein in der Vorhalle, er kam mit einem jüngeren Kollegen auf sie zu. Aron schüttelte Simon und dann Sean die Hand und bat ihn, wie sie es verabredet hatten, auf eine Unterredung mitzukommen. Simon ging mit den Anwärtern und ihrem jungen Museumsführer in den ersten Ausstellungsraum.

„Ihr Kollege ist schon da, aber Mr. Miller noch nicht“, sagte Stein und öffnete die Tür zu einem Büro – Sean hatte sich mit Sanders darauf geeinigt, nicht seinen wahren Namen zu benutzten.

Der TacOps-Mann stand am Fenster und blickte auf den Innenhof.

„Morgen, Marc", sagte Sean, als Steins Telefon klingelte.

„Ja, Sarah, gut, bringen Sie ihn doch bitte in mein Büro. Sean, Mr. Miller ist hier, ich gehe dann mal." Als der alte Mann gerade aus der Tür gehen wollte, kam Sanders herein, grüßte nickend; Sean und Marc schüttelten ihm die Hand.

Sanders sah sich nervös um. „Ist dieses Büro sicher? Ich werde nichts sagen, wenn Sie mitschneiden, außerdem werde ich alles dementieren, wenn Sie eine offizielle Aussage von mir wollen. Haben wir uns verstanden?" Sanders hatte Angst, Todesangst, und es wunderte Sean, dass er sich überhaupt bei ihm gemeldet hatte.

Sie setzten sich an den weißen Plastiktisch, an dem vier Stühle standen. „Ich habe mir das Büro genau angesehen, es ist sauber und wir werden das Gespräch nicht mitschneiden, also machen Sie sich keine Sorgen."

„Gut. Was wollen Sie wissen? Ich sage Ihnen alles, was ich weiß", meinte Sanders und rang mit den Händen.

„Warum wollen Sie eigentlich plötzlich reden?", fragte Marc und Sean wäre ihm am liebsten an die Kehle gegangen, denn damit verunsicherte er Sanders, und wenn sie Pech hatten, machte er einen Rückzieher. *Scheiße.* Er war nun einmal ein Techniker, zwar ein verflucht guter, aber für solch eine Besprechung wäre Don der richtige Partner gewesen. Doch Sean hatte nicht den Mut gehabt ihn einzuweihen.

Sanders sah Marc an, rieb sich über den Mund. „Weil man Schreiber angeschossen hat und er im Krankenhaus liegt. Seine Leute haben momentan andere Sorgen, als mir auf die Finger zu sehen. Ich weiß nicht, wann wieder solch eine Chance für mich kommt. Also stellen Sie schon Ihre Fragen, in einer Stunde muss ich wieder hier raus sein."

Marc wollte schon wieder ansetzen, doch Sean legte die Hand auf seinen Unterarm und sah ihn streng an. Er verstand, lehnte sich zurück und hielt den Mund. Sean wollte sich gerade voll auf Sanders konzentrieren, als er den Pin an Marcs Jacke sah – eine amerikanische Flagge, nicht größer als ein Cent-Stück, war am Kragen befestigt. Das war für Marc viel zu pathetisch, das passte nicht zu dem gerissenen TacOps-Mann. Und dann wurde es Sean klar: Marc Derwan nahm dieses Gespräch nicht nur auf, er filmte Sanders sogar dabei.

„Gilbert", sagte Sean, „ich darf Sie doch so nennen?" Sanders nickte. „Bevor wir lange im Trüben stochern – warum erzählen Sie uns nicht einfach, was Sie von Schreiber wissen. Jede Kleinigkeit hilft uns und wenn wir in der Lage sind ihn festzunageln, dann sollte auch Ihr Leben wieder in normalen Bahnen verlaufen."

„Meine Güte, wo soll ich da bloß anfangen?"

„Fangen Sie mit Ihrer Ex-Frau an."

„Doris", schnaubte Sanders. „Ich habe wirklich gedacht, dass sie mich liebt, als wir heirateten; sie ist eine unglaublich attraktive Frau und eine richtig gute Partie. Als sie noch nicht einmal darauf bestand einen Ehevertrag zu schließen, dachte ich, das ist der Jackpot, es kann nichts schiefgehen, das muss Liebe sein. Leider wurde mir dann viel zu schnell klar, dass diese abgefuckte Familie nur einen Vorzeige-Ehemann wollte. Noch in unserer Hochzeitsnacht zog sie aus dem gemeinsamen Schafzimmer aus, wir hatten die ganzen drei Jahre unserer Ehe kein einziges Mal Sex."

Marc sah kurz zu Sean und sein Gesicht sprach Bände, er hoffte inständig, dass Sanders noch bessere Informationen hatte als diese.

Doch Sean ging wieder auf Sanders ein. „Warum haben Sie sich dann erst nach drei Jahren scheiden lassen?", fragte er.

„Es war kein unangenehmes Leben, meine Ex-Frau ist sehr reich und hatte nichts dagegen, dass ich mir von anderen Frauen holte, was sie mir verweigerte. Mein Gott, ich begleitete sie auf

Benefizgalas, zu Essen mit einflussreichen Spendern und spielte den liebevollen Ehemann. Ich dachte, sie wäre frigide und hätte mir vor unserer Hochzeit etwas vorgespielt, bis ich eines Tages früher und vor allem unerwartet von einer Geschäftsreise zurückkam. Ich hab sie erwischt, wie er sie in unserem Wohnzimmer fickte. Als ich reinkam, sah er mich nur an und machte weiter, bis er fertig war. Es schien diesem Drecksack Spaß zu machen, wie ich vollkommen schockiert dastand und er es meiner eigenen Frau von hinten besorgte. Dann hat das Arschloch sich die Hose hochgezogen, ist zu mir gekommen und meinte, ich sollte keinen Aufstand proben und schön mein Maul halten, dann würde mir auch nichts passieren."

Sean kräuselte die Stirn. „Wer?"

„Ja, verstehen Sie denn nicht? Schreiber, Josef Schreiber, er und Doris treiben es miteinander, scheinbar schon seit Ewigkeiten."

Marc konnte sich einen kurzen Pfiff nicht verkneifen. Jetzt war auch klar, was Doris jeden Dienstag bei ihrem Bruder wollte.

„Als Doris dann auch noch das Baby adoptierte, war es für mich endgültig vorbei. Ich stritt mich fürchterlich mit ihr. Sie müssen wissen, alle vom Schreiberclan sind sehr kontrollierte Menschen – ach, was sage ich, Übermenschen, doch wenn sie einen gewissen Punkt überschreiten, werden sie jähzornig. Sie schrie mir die schlimmsten Hässlichkeiten ins Gesicht. Als sie dann sagte, dass ihr Baby die besten Gene hätte, wurde mir klar, dass Josef Schreiber der leibliche Vater des Kindes war, ein Kind, das im Hospiz zur Welt gekommen war. Als ich ihr sagte, dass er es bestimmt genießt, die jungen Mädchen dort zu schwängern, lachte sie nur und meinte, damit würde er sich nicht die Finger dreckig machen, es wären alles Inseminationen. Verstehen Sie, alle Kinder, die im Hospiz geboren werden und über *Hopeland* an die Reichen und Einflussreichen verschachert werden, sind Schreibers Kinder."

„Haben Sie jemals irgendwelche Dokumente gesehen, die das belegen?", fragte Sean und musste seinen Ekel verbergen. Das hatte Schreiber also damals beim Essen gemeint.

Sanders schüttelte den Kopf. „Nein, aber ich habe viele der Kinder gesehen, denn die Familien gehören zu dem Kreis der inoffiziellen NNM. Glauben Sie mir, wenn man es weiß, dann sieht man die Ähnlichkeit."

„Woher kommen die Mädchen, die geschwängert werden?", fragte Marc und auch seine Stimme klang längst nicht mehr unbeteiligt.

„Ein Teil gehört auf jeden Fall zu den Straßenkindern. Ich hatte ganz zu Anfang einige Male mit Doris und anderen Sponsoren die Stiftung besucht, da waren zwei Mädchen, vielleicht fünfzehn. Ich sah sie nach drei Jahren wieder, im Hospiz, hochschwanger."

„Sie meinen also, er holt Kids von der Straße, schwängert die Mädchen und die Babys werden dann über *Hopeland* vermittelt?"

Sanders nickte. „Ja."

„Was können Sie uns noch sagen, Sanders?", drängte Sean.

Er sah auf, mit jedem Satz war sein Gesicht bleicher geworden. „Diese Straßenkinder, offiziell werden sie aufgenommen und dem Jugendamt gemeldet, das ist der legale Teil der Kinder. Für sie werden Familien gefunden, alles NNM-Mitglieder, und sie landen dann schnurstracks wieder in den Schulen, die Linda Schreiber finanziert. Doch ich glaube, es gibt dort viel mehr Kinder, als dem Jugendamt gemeldet sind – wenn Sie mich fragen, besorgt er ganz gezielt Kinder, die in den Augen der NNM gutes Zuchtmaterial sind."

„Sie meinen, er entführt Kinder?", fragte Sean ganz ruhig.

Sanders nickte. „Das nehme ich fast an. Waisenhäuser … Das ist nur eine Vermutung, aber überlegen Sie doch mal, wenn Kinder aus Waisenhäusern oder Pflegefamilien verschwinden, was für Ermittlungen zieht das nach sich? In der Regel sehr wenige. Außerdem geht es den Kindern in der Sanders-Stiftung meist besser als in den anderen Einrichtungen. Ich denke, die werden von klein auf systematisch einer Gehirnwäsche unterzogen, die Sanders-Stiftung ist eine NNM-Schmiede. Mein Gott, und dann trägt sie auch noch meinen Namen."

Sean durchdachte das Ganze. „Das sind alles Ihre Vermutungen. Gibt es irgendetwas, das sie belegen könnte?"

„Nein, verdammt noch mal. Alles, was ich Ihnen sagen kann, sind Sachen, die mir aufgefallen sind oder die ich mitbekommen habe am Anfang meiner Ehe. Nachdem ich Doris und ihn erwischt hatte, wurde ich vollkommen von den Aktivitäten abgeschirmt."

„Na gut. Kannten Sie Hands, Whealer oder Durbon?"

„Nur Hands, der hing ja dauernd bei Schreiber rum; das war ein Widerling. Ich habe damals nur mitbekommen, dass Doris sich bei ihrem Bruder über Hands beschwerte, irgendetwas war wohl vorgefallen mit einem der Jugendlichen, und kurz danach habe ich Hands nicht mehr gesehen, er wurde wieder nach Jackson versetzt und musste mit Sell arbeiten."

„Hat er sich an einem der Mädchen vergriffen?"

„Das glaube ich nicht. Er hat die aktiven Jugend-Kampftruppen geführt, die haben nur Jungen da, Teenager von vierzehn bis achtzehn. Die spielen Krieg zusammen und werden regelmäßig mit an die mexikanische Grenze genommen, um zu patrouillieren – Sie wissen schon, dass keine illegalen Immigranten rüberkommen."

„Was ist mit Whealer und Durbon?"

„Keine Ahnung, denen bin ich nie begegnet."

Sean legte die Hände hinter den Kopf, sah Sanders an. „Schreibers Geschäfte. Ist Ihnen in den Jahren mal etwas untergekommen, was von Bedeutung sein könnte?"

Sanders schüttelte den Kopf. „Nein, Schreiber ist mehr als vorsichtig und ich glaube, nur seine Mutter und Doris wissen mehr, wenn auch nicht alles. Aber …" Er brach ab.

„Aber?", fragte Sean.

Sanders druckste herum, sah nervös von Marc zu Sean. „Ich bin ein toter Mann, wenn ich Ihnen das sage."

„Nein, weil das nie jemand erfahren wird. Also was, Gilbert? Reden Sie!"

Gilbert Sanders holt tief Luft. „Seine Geschäftspartner und auch Sponsoren, er nimmt sie regelmäßig mit nach New Hampshire, er hat dort ein Landhaus in der Nähe des Hospizes."

„Und?"

„Ich denke, Schreiber stellt den Männern Mädchen zur Verfügung, junge Mädchen aus der Stiftung." Sanders lachte bitter.

„Waren Sie mal dort? Haben Sie was gesehen?"

Wieder schüttelte er den Kopf. „Nicht direkt. Ich bin mit Doris nach einem Besuch der Stiftung morgens zum Landhaus gefahren, sie wollte ihren Bruder überraschen, er hatte Geburtstag. Als wir dort ankamen, sah ich, wie vier Mädchen das Haus verließen, sie trugen die Schuluniform der Stiftung und wurden in einem Transporter weggefahren. Josef Schreiber war nicht gerade angetan uns zu sehen, und seine zwei Gäste auch nicht."

„Kannten Sie die Männer?"

„Ja. Ich werde Ihnen keine Namen nennen, aber so viel kann ich Ihnen sagen: der eine ist ein Richter, der andere ein Polizist."

„Sie denken, damit erkauft er sich Loyalität?", bemerkte Marc, der im Laufe des Gesprächs immer stiller geworden war.

„Nicht nur das, damit hat er sie in der Hand, wenn Sie mich fragen. Verstehen Sie jetzt, warum Sie Josef Schreiber nicht zu fassen bekommen? Er hat zu viele einflussreiche Männer in seiner Hand."

„Obwohl Sie so viel Angst haben vor Schreiber, haben Sie sich doch entschieden mit uns zu reden – aber es hilft uns nicht, wenn Sie uns nicht wenigstens einen Namen geben.“ Sean sah ihn durchdringend an.

Sanders lachte gekünstelt. „Sind Sie wahnsinnig? Eine Stunde, nachdem Sie bei denen waren, weiß es Schreiber, und zwei Stunden später bin ich tot. Nein, tut mir leid. Beweise müssen *Sie* finden, und nageln Sie diesen Typen ein für alle Mal fest, damit ich wieder ruhig schlafen kann.“

„Und jetzt?“, meinte Marc, nachdem Sanders gegangen war, und fummelte in seiner Jackentasche, um das Aufzeichnungsgerät abzustellen.

Sean saß nachdenklich mit hinter dem Kopf verschränkten Armen da und fixierte einen imaginären Punkt an der Decke. „Ich denke, es wird Zeit in sein Landhaus einzusteigen.“

Marc zog die Augenbrauen hoch. „Fein. Die Konsequenzen sind dir aber bewusst?“, fragte er, gab die Antwort aber selbst: „Erstens ist es eine Straftat, die uns beide im hohen Bogen aus dem FBI katapultiert, falls jemand dahinterkommt; zweitens, was immer wir da finden, dürfen und können wir legal nicht gegen Schreiber verwenden; und drittens, erwischt uns einer von Schreibers Sicherheitsleuten dabei, dann kann er uns beide abknallen, ohne dass man ihn dafür zur Rechenschaft zieht. Außerdem brauchen wir noch mindestens zwei Mann mehr, einen, der draußen observiert, und einen, der drinnen nichts anderes tut, als uns den Rücken freizuhalten, wenn wir das Haus durchsuchen. Von der TacOps kann ich da keinen reinziehen.“

Sean sah ihn an. „Lass das mein Problem sein. Du musst dir unauffällig die Pläne des Hauses beschaffen und die technischen Spielzeuge mitbringen. Die ganze Sache muss dieses Wochenende über die Bühne gehen, solange Schreiber noch im Krankenhaus ist; so können wir auch sicher sein, dass weder seine Mutter noch seine Schwester in New Hampshire sind. Komm heut Abend zu mir nach Stafford, dann besprechen wir das alles im Detail."

„Und Kampell?"

„Sie gehört mit zum Team."

„Oh Mann, und wen hast du noch im Sinn?", schnaufte Marc.

„Das siehst du heute Abend. Entweder er ist da, dann macht er mit, oder er ist nicht da, dann wird er aber den Mund halten. Vertrau mir."

Sean fluchte innerlich immer noch, als er am späten Nachmittag auf seine Auffahrt in Stafford fuhr. Er hatte, gleich nachdem Derwan gegangen war, mit Don telefoniert, ihm alles ohne Umschweife erzählt und um seine Hilfe gebeten. Er hatte so sehr gehofft, dass Don sich darauf einlassen würde, doch nachdem sein Freund am Telefon immer wortkarger geworden war und nach einem leisen, aber endgültigen „Nein", einfach aufgelegt hatte, war sich Sean mittlerweile nicht mehr so sicher, ob Don nicht schnurstracks mit der ganzen Geschichte zu Sims gehen würde.

Doch der größere Schock für ihn war Cat gewesen. Als der Bus mit den Anwärtern endlich wieder auf dem Gelände in Quantico angekommen war, hatte er Cat sofort in sein Büro bestellt und sie ebenfalls informiert. Dass Cat sich so massiv geweigert hatte ihn zu unterstützen, frustrierte Sean am meisten. Hoffentlich war Derwan trotzdem bereit die Sache durchzuziehen, auch wenn sie es nun zu zweit machen mussten.

Es war bereits sieben Uhr und Marc würde jeden Moment vor der Tür stehen. Cat blieb heute Nacht in Quantico, wenigstens das hatte sie akzeptiert. Sean hatte darauf bestanden, damit sichergestellt war, dass sie nicht mit den Plänen in Verbindung gebracht werden konnte, falls er und Marc irgendwie aufflogen. Je weniger sie jetzt wusste, desto besser.

Es klingelte und Sean ließ Marc herein, der nicht nur einen Aluminiumkoffer bei sich trug, wie sie die Spurensicherung verwendete, sondern auch eine Papierrolle unter seinen Arm geklemmt hatte. Als er diese zuerst ausrollte und Sean den Bauplan von Schreibers Landhaus sah, traute er seinen Augen nicht. Wie hatte der TacOps-Mann den so schnell besorgen können?

„Frag lieber nicht, dafür habe ich Himmel und Hölle in Bewegung gesetzt und du kannst mir den Rest deines Lebens dafür den Arsch küssen!“, meinte Marc. Dann fügte er spöttisch hinzu: „Ist der Rest deines Teams spät dran oder wird das, wie ich es bereits erwartet hatte, ein *Pas de deux?*“

„Tut mir leid, selbst Cat hat nein gesagt.“ Kaum hatte Sean das ausgesprochen, als er die Haustür hörte und aufstand. Cat trat ins Wohnzimmer. „Ich hab dir doch gesagt, dass du heute nicht hier sein darfst ...“ Sein Erstaunen wuchs noch, als Don hinter ihr eintrat. Beide blickten ihn mit todernsten Gesichtern an.

„Versucht es erst gar nicht, ihr werdet mich nicht davon abbringen!“, grollte Sean sauer.

Cat kam auf ihn zu. Dann schlang sie ihre Arme um seine Hüften, legte ihren Kopf an seine Schulter und hielt sich einfach nur fest.

Verwirrt sah Sean in Dons Richtung. „Was ist passiert?“

„Joan Ingres ist vor ein paar Stunden gestorben.“

Sean drückte Cat ein wenig von sich weg und sah in ihr Gesicht. Sie weinte nicht, ihre Mimik war wie versteinert.

„Es tut mir so leid, Liebes.“ Sanft legte er seine Hand auf ihre Wange und drückte sie wieder an sich.

„An ihren Verletzungen?“, fragte Marc nüchtern.

Don setzte sich und nickte. „Es ist ein Gefäß in ihrem Kopf geplatzt; der Arzt sagte mir, die Hirnschwellung sei einfach zu schnell gegangen, um noch etwas für sie zu tun. Es war eine direkte Folge der Schläge."

Cat löste sich langsam von Sean, setzte sich zu Don auf die Couch und sah auf den Plan, der immer noch ausgebreitet auf dem Tisch lag. „Wann steigen wir dort ein?", fragte sie, ihre Stimme frostig, und zeigte auf den Plan.

Sean und Marc fixierten sie und Don erstaunt.

„Am besten Samstagabend, da laufen die letzten Playoffs für den Superbowl. Falls er Securityleute auf dem Gelände hat, dann hängen die vorm Fernseher", kam es entschieden von Don. „Hast du was zu trinken?", wandte er sich wieder an Sean, sah dann Marc Derwan an. „Und Sie führen uns durch Ihre Planung und sagen uns, was wir zu tun haben."

Nach dem tragischen Tod von Joan Ingres erstaunte es Sims nicht im Geringsten, dass Sean ihn anrief und um einen Urlaubstag für sich und Cat bat. Er schöpfte auch keinen Verdacht, als Don ebenfalls nicht im Büro erschien, da er erklärte, die beiden in Stafford zu besuchen.

Marc hatte einen Mietwagen besorgt, gefälschte Nummernschilder aus Massachusetts angeschraubt, und bereits am frühen Freitagmorgen waren sie auf dem Weg. Während der achtstündigen Fahrt nach New Hampshire redete er wie ein Buch, ging immer wieder den Plan durch. Als er schon wieder von vorne anfangen wollte, platzte Don der Kragen. „Wir haben es kapiert, Derwan. Tun Sie nicht so, als ob wir Anfänger wären."

„Genau das seid ihr. Was wir vorhaben, hat nichts mit dem zu tun, was ihr sonst so macht. Bevor die TacOps einen Neuen mit zu solch einem Einsatz nimmt, wird er ein Jahr lang geschult. Alles Mögliche kann schiefgehen, also werdet ihr euch das so lange immer wieder anhören, wie ich es für nötig halte."

Sie hatten sich am gleichen Tag zwanzig Meilen außerhalb von Salem ein Motel gesucht und waren, nachdem es endlich dunkel geworden war, zu Schreibers Landhaus gefahren. Etwa zwei Meilen entfernt hatten sie geparkt und waren zu Fuß durch die Felder so nahe wie möglich, an das Anwesen herangegangen. Derwan hatte ihnen die Nachtsichtgeräte gegeben, und nun lag das Gelände deutlich vor ihnen, wenn auch in einen gedämpften Grünton getaucht, doch alle Details waren gut zu erkennen und konnten sogar, wie bei einer Kamera, herangezoomt werden.

Das zweistöckige Haus mit dem kleinen Anbau stammte aus der Mitte des neunzehnten Jahrhunderts, war jedoch aufwendig renoviert worden. Die weiße, holzverkleidete Fassade hatte auf der Frontseite neun Kassettenfenster, die mit einem einfachen Schiebemechanismus verschlossen waren. Ein Spitzdach mit grauen Schieferschindeln und zwei aus Backstein gemauerten Kaminen. Der Anbau einstöckig, mit drei Fenstern, die auch als einzige momentan beleuchtet waren. Sie konnten dahinter zwei Männer ausmachen, einer saß an einer Computerkonsole, der andere an einem Tisch vor einem Flachbildschirm, es lief eines der Playoff-Spiele.

Sie lagen sehr nahe an dem Maschendrahtzaun im feuchten Gras und lauschten abwartend in die Stille.

„Ich sehe keine Bildschirme für Überwachungskameras", flüsterte Sean, „und auch keine Geräte an der Fassade, keine Halogenstrahler. Wahrscheinlich laufen die beiden in der Nacht Runden, jedenfalls gibt es hier draußen keine Bewegungmelder, was es uns einfach macht ins Haus zu kommen."

„Oder auch nicht", erwiderte Marc genauso leise. „Die haben Hunde auf dem Gelände." Er tippte mit dem Finger an den Maschendraht. Sie gingen in gebückter Haltung am Zaun entlang, umrundeten das Haus, dann sahen sie zwei Hundehütten, die aber leer waren; momentan schienen die Hunde bei den Wachleuten zu sein.

„Das ist großer Mist“, bemerkte Marc. „Wir kommen nicht an den Anbau ran, ohne dass die anschlagen, müssen aber wissen, ob die da drinnen Sichtkontrollen für das Innere des Haupthauses haben. So eine Scheiße, wir können nur hoffen, dass die Hunde morgen Nacht draußen sind, damit wir sie betäuben können.“

Sean nahm sich das Nachtsichtgerät vom Kopf und reichte es ihm. „Zieht euch ein Stück zurück, hinter die Hecke dort drüben, und egal was passiert, tut nichts – vertraut mir einfach.“ Dann stand er auf und sprang seitlich über den Zaun, bevor Marc überhaupt etwas sagen konnte. Sofort zogen sich die drei langsam in den Schutz der Hecke zurück, während Sean geduckt auf den Anbau zulief.

„Himmel Arsch, spinnt der, was hat er vor?“, fluchte Marc leise und warf sich als letzter zu Don und Cat hinter die Hecke auf den Boden. Er stellte sein Nachtsichtgerät scharf und zoomte näher auf Sean, der mittlerweile am Anbau hinter einer der Hundehütten hockte und wartete. Kaum zwei Sekunden später hörten sie Gebell aus dem Inneren und sahen den Lichtschein der Außenlampe des Anbaus. Männerstimmen drangen in der ländlichen Stille zu ihnen herüber: „Lass die beiden raus, wahrscheinlich wieder nur ein Fuchs.“

Dann hetzten zwei zähnefletschende und knurrende Hunde auf das Gelände und hielten sofort auf Sean zu, der immer noch reglos hinter der Hundehütte hockte. Die Tür wurde wieder zugeschlagen.

„Oh Mann, weiß dein Kerl, was er da tut?“, stöhnte Marc und sah dabei in Cats Richtung.

Sie war nicht im Geringsten beunruhigt. „Tiere haben ein Faible für ihn. Ich denke, er weiß, was er tut.“

Als die Dobermänner auf Sean zuhetzten, verzogen Marc und auch Don das Gesicht. Doch das Gebell der Hunde brach plötzlich ab, sie knurrten auch nicht mehr – im Gegenteil, sie waren jetzt ganz nah bei ihm und als Sean sich aufrichtete, sprangen sie an ihm hoch. Zu seiner Erleichterung sah Don, wie Sean ihnen über den Kopf und die Ohren streichelte, ihnen etwas zuflüsterte. Dann ging er langsam am Anbau entlang, während die Hunde ihm freudig folgten. Als er am beleuchteten Fenster angekommen war, drückte er sich dicht an die Wand und blickte von der Seite in den Raum. Keine Minute später war er auf dem Rückweg und lief wieder zum Zaun. Als er sich dahinter ins Gras warf, öffnete sich wieder die Tür, sie hörten einen Pfiff und die Hunde, die Sean bis zum Zaun gefolgt waren, trotteten zurück ins Haus.

„Bist du eigentlich übergeschnappt?“, fragte Don, als er wieder bei ihnen an der Hecke angekommen war.

„Nein“, war alles, was Sean sagte. Wie sollte er Don auch erklären, dass Tiere ihm vertrauten, dass es etwas mit seiner eigenen Abstammung zu tun hatte? Stattdessen begann er zu berichten, was er gesehen hatte. „Keine Bildschirme, der Desktop ist nicht auf Überwachung ausgerichtet, die beiden schlafen in dem Raum des Anbaus, ich habe zwei Betten gesehen. Sie sind beide bewaffnet, es gibt eine Art Stechuhr an der Wand, ich wette die laufen Patrouille. Lasst uns zurück zur Front und uns das Timing ansehen.“

Gegen Mitternacht waren sie zurück im Motel und saßen jetzt mit Sandwichs und Soda, was sie sich an der Tankstelle besorgt hatten, wieder über dem Plan. Abwechselnd hatte jeweils einer der beiden Wachleute um neun, um zehn und um elf Uhr eine Runde auf dem Gelände gemacht und war anschließend in das Haupthaus gegangen. Sie hatten gesehen, dass in jedem Zimmer Licht an- und wieder ausging, dann wurde die Tür wieder fest verschlossen und der Wachmann war in den Anbau zurückgekehrt. Es schien noch nicht einmal eine Alarmanlage zu geben, obwohl das nur eine Vermutung war. Falls doch, würde Marc damit fertig werden, versicherte er den anderen. Ab elf Uhr waren die Hunde draußen, wahrscheinlich die ganze Nacht. Sean sah kein Problem darin, die Hunde kannten ihn jetzt und würden auch jeden in seiner Begleitung durchlassen.

Gegen neun Uhr in der folgenden Nacht machten sie sich auf den Weg. Sie trugen bereits die eng anliegenden schwarzen Einsatzoveralls der TacOps und Springerstiefel, darüber ganz normale Jacken, doch kein Mensch war auf dem Parkplatz des Motels zu sehen. Sie parkten den Wagen an der gleichen Stelle wie in der Nacht zuvor und gingen die zwei Meilen über die Felder. Kurz vor zehn lagen sie wieder hinter der Hecke, Don mit einem Betäubungsgewehr im Anschlag, das Nachtsichtgerät auf dem Gesicht. Er sollte sie warnen und ihren Rückweg sichern, auf die Wachen oder auch Hunde schießen, falls etwas schiefging. Alle vier trugen Headsets und die typischen Halsmikrophone der SWAT-Teams, um in Kontakt zu bleiben.

Sie warteten den Rundgang um zehn Uhr ab und kletterten über den Zaun, als der Wachmann wieder im Anbau verschwunden war. Sie konnten den Lärm des Fernsehers hören, in dem gerade das Superbowl-Endspiel begann. Sean tätschelte kurz die Hunde, die bereits auf dem Gelände herumliefen und erfreut auf ihn hechelnd zugerannt waren, dann lief das Team zur Tür – ab jetzt hatten sie eine Stunde. Marc nahm verschiedene kleine Metallinstrumente aus seiner Tasche und hatte die Tür schneller geöffnet, als Sean es jemals zuvor gesehen hatte. Cat stand mit gezogener Glock und sicherte beide – das war ihre Rolle, während Marc und Sean das Haus durchsuchen und zum Schluss einige gut platzierte

Wanzen installieren wollten. Marc hatte ihnen eingeschärft, sich alles erst genau anzusehen, bevor sie etwas berührten; es musste später, wenn sie das Haus verließen, wieder genauso aussehen wie vorher. Marc nahm sich die Räume im Erdgeschoss vor, während Sean bereits die Treppe ins Obergeschoss hochrannte. Cat blieb in der Eingangshalle und starrte auf die Tür.

Sean griff mit seiner Hand an das Mikro. „Don?" Er wartete an der offenen Tür des dunklen Zimmers. „Alles klar, ihr könnt", hörte er Dons Stimme und suchte den Lichtschalter. Fast simultan erhellten sich ein Fenster im ersten Stock und eines im Erdgeschoss.

Sean arbeitete schnell, öffnete den Schrank: luftige Sommerkleider mit Rüschen in verschiedenen Farben, darunter Lackschuhe und Ballerinas, alles Kleidung für kleine Mädchen – aber was er in den Schubladen fand, passte so gar nicht zu dem Rest: Spitzenunterwäsche, Strapse, Korsetts und BHs, die man eher bei Prostituierten vermuten würde. Er blickte sich im Raum um: nichts, was seine Aufmerksamkeit erregte, die Schubladen der Nachttische waren leer. Er löschte das Licht und ging in den nächsten Raum. Als auch dieser hell erleuchtet war, sah er auf ein sehr großzügiges Doppelbett, wieder Schränke und eine Tür, die in ein Badezimmer führte. Das war ein Gästezimmer. Er öffnete die verschlossenen Schubladen der Schränkchen neben dem Bett mit einem der Dietriche, die Marc ihm gegeben hatte, und schüttelte unwillkürlich den Kopf, als er die Sexspielzeuge sah: Dildos in verschiedenen Größen, Handschellen, eine Reitgerte, Kondome und Gleitgel. Er machte schnell ein paar Photos und zog die nächsten Schubladen auf. *Scheiße*, das Zimmer war nur für das Eine vorgesehen. Er blickte auf den großen Spiegel über dem Bett und sah sich die Befestigung an. Zog den Schreibtischstuhl heran, holte ein Latextuch aus seiner Hosentasche und legte es auf das Polster, bevor er darauf stieg. Er sah die kleine Linse, die direkt auf dem Kopf der Schraube saß. Das war eine Kameralinse und sie erfasste genau, was auf diesem Bett vorging. Wieder machte er einige Aufnahmen.

Nachdem er den Stuhl zurückgestellt, den Schreibtisch gecheckt und das Licht wieder gelöscht hatte, ging er hinüber ins Badezimmer. Sein Blick fiel auf den Whirlpool, die Decke war von hunderten kleiner Halogenlampen erleuchtet, die wie ein Sternenhimmel das Bad in ein warmes Licht tauchten. Er suchte erst gar nicht weiter, dort oben war es überhaupt kein Problem, weitere Kameras zu verstecken, zwischen den Lämpchen wären sie kaum zu entdecken.

Er sah sich die kleinen Parfumfläschchen auf der Ablage an, als er plötzlich Dons Fluch hörte: „Verdammt, die Wachen kommen aus dem Anbau, sie kommen auf das Haus zu, Licht aus."

Sean blickte kurz auf seine Uhr und hechtete dann auf den Lichtschalter zu. *Verdammt, es ist erst halb elf, was wollen die jetzt?* Doch dann wurde es ihm klar: Die Playoffs – es war Halbzeit und wenn die beiden Teams Gleichstand hatten, war mit ordentlichen Verlängerungen zu rechnen. Die beiden machten ihren Rundgang jetzt, um später das Ende des Spiels nicht zu verpassen. *Verdammt!*

Schon hörte er, wie die Haustür aufgeschlossen wurde. Zum Glück hatte Marc sie hinter sich wieder verriegelt, dennoch waren er und Cat unten und würden als Erste entdeckt. Sean musste ihnen Zeit verschaffen, um ungesehen aus dem Haus zu kommen. Er suchte krampfhaft nach einer Lösung. Mit zwei Schritten war er wieder beim Whirlpool und sah bereits den Lichtschein vom Flur – sie waren im Haus –, als er einen der kleinen Parfumflakons nahm und ihn auf den Boden fallen ließ. Der gläserne Flakon zersplitterte laut auf den Fliesen und ein widerlich süßlicher Duft verbreitete sich im Badezimmer, während Sean sich hinter die Tür zurückzog. Sofort waren auf der Treppe eilige Schritte zu hören, beide Männer waren auf ihrem Weg in den ersten Stock.

Marc schnappte Cats Arm, zog sie hinter der Tür des Arbeitszimmers heraus, blickte schnell die Treppe hoch: die beiden Wachen verschwanden schon in einem der Zimmer. Dann rannten sie durch die offene Haustür auf den Zaun zu, sprangen im Hechtsprung darüber und blieben wie erstarrt im hohen Gras liegen. Sie sahen das erleuchtete Zimmer im ersten Stock, dann ging das Licht eines weiteren Zimmers an – das mit den Milchglasscheiben, sie waren im Badezimmer. Laut atmend sah Cat voller Sorge auf das Fenster und erwartete schon einen Schuss zu hören – doch plötzlich wurde das Licht wieder gelöscht.

Sean stand mit laut klopfendem Herzen hinter der Tür, sah den Lichtschein des Schlafzimmers, hörte die beiden immer näher kommen. Dann strahlten die vielen kleinen Lämpchen, es würde nur noch Sekunden dauern, bis man ihn entdeckte, und er hielt die Glock fester in seiner Hand. Dann hörte er ein eigenartiges Geräusch, ein Flattern.

„Scheiße, was ist das denn", sagte einer der Wachmänner und Sean sah durch den Spalt zwischen der Tür und dem Rahmen, wie sich einer der beiden wieder zum Schlafzimmer drehte.

„Wie kommt der denn hier rein? Komm, mach das Fenster auf, den müssen wir hier rausbekommen." Beide Security-Männer waren jetzt wieder im Schlafzimmer, das schleifende Geräusche eines Fensters, das geöffnet wurde, war zu hören, zwischendrin immer wieder das Flattern – das musste ein Vogel sein. Schritte.

„Na komm schon, raus da", hörte er einen der Männer sagen. Sie versuchten scheinbar, den Vogel aus dem Zimmer zu bekommen. „Mann, es ist schon Viertel vor, das Spiel fängt wieder an. Komm schon, so ist gut, jawohl." Das Fenster wurde geschlossen, gleich würden sie wieder im Badezimmer sein. Seans Anspannung stieg, er hielt die Luft an.

„Mach das Licht aus, die Sauerei machen wir nachher weg." Dann stand Sean plötzlich wieder im Dunkeln und die Schritte entfernten sich. Die Haustür fiel ins Schloss, wurde verriegelt und Sean atmete erleichtert ein, ließ den Kopf nach hinten gegen die kalten Fliesen sinken.

Es dauerte keine zwei Minuten, bis er die Tür hörte, wie sie sich wieder öffnete und schloss. Marcs Stimme klang in seinem Headset: „Alles klar bei dir?"

„Ja, hab Glück gehabt, wie weit seid ihr unten?", fragte er, immer noch etwas kurzatmig von dem Adrenalinstoß, der durch seinen Körper geschossen war.

„Wir kommen jetzt hoch."

Sean ging ihnen entgegen, steckte dabei seine Glock wieder ins Holster. Es waren noch vier weitere Zimmer und sie teilten sich auf, Cat suchte ebenfalls mit, da nicht damit zu rechnen war, dass die Wachen noch einmal zurückkämen.

Sean öffnete den Schrank des nächsten Schlafzimmers, dieses war größer und noch luxuriöser als die anderen Zimmer. Als er die Anzüge dort hängen sah, wusste er genau, wo er sich befand – die Designeranzüge waren typisch für Schreiber, dies hier war sein Schlafzimmer. In der Schublade des Nachttischs lagen eine Rolex, Kopfschmerztabletten und ein Bündel Hundertdollarscheine. Er ging zum Schreibtisch, versuchte dort die Schublade zu öffnen, doch sie war verschlossen.

„Marc, Cat, kommt rüber, ich denk, hier ist was", sagte er, die Hand ans Mikro an seinem Hals gepresst. Marc öffnete die Lade mit dem Sicherheitsschloss genauso schnell wie die Haustür; darin lagen eine Fernbedienung und ein kleines, in grünes Leder eingebundenes Notizheft. Marc nahm sich die Fernbedienung und drückte einen der Knöpfe, während Sean und Cat durch das Notizbuch blätterten. Die Wandvertäfelung gegenüber dem Bett schob sich zur Seite, dahinter waren zwei Bildschirme, und als er wieder die Fernbedienung betätigte, erschien ein dunkles Schlafzimmer auf einen der Schirme und auf dem anderen konnte Sean die schwachen Umrisse des Whirlpools sehen.

Marc trat näher heran und sah sich das elektronische Gerät unter den Bildschirmen an. „Das ist ein Chipbrenner, hier zeichnet er alles auf." Er schaltete das Gerät an und öffnete das Laufwerk, natürlich war es leer. Er kramte in seinem Rucksack und zog einen kleinen schwarzen Metallkasten heraus, eine Speicherkarte und mehrere Kabel.

„Was hast du vor?", fragte Cat und beobachtete ihn.

„Jeder Brenner hat einen Fingerprint der letzten Aufnahmen, meist sind die Bilder furchtbar schlecht, doch mit etwas Glück können wir immer noch was erkennen. Ich ziehe das jetzt runter auf die Speicherkarte."

„Cat, mach Photos von den Notizbuch, es sind nicht so viele Seiten", wies Sean sie an und beobachtete Marc bei seiner Arbeit. Alles hatte keine fünf Minuten gedauert, und während Sean sich weiter umsah, aber nichts Erwähnenswertes fand, hatte Marc die Anlage wieder ausgeschaltet, die Vertäfelung geschlossen und verriegelte gerade die Schublade, in der die Fernbedienung und auch das Notizbuch wieder an ihren alten Plätzen lagen. Dann stieg er, genau wie Sean es vorher gemacht hatte, auf einen Stuhl, schob eine Wanze durch den Lüftungsrost und fixierte sie, prüfte den Empfang. Um zwölf saßen sie wieder im Wagen und fuhren in Richtung des Motels.

„Wie hast du es geschafft, dass die beiden dich nicht entdeckt haben?"

Sean zuckte nur die Schultern. „Ich hatte wohl einen Schutzengel." Dabei sah er Cat unmissverständlich an.

KAPITEL ZEHN

Quantico, Montag, 25. Februar 2019

Sean war nach den morgendlichen Unterrichtsstunden auf dem Weg zurück in sein Büro und passierte gerade den offenen Aufenthaltsraum, der wie eine Aula angelegt war und in dem momentan einige Anwärter ihre halbstündige Pause verbrachten. Der Flachbildschirm an der Wand war wie immer auf CNN eingestellt und man konnte dort den ganzen Tag die Nachrichten verfolgen. Er war bereits auf der Treppe, als sein Blick auf Schreibers Gesicht fiel. Mit ein paar schnellen Schritten stand er wieder unten und drehte den Ton des Geräts lauter.

Schreiber in Großaufnahme mit blassem Gesicht in einem Krankenhausbett. Sein rechter Arm war mit einem Stützverband an seine Brust gepresst, man sah einen Tropf und die Herz-Kreislauf-Monitore.

„Mr. Schreiber", begann die Stimme der aufgestylten Reporterin, deren Gesicht jetzt eingeblendet wurde. „Sie sind bei dem Attentat, das vor fünf Tagen auf Sie verübt wurde, nur knapp mit dem Leben davongekommen. Können Sie uns sagen, wer auf Sie geschossen hat?"

Wieder schwenkte die Kamera auf das Krankenbett, Schreiber schüttelte den Kopf. „Ich wurde von hinten niedergeschossen, als ich meinem Fahrer helfen wollte, doch er lag bereits tot neben dem Wagen. Ich konnte den Angreifer selbst nicht sehen. Mein Security-Angestellter konnte einen vermummten Mann in die Flucht schlagen, das rettete wohl mein Leben. Aber eigentlich sollten Sie das nicht mich fragen, sondern eher das FBI." Mit schmerzverzerrtem Gesicht legte er sich zurück in die Kissen.

Sean schüttelte den Kopf. *Drama, Drama, Drama!*

„Was meinen Sie damit? Hat das FBI etwas mit dem Angriff auf Sie zu tun?", fragte die Reporterin schnell, sie witterte eine Story.

„Das habe ich nicht gesagt", meinte Schreiber mit erschöpfter Stimme. „Aber was ich Ihnen sagen kann: ich wurde die letzten zehn Tage von zwei FBI-Agenten observiert. Man hatte einen Peilsender an meinem Auto befestigt, ich wurde rund um die Uhr überwacht – egal, ob ich zu geschäftlichen Treffen, ins Theater oder zu einer Benefizveranstaltung ging, sie folgten mir, behandelten mich wie einen Schwerverbrecher, beleidigten meine Familie. Doch als ich angeschossen wurde, war das FBI scheinbar außer Dienst. Das ist doch eigenartig, oder? Vor allen Dingen, da niemals irgendwelche Anschuldigungen vonseiten des FBI gegen mich ausgesprochen wurden."

Die brünette Reporterin nickte ernst. „Ihre Schwester sagte uns bereits, dass Sie eine einstweilige Verfügung gegen das FBI erwirkt haben. Was glauben Sie, worum es dem FBI geht?"

„Das FBI ermittelt in den Mordfällen meiner Parteigenossen Jeffrey Hands, Dominique Durbon und Kenneth Whealer. Doch anstatt sich auf die Mörder zu konzentrieren, hat man sich auf mich persönlich eingeschossen, was absolut lächerlich ist. Meiner Meinung nach geht es hier um etwas Persönliches. Der zuständige FBI-Agent scheint seine eigene Vendetta gegen mich begonnen zu haben, und der Grund dafür?" Er machte eine theatralische Pause, schüttelte den Kopf. „Ich denke, er ist nicht einverstanden mit der Ideologie, die ich vertrete. Ich wünsche mir, dass endlich vonseiten der Behörde wirkliche Ermittlungen vorgenommen werden. Nicht genug, dass wir drei Todesfälle zu beklagen haben, jetzt haben die Feinde der NNM auch auf mich geschossen. Vielleicht kann ich jetzt hoffen, dass man nach den wirklichen Schuldigen sucht und nicht mich und meine Familie diskreditiert." Schreibers Tonfall war fast weinerlich.

Sean hätte kotzen können – Schreiber setzte sich wieder einmal in Szene, und leider war er mehr als nur gut darin.

„Mr. Schreiber, können Sie uns den Namen dieses Agenten nennen?"

Schreiber schüttelte den Kopf. „Das würde ich gerne, doch vonseiten der Staatsanwaltschaft hat man es mir verboten. Ich würde mich strafbar machen, wenn ich den Identitätsschutz eines Agenten verletze. Wie Sie sehen, schützt unser Staat seine Beamten, doch man muss sich fragen, wer denn eigentlich die Bürger dieses Staates schützt."

„Dennoch wurde vor eine paar Tagen bei einer Pressekonferenz eine offizielle Entschuldigung an Sie und Ihre Familie ausgesprochen; der Pressesprecher des FBI hat ausdrücklich darauf hingewiesen, dass Fehler seitens der Bundespolizei gemacht wurden. Sind Sie mit diesem Verhalten zufrieden?"

Schreiber seufzte und lächelte niedergeschlagen in die Kamera. „Nein. Wissen Sie, nur wegen der Inkompetenz eines gewissen Agenten liege ich hier, und ich bin überzeugt, all das, was passiert ist, wird keinerlei disziplinarische Folgen für ihn haben. Ich hätte mir einfach nur gewünscht, dass er den Mut aufbringt, herzukommen und sich persönlich zu entschuldigen. Wir alle machen Fehler, sogar Bundespolizisten."

„Ich denke, das ist ein sehr gutes Abschlusswort, Mr. Schreiber. Ich danke Ihnen für das Gespräch und wünsche Ihnen gute Besserung. Miriam Garnim für CCN aus Kansas City."

Sean hatte sich das Interview bis zu Ende angesehen. „Eine persönliche Entschuldigung?", entwich es ihm, lauter als gewollt. „Nur über meine Leiche, du Arschloch!"

Ein paar der Anwärter drehten sich zu ihm um.

Sean sah auf die vier abphotographierten Seiten des Notizbuches. Es waren insgesamt über hundert Kürzel, jeweils zwei Buchstaben und ein Datum. Die erste Eintragung stammte bereits aus dem Jahre 2015, also vor vier Jahren – das Jahr, in dem Josef Schreiber die NNM übernommen hatte, nachdem sein Vater bei einem Autounfall ums Leben gekommen war. Die Letzte war neun Tage alt:

K.M. 16.2.2019

Wenn es sich dabei um Initialen handelte – und davon ging Sean aus –, dann war es naheliegend, dass sie die Männer bezeichneten, die als Gäste im Landhaus gewesen waren. Männer, die Schreiber gefilmt hatte und jetzt höchstwahrscheinlich erpresste. Er hoffte inständig, dass Marc irgendetwas auf seiner Speicherkarte fand, ein Gesicht, das ihnen Aufschluss darüber geben konnte, wer hinter den Abkürzungen stand. Gilbert Sanders hatte von einem Richter und einem Polizisten gesprochen; hier konnte man ansetzen, denn die beiden sollten auf der Liste zu finden sein. Aber es würde sehr mühselig werden, denn allein in Missouri gab es mehr als vierhundert Richter im Amt und sie wussten noch nicht einmal, ob es sich um einen Richter aus diesem Bundesstaat handelte. Bei dem Polizisten war es sogar noch schwieriger, denn die Gesamtzahl aller vereidigten Officer in den Vereinigten Staaten lag bei etwa einer Million. Unmöglich, jemanden nur anhand von Initialen zu identifizieren.

Sean seufzte, als Marc sein Büro betrat. Er hatte einen Umschlag in der Hand, zog zwei großformatige Photos heraus und schmiss sie vor Sean auf den Schreibtisch.

„Einen der Mistkerle hab ich, das muss die letzte Aufzeichnung sein. Das andere scheint älter und ist so grobkörnig, dass man das Gesicht des Mannes kaum erkennen kann."

Sean nahm das Bild in die Hand und sah es sich an. Er verzog angewidert den Mund: Ein Mädchen mit Pferdeschwanz kniete in einem halbvollen Whirlpool in dem Badezimmer, in dem er selbst vorgestern noch gestanden hatte. Sie sah keinen Tag älter als fünfzehn aus, ihr Gesicht direkt in die Kamera gerichtet, ausdruckslos; dahinter ein ebenfalls nackter Mann, er penetrierte sie von hinten und hatte den Kopf in den Nacken gelegt. Sein Gesicht war angespannt und der Mund stand halb offen, dennoch war er gut zu erkennen.

„Ich kenne den Kerl", murmelte Sean mehr zu sich selbst.

„Weißt du, wer er ist?", fragte Marc Derwan sofort. „Denn mir geht es genauso, ich habe das Gefühl, den Kerl schon einmal gesehen zu haben, aber ich komm nicht darauf, wo. Und dieser Drecksack fickt immerhin ein Kind."

Sean dachte nach. Es war nicht lange her, seit er das Gesicht gesehen hatte, und wenn er sich nicht irrte, war es in einer Zeitung gewesen. Im Geiste ging er alle Gelegenheiten durch, bei denen er die letzten Tage eine Zeitung in der Hand gehalten hatte. Heute Morgen beim Frühstück? Nein. Am Wochenende waren sie in New Hampshire gewesen und er hatte keine Gelegenheit zum Lesen gehabt, Donnerstag hatte er während der Busfahrt zum Museum gelesen, aber das passte auch nicht. Mittwoch war er noch mit Marc in Kansas gewesen, an dem Morgen hatte er die *Washington Post* durchgeblättert, kurz bevor Don anrief – das war es! Er wandte sich seinem Laptop zu und googelte die *Post* online, suchte das Datum 20.2.2019 und wartete.

Marc blickte ihm dabei über die Schulter. „Weißt du, wo du ihn gesehen hast?"

Sean sah ihn an und nickte. Dann erschien die Schlagzeile der Titelseite:

Senator Kevin Maxwell erklärt seine Unterstützung für die Wiedereinführung des zweiten Verfassungszusatzes.

Er tippte mit dem Finger auf das Photo neben dem Artikel. „Senator Kevin Maxwell – K. M.“, sagte Sean und zeigte dem TacOps-Mann die letzte Eintragung aus Schreibers Notizheft.

Marc Derwan sah von dem Photo in seiner Hand auf den Bildschirm und auf die Liste mit den Kürzeln, die immer noch auf Seans Schreibtisch lag. „Verflucht, das ist er!“

„Ein Senator, das ist schon ein anderes Kaliber als ein Richter oder Polizist“, merkte Sean an und konzentrierte sich auf das zweite Photo, das Derwan mitgebracht hatte. Man musste schon wissen, um was es sich handelte, um etwas erkennen zu können. Er sah die Umrisse des Bettes, darauf einen Körper, korpulent; der Mann lag auf dem Rücken und hatte die Hand auf dem Kopf einer kleinen nackten Gestalt, deren Gesicht er auf seine Leiste herunterdrückte. Doch weder das Gesicht des Mannes noch irgendwelche Einzelheiten des Kindes waren zu erkennen, er konnte noch nicht einmal mit Sicherheit sagen, ob es das gleiche Mädchen war wie auf dem ersten Photo.

„Und was machen wir jetzt?“, fragte Marc.

Sean rieb sich die Augen. „Jetzt schnappen wir uns Schreiber“, sagte er und sah Marc, der sich neben ihn an den Schreibtisch gesetzt hatte, mit einem hämischen Lächeln an. „Förderung von Kinderprostitution, Kuppelei und Erpressung, dafür geht er ein paar Jahre in den Knast und die NNM kann politisch einpacken.“

Sean wartete drei Tage später im Empfangsraum vor Kevin Maxwells Büro in Washington. Nach seiner Nominierung war der Senator mit seiner Frau umgezogen und bewohnte nun ein luxuriöses Haus in der Innenstadt. Sean erhob sich, als eine attraktive, hochschwangere Frau eintrat und mit einem gewinnenden Lächeln auf ihn zukam.

„Guten Tag, ich bin Anna Maxwell", sagte sie und hielt ihm die Hand hin.

Sean ergriff ihre Hand und schüttelte sie. „Agent Sean Caver, FBI", stellte er sich vor.

„Mein Mann ist noch in einer Telefonkonferenz, er weiß bereits, dass Sie warten. Kann ich Ihnen so lange helfen? Worum geht es?"

Sean lächelte höflich. „Nein Ma'am, danke, Sie können mir nicht helfen. Ich muss mit dem Senator sprechen, und da es sich um Fragen der nationalen Sicherheit handelt, darf ich Ihnen gegenüber auch nichts erwähnen." Er blickte sie an, ihren mächtigen Babybauch, auf dem nun ihre Hände ruhten. *Es wäre besser, du würdest auch nie davon erfahren*, dachte er.

„Nun, dann lasse ich Sie wieder allein. Kann ich Ihnen vielleicht etwas anbieten?"

„Nein danke, Ma'am."

„Wie Sie wünschen. Ich denke, es wird nicht mehr lange dauern. Hat mich gefreut, Agent Caver."

„Ma'am", sagte Sean, sah ihr hinterher, wie sie das Zimmer verließ, und fühlte sich nicht gerade wohl in seiner Haut.

Er hatte entschieden, diese Phase ihres Plans alleine zu übernehmen, denn falls er den Senator zu einem Geständnis bewegen konnte, müsste er an irgendeinem Punkt die Photos bei Sims und Winter zur Sprache bringen. Ihm war vollkommen klar, dass sie als Beweisstücke nicht zulässig waren, doch mit dem Senator in der Hand wäre das auch nicht nötig. Dennoch blieb es nun einmal eine Tatsache, dass er einen Einbruch begangen hatte – was nicht nur strafbar war, es konnte ihn auch seinen Job kosten. Daher wollte er Cat, Marc und auch Don da raushalten. Sie hatten sich darauf geeinigt so zu tun, als ob Sean das alles im Alleingang durchgezogen hätte. Wenn sie Schreiber drankriegen sollten, würde Sims das unter den Teppich kehren, denn in dem Fall heiligte der Zweck die Mittel. Selbst bei Winter war sich Sean sicher, dass sie ihm den Rücken stärken würde, solange er ihr nur Schreiber lieferte.

Cat und Marc beschäftigten sich neben ihren regulären Jobs momentan intensiv mit der Kürzel-Liste. Sie hatten ganz oben angefangen und erst einmal die Namen aller hundert Senatoren in Washington abgeglichen; mittlerweile hatten sie über dreißig Namen, die mit einem der Initialenpaare übereinstimmten. Was aber nicht unbedingt aussagekräftig war, da zwei Buchstaben genauso gut ein Zufall sein konnten. Der zweite Schritt war viel wichtiger, sie mussten jetzt die Verbindung zu Schreiber finden – wenn es sie denn gab.

Die Tür des Arbeitszimmers öffnete sich und das Geräusch riss Sean aus seinen Gedanken. Er griff den Umschlag, der neben ihm auf der Couch lag, und trat auf den Senator zu, um ihn zu begrüßen. Maxwell führte ihn in sein Büro.

Sean konnte nicht verstehen, wie ein solcher Mann so tief gesunken war. Er hatte eine überaus attraktive Frau, bald ein Baby und er selbst wirkte sympathisch, gewinnend und man konnte ihn als gut aussehend bezeichnen. Eine Familie, eine großartige Karriere und Sean war gerade dabei, all das mit einem Schlag zu zerstören. Aber er hatte keinerlei Mitleid mit dem Senator – ein Mann, der sich an Kindern verging, gehörte hinter Gitter, war nichts anderes als ein Raubtier, das man erledigen musste.

„Nehmen Sie Platz, Agent Caver, und erzählen Sie mir, was ich für das FBI tun kann“, meinte Maxwell gut gelaunt.

Sean setzte sich. „Senator, waren Sie am 16. Februar 2019 in Josef Schreibers Landhaus in New Hampshire?“, fragte er ohne weitere Höflichkeitsfloskeln.

Maxwell schien zwar erstaunt über die Frage, aber noch zeigte er keine Anzeichen von Beunruhigung. „Ja, ich habe die Sanders-Stiftung für Straßenkinder besucht und war über Nacht zu Gast in Schreibers Haus. Warum fragen Sie?"

Sean sah mit kalten Augen in das Gesicht des Senators. „Haben Sie während Ihres Aufenthaltes dort Geschlechtsverkehr mit einem minderjährigen Mädchen gehabt?"

Maxwell sprang mit solch einer Wucht auf, dass sein Schreibtischstuhl zurückrollte und gegen die Fensterbank knallte. Er war aschfahl im Gesicht geworden und brüllte Sean empört an: „Was erlauben Sie sich eigentlich! Nein, natürlich habe ich das nicht. Verlassen Sie sofort mein Haus! Das wird für Sie Konsequenzen haben, ich werde Ihren Vorgesetzten verständigen."

Sean hatte seinen Ellbogen auf die Lehne des Sessels gestützt, den Zeigefinger an den Mund gelegt und sah sich Maxwells zorniges Gesicht an. *Gar nicht schlecht*, schoss es ihm durch den Kopf. Hätte Sean das Photo nicht selbst gesehen, dann hätte er Maxwell in seiner Empörung für glaubwürdig gehalten. Er schien wirklich ein Politiker mit Leib und Seele zu sein, dem das Lügen als Begabung in die Wiege gelegt worden war. Sean zog das Photo aus dem Umschlag und warf es vor Maxwell auf den Schreibtisch.

Ein Blick genügte und die Fassade des Senators zersplitterte in tausend Teile. Seine Hände suchten Halt am Schreibtisch; es schien, die Muskeln seiner Beine wollten nachgeben. Dann drehte er sich abrupt um, mit dem Gesicht zum Fenster. „Wo haben Sie das Photo her?" Die Worte waren ein kaum verständliches, leises Flüstern.

„Sagen Sie es mir", erwiderte Sean kaltschnäuzig.

„Dieses verdammte Schwein. Er hat das alles arrangiert – Schreiber, Josef Schreiber." Er wandte sich Sean zu und hatte sich etwas gefangen, seine Gesichtszüge waren wieder unter Kontrolle. „Verstehen Sie, er hat die Kleine auf mich angesetzt, sie hat mich regelrecht verführt, sie wollte das alles, ich habe nur mitgemacht."

Mein Gott, dachte Sean und musste sich wirklich beherrschen, nichts Falsches zu sagen. Rechtfertigte der Kerl sich hier auch noch?

„Wer ist sie?"

Der Senator hatte den Stuhl zum Schreibtisch zurückgezogen, saß Sean wieder gegenüber. Der dynamische Mann, der ihn noch vor zehn Minuten begrüßt hatte, war verschwunden. Kevin Maxwell sackte immer mehr in sich zusammen. „Clarisse, sie lebt in der Stiftung für Straßenkinder."

„Wie alt ist sie?"

„Das weiß ich nicht", antwortet der Senator schnell, viel zu schnell.

Jetzt wurde Seans Ton scharf. „Wollen Sie mich verarschen?" Er tippte mit dem Finger auf das Photo. „Dass die Kleine minderjährig ist, sieht wohl jeder. Also, wie alt ist sie?"

Der Senator schwieg, starrte abwesend auf das Photo.

„Senator", sagte Sean warnend, „ich werde mit Clarisse reden. Was denken Sie, was sie mir sagt, wenn ich sie frage, wie alt sie ist?"

Die Stimme von Maxwell wurde langsam weinerlich. „Vierzehn", kam es kleinlaut von ihm.

„Und Schreiber hat Ihnen das Mädchen zur Verfügung gestellt?"

Maxwell schüttelte den Kopf. „Nein, sie war im Landhaus und er kam ins Zimmer, als wir … Er spielte den Empörten, dabei hat er es gewusst, wenn er Photos gemacht hat. Später sagte er mir, er würde alles regeln und sich um das Mädchen kümmern."

„Dann hat er Sie erpresst. Was mussten Sie tun?"

Schreiber stützte seinen Kopf in seine Hände. „Er wollte, dass ich den Gesetzentwurf unterzeichne, der im Senat eingereicht wurde, um den zweiten Verfassungszusatz wieder aufzunehmen. Das habe ich getan. Verhaften Sie mich jetzt?“

Sean sah ihn an. „Nein, wir müssen erst mit dem Mädchen sprechen. Beten Sie, dass die Kleine Ihre Version bestätigt und zur Prostitution gezwungen wurde. Wir brauchen Ihre Aussage gegen Schreiber, doch man wird Sie zur Verantwortung ziehen. Ich an Ihrer Stelle würde mir einen guten Anwalt nehmen.“

Sean nahm das Photo und ging, zurück ließ er einen gebrochenen Mann an seinem Schreibtisch.

Als Sean wieder in seinem Auto saß, rief er Don an. „Maxwell hat gestanden, schnapp dir Sims, wir treffen uns bei Winter im DA-Office. Und denk dran, das alles ist auch für dich neu, das war mein Alleingang.“

Keine halbe Stunde später saßen sie im Büro der Generalstaatsanwältin in der 4th Street Northwest, nur Minuten von der Hauptzentrale des FBI entfernt. Winter und Sims waren zuerst außer sich, als Sean wieder mit Schreiber anfing, doch je mehr sie von seinen Ausführungen hörten, umso ruhiger wurden beide und warteten schließlich, bis er zu Ende geredet hatte. Es war Winter, die dann nach Beweisen fragte, und Sean rückte das Photo heraus. Beide reagierten mit einem Kopfschütteln, ein Wort gab das andere, selbst Sims wurde zwischendurch laut und erinnerte Sean eindringlich daran, dass er sich mit dem Einbruch eines Verbrechens schuldig gemacht hatte. Doch als Sean dann wieder auf das Photo tippte, das Mädchen, das darauf zu sehen war, der sexuelle Missbrauch, beruhigten sich die Gemüter langsam.

Sie hatten hier eindeutig ein minderjähriges Mädchen, einen Senator, der gestanden hatte, den Missbrauch in Schreibers Haus vollzogen zu haben, und seitdem von diesem erpresst wurde. Damit kriegten sie Schreiber allemal wegen Kuppelei und Erpressung, und falls das Mädchen noch gegen Schreiber aussagen sollte, dann sogar wegen Förderung von Kinderprostitution.

„Na gut", sagte Winter, und jetzt war auch ihr Gesichtsausdruck entschlossen. „Wir setzen alles auf eine Karte. Schicken Sie jemanden los, der das Mädchen aus dem Heim holt und hierher bringt. Finden Sie Schreiber und verhaften Sie ihn. Den Senator holen wir uns, wenn wir das Mädchen verhört haben. Ich besorge Ihnen jetzt den Haftbefehl für Schreiber, denn ich nehme an, dass Sie ihn sich selbst schnappen wollen, nach all dem, was Sie dafür aufs Spiel gesetzt haben. Das Photo kommt unter Verschluss, es existiert nicht. Caver, sind Sie sicher, dass die Sache wasserdicht ist? Falls nicht, tut sich für uns alle die Hölle auf – aber vor allen Dingen für Sie."

Sean grinste. „Wir haben einen geständigen Senator, was brauchen wir mehr? Wenn wir das Mädchen haben, ist ein Photo nicht mehr von Relevanz", erwiderte er selbstsicher.

Er wartete am späten Nachmittag des gleichen Tages mit Don vor dem *Capitol Hilton Hotel* in Washington. Sie hatten erfahren, dass Schreiber nach seiner Entlassung aus dem Krankenhaus in die Hauptstadt geflogen war, um an einer Wahlveranstaltung eines der Kandidaten für das erst kürzlich geschaffene Gouverneursamt von Columbia teilzunehmen. Der Kandidat, der von ihm finanziell bei seinem Wahlkampf unterstützt wurde, hielt eine Ansprache. Dieses Amt war von besonderer Wichtigkeit, da der Gouverneur von Columbia derjenige war, der Washington DC vertrat.

Beide konnten es kaum erwarten, dass endlich das Telefon klingelte, denn obwohl Sean den Haftbefehl für Schreiber bereits in seiner Jackentasche hatte, wollten sie darauf warten, dass ihnen der Agent des New Hampshire FBI-Büros bestätigte, Clarisse in der Stiftung gefunden zu haben. Sie hatten dem Büro einen Ausschnitt des Photos, der nur das Gesicht des Mädchens zeigte, gemailt, und sofort hatte man einen Agenten losgeschickt. Alles konnte nur klappen, wenn Schreiber das Mädchen nicht hatte verschwinden lassen.

Was beide nicht wussten, war, dass der Agent, der diese Aufgabe übernommen hatte, ein junger Mann war, der gerade erst die Akademie abgeschlossen hatte und seinen obligatorischen Vierundzwanzig-Monats-Dienst in dem kleinen Außenbüro verrichtete. Auch hatte man dem FBI New Hampshire nicht die Details gegeben, die auf die Brisanz des Falles hinwiesen, da jetzt schnell und vor allem geheim gehandelt werden musste, um Schreiber kalt zu erwischen.

Endlich klingelte Seans iPhone. „Caver", meldete er sich.

„Agent Caver, hier Holden vom Büro New Hampshire. Sir, ich sollte Sie anrufen."

„Haben Sie die Kleine in der Stiftung gefunden?", fragte Sean ungeduldig.

„Äh, ja, Sir, nicht in der Stiftung, aber im Hospiz …"

Weiter kam Holden nicht, da Sean ihn ungeduldig unterbrach: „Ist sie es wirklich, sind Sie sich sicher, Holden?"

„Äh, ja, Sir, es ist das Mädchen auf dem Photo und sie heißt Clarisse Kendrick. Aber, Sir …"

Sean unterbrach ihn wieder. „Wunderbar, bringen Sie Clarisse nach Washington in die Zentrale. Wir müssen jetzt los. Danke, Agent Holden."

„Äh, ja, Sir, mach ich."

Sean legte auf und zwinkerte Don zu. „Rock 'n Roll", sagte er und sie stiegen aus dem Wagen. Nicht eine Sekunde dachte Sean darüber nach, warum man Clarisse im Hospiz und nicht in der Stiftung gefunden hatte; seine ganze Konzentration war bei Schreiber und es juckte ihn in den Fingern, diesem Mistkerl endlich Handschellen anlegen zu können.

Sie hefteten sich die Ausweise an die Jacketts und betraten den Saal, in dem der Kandidat gerade eine euphorische Wahlrede schwang. Schreiber saß unweit des Podiums mit mehreren Männern zusammen, er hatte seinen rechten Arm in einer unauffälligen Binde, die farblich zu seinem mondänen, dunklen Anzug passte, und das Jackett leger über die Schultern gelegt. Sean trat ans Podium, ging die Stufen hoch, so dass der Redner inne hielt. Dann stellte er sich vor Josef Schreiber, der Sean mit einem gewissen Erstaunen taxierte, denn scheinbar hatte man ihn noch nicht darüber informiert, dass Clarisse im Hospiz abgeholt worden war.

„Josef Schreiber, bitte stehen Sie auf. Ich verhafte Sie wegen Kuppelei bei sexuellem Missbrauch von Minderjährigen, Erpressung und dem Verdacht der Unterstützung von Kinderprostitution." Er griff sich Schreibers linkes Handgelenk und ließ eine Handschelle zuschnappen, die andere befestigte er an seinem eigenen rechten Arm. Dann lamentierte er die Miranda-Warnung herunter: „Sie haben das Recht, die Aussage zu verweigern …" Er konnte sich nicht erinnern, diese Sätze schon einmal mit solch einem Vergnügen ausgesprochen zu haben.

Schon seit Stunden saßen Sean und Don mit Schreiber in dem Verhörraum im J. Edgar Hoover Building. Er hatte geschwiegen und auf einem Anwalt bestanden. Aber auch nachdem einer der Anwälte aus Washingtons Starkanzlei endlich angekommen war, wurde er nicht gesprächiger. Sean und Don konfrontierten ihn mit den Anschuldigungen, und je länger Sean in das aalglatte Gesicht Schreibers sah, dieses maliziöse Lächeln, das scheinbar immer größer wurde, umso weniger fühlte er sich wohl in seiner Haut, denn irgendetwas schien nicht zu stimmen.

Schreiber nimmt das alles hier viel zu gelassen. Hat der Senator ihn gewarnt? Aber dann hätte er Clarisse verschwinden lassen. Etwas geht hier schief, ging es Sean durch den Kopf. *Oh Gott, wenn dieser Agent Holden das falsche Mädchen hat … Nein, das darf nicht sein.*

Er wollte gerade wieder mit Fragen ansetzen, als sein Telefon summte. Er sah auf das Display, während Don weitermachte. Es war Sims. „Ja, John?", fragte er.

„Du und Don, sofort in mein Büro – und ich meine sofort, bewegt eure Ärsche umgehend hier hoch."

Sean stutzte. *Oh Mann*, so hatte er John McSimmens schon lange nicht mehr reden gehört – eigentlich nur ein einziges Mal, damals in Los Angeles, als John selbst Sean in einem Motel verhaftet hatte. Irgendetwas lag im Argen, etwas war passiert und es war nichts Gutes. Sean unterbrach das Verhör, Schreiber wurde mit seinem Anwalt allein gelassen und er und Don machten sich sofort auf den Weg.

Sims stand am Fenster und Winter saß vor dem Schreibtisch in einem der Sessel, ihr Gesicht war eine zu Stein erstarrte Maske.

„Was ist los?", fragte Sean, als sie das Büro betraten. Sims drehte sich zu ihnen, und als Sean sein Gesicht sah, war ihm klar, dass jetzt ein Unwetter auf ihn niedergehen würde. Doch noch hatte er keine Ahnung, dass aus dem Unwetter innerhalb von Minuten sein persönliches Armageddon werden sollte.

„Du hast es versaut", konkretisierte Sims verbittert. „Schreiber hat dich hopp genommen und du bist ihm wie ein Anfänger auf den Leim gegangen."

Sean runzelte die Stirn und Don sah ihn verständnislos an.

Sims trat an den Schreibtisch, nahm das Photo und drückte es Sean in die Hand. „Deine Vierzehnjährige ist eine ehemalige Crackhure von der Straße, Clarisse Kendrick, und wird dieses Jahr neunzehn."

Sean wich alles Blut aus dem Gesicht. Er sah wieder auf das Photo. Das konnte doch nicht wahr sein, das Mädchen konnte keine achtzehn sein! „Aber …" Mehr brachte er nicht heraus.

„Sie hat zu Protokoll gegeben, mit Senator Maxwell in Schreibers Landhaus in gegenseitigem Einverständnis Sex gehabt zu haben. Sie ist eine wirklich abgefuckte kleine Lady, die genau weiß, was sie zu sagen hat. Sie meinte, der Senator war ihr sympathisch, da hat sie es mit ihm gemacht, aus lauter Spaß an der Freude. Sie bestätigt mit keinem Wort, dass Schreiber die beiden erwischt hat. Sie meinte, dass ihr Arbeitgeber Josef Schreiber davon wusste und sie nie gestört hätte, da sie des Öfteren seine Gästen unterhält."

Sean ließ sich in den Sessel neben Winter fallen. „Mein Gott, dann lügt das Aas, aber wir haben die Aussage von Maxwell, dass Schreiber ihm vormachte, die Kleine wäre vierzehn, die Aufnahmen und vor allem die Erpressung. Noch ist nichts verloren, wir haben immer noch den Senator." Die Worte sprudelten nur so aus Sean heraus, doch intuitiv wusste er, dass da noch mehr war, dass es für ihn noch viel schlimmer kommen würde.

Winter sah ihn an und schüttelte den Kopf. „Nein. Ich habe vorhin jemanden losgeschickt, um den Senator abzuholen – man hat ihn an seinem Schreibtisch gefunden, er hat sich vor einer Stunde erschossen."

Sean beugte sich im Sessel vor, als ob er körperliche Schmerzen hätte, stützte die Ellbogen auf seine Oberschenkel und fuhr sich mit beiden Händen durchs Haar. Dann legte er die Hände über Mund und Nase, spürte, wie sich seine Eingeweide zusammenzogen. Außer „Scheiße, Scheiße, Scheiße" fand er keine Worte.

„Haben wir jetzt überhaupt noch etwas?", meldete sich Don nach dem ersten Schock zu Wort.

„Nein", kam es jetzt wieder von Winter. „Wenn volljährige Mädchen in Schreibers Haus Sex mit seinen Gästen haben, ist das kein Straftatbestand, weder für ihn noch für seinen Gast. Dass Schreiber beide dabei gefilmt oder photographiert hat, können wir nicht beweisen, da wir das Photo nicht benutzen dürfen." Sie atmete laut aus. „Selbst wenn, kann er immer noch behaupten, dass es mit dem Einverständnis aller Beteiligten geschehen ist. Ein hübscher kleiner Privatporno, nicht mehr und nicht weniger. Ja, und ohne den Senator keine Erpressung."

Sean griff sich wieder an den Kopf und stöhnte. „Dann müssen wir ihn laufen lassen?"

„Ja", sagte Sims resigniert. „Und damit wird er für uns ein absolutes Tabu. Nach seinem Interview im Krankenhaus wird kein Richter in den ganzen Vereinigten Staaten uns noch einmal das Recht geben, in Schreibers Imperium herumzustochern. Der Mann wird die Angelegenheit ausschlachten, und an die Presse möchte ich erst gar nicht denken."

Sean sah ihn an. „Was bedeutet ...?"

„Er wird keine Ruhe geben, bis Köpfe rollen – in diesem Fall dein Kopf, Sean."

„Aber ...", setzte Sean an und sah, dass Sims jedes Wort todernst gemeint hatte.

„Nichts *aber*, das Washington PD hat sich bereits bei mir nach dir erkundigt. Anna Maxwell hat zu Protokoll gegeben, dass du heute Morgen beim Senator warst, dass er nach deinem Besuch vollkommen verstört war. Sie macht dich dafür verantwortlich, dass ihr Mann sich erschossen hat. Ich weiß nicht, ob ich dich aus der Sache raushalten kann."

Sean spürte, wie sein Puls anstieg und sich ein leichter Schweißfilm in seinen Handinnenflächen bildete. Er wiederholte seine Worte: „Was bedeutet ...?"

„Die Frau des Senators wird alles in Gang setzen, um eine Erklärung zu bekommen. Sagen wir ihr die Wahrheit, dann geben wir zu, dass ein Agent sich eines Einbruchs und Hausfriedensbruchs schuldig gemacht hat, und müssen Ermittlungen gegen Sie einleiten", sagte Winter leise. Man hörte ihr an, dass sie mit der ganzen

Sache so wenig einverstanden war wie jeder in diesem Raum; sie führte nur die Fakten auf und schien, genau wie Sims, innerlich krampfhaft nach einer Lösung zu suchen. „Des Weiteren", fuhr sie fort, „ist damit zu rechnen, dass Schreiber das vor der Presse ausschlachtet und vom FBI ein eindeutiges Signal fordern wird. Ich rechne auch damit, dass er Ihren Kopf will, Sie persönlich."

Sean setzte sich auf, sah Winter an und dann Sims. „Klartext, John", forderte er McSimmens auf.

John nahm wieder Platz, legte die Arme auf den Schreibtisch und sah in diesem Moment sehr alt aus. Er räusperte sich. „Agent Sean Caver, ich suspendiere dich hiermit vom Dienst. Bitte händige mir deine Marke, Ausweis und Dienstwaffe aus."

„John, das kannst du nicht machen!", sagte Don und trat zu Sims. „Wir können das doch nicht zulassen ..."

„Halt den Mund, Don!", blaffte Sims ihn an. „Können? Ich muss das machen. Sean hat hoch gepokert und verloren." Er wandte sich wieder an Sean, der mittlerweile mit starrem Gesicht zu begreifen versuchte, was Sims da eigentlich gesagt hatte. „Sean, die Sachen, jetzt!"

Sean stand langsam auf, griff in sein Jackett und holte das schwarze Lederetui heraus, in dem sein Ausweis und auch die Marke steckten. Er öffnete seinen Gürtel und zog ihn aus der Hose, um das Holster mit der Glock abzunehmen, legte alles auf Sims' Schreibtisch und steckte den Gürtel in die Jackentasche.

Sims nickte. „Fahr nach Hause, Sean, mach dich so klein wie möglich. Bis auf Weiteres halte dich von Quantico und allem anderen fern. Wir werden unser Möglichstes für dich tun, doch ich weiß nicht, ob wir die Dienstaufsicht von dir fernhalten können, und dann musst du mit dem Schlimmsten rechnen. Bei diesem öffentlichen Druck wird man ein Exempel an dir statuieren – damit meine ich eine Anklage, die im schlimmsten Falle mit Haft ohne

Bewährung ausgehen kann." Sims hielt kurz inne. „Es sei denn, du gehst freiwillig."

Sean runzelte die Stirn, sah zu Winter, wartete auf eine Erklärung.

Sie blickte ernst in seine Augen. „Wenn Sie eine Stellungnahme abgeben, dass Sie, ohne Absprache mit dem Bureau, Senator Maxwell mit der Sex-Affäre unter Druck gesetzt haben, um an Schreiber heranzukommen, ihn ohne direkte Beweise verhaftet haben, nur aufgrund eines Informanten-Tipps, sich bei Anna Maxwell und Josef Schreiber entschuldigen, sehe ich keinen Grund, warum die Interne ein Verfahren anstreben sollte. Sie verlassen das FBI freiwillig, wegen grober Verfahrensfehler."

Ihm war schwindelig. Suspendierung war eine Sache, aber kündigen? Seine Gedanken überschlugen sich. Falls man ihn in Haft nahm, könnte es Monate dauern, bis ein Verfahren gegen ihn eröffnet wurde, das bedeutete Untersuchungshaft in einem Gefängnis. Als ehemaliger Bundespolizist war er im Knast genauso gefährdet wie ein Pädophiler. Was ihm aber mehr Sorgen machte, war die Untersuchung. Wie weit würde die Interne gehen, wie lange würde es dauern, bis sie herausbekamen, dass er nicht alleine in New Hampshire gewesen war? Er konnte Don und auch Marc da nicht mit hineinziehen, und ganz bestimmt nicht Cat.

Sean schluckte hart und wandte sich wieder an Sims: „Also gut, ich kündige hiermit. Das Schriftliche reiche ..."

„Bist du verrückt!", bellte Don, er hatte die ganze Situation immer noch nicht erfasst. „Es muss doch andere Möglichkeiten geben!"

Ohne auf Don zu achten, setzte er wieder an: „Das Schriftliche reiche ich morgen nach." Dann drehte er sich kurz zu Winter. „Monica, können Sie mir ein Statement aufsetzen, das Sie als ausführende Staatsanwältin entlastet und außerdem natürlich John und den Rest der Sonderkommission? Wenn es geht auch die Entschuldigung, denn ich befürchte, dass ich mir eher die Hand abhacke, als eine Entschuldigung an Schreiber zu formulieren."

Monica nickte nur. Dann ging Sean ohne ein weiteres Wort.

Es dauerte einige Minuten, bis auch Don reagieren konnte. „Sims, ich kann ihn jetzt nicht so gehen lassen, ich geh lieber hinterher."

„Okay, geh schon", nickte Sims, und als Don ebenfalls die Tür hinter sich schloss, wandte er sich an Winter: „Monica, können wir das wirklich nicht irgendwie geradebiegen?"

„Nein, John."

Don war heilfroh, als er Seans Wagen noch in der Tiefgarage fand, und ging darauf zu. Er sah seinen Freund auf dem Fahrersitz und öffnete die Beifahrertür, um sich neben ihn zu setzen.

„Bist du okay?", fragte Don nur.

Sean sah ihn an. „Nein", erwiderte er und starrte dann wieder geradeaus.

„Wir kriegen das wieder hin, ich werde mich mit Cat und Derwan zusammensetzen, wir machen weiter und kriegen diesen Schweinehund."

Sean schüttelte den Kopf. „Auf keinen Fall, ihr macht gar nichts mehr, man darf euch nicht mit dem Einbruch in Zusammenhang bringen. Hört ja auf, in Schreibers Leben zu stochern, sonst seid ihr auch noch dran."

„Aber du kannst doch nicht so einfach aufgeben!", widersprach Don und Sean hatte selten so viel Entrüstung in seinem Ton gehört.

„Kapierst du es immer noch nicht, Don? Es ist vorbei, er hat mich ganz sukzessive fertiggemacht – er hat Corey vergewaltigen lassen, Joan getötet und dafür gesorgt, dass ich gehen muss. Es reicht, ins Gefängnis gehe ich dafür nicht. Ich hätte nicht so stolz sein dürfen und viel früher aussteigen müssen. Er ist mir überlegen und ich werde jetzt nichts mehr riskieren. Vor allem nicht, wenn das Letzte, was er mir noch wegnehmen kann, Cat ist. Ich höre auf."

Don sah ihn nur an, wartete irgendwie auf etwas, das nicht kam.

„Ich möchte jetzt fahren, Don."

Don öffnete die Tür, stieg aus, doch sah seinen Freund weiter an. Der startete nur den Wagen und Don schlug endlich die Tür zu. Sean setzte zurück und sah die Silhouette seines besten Freundes im Scheinwerferlicht, bis er den ersten Gang einlegte und langsam Richtung Rampe fuhr.

„Hey, was machst du schon hier?", fragte Cat gut gelaunt, als sie gegen sieben am Abend ins Wohnzimmer kam. Sie war etwas erstaunt, ihn auf der Couch sitzen zu sehen, da sie ihn immer noch in Washington vermutet hatte. Sie hatte ihm mehrmals auf die Mailbox gesprochen, aber da er nicht zurückgerufen hatte, war sie davon ausgegangen, dass er alle Hände voll zu tun haben würde, Schreiber endlich dahin zu bringen, wohin er gehörte: ins Gefängnis.

Sean blickte auf, griff nach dem Weinglas und trank es in einem Zug leer. In dem Moment bemerkte sie die drei leeren Weinflaschen, die neben dem Tisch auf dem Boden standen, und ging zu ihm. Sie beugte sich vor, um ihn zu küssen, doch er zuckte weg.

„Was ist los?", fragte sie irriert.

„Was soll los sein?", entgegnete er und sie konnte hören, dass er betrunken war.

Sie sah ihn an und setzte sich auf die andere Couch. „Du hast getrunken."

Er zog die Augenbrauen hoch. „Stimmt, Hausdrache, ich bin gerade dabei mich zu besaufen." Dann grinste er mysteriös und goss sich sein Glas wieder voll.

„Schreiber?", fragte sie.

Er hob das Glas. „Auf Schreiber." Dann trank er wieder einen großen Schluck.

„Was ist passiert?"

Sean sah sie an, dann lachte er. „Was passiert ist? Du hast dir einen ziemlichen Versager als Ehemann ausgesucht. Dein Vater hat recht."

„Was? Wovon redest du?"

Er hielt das Glas in ihre Richtung. „Ich hab deinen Vater vor zwei Wochen angerufen, wollt noch mal von Mann zu Mann mit ihm reden, hab um deine Hand angehalten. Weißt du, was er mir gesagt hat, ja? Also, er hat gesagt, dass seine Tochter bessere Partien machen kann und dass es keine Hochzeit geben wird, wenn er es verhindern kann." Sean steckte sich eine Zigarette an und drückte sein rechtes Auge schmerzhaft zu, weil Rauch hineinstieg. Er rieb es sich und meinte dann: „Weißt du was, er hat gar nicht so unrecht: ich kann dir noch nicht mal meinen Namen geben, da ich den selbst nicht mehr habe; wir können nie Kinder haben, wegen mir und jetzt", er machte eine theatralische Pause, „jetzt könnte ich dich noch nicht mal ernähren, da ich keinen Job mehr habe. – Prost!"

„Sie haben dich suspendiert?", fragte sie entsetzt.

„Nein, schlimmer, ich bin raus. Ich hab es richtig vermasselt mit unserem Schreiber, er hat mich vorgeführt wie einen dummen Schuljungen."

Sie sah ihn an, stand auf und setzte sich neben ihn. „Das kriegen wir wieder hin. Hör auf zu trinken. Komm, wir gehen schlafen, dann sieht die Welt morgen wieder anders aus."

Er lachte laut auf, ein ungutes Lachen. „Uh, da ist sie wieder, meine starke Catherine, die immer, wenn ich in einer Krise stecke, über sich hinauswächst. Wir gehen ins Bett, ficken 'ne Runde und dann wird alles wieder gut!"

Cat sah ihn an. „Beleidige mich nicht, das Letzte, was wir jetzt gebrauchen können, ist Streit. Bitte hör auf zu trinken."

Sean lehnte sich zurück und starrte vor sich hin. „Hab das nicht so gemeint mit dem Ficken", sagte er kleinlaut.

„Ich weiß!"

„Cat, ich weiß nicht, was ich jetzt tun soll."

Sie streichelte über sein Gesicht. Er drehte seinen Kopf zu ihr und schüttelte ihn. „Ich weiß wirklich nicht, was ich jetzt tun soll."

Er sah auf den Wecker, als sie wieder zu ihm ins Bett kam, es war bereits halb zehn. „Du kommst zu spät zur Arbeit", murmelte er und griff nach der Wasserflasche. Er hatte einen teuflischen Kater und das Gefühl, sein Schädel würde jeden Moment platzen. Er trank einen großen Schluck, aber fühlte sich nicht einmal für eine Sekunde besser, sodass er sich wieder in die Kissen fallen ließ.

„Ich habe Simon angerufen und mir heute frei genommen. Abgesehen davon hat sich Don gerade bei mir gemeldet, er kommt mit Marc heute Abend, damit wir die Situation besprechen können."

Sean stöhnte laut auf.

„Don meinte, du sollst was Vernünftiges kochen, sonst tritt er dir in den Arsch – ich zitiere nur."

„Oh Mann, ist mir schlecht", erwiderte Sean nur, bevor er sich aus den Bettlaken schälte, um ins Bad zu gehen.

KAPITEL ELF

Kansas City, Samstag, 2. März 2019

Doris stand in einem eleganten Morgenrock aus weißer Spitze an der Tür seines Apartments und nahm ihrem Bruder den Rollkoffer ab. Sie wartete, bis Josef eingetreten war und die Tür geschlossen hatte, dann kam sie näher und hauchte ihm einen Kuss auf die Lippen. Er sah sie an, tastete sie regelrecht mit Blicken ab, doch dann runzelte er die Stirn. „Heute ist Samstag, Liebling, was machst du hier?“ Er war erst am späten Abend mit seinem Privatjet aus Washington angekommen und hatte eigentlich mit einer leeren Wohnung gerechnet.

Sie lächelte. „Ich habe Mutter gesagt, dass ich eine kranke Freundin unterstützen muss und über Nacht wegbleibe.“

Sie griff ihm in den Schritt, so dass er zusammenzuckte. „Wir essen erst einmal etwas und feiern unseren Erfolg, bevor ich mich um dich kümmere“, flüsterte sie und lächelte verführerisch.

Schreiber atmete tief ein. „Was feiern wir denn?“, fragte er, äußerst zufrieden mit der Aussicht, dass Doris heute Nacht bei ihm blieb.

Sie zog ein Dokument hinter ihrem Rücken hervor und fächelte sich damit Luft ins Gesicht, dann hielt sie es ihm hin. Schreiber ergriff es erstaunt und begann zu lesen, wobei sich sein Gesicht mit jedem Satz aufhellte und er dann plötzlich schallend zu lachen anfing. Es war eine offizielle Entschuldigung des FBI und der Staatsanwaltschaft, in der Ex-Agent Caver zugab, erhebliche Fehler bei der Ermittlung gemacht zu haben, und mit persönlichen Worten sein Bedauern über das unüberlegte Vorgehen aussprach.

Außerdem hatte er die volle Verantwortung übernommen und als Konsequenz seine Kündigung beim FBI eingereicht.

„Entschuldige, dass ich es geöffnet habe, aber dein Anwalt brachte es heute Mittag vorbei und nach deiner Verhaftung am Donnerstag konnte ich nicht anders."

Er zog sein Jackett von den Schultern und löste seine Krawatte, beides warf er unachtsam auf den Sessel, zog sie mit seiner gesunden Hand zu sich und küsste sie.

„Wie wäre es mit Champagner und Austern?", flüsterte Doris in sein Ohr und zog ihn zum Esstisch, breitete die Serviette auf seinem Schoß aus, träufelte etwas Zitrone auf eine der Austern und hielt sie ihm an die Lippen. Er schlürfte das Muschelfleisch in seinen Mund, drückte es mit der Zunge gegen den Gaumen und schluckte es genüsslich.

„So, er glaubt also, dass eine Entschuldigung und seine Kündigung beim FBI reichen? Oh nein, Mr. Caver, mit Ihnen bin ich noch lange nicht fertig."

„Josef, solltest du nicht aufhören? Er ist seinen Job los, das FBI wird den Teufel tun uns noch einmal nahe zu kommen – riskiere jetzt nichts, lass die Finger von ihm."

Er betrachtete Doris, wie sie die nächste Auster beträufelte und dann in ihren Mund schlürfte, bevor sie sich zu ihm beugte und ihn küsste, dabei die Auster in seinen Mund wandern ließ – was nicht nur kulinarisch ein Genuss war, es machte ihn auch ungeheuer scharf, wenn sie so etwas tat.

„Nein, Liebling, glaube mir, ich kenne den Mann, der lässt nicht so schnell locker. Ich will ihn aus dem Weg haben. Er soll ins Gefängnis, und dann ist er so gut wie tot. Abgesehen davon muss ich wissen, wie er überhaupt auf Maxwell gekommen ist, und das kann die interne Ermittlung des FBI viel besser für uns herausfinden. Darum werde ich eine Klage gegen das FBI führen, und

Anna Maxwell wird das Gleiche tun. Weißt du, wo sie momentan ist?“

Doris nickte. „Ich habe heute kurz mit ihr gesprochen, sie ist zurück in Kansas City bei ihren Eltern.“

„Na, dann werden wir beide morgen einen Kondolenzbesuch machen. Und jetzt …“ Er nahm das Glas Champagner, hielt es ihr hin und sie trank einen Schluck. Doris leckte mit der Zunge über ihre Lippen und ergriff wieder eine Auster. Er nahm sie ihr ab. „Wie wäre es, wenn ich mir die Austern schmecken lasse, während du deinen Mund mit etwas anderem verwöhnst?“

Sie sah ihn mit glänzenden Augen an und ging auf die Knie. Er rutschte mit dem Stuhl ein Stück vom Tisch ab, führte die Auster wieder zum Mund, saugte sie zwischen seine Lippen, während sie die Serviette von seinem Schoß nahm und den Reißverschluss seiner Hose öffnete.

Sean hatte Don, Cat und auch Derwan unmissverständlich klargemacht, dass momentan von ihrer Seite kein Finger mehr in Sachen Schreiber gerührt werden durfte. Irgendwie hatte er immer noch Angst, dass man sie mit in die Sache zog, jedoch war Marc der Einzige, der ihm voll und ganz zustimmte. Er war der Ansicht, dass sie die Untersuchung wieder aufnehmen sollten, wenn etwas Zeit vergangen und Gras über die Sache gewachsen war. Don und Cat gaben Sean nur widerwillig ihr Versprechen.

Als die beiden dann gingen, hatte Marc ihm verstohlen eine Mappe in die Hand gedrückt: sie enthielt die Speicherkarte, weitere Abzüge der Photos, die Aufnahme von ihrem Gespräch mit Gilbert Sanders, Kopien des Notizbuchs und einen Empfänger, der zu der Wanze gehörte, die sie in Schreibers Schlafzimmer in New Hampshire platziert hatten.

Samstagmorgen kam Simon White mit einem weiteren Agenten, der draußen im Wagen wartete, um Seans Laptop, iPhone, den Dienstwagen und seine restlichen FBI-Klamotten abzuholen. Simon entschuldigte sich fast ununterbrochen, so dass Sean ihm mehr oder weniger gut zusprach und ihm anbot, jederzeit anrufen zu können, falls es Schwierigkeiten mit der Ausbildungsleitung gab, die Simon seit gestern provisorisch übernommen hatte.

Als er endlich gegangen war, realisierte Sean erst das ganze Ausmaß. Er musste sich um einen Job kümmern, doch was und wo? Immerhin war das Haus abbezahlt, von Cats Gehalt konnten sie die Nebenkosten und auch ihre monatlichen Ausgaben bestreiten. Seine Pension war er aber ebenfalls los.

Als dann auch noch Corey anrief und ihn bat, sie in Washington zu besuchen, fühlte er sich völlig überfordert – doch er konnte es ihr nicht abschlagen. Sie bat ihn, sich Montagmorgen in den Constitutional Gardens am Reflecting Pool mit ihr zu treffen und sagte, dass ihr Wagen noch in der Garage stand, wo die Schlüssel wären, wüsste er ja. Erst nachdem sie aufgelegt hatte, wurde ihm klar, dass sie scheinbar davon wusste, was mit ihm passiert war. Warum hätte sie ihm sonst den Wagen anbieten sollen?

Gegen zehn Uhr am Montagmorgen saß er auf einer Parkbank und blickte auf das Memorial Monument. Obwohl es höchstens vier Grad waren, wärmte die erste Frühlingsonne sein Gesicht. Er fühlte sich ausgelaugt. Er war am Morgen mit Cat aufgestanden und, nachdem sie nach Quantico gefahren war, zu Corey Haus hinübergegangen. Dort hatte er den klapprigen Toyota aus der Garage geholt und sich auf den Weg nach Washington gemacht. Er hatte Cat nichts von seinem Plan, Corey zu treffen, erzählt, da er nicht wollte, dass sie auch nur einen Moment dachte, dass er sich bei seiner Ex ausweinte.

Es war bereits elf Uhr und er hielt immer noch nach Corey Ausschau, als sich eine kleine Gestalt, der die grauen Haare wirr vom Kopf standen, neben ihn setzte. Sean sah den alten Mann erstaunt an – es war Aron Stein, sein Ansprechpartner vom Holocaust Memorial Museum, wie immer in seinen braunen Cordhosen, dem gleichen abgenutzten Jackett und einem Parka, der aussah, als hätte er den Vietnamkrieg mitgemacht.

„Hallo Sean", sagte Aron Stein.

„Hallo Aron, wie kommen Sie denn hierher?"

Der alte Mann nickte wissend. „Kommen Sie, mein Junge, wir gehen ein bisschen spazieren, ich habe mit Ihnen zu reden."

„Tut mir leid, ich bin verabredet und muss gleich gehen."

„Corey wird nicht kommen. Verzeihen Sie uns diese kleine Scharade." Er stand auf und machte eine einladende Geste.

Sean runzelte die Stirn; er hatte keine Ahnung, was hier gerade gespielt wurde. *Ach was soll's, ich hab Zeit*, ging es ihm durch den Kopf und er stand auf, um neben Stein auf das Weltkriegsmahnmal zuzuschlendern.

„Sie müssen wissen, Sean, Sie sind nicht der Einzige, der versucht hat sich mit Schreiber anzulegen und dabei eine Bruchlandung hingelegt hat", sagte Stein in ruhigem Ton und sah zu Sean hoch.

„Was?", fragte Sean schockiert. „Woher wissen Sie …?"

„Dass man Sie mehr oder weniger gefeuert hat? Nun, nachdem Sie Gilbert Sanders ins Museum brachten, zu diesem geheimen Treffen, haben wir uns sehr intensiv mit Ihnen und Ihren Ermittlungen beschäftigt."

Sean blieb abrupt stehen und sah Aron eindringlich an, der lächelte wieder und tätschelte Seans Arm. „Keine Sorge, wir gehören auch zu den Guten. Haben Sie schon einmal von ODESSA oder von Operation Paperclip gehört?", fragte Aron und blickte Sean mit seinen klaren braunen Augen an.

Sean nickte. „ODESSA, die Organisation der ehemaligen SS-Angehörigen. Ein Netzwerk, das SS-Offizieren nach Kriegsende systematisch zur Flucht aus Deutschland verholfen hat. Paperclip sagt mir nichts."

„Operation Paperclip war ein von den Vereinigten Staaten eingesetztes Programm, um deutsche Wissenschaftler für die USA zu rekrutieren und damit von der damaligen UDSSR fernzuhalten", referierte Stein, als sei Sean ein Anwärter im Museum, mit der gleichen ruhigen und emotionslosen Stimme, die er immer hatte, wenn er von den Gräueltaten berichtete. „Es wurde eine sogenannte ‚Joint Intelligence Objectives Agency' etabliert, um diese Wissenschaftler für die USA zu gewinnen. Auch wenn Truman ausdrücklich befohlen hatte, nur Wissenschaftler ohne Nazivergangenheit in die USA zu bringen, war das ein naives Anliegen, da die Top-Größen unter ihnen natürlich unter Hitler gearbeitet hatten und bekennende Nationalsozialisten waren. Die JIOA säuberte ihre Vergangenheit. Das Anliegen der Organisation, für die ich arbeite, war es für lange Zeit, sowohl die von der ODESSA als auch die von Paperclip eingebürgerten Nazis hier in den USA zu finden. Sie in der Öffentlichkeit bloßzustellen, um entweder eine Ausweisung in andere Länder zu erreichen oder, wenn ihnen Menschenrechtsverletzungen nachgewiesen werden konnten, diejenigen nach Israel auszuliefern."

Sean war immer noch nicht sicher, worauf das alles hier hinauslief, doch er fragte: „Das macht Sie dann also zu so einer Art Simon Wiesenthal?"

Aron lachte. „Na, nicht ganz, aber auch nicht ganz falsch. Sehen Sie, natürlich hat sich unsere Organisation noch vor zwanzig Jahren hauptsächlich damit beschäftigt, die Überlebenden Nazis zu lokalisieren, doch mittlerweile lebt niemand mehr von dieser Generation. Wir haben uns danach auf die Fahnen geschrieben, den Antisemitismus und die Rassendiffamierung in den USA zu bekämpfen und Missstände öffentlich zu machen."

Sean blieb wieder stehen, sah einen Moment auf die Entenfamilie, die schnatternd am Ufer herumstolzierte. „Ich dachte, das ist die Aufgabe der Anti-Defamation-League. Ich dachte, Sie, Aron, seien ein Mitglied der ADL."

Aron wiegte seinen Kopf für ein paar Sekunden von rechts nach links. „Nun, das bin ich auch, in meiner Rolle als Leiter des Holocaust Museums, und ich bin der offizielle ADL-Vertreter, der mit dem FBI zusammenarbeitet, wenn es um die Anwärter-Schulung geht. Aber, und das kann ich Ihnen jetzt auch nur sagen, weil Sie nicht mehr beim FBI sind, bin ich ebenfalls Mitglied einer Organisation, die heutzutage Menschen wie Schreiber jagt. Die ADL hat nichts damit zu tun, wenn ich auch nicht ausschließen möchte, dass man dort über unsere Existenz Bescheid weiß. Dennoch wird man sich dort immer von uns distanzieren, da unsere Wege nicht immer legal sind."

„Aron, an dieser Stelle sollten Sie lieber schweigen. Auch wenn ich kein FBI-Agent mehr bin, muss ich mich momentan von allem, was illegal ist, fernhalten", sagte Sean unmissverständlich.

Wieder tätschelte Aron Stein fast väterlich Seans Arm. „Mein lieber Junge, ein Ex-FBI-Agent, der wegen illegaler Aktivitäten gefeuert wurde."

Was weißt du?, schoss es Sean durch den Kopf. Aron konnte nichts von dem Einbruch wissen – woher? Es schien fast, dass Seans Leben zur Zeit vollkommen transparent war, und das nicht nur für Schreiber.

Stein nahm seinen Schritt wieder auf und schwieg eine Weile, dann fuhr er fort: „Ich möchte Ihnen ein Angebot machen. Wir haben sehr viel Material über Schreiber und seine Familie, da die NNM schon seit Jahren auf unserer Liste steht. Wir wollen diesen

Mann politisch erledigen, ihm einen Schlag verpassen, von dem er sich nie mehr erholt, damit seine Partei wieder im Erdboden versinkt. Sean, dieser Schreiber ist der Antichrist, und wir wären bereit, mit Ihnen zusammenzuarbeiten, alle unsere Informationen an Sie weiterzugeben, wenn Sie den Mut haben, solch einen Weg zu gehen. Aber Sie würden sich auf schlüpfrigem Boden bewegen, denn wir haben, genau wie Sie, viele Informationen auf illegalem Wege beschafft."

„Haben Sie unser Gespräch mit Sanders abgehört?"

Aron nickte. „Ja, einen Teil, denn erst als ich Ihren Mr. Miller sah, wusste ich, dass es sich um Gilbert Sanders handelte. Daher kenne ich nicht alles, was er ihnen sagte, aber das Telefongespräch zwischen Ihnen und Agent Don Viggen habe ich in voller Länge mitbekommen. Wir wissen, dass Sie bei Schreiber eingebrochen sind, dass Sie etwas gefunden haben, das Senator Maxwell so sehr belastet hat, dass er sich erschoss. Sean, wenn wir unsere Informationen austauschen, dann ist es vielleicht möglich Schreiber auszuschalten."

Sean vergrub seine Hände tief in den Manteltaschen. Er hatte wahrlich schon genug Probleme, und wenn er sich auf so etwas einließ, konnte ihm die ganze Geschichte mit einem lauten Knall um die Ohren fliegen und ihn direkt ins Gefängnis verfrachten.

„Aron, es tut mir leid. Wie es scheint, bin ich gerade noch einmal mit einem blauen Auge davongekommen; es hätte mich viel schlimmer erwischen können. Es ist zu spät, ich kann Ihnen nicht mehr helfen."

Aron nickte wieder. „Ich habe mir schon gedacht, dass Sie so etwas sagen. Aber ich muss Ihnen eine Geschichte erzählen: Vor vier Jahren, als Josef Schreiber die NNM übernahm, waren wir schon an ihm dran; wir hatten sehr viel recherchiert und waren der Meinung, genug gegen ihn in der Hand zu haben. Ein junger, ehrgeiziger Reporter der *Washington Post* war bereit, die Geschichte aufzunehmen. Es ging damals um seine Sturmtruppen und wie gezielt Angriffe gegen Juden und Afroamerikaner durchgeführt wurden, sein Artikel sollte die NNM, genauso wie die Klan-Verbindungen, damit in Zusammenhang bringen. Doch was wir nicht wussten: dem Reporter waren aus unbekannter Quelle Dokumente in die Hände gefallen, die den Waffenhandel Schreibers mit dem Nahen Osten scheinbar bewiesen. Leider hatte er diese Information nicht mit uns geteilt und brachte einen Artikel, der sich direkt und anschuldigend an Schreiber wandte. Wie sich dann herausstellte, waren die Dokumente gefälscht und dem Journalisten vorsätzlich untergeschoben worden. Schreiber bekam nicht nur eine Entschuldigung von der *Post*, er verklagte auch den Reporter auf Rufschädigung. Leider mit sehr effizienten Anwälten, so dass der junge Mann eine dreißigtägige Haftstrafe ohne Bewährung antreten musste. Mit der Geldstrafe griffen wir – die Organisation – ihm unter die Arme." Der alte Mann seufzte. „Nach zwei Wochen im Gefängnis war der Reporter tot, erstochen bei einer Auseinandersetzung mit Mitgefangengen, man konnte den Schuldigen nicht identifizieren."

Sean schüttelte den Kopf. „Warum erzählen Sie mir das?"

„Einer der Männer, der mit unserem Reporter im gleichen Block des Washingtoner Bezirksgefängnisses saß, war wegen Gewalttätigkeit bei einer Demonstration verurteilt worden. Sein Name war Jeffrey Hands."

„Moment, Sie wollen sagen, dass Schreiber den Auftrag gegeben hat, den Mann zu töten?", fragte Sean immer noch zweifelnd.

„Wir nehmen es an. Wissen Sie, Schreiber ist dafür bekannt, dass er Menschen, die ihm in die Quere kommen, erledigt. Sie, Sean, sind ihm mehr als nur in die Quere gekommen, Sie haben ihn verärgert, bloßgestellt und beleidigt." Arons Worte hatten jetzt einen scharfen Tonfall.

„Ja, und er hat meine beste Freundin überfallen und vergewaltigt, er hat eine Kollegin zu Tode prügeln lassen und mir meinen Job weggenommen. Er hatte seine Rache."

Stein lächelte ihn an, als ob Sean etwas sehr Naives gesagt hätte. „Glauben Sie das wirklich? Nein, mein Junge, hier geht es um viel mehr, als Sie sich vorstellen können. Er wird es nicht zulassen, dass Sie am Leben bleiben, um seine Pläne zu durchkreuzen."

„Tut mir leid Aron, wenn ich jetzt wieder interveniere und die Staatsanwaltschaft dahinterkommt, dann wandere ich ins Gefängnis. Wenn das passiert, brauche ich noch nicht einmal einen Josef Schreiber, als ehemaliger Bundespolizist bin ich da drinnen schon gefährdet genug. Tut mir leid, ich kann Ihnen nicht helfen."

Aron Stein sah ihn eindringlich an. „Wie Sie wollen, Sean. Doch sollte etwas sein, dann rufen Sie mich an. Sie können mir vertrauen. Hier, nehmen Sie meine Karte und melden Sie sich nur unter dieser Nummer, am besten über ein Prepaid-Handy." Er hielt Sean die Hand hin und schüttelte sie herzlich, als Sean einschlug. „Ich hoffe nur, Sie haben recht und wir irren uns." Schon drehte sich Stein um und ging mit energischem Schritt über den Platz in Richtung Museum zurück. Sean sah dem alten Mann hinterher, griff in seine Manteltasche und zündete sich eine Zigarette an.

Sean wartete an diesem Abend mit dem Essen auf Cat, als sie mit einem fast verzweifelten Ausdruck im Gesicht endlich nach Hause kam. Er gab ihr einen Kuss und sah sie an. „Was ist los? Du siehst aus, als wäre die Welt untergegangen."

Cat setzte sich an den Esstisch und Sean folgte ihr.

„Wo warst du den ganzen Tag? Keiner konnte dich hier erreichen."

Er verzog den Mund. „Draußen, bin einfach spazieren gegangen, brauchte frische Luft. Warum, was ist denn los?"

„Winter hat versucht dich zu erreichen. Schreiber und auch Anna Maxwell haben eine Klage gegen das FBI und auch gegen dich eingereicht. Beide führen hauptsächlich Einschüchterung und Bedrohung auf, im Fall Maxwell mit Todesfolge. Winter sagte mir, da du als FBI-Agent gehandelt hast, wird es eine Ermittlung gegen dich geben. Es ist bereits an die Interne weitergegeben worden. Sie konnte es nicht verhindern."

„Was?", fragte Sean entsetzt. „Einschüchterung und Bedrohung mit Todesfolge, sind die denn noch ganz klar im Kopf?" Doch er spürte, wie ihm heiß wurde.

„Monica meint zwar, damit kommen die nicht durch, aber du sollst dir gut überlegen, was du der Internen sagst. Denn bei der gegenwärtigen Stimmung wird man den Einbruch eines FBI-Agenten ziemlich hart ahnden."

Sean stand auf, ging im Wohnzimmer hin und her; er fühlte sich wie ein Tier in der Falle. Aron hatte recht, Schreiber ließ nicht locker. Er nahm das Telefon und drückte eine Kurzwahl. Don nahm gleich ab. „Don, ich brauche deine Hilfe. Kannst du mir einen Top-Anwalt besorgen – und vor allem bezahlen? Ich kann mir das momentan nicht leisten, du bekommst aber jeden Cent zurück."

Cat hatte am Abend mit ihm reden wollen, eine Taktik besprechen, doch Sean konnte nicht; er musste sich selbst erst einmal klar werden, was er nun tun wollte. Denn eines lag auf der Hand: jetzt musste er handeln, sonst konnte diese Sache ihn vollkommen vernichten. Dadurch, dass Don ihm mit einem exzellenten Rechtsbeistand half, brauchte er sich erst einmal nicht um die Interne zu kümmern, denn bevor er mit einem Anwalt gesprochen hatte, würde er jedes Gespräch mit der Internen Ermittlung ablehnen. So konnte er Zeit schinden – die Zeit, die er brauchte, um selbst Schritte einzuleiten. Er lag im Bett, hatte sich aus Cats Umarmung gewunden und die Hände hinter dem Kopf verschränkt. Sie schlief bereits.

Ich muss etwas unternehmen mit Schreiber, denn der lässt nicht locker, grübelte er. *Nur was?*

Für den Bruchteil einer Sekunde hatte er ernsthaft in Erwägung gezogen, Schreiber einfach zu erschießen, doch dann über sich selbst den Kopf geschüttelt. Er war so rastlos, dass er es nicht mehr im Bett aushielt, und schlich sich aus dem Schlafzimmer, ging dann zielstrebig in Cats Arbeitszimmer und setzte sich an ihren Schreibtisch. Er zog die Schubladen auf, fand das alte Handy ganz unten und schaltete es an. Es funktionierte und hatte auch noch genug Guthaben. Er blickte auf die Visitenkarte in seiner Hand und tippte dann die Nummer ein.

Es dauerte eine Weile, es war immerhin halb zwölf, doch dann hörte er endlich ein „Hallo“.

„Aron?“, fragte Sean.

„Ja, sind Sie das, Sean?“ Der alte Mann klang noch nicht einmal müde. Das erstaunte Sean, denn Aron Stein war weit über siebzig Jahre und er hatte erwartet, ihn zu wecken.

„Wir müssen uns treffen, und zwar schon morgen. Ich nehme Ihr Angebot an und brauche dringend Hilfe. Sie hatten recht, Schreiber versucht mich richtig fertigzumachen.“

Sie vereinbarten, sich am folgenden Tag wieder in Washington treffen. Aron hatte ihm eine Adresse genannt, wo er ab vierzehn Uhr zu erreichen sein würde.

Dann wählte Sean die nächste Nummer und wartete eine ganze Weile. Als sein Gesprächspartner mit einem verschlafenen und ungehaltenen „Was?“ antwortete, wusste Sean endlich, dass Marc Derwan scheinbar doch ab und zu schlief.

Keine Stunde später fuhr Sean langsam in Coreys Toyota zu dem Treffpunkt in Fredericksburg, den Marc ihm genannt hatte. Der TacOps-Mann stieg ein und dirigierte ihn weiter. Sie parkten auf einer einsamen Lichtung, die an den Wochenenden gerne von Teenagern aufgesucht wurde, um ihre ersten Erfahrungen hinter beschlagenen Autoscheiben zu machen. Es war still, sie waren die Einzigen hier und Sean erzählte Marc alles, was vorgefallen war, einschließlich seines mysteriösen Treffens mit Aron Stein. Dann weihte er ihn in seinen Plan ein und bat um Hilfe.

„Du bist vollkommen durchgeknallt, das hast du vor?“, erwiderte Marc, und dieses Mal war er alles andere als ruhig. „Das ist blanker Wahnsinn!“

„Ich weiß, darum brauch ich deine Hilfe. Dass du nicht mitmachen kannst, steht außer Frage, doch ich brauche wenigstens deine Unterstützung mit der Ausrüstung und Planung“, sagte Sean ganz ruhig, denn mittlerweile war ihm klar geworden, dass das seine letzte Chance war.

„Und dann? Willst du das alleine durchziehen? Vergiss es, Sean, das ist ein Job für ein Expertenteam.“

„Marc, ich mache es, mit oder ohne deine Hilfe!“

„Ach du Scheiße!“, stöhnte Derwan, verzog den Mund und zündete sich eine Zigarette an. Sean sah erstaunt auf, er hatte Marc noch nie rauchen sehen. Der schwieg eine ganze Weile, hatte das Seitenfenster des klapprigen Wagens heruntergekurbelt und starrte auf die Waldlichtung, die vom Mondlicht beschienen wurde und durch den Frost leicht glitzerte. „Das kannst du gar nicht, vergiss es“, wiederholte er nach einer Weile. „Wenn ich das zulasse, dann bringst du dich dabei um. Ich komm mit.“

Sean atmete erleichtert auf, irgendwie hatte er auf diese Antwort gehofft. „Danke, Marc.“

Als Sean gegen drei Uhr in dieser Nacht wieder in die Auffahrt fuhr, sah er, dass im Wohnzimmer Licht brannte. Cat saß auf der Couch, hatte sich eine Decke übergeworfen und wartete auf ihn.

Sie sah ihn an, als er durchfroren ins Zimmer kam und sich auf die Couch setzte, die Schuhe aufschnürte und auszog. Dann rückte er neben sie, legte seine Hand auf ihre und begann über den Plan zu sprechen.

TEIL III

Gejagte

Washington, Dienstag, 5. März 2019

„Mensch, Sean, das gibt es doch gar nicht!“, sagte Peter Becker. „Wie geht es Cat, ist alles okay bei euch?“

Sean musste schmunzeln. Vor seinem inneren Auge sah er den blonden BKA-Beamten aus Wiesbaden, seine hellblauen, intelligenten Augen und das liebenswerte Lächeln. Er und Cat hatten letztes Jahr mit Peter Becker in Garmisch-Partenkirchen ermittelt und gemeinsam so einiges erlebt.

„Uns geht es einigermaßen. Cat und ich werden heiraten“, meinte Sean. „Was macht dein Bein?“ Peter war während ihrer Ermittlungen in den Bergen bei Garmisch-Partenkirchen ziemlich schwer verwundet worden, aber als Sean Deutschland im Dezember verlassen hatte, war Peter schon auf dem Wege der Besserung gewesen.

„Da brat mir doch einer ’nen Storch, ihr beide? Na, eigentlich hätte ich so etwas ahnen müssen, es hat ja immer so ein bisschen zwischen euch geknistert. Gratuliere, Sean, ich freue mich. Ich bin ganz in Ordnung, vollkommen genesen, wie es die Ärzte nennen – und du bist du auch wieder okay?“

„Ja und nein. Körperlich fehlt mir nichts mehr, doch beruflich habe ich gerade eine ziemlich harte Zeit. Ich bin nicht mehr beim FBI“, erklärte Sean und wartete erst einmal ab.

„Was ist passiert? Das gibt’s doch nicht!“

Sean versuchte eine Art von Erklärung, gab ihm die Kurzfassung der Ereignisse.

„Scheiße!“, kam es entrüstet von Becker. „Ich kann mir vorstellen, was bei dir los ist, wir hatten vor Jahren hier auch so einen Fall, und ich kann dir sagen, unser Verfassungsschutz hat damals auch ziemlich geblutet, gute Leute mussten gehen wegen diesen Neonazis. Kann ich dir irgendwie helfen?“

„Ehrlich gesagt rufe ich deshalb an", erwiderte Sean in perfektem Deutsch. „Kannst du rausfinden, ob Josef Schreiber oder auch sein Vater Emil irgendwie bei euch auffällig geworden sind? Peter, ich muss jetzt schnell handeln und brauche so viele Informationen, wie ich kriegen kann."

„Mhm, ich weiß nicht, ob das BKA da etwas hat, doch ich habe einen Freund beim BfV, vielleicht kann der mir helfen. Sean, wie schlimm steht es?"

„Es läuft eine Klage gegen mich und es ist damit zu rechnen, dass ein Exempel statuiert wird, dass ich ins Gefängnis muss. Aber mach dir keine Sorgen, Don hat mir einen Spitzenanwalt besorgt, den habe ich heute Morgen getroffen, und er spielt erst mal auf Zeit. Peter, ich wollte dich da eigentlich nicht mit reinziehen, doch ich brauche wirklich Hilfe."

Es war einen Moment still am anderen Ende. „Die kriegst du auch, mach dir keine Sorgen. Wirst du überwacht?"

„Vielleicht. Wenn jetzt noch nicht, dann bald. Ich benutze ein Prepaid-Handy, ruf mich nur unter dieser Nummer an. Ich besorge mir dann eine E-Mail-Adresse, die sauber ist, falls du mir was schicken willst. Ich hoffe, du bekommst keine Schwierigkeiten."

„Auf keinen Fall. Ich tue, was ich kann, und kümmere mich drum. Ich melde mich so schnell wie möglich. Hey, das wird schon wieder! Bitte drück Cat von mir, und wenn das alles vorbei ist, dann will ich euch hier in Deutschland sehen!"

„Danke, Peter, ich schulde dir was. Bis bald."

Sean stieg aus Coreys Toyota. Er war einige Male um den Block gekurvt, um zu sehen, ob ihm jemand gefolgt war, hatte dann geparkt und war nun auf dem Weg zu der Adresse, die ihm Aron genannt hatte.

Der Anwalt, den Don besorgt hatte, war wirklich einer der Spitzenleute in Washington, jemand, der Mafia- und auch Karteldrogenbosse mit einem Freispruch wieder zu ihren Geschäften geschickt hatte. Ein Rechtsverdreher, den Sean noch vor einem Monat zum Teufel gewünscht hätte, da diese Leute ihm und dem FBI das Leben schwermachten, indem sie immer wieder die wirklich Schuldigen auf freien Fuß bekamen und damit monatelange Ermittlungen einfach zunichte machten.

Doch jetzt war er froh, diesen Mann an seiner Seite zu haben. Parish war ein Anwalt, der pro Stunde mehr als achthundert Dollar nahm. Wie er das Don jemals zurückzahlen sollte, war Sean nicht im Geringsten klar, doch dieser Mann schien sein Handwerk zu verstehen. Er hatte einfach nur gesagt: „Erstens erzählen Sie mir jetzt einmal die Wahrheit, zweitens werde ich dann diese Wahrheit bearbeiten und Sie akzeptieren die neue Wahrheit und drittens sprechen Sie nicht mit der Internen ohne mich; falls man Sie verhaftet, halten Sie den Mund, bis ich da bin. Was die Anklage gegen Sie betrifft, vertrauen Sie nur einem Menschen – nicht dem FBI, nicht der Staatsanwaltschaft, egal, womit die Sie ködern wollen, sondern nur mir."

Klar und eindeutig. Sean hatte genickt, genau das hatte er vor, was den offiziellen Teil anging. Der inoffizielle würde ganz anders laufen – Marc, Don und Cat wussten über alles Bescheid und würden noch mehr mitbekommen.

Aron Stein nicht zu vergessen. Sean klingelte bei ‚Silberberg' im dritten Stock eines heruntergekommenen Stadthauses im jüdischen Viertel von Washington. Natürlich gab es kein offizielles jüdisches Viertel in Washington, genauso wenig wie in New York, doch die sogenannten *Jewelry Streets* waren in beiden Großstädten dominiert durch Geschäfte, die Juden gehörten, und er stand nun in einem der Hinterhöfe dieser Geschäftsstraße.

Es dauerte nicht lange, bis die Tür aufsprang und er hoch in den dritten Stock ging. Eine alte Frau begrüßte ihn, und als er nach Aron fragte, führte sie ihn in ein Arbeitszimmer. Aron saß an einem Schreibtisch und erhob sich, um Sean die Hand zu schütteln. Das Zimmer war ein einziges Sammelsurium von alten metallenen Aktenschränken und Regalen voller Ordner und Papieren. Es roch etwas muffig, nach Staub und altem Mann.

„Ich freue mich, dass Sie Ihre Meinung geändert haben, Sean."

„Aron, ich will Ihnen nichts vormachen. Ich freue mich nicht darüber, doch mir bleibt nichts anderes übrig. Schreiber und auch die Witwe von Senator Maxwell führen Klage gegen mich und wenn ich nicht aufpasse, dann lande ich schneller im Gefängnis, als ich überhaupt ‚unschuldig' sagen kann", erwiderte Sean.

Auf Aron Steins Gesicht erschien wieder dieses unergründliche Lächeln. „Ach Sean, natürlich geht es in erster Linie darum, Sie aus diesem Schlamassel herauszubekommen, doch ich weiß auch, dass Sie eine tiefe Abneigung gegen die Nazis haben. Sie kennen keine Vorurteile, Corey hat Sie einmal geliebt und Sie wussten immer, dass sie Jüdin ist. Sie lässt Sie im Übrigen grüßen, wir haben ihr eine sichere Zuflucht gegeben, nachdem das FBI abgezogen wurde. Bei uns ist sie sicherer."

Seans schlechtes Gewissen übermannte ihn, auch wenn er genug Probleme hatte, und so fragte er: „Wie geht's ihr? Ich denke, ich sollte sie sehen."

Stein schüttelte den Kopf. „Nein, besser nicht. Es geht ihr gut. Sehen Sie, das ist es, was ich meine. Sie sind ein Menschenfreund, auch dann, wenn Ihnen – verzeihen Sie meine Direktheit – die Scheiße bis zum Halse steht. Also, was haben Sie für mich?"

Sean runzelte die Stirn. „Ich dachte, Sie hätten was für mich?"

Aron Steins Gesicht wurde nun hart. „Erst vertrauen Sie uns, dann vertrauen wir Ihnen." Dieser Satz ließ keinen Widerspruch zu.

Sean dachte kurz nach. Er hatte keine andere Möglichkeit, darum legte er die Speicherkarte mit der Aufnahme von Gilbert Sanders, das Photo von Senator Maxwell und auch den Empfänger für die Wanze, die sie in New Hampshire installiert hatten, auf den Schreibtisch.

Stein ließ sich sehr viel Zeit, sah und hörte sich alles in Ruhe an, danach erzählte ihm Sean den Rest, wobei er mit keinem Wort die abphotographierten Seiten des Notizbuches erwähnte.

Arons Gesichtszüge verrieten nicht, was er dachte. „Warum habe ich das Gefühl, dass Sie etwas zurückhalten? Ich sagte *Vertrauen*!“, meinte er ganz ruhig.

Sean schüttelte den Kopf. „Also gut. Es gibt ein Notizbuch, darin stehen nur Kürzel mit einem Datum. Wir vermuten, dass es sich um die Männer handelt, die Schreiber in der Hand hat. ‚K. M.‘ war der letzte Eintrag, Senator Kevin Maxwell, von dem wir das Photo haben. Das, Aron, ist meine Lebensversicherung, darum gebe ich die Liste nicht aus der Hand. Geben Sie mir Ihr Material, vielleicht können wir es mit der Liste abgleichen und wissen dann genau, wonach wir suchen müssen.“

Auch wenn Aron nicht gefiel, was er hörte, nickte er, hatte wieder seinen weichen, väterlichen Ausdruck, den Sean so gut kannte. Er kramte in der Schublade seines Schreibtisches und hielt Sean dann einen USB-Stick hin. „Das ist unser Dossier über Schreiber und seine Familie, sehen Sie sich alles in Ruhe durch, es gibt Photos mit Namen von Geschäftspartnern und auch Politikern, eine ziemlich interessante Historie seines Großvaters und auch seines Vaters. Studieren Sie das alles ausführlich. Ich werde in der Zwischenzeit jemanden hinzuziehen, einen sehr versierten Mann, er wird sich bei Ihnen melden und Ihnen bei der Aktion helfen.“

„Und was soll der tun?“, fragte Sean und sah den alten Mann skeptisch an.

„Sie unterstützen bei Ihren nächsten Schritten. Auch er ist seit einigen Jahren hinter Schreiber her. Er wird sich Ihnen als Jonathan Murdock vorstellen. Ich denke, Sie haben Ihre nächsten Schritte bereits geplant; er ist der richtige Mann, glauben Sie mir."

„Aron, es stimmt, ich habe einen Plan. Aber ..."

Stein unterbrach ihn. „Aber dafür brauchen Sie nicht noch einen alten klapprigen Mann!" Er lachte aus vollem Hals. „Das meinten Sie doch, oder? Jonathan ist alles andere als alt und sein Bar Mitzwa war auch nicht erst gestern. Er kann mit gefährlichen Situationen und Waffen umgehen. Nehmen Sie unser Angebot einfach an. Vertrauen Sie mir."

Sean atmete tief durch. „Nein, Aron, tut mir leid, keine weitere Person. Ich nehme das hier mit", er hob den USB-Stick, „und Sie möchte ich bitten, Schreibers Landhaus abzuhören." Er zeigte auf den Sender auf Arons Schreibtisch. „Ich verspreche Ihnen, wenn wir Beweise finden, dann teile ich alle meine Informationen mit Ihnen."

Er schlug den Kragen hoch, in der Manteltasche spielten seine Finger mit dem USB-Stick. Sean machte sich auf den Weg zu Coreys Wagen. Es war mehr ein Gefühl, das ihn dazu veranlasste stehenzubleiben, in die Auslage eines der Juweliergeschäfte zu sehen, doch ihn interessierten weder die Ringe noch die Uhren, die darin lagen – er blickte konzentriert auf die Spiegelung in der Scheibe, die ihm die gegenüberliegende Seite der Straße zeigte. Ein Großteil der herumschlendernden Menschen waren Touristen, die sich das Viertel von Washington DC ansehen wollten, vereinzelt orthodoxe Juden mit langen schwarzen Mänteln, dunklen Hüten und Peot. Es dauerte eine Weile, bis er die zwei Männer ausmachen konnte: der eine stand ihm direkt gegenüber, blickte genau wie er in eine Auslage, doch tat nichts anderes als das, was

Sean gerade machte: die andere Straßenseite durch die Scheibe zu beobachten. Der Zweite stand an der Bushaltestelle mit einer Zeitung in der Hand.

Sean ging ein paar Geschäfte weiter und blieb dann wieder unvermittelt stehen. Er war sich sicher: er hatte zwei Füßler an den Hacken, die ihn observierten, denn beide Männer waren ebenfalls weitergegangen und der mit der Zeitung war gerade im Begriff, die Straßenseite zu wechseln, um so direkt hinter Sean zu sein.

Wer zum Teufel seid ihr?, fragte sich Sean. Sie wirkten nicht wie Schreibers Männer, eher wie Bundespolizisten – doch das machte alles keinen Sinn, warum sollte das FBI ihn observieren? Sean ging mit schnellem Schritt weiter, aber nicht zu Coreys Wagen, sondern zur Shaw Metro Station. Als er den Eingang erreichte, rannte er los, hetzte die Treppe hinunter und sprang über die Ticketabsperrung in Richtung Norden. Er nahm aus dem Augenwinkel war, dass es hinter ihm Tumult gab, die beiden rannten ebenfalls und rempelten dabei etliche Menschen um, die auf dem Bahnsteig warteten.

Es würde noch mindestens drei Minuten dauern, bis die Bahn einfuhr, drei Minuten, die er nicht hatte. Dann blickte er hinüber zum Bahnsteig der Metro, die runter zu den Constitutional Gardens fuhr – eine Minute. Er sprang auf das Gleis und eine der Touristinnen schrie auf, mit schnellem Schritt überquerte er die beiden Gleisstränge und zog sich auf den gegenüberliegenden Bahnsteig hoch. Er ignorierte die Beschimpfungen des Mannes neben sich und sah zurück: seine Verfolger kamen gerade an die Stelle, an der er gesprungen war, einer der beiden wollte schon ansetzen, wurde jedoch von seinem Partner an der Jacke zurückgerissen, denn in dem Moment fuhr die Metro ein. Sean stieg in den ersten Wagen und trat ans Fenster, sah sich die beiden genau an, als sich die Tür schloss und der Zug anfuhr. Beide blickten ihm mit zornigen Gesichtern nach. Sean lächelte und zwinkerte ihnen zu, dann verschwanden sie aus seinem Blickfeld, als er in den Tunnel fuhr.

Scheiße, die waren nicht vom FBI, ging es ihm durch den Kopf und er wischte kurz über den Schweiß auf seiner Stirn. Für den Bruchteil einer Sekunde hatte er eine Waffe am Gürtel gesehen, als die Jacke zurückgerutscht war, eine SIG Sauer P229. Wenn das Offizielle waren, dann entweder CIA oder Secret Service. *Scheiße!*

Ein unangenehmer Nieselregen hatte eingesetzt, mit gesenktem Kopf hinter seinem hochgeschlagenen Kragen eilte Sean weiter. Nachdem er die Metro am Mt. Vernon Square verlassen hatte, lief er zur Massachusetts Avenue, hielt auf Dons Apartment zu, ging aber in die Lobby des Empire Hotels, das genau daneben lag. Er nahm sich ein Zimmer unter falschem Namen und zahlte bar.

Dann wartete er in seinem Zimmer, bis es sechs Uhr war, rief den Roomservice an, ließ eine Außer-Haus-Lieferung fertigmachen und legte einen Zettel bei. Der Page brachte das Essen unverzüglich zu Dons Apartment.

Don war gerade erst nach Hause gekommen, als die Lieferung bei ihm abgegeben wurde. Ziemlich erstaunt nahm er den Hotelkarton entgegen. Er öffnete ihn und sah auf die Hors d'oeuvres, bis er die Notiz fand:

Brauche einen sauberen Laptop und Bargeld. Smith.

Er wusste sofort, von wem die Nachricht kam, er kannte Seans Handschrift genau und musste auch nicht lange darüber nachdenken, wo er ihn finden konnte. Don schnappte sich sein privates iPad, verstaute es in der Innentasche seines Mantels, nahm fünftausend Dollar aus dem Safe, schob sich eines der Lachshäppchen in den Mund und machte sich zu Fuß auf den Weg. Er ging einen fast einstündigen Umweg hinüber in die Gardens, denn ihm war klar, dass Sean observiert wurde und damit zu rechnen war, dass man auch Don im Auge behielt, für den Fall, dass Sean bei ihm auftauchen sollte. Er schlug den Rückweg erst ein, nachdem er sich sicher war sauber zu sein, ging wieder fast bis nach Hause, doch trat dann ins Empire ein und fragte nach Mr. Smith. Man erwartete ihn schon und schickte ihn hoch zu den Zimmern.

„In was für einer Scheiße steckt du jetzt?", war Dons Begrüßung, dann warf er das iPad und das gerollte Bündel mit den Hundertdollarscheinen aufs Bett. Sean setzte sich und nahm das iPad, zog den USB-Stick aus seiner Jeans und schloss ihn an.

„CIA oder Secret Service. Ich hatte zwei Füßler an mir dran, die hätten mich garantiert abkassiert, wenn ich nicht schneller gewesen wäre. Don, hier läuft eine ganz große Sache."

Endlich öffnete sich der Ordner. Eine Menge Dokumente, die Sean erst einmal ignorierte; er klickte auf die Photos. Auf fast allen Bildern war Schreiber zu sehen, wie er mit Männern zusammenstand. Sean zog die Augenbrauen hoch; es waren Senatoren und Gouverneure dabei, die er kannte. NRA-Mitglieder, ein paar VIPs aus Film und Fernsehen und ihm unbekannte Männer. Aron hatte jedes Photo mit Namen und einer kurzen Vita versehen. Dann gab es noch ältere Bilder, auf denen nicht Josef Schreiber abgebildet war, sondern sein Vater Emil Schreiber, wieder mit unzähligen Politikern und Prominenten. Sean stutzte und musste ein zweites Mal hinsehen, denn er konnte nicht glauben, wen er da auf einem der Photos sah. Das Bild war mindestens sieben Jahre alt, denn es bezeichnete den Politiker in der Vita noch als Gouverneur – heute jedoch kannte jeder Amerikaner Raymond Peterson, er war der amtierende Vizepräsident. „Fuck!", entfuhr es Sean und Don sah auf den Bildschirm.

„Ist das …?“, fragte Don.

„Ja, ich befürchte ja.“

„Wo zum Geier hat er das her, für wen zum Teufel arbeitet Aron Stein?“

Sean blies demonstrativ Luft aus. „Keine Ahnung. Er will mir jemanden zur Seite stellen.“

Don stand auf, fluchte vor sich hin. „Kein Wunder, dass der Secret Service dir an den Hacken hängt. Mensch, Maxwell hat sich erschossen, nachdem du bei ihm warst, und dann reicht Schreiber eine Klage gegen dich ein. Wenn Schreiber von Peterson ebenfalls kompromittierende Bilder hat und ihn damit erpresst, dann nimmt der doch an, dass du auch davon was weißt. Sean, du bist jetzt nicht mehr nur auf Schreibers Abschussliste.“

Sean hörte gar nicht richtig zu. „Ich kapiere immer noch nicht, worum es hier geht“, nuschelte er vor sich hin.

„Hörst du mir eigentlich zu? Die können dich kalt machen!“, schnauzte Don ihn an.

„Nein, wenn die wirklich glauben, dass ich Material habe, das Peterson bloßstellen kann, dann werden die mich nicht umbringen. Die wollen mich in die Hände bekommen. Überleg doch mal, ich würde mich doch absichern und das Zeug öffentlich machen lassen, falls mir was passiert. Mensch, das kann sich Peterson doch an einer Hand abzählen, ich war FBI-Agent, ich kenne die Spielregeln.“

Don schnaufte. „Also, der Secret Service denkt, du hast eventuell belastendes Material gegen den Vizepräsidenten, und will dich in die Hände bekommen. Schreiber weiß, du hast nichts, sonst würde er nicht so großkotzig auftreten, will dich aber ins Gefängnis schicken, um dich dort loszuwerden – und die Staatsanwaltschaft zusammen mit dem FBI weiß, dass du gar nichts hast außer einer Menge Dreck am Stecken und die Interne am Hals.“

Sean verzog den Mund und sah Don fast amüsiert an. „Cool, oder?“, rutschte es ihm raus, aber als er Dons Reaktion sah, zog er unwillkürlich den Kopf ein.

„Du bist krank“, erwiderte Don nur, leise und sehr artikuliert.

„Was soll ich denn machen, wäre es dir lieber, ich würde hier sitzen und heulen? Meine Situation war schon reichlich aussichtslos, bevor der Secret Service da mitgemischt hat. Lass uns jetzt lieber drüber reden, wie ich wirklich an das Material komme, denn nur so komme ich aus der Sache raus.“

Sean kopierte die Daten vom Stick auf das iPad, dann reichte er ihn Don. „Schick die Daten an Cat, sie soll die Photos mit unserer Kürzel-Liste abgleichen und alle Dokumente sichten. Ich rufe sie selbst nachher auf dem Prepaid an und erkläre ihr alles. Jetzt spreche ich erst mal mit Marc. Ich denke, wir sollten heute noch nach Kansas City fahren.“

Don nahm den Stick missmutig entgegen. „Was ist mit Aron?“

„Ich weiß nicht. Mir ist nicht gerade wohl dabei jemandem zu trauen, von dem ich nicht weiß, für wen er eigentlich arbeitet.“

„Dann lass es. Du hast Aron nicht erzählt, was du vorhast?“

Sean schüttelte nur den Kopf.

„Ruf ihn nicht an. Wenn du heute noch aus Washington verschwindest, dann bist du die vielleicht los.“

Sean hatte sich das Handy geschnappt und tippte bereits Marc Derwans Nummer.

KAPITEL ZWÖLF

Kansas City, Mittwoch, 6. März 2019

„Sag mal, Marc, warum tust du das eigentlich?", fragte Sean wie beiläufig und zog sich die Lederjacke enger um den Oberkörper. Sie standen hier seit einer Stunde, der Motor war aus und jetzt wurde es unangenehm kalt in dem grauen Transit. Es war mehr als vierundzwanzig Stunden her, seit Marc Derwan Sean am Hinterausgang des Hotels in Washington abgeholt und beide sich auf den Weg nach Kansas City gemacht hatten. Abwechselnd hatten sie geschlafen, während der andere fuhr.

Den Nachmittag hatten sie damit verbracht, Schreiber ausfindig zu machen. Nach einem kurzen Besuch in der NNM-Zentrale war er in das Haus seiner Mutter und Schwester gefahren. Dass ihm dabei ein grauer Transporter folgte, entging ihm, wie auch seinem neuen Fahrer. Die Limousine verließ das Grundstück nicht und als Sean und Marc sich dann endlich für drei Stunden hinten in das Fahrzeug legten, zwischen all die Ausrüstungsgegenstände, die Marc besorgt hatte und von denen Sean erst gar nicht wissen wollte, woher er sie hatte, waren beide fix und fertig und schliefen auf der harten Metallablagefläche sofort ein.

„Wahrscheinlich bin ich ein Adrenalinjunkie", kam endlich Marcs Antwort. „Vielleicht aber auch einfach nur unglaublich blöde!"

Sean grinste und sah wieder hoch zu Schreibers Apartmentwohnung; sie war dunkel und nichts regte sich. Das bläuliche Display des kleinen Monitors tauchte Marcs Gesicht in ein gespenstisches Licht, verlieh ihm eine unheimliche Mimik: harte, konzentrierte

Augen, blassbläuliche Wangen und einen unerbittlichen Zug um die Lippen.

„Seine Limo steht immer noch in den Kansas City Mission Hills, der kommt heute nicht mehr.“ Sean sah auf die Uhr, es war mittlerweile zwei Uhr nachts, und dann nickte Marc ihm zu – das Zeichen. Der Peilsender, den er am Nachmittag wieder an Schreibers Wagen angebracht hatte, zeigte keine Regung. Es wurde Zeit.

Sie verließen den Transit und öffneten die Heckklappe. Die Seitenstraße, von der aus sie Schreibers Wohnung beobachtet hatten, war still und verlassen; große Müllcontainer voller Zivilisationsdreck der Oberklassen, die hier wohnten, verdeckten sie und den Wagen.

Marc warf sich ein Seil über, griff nach dem Rucksack und schnallte ihn sich auf den Rücken. Auch Sean nahm einen Rucksack und schulterte ihn, nachdem er seine Lederjacke auf die Ablage gelegt hatte. Sie eilten leise durch die Gasse, rannten über den nassen Asphalt und durch die Pfützen, in denen sich schillernd die trübe Straßenbeleuchtung spiegelte. Marc sprang und bekam die Feuerleiter zu fassen, es rumpelte metallisch und als er die Leiter heruntergezogen hatte, blieben sie reglos stehen, doch nichts und niemand schien von dem Geräusch alarmiert worden zu sein.

Marc Derwan arbeitete wie eine Maschine und Sean hatte nichts anderes zu tun, als ihm zu folgen. Mit Leichtigkeit öffnete er die Feuertür zu den Fluren des Hauses, manövrierte sie um Kameras, die den Flur überwachten, doch nicht alle toten Winkel erfassen konnten, bis sie endlich vor Schreibers Tür standen. Das elektronische Datenschloss außen, genau wie die mechanische Verriegelung der Tür, waren für Marc ein Kinderspiel.

Im Inneren wieder eine Zahlentastatur, die gefährlich anfing zu piepen, als die Tür aufging, doch Marc ließ sich nicht beeindrucken, zog den Deckel ab, schloss einen Stecker an die dafür vorgesehene Buchse an und betrachtete konzentriert den Bildschirm des tragbaren Geräts, das er in der Hand hielt. Nacheinander erschienen sieben Zahlen, er tippte sie in das Zahlenfeld der Alarmanlage und es wurde wieder still. Erst dann schloss er die Tür. Sie waren drin in Schreibers Apartment und hatten jetzt zwei Stunden – nicht mehr und nicht weniger, darauf hatte Marc bestanden.

„Verfluchte Scheiße!" Sean setzte sich frustriert auf eines der Twinbeds. Marc schloss die Tür des billigen Motels außerhalb von Kansas City und zog die Vorhänge vor, warf den Rucksack und auch die Tasche auf das andere Bett.

„Meine Güte, was hast du denn erwartet? Dass er die Photos offen rumliegen lässt? Hast du wirklich geglaubt, es wird so einfach?" Er kramte in seiner Jacke, zog ein Päckchen Zigaretten heraus und zündete sich eine an.

Sean sah zu ihm auf und schüttelte den Kopf. „Nein, stimmt schon, doch irgendwie hatte ich gehofft … Ach, vergiss es!" Sean stand auf und ging in das kleine, schmuddelige Bad, um sich die Hände zu waschen.

„Wir legen uns jetzt ein paar Stunden hin, dann sehen wir uns die Dokumente aus seinem Schreibtisch an, die ich abphotographiert habe, danach können immer noch entscheiden, wie wir weitermachen."

Sean zerrte sich den dunklen Pullover über den Kopf, schnürte die Stiefel auf und schob sie von den Füßen. Er ließ sich, immer noch mit Hose und T-Shirt bekleidet, auf das Bett fallen und verschränkte die Hände hinter dem Kopf. „Und was machen wir, wenn er die Unterlagen bei einem Notar hinterlegt hat oder wohlmöglich in einem Schließfach?", fragte er übermüdet und sichtlich frustriert.

Marc drückte seine Zigarette in dem kleinen Glasaschenbecher auf dem Nachtisch aus. „Dann finden wir raus, wer sein Notar ist, und steigen da ein. So einfach ist das."

Nach sechs Stunden Schlaf und einer ausgiebigen Dusche sah die Welt schon besser aus. Sie saßen beide in einem Diner, das nur zwei Straßen von dem Motel entfernt lag, und warteten auf ihr Frühstück – oder besser gesagt Mittagessen; es war bereits vierzehn Uhr, aber immer noch recht voll, was auf eine gewisse Qualität hoffen ließ. Von der Nische am Fenster konnten sie die Straße gut überblicken, doch wie es schien, zeigte keiner der vorbeischlendernden Passanten irgendwelches Interesse an ihnen. Sean rutschte unruhig auf der roten Lederbank hin und her, während er sich die Unterlagen ansah, die sie letzte Nacht in Schreibers Apartment gefunden hatten. Marc hatte sich auf seinem Laptop in Arons Dokumente vertieft. Als ihre Steaks kamen, schoben sie die PCs zur Seite und fingen an zu essen.

„Nehmen wir mal an, wir finden die Photos nicht, was dann?“ Marc sah Sean fragend an und schob sich ein Stück des exzellent schmeckenden Steaks in den Mund.

Sean blickte von seinem Teller auf und zuckte die Schultern. „Dann muss ich bluffen. Aber Photos hin oder her, vielleicht können wir ihn mit etwas anderem festnageln.“ Er zeigte mit seiner Gabel auf Dons iPad. „Diese Neufimierung der Logistikfirma *GLSMO* und *Greenland*, wenn er das bei sich zu Hause hat, dann arbeitet er gerade daran. Warum zum Teufel braucht er ein neues Transportunternehmen? Die *Schreiber Inc.* hat ihre eigene Versandabteilung, die hat der Zoll bis zum Erbrechen durchsucht, und *Greenland* verschickt normalerweise auch selbst.“

„Vielleicht sollten wir uns *GLSMO* mal genauer ansehen. Ist mir auch lieber, als gleich in die NNM-Zentrale einzusteigen, dafür brauch ich mehr Zeit, um die entsprechenden Vorbereitungen zu treffen“, erwiderte Marc kauend. „Aber was meinst du mit ‚bluffen‘?“

Sean kaute nachdenklich auf seinen Bratkartoffeln. „Don und Cat gleichen momentan die Personen, die Aron recherchiert hat, mit der Kürzel-Liste ab. Es wird Übereinstimmungen geben. Wenn alle Stricke reißen, wir kein belastendes Material finden und ich keinen anderen Ausweg mehr sehe, dann schicke ich an alle einen Abzug von Maxwells Photo. Das wird einen Sturm der Entrüstung bei den Unschuldigen hervorrufen und diejenigen, die wirklich in Schreibers Hand sind, werden sich an ihn wenden. Dann müssen wir sehen, was passiert."

Marc schüttelte den Kopf. „Das ist aber wirklich der allerletzte Ausweg, denn wenn du das tust, dann hast du nicht nur den Secret Service am Hals, dann schaltet sich auch die CIA ein. Du bist jetzt schon im Visier, aber nach so einer Aktion werden alle Finger auf dich zeigen und aller Wahrscheinlichkeit nach auch auf mich, Don und deine Freundin." Wieder schüttelte er den Kopf. „Nein, Sean, wenn du bluffen willst, dann muss das raffinierter passieren."

„Und wie?"

„Keine Ahnung, doch noch brauchen wir uns darüber keine Gedanken zu machen. Heute Nacht sehen wir uns erst einmal *GLSMO* an und in spätestens zwei Tagen nehmen wir uns die Hauptzentrale der NNM vor. Wann musst du zur Anhörung der Internen in Washington sein?"

„Mein Anwalt hat einen Termin in zwei Wochen angesetzt, so lange haben die kein Recht, mich zu verhören. Wir haben Zeit, jedenfalls was die Interne angeht."

„Also gut, lass uns zurück ins Motel fahren. Du kannst mit Viggen und Kampell reden, ich fahre raus zu *GLSMO* und sehe mir das Grundstück und die Sicherheitsmaßnahmen an."

„Mir gefällt nicht, dass hier überall Licht brennt", flüsterte Sean und schlich weiter hinter Marc die langen Reihen von Lagerregalen entlang. *GLSMO* war nichts anderes als eine riesige Lagerhalle in einem der abgelegenen Gewerbegebiete am Stadtrand von Kansas City. Es hatte noch nicht einmal einen Büroraum, was ungewöhnlich war. Hohe Stahlkonstruktionen, die jeweils eine Standardpalette fassten und oben nur mit einem Gabelstapler zu erreichen waren, und das Lager war höchstens zu zwei Dritteln ausgelastet. Sie schlichen weiter in Richtung der Regalgänge, die bereits mit Paletten gefüllt waren, hielten immer mal wieder hinter einem der breiten Stahlträger inne und lauschten. Außer dem monotonen Rauschen der Neonröhren war es totenstill.

„Es ist nicht ungewöhnlich, dass alles hell erleuchtet ist. So weit ich heute Nachmitttag sehen konnte, gibt es keine Security auf dem Grundstück", antwortete Marc jetzt leise. „Solche Hallen schützt man normalerweise mit Kameraüberwachung, nur finden konnte ich keine Einzige. Abgesehen davon gibt es noch nicht mal ein Büro, von dem aus man die Anlage überwachen könnte."

„Bisschen komisch, meinst du nicht auch?"

Marc zuckte die Schultern, lief vorsichtig zu dem nächsten Stahlträger und sah sich die erste Palette an.

Sean zog die Schrumpffolie der Palette etwas zur Seite und las die Adresse auf den ein mal ein Meter großen Kartons. Es gab eine Beschriftung in Englisch und daneben eine in Arabisch:

LANDWIRTSCHAFTSMINISTERIUM DAMASKUS / SYRIEN

Er schob einen Fingernagel unter die Folie der Zollerklärung, ritzte sie in ganzer Länge auf und pulte das Dokument heraus.

„Elektronische Steuerteile für Getreidemühlen", murmelte Sean, nachdem er sich das Dokument durchgelesen hatte. Marc zog sein Messer aus der Scheide am Gürtel und sah Sean fragend an. Wenn sie das Paket jetzt öffneten, dann würde das über kurz oder lang bemerkt. Auf der anderen Seite: wenn sie den ganzen Karton mitnehmen würden, dann wäre das noch viel auffälliger.

Marc zog die Klinge vorsichtig über das Klebeband, nachdem er das Paket unter der Schrumpffolie herausgezogen und oben auf die Palette gestellt hatte. Er öffnete es und wühlte in den Styroporkugeln, die das Innere schützten, bis er einen länglichen Gegenstand in Größe einer Zigarettenstange in der Hand hielt. Als er den schwarzen Plastikbehälter aufklappte, konnten sie eine rechteckige Platine sehen, die fest in einem weiteren Plastikblock verschweißt war.

„Keine Ahnung, was das ist", meinte Marc; dabei betrachtete er sich die Platine von allen Seiten. „Wir nehmen das mit und ich lege es einem Experten vor. Wenn wir Pech haben, ist das wirklich eine Steuerungsteil für Getreidemühlen." Er schob den schwarzen Plastikcontainer in die Innentasche seiner Jacke.

Sean schloss den Karton, so gut es ging, und drückte ihn wieder unter die Folie der Palette. Auf den ersten Blick konnte man kaum wahrnehmen, dass der Karton beschädigt war. Dann ging er langsam das Regal ab und checkte immer wieder die Adressen auf den Kartons – all diese Paletten hatten den gleichen Adressaten.

„Mist!", entfuhr es Sean. „Ich befürchte, das hat uns keinen Deut weitergebracht. Komm, lass uns abhauen, bevor hier noch jemand auftaucht."

Kaum hatte er das ausgesprochen, hörten beide ein Klicken und blieben erst einmal wie erstarrt stehen. Sie kannten das Geräusch nur zu gut: eine Waffe, die entsichert wurde. Fast zeitgleich griffen sie automatisch zu ihren Glocks.

„Das würde ich nicht tun, wenn Sie leben wollen. Hände hoch." Die heisere Stimme eines Mannes mit starkem Südstaatenakzent. Dass er es ernst meinte, war nicht zu überhören; er würde ohne zu zögern schießen, daher hoben beide langsam die Hände hinter den Kopf. Keine Sekunde später spürte Sean, wie jemand die Waffe aus seinem Holster zog. Marc wartete, bis sich die Hand auch unter seine Jacke schob, machte einen Ausfallschritt nach hinten und knallte dem Mann hinter ihm den Ellbogen ins Gesicht, so dass er zu Boden ging. Er wollte schon nach seiner Waffe greifen, als geschossen wurde. Marc griff nach seinem Arm und ging in die Knie.

„Marc!", schrie Sean und wollte sich zu ihm hinunterbeugen, als wieder die harte Befehlsstimme erklang: „Bleiben Sie stehen, die Hände wieder über den Kopf."

Verdammt, es sind zwei, dachte Sean, wagte aber nicht sich zu ihnen umzudrehen. Er sah Marc an, der den Mund schmerzhaft verzogen hatte und seinen Oberarm mit blutverschmierter Hand festhielt. Der Kerl, den Marc niedergeschlagen hatte, rappelte sich auf und griff nach Marcs Waffe, dann holte er mit aller Kraft aus und schlug dem TacOps-Mann den Kolben seiner eigenen Glock ins Gesicht. Sean hörte, wie seine Nase mit einem widerlichen Knacken brach, und Marc fiel auf den Rücken. „Arschloch!", fluchte der Angreifer und wischte sich selbst Blut aus dem Gesicht.

Langsam drehte sich Sean um und sah in die Gesichter von zwei sehr drahtigen Männern mit militärischem Bürstenschnitt. Ihre Augen und Waffen waren gleichermaßen gnadenlos auf ihn gerichtet. Dann veränderte sich plötzlich die Miene des einen Mannes, der die ganze Zeit im Hintergrund gestanden hatte, und zeigte ein triumphierendes Lächeln. „Agent Caver, das ist eine Überraschung! Es scheint, heute ist mein Glückstag."

Sean hatte den Mann nie zuvor gesehen. Er versuchte ruhig zu bleiben, denn der ausgeprägte Südstaatenakzent und das äußerst brutale Auftreten brachten etwas in seine Erinnerung zurück – etwas, das Corey gesagt hatte, über ihre Vergewaltiger. Das waren wahrscheinlich die Männer, die ihr und auch Joan all das angetan hatten, Schreibers Killertruppe.

„Schreiber wird nicht glücklich sein, wenn Sie uns umbringen", sagte er so ruhig, wie es ihm möglich war.

Sein Gegenüber lächelte kurz und schüttelte den Kopf, ohne nur eine Sekunde die Beretta von Sean zu nehmen. „Caver, Sie überschätzen sich. Ja, er will Sie tot, aber sauber, darum sollten Sie auch in den Knast, aber eine solche Möglichkeit wie diese heute Abend wird dem Kommandeur sehr entgegenkommen. Zwei Einbrecher, die von den Wachleuten überrascht werden und leider erschossen – viel besser als eine Messerstecherei im Knast. Nun, Agent Caver, sind Sie bereit zu sterben?“

Seans Gedanken rasten. Verdammt, dieser Kerl meinte es ernst, er würde nicht erst Schreiber anrufen, er würde sie einfach töten, hier und jetzt. Es gab nichts, was er tun konnte. Er sah den Mann an, sein widerliches Lächeln und wie er langsam mit dem Zeigefinger den Abzug duchdrückte.

Das war's, Cat, dachte Sean und schloss die Augen. Er versuchte sich ihr Gesicht vorzustellen, ihr Lachen, und verzog unwillkürlich seinen eigenen Mund zu einem letzten Lächeln, als er zwei schnell hintereinander abgefeuerte Schüsse hörte. Er wartete auf den Schmerz, doch der kam nicht; dann schlug er die Augen auf und sah die beiden NNM-Männer vor sich liegen, jeder mit einem Kopfschuss zur Strecke gebracht.

Er blickte nach rechts. Eine vermummte Gestalt sprang geschmeidig von einer der Paletten, ging zu den beiden Leichen und nahm Seans und Marcs Glocks. Sean konnte nicht reagieren, er stand wie angewurzelt da, als der Mann seine eigene Waffe in ein Schulterholster schob, die schwarze Skimaske vom Kopf zog und ihm die Waffen wieder reichte. Fast automatisch griff Sean die Glocks, starrte, immer noch vollkommen unfähig zu reagieren, auf den Mann mit den dichten dunklen Locken auf dem Kopf, den dunklen Augen und vollen Lippen.

„Ihr Kumpel braucht Hilfe, schnappen Sie ihn sich und fahren Sie zum Motel zurück. Ich bring das hier in Ordnung, dann komme ich nach", sagte dieser ganz ruhig und beugte sich zu den Leichen der beiden Männer.

Sean ging zu Marc und sah sich seinen Arm an. Es war zum Glück nur ein Streifschuss, der anscheinend keine größeren Blutgefäße verletzt hatte, denn die Blutung war nicht allzu stark. Er half ihm auf, sah wieder zu dem Fremden, der scheinbar wie aus dem Nichts eine Plastikfolie geholt hatte und bereits begann, die erste Leiche darin einzuwickeln.

„Wer zum Teufel sind Sie?", fragte Sean. Er hatte Marcs gesunden Arm um seinen Nacken gelegt und stützte ihn, während der TacOps-Mann sich mit dem Ärmel seines Pullovers das Blut aus dem Gesicht wischte.

Der Fremde grinste. „Jonathan Murdock. Das nächste Mal, wenn Aron Ihnen Hilfe anbietet, dann nehmen Sie diese besser an. Verschwinden Sie jetzt, wir sehen uns später."

Sean reichte Marc Derwan zwei Schmerztabletten und ein Glas Wasser, nachdem er seinen Arm versorgt hatte. Marc standen immer noch die Tränen in den Augen, da Sean seine gebrochene Nase gerichtet hatte, was wesentlich schmerzhafter gewesen war als der Streifschuss an seinem Oberarm.

„Scheiße, wer ist der Typ?", nuschelte Marc schwer verständlich, da seine Nase immer mehr anschwoll.

„Aron hat nur gesagt, dass er zu seinen Leuten gehört; ich weiß nicht, wer er genau ist."

„Arons Leute, das glaubst du doch selber nicht! Der ist ein Profi, er hat die beiden mit einem präzisen Kopfschuss kaltgemacht", gab Marc zurück und schluckte die Tabletten. „Zwei Tote, das können wir nicht unter den Tisch fallen lassen, wir müssen das Bureau einschalten."

Sean zündete sich eine Zigarette an und starrte auf Marc. „Und was sollen wir sagen? ‚Sorry, Sims, wir sind bei *GLSMO* eingestiegen, haben dort was vom Lagerbestand geklaut und wurden von zwei Wachleuten gestellt. Ach ja, die wollten uns gerade killen, als aus dem Nichts ein Typ kam, der die beiden erschossen hat.'" Er inhalierte den Rauch und blies ihn entnervt wieder aus. „Was dann? Mensch, Marc, das geht nicht. Aber du musst jetzt raus aus der Sache, verschwinde noch heute aus Kansas City, ich ziehe das jetzt allein durch."

Marc verschränkte die Arme und lehnte sich an das Kopfende des Bettes. Er sah Sean lange an. Sein Nasenrücken und auch die Augenpartie wurden bereits blau. „Na schön, du hast ja recht, aber so leicht wirst du mich nicht los. Erstens: ich bleibe, und zweitens: wenn dieser Jonathan wirklich hier auftaucht, dann halte ich ihm meine Glock so lange an den Kopf, bis er uns sagt, wer er ist."

Sean zuckte nur abgespannt mit den Schultern und klappte Dons iPad auf, um seine Mails zu checken. Im Posteingang fand er eine neue Nachricht von Peter Becker und übersetzte sie für Marc.

`Sean, ich habe mit meinem Mann vom Verfassungsschutz reden können. Josef Schreiber war vor einem Jahr kurz auf unserem Radarschirm, da er sich mehrere Male mit einem syrischen Geschäftsmann in Berlin getroffen hat. Der wurde bereits seit Längerem observiert. Sein Name ist Jussuf Medihanri, er hatte Kontakt zu radikalen Gruppen in Deutschland, verschwand dann aber von der Bildfläche. Im Anhang findest Du ein Photo von ihm und Schreiber. Mehr konnte ich leider nicht rausfinden, hoffe, das hilft Dir weiter.`

`Peter`

Er öffnete die Datei und das Photo erschien. Es war ziemlich scharf und zeigte Schreiber und diesen Medihanri in einem Straßencafé.

Sean wollte es gerade Marc zeigen, als es an der Tür klopfte. Er ließ das iPad auf dem Bett liegen und trat hinter die Tür, Marc hatte seine Glock vom Nachttisch genommen und hielt sie jetzt in der Hand.

„Machen Sie schon auf, Sean, ich bin's, Murdock", hörten sie eine gedämpfte Stimme von draußen.

Sean griff die Klinke und nickte Marc zu, dann zog er blitzschnell die Tür auf, griff sich Murdocks Arm und zerrte ihn in den Raum. Murdock war sichtlich überrascht und reagierte nicht schnell genug, als Sean ihm den Arm schmerzhaft auf dem Rücken nach oben bog und mit seiner anderen Hand die Beretta aus dem Schulterholster zog.

„Keine Ursache", grunzte Murdock, nach unten gebeugt, um Spannung aus Seans Griff zu nehmen. „Das habe ich doch gern getan, ich meine, euch das Leben gerettet, so herzlich müsst ihr euch nicht bedanken."

Sean ließ ihn los, so dass er sich aufrichten konnte.

„Nehmen Sie die Waffe runter, die könnte sonst losgehen", wandte sich Murdock an Marc, der ihn immer noch stur mit seiner Glock anvisierte. Dann fiel sein Blick auf das Photo auf dem iPad, und die Waffe vollkommen ignorierend, griff Murdock danach, um es sich genau anzusehen. „Woher haben Sie das Photo? Das ist nicht von Aron", fragte er an Sean gewandt.

„Hey Arschloch, jetzt erzählen Sie uns erst einmal, wer Sie sind, sonst geht die Waffe vielleicht wirklich los!", mischte sich Marc ein.

„Wieso? Wissen Sie, wer der Mann neben Schreiber ist?", fragte Sean und achtete genauso wenig auf Marc.

Murdock nickte. „Er ist vom Shu'Batal-Mukhabarat Al-Askaryia."

„Was?", knurrte Marc, angefressen durch die Ignoranz der beiden.

„Syrischer Geheimdienst“, erklärte Sean, der die arabischen Worte verstanden hatte.

„Oh Mann, das wird ja immer schöner. Und Sie sind?“, wiederholte Marc die Frage.

„Mein Informant sagte, sein Name sei Jussuf Medihanri, ein Geschäftsmann“, wandte sich Sean wieder an Murdock, der nur nickte und das iPad wieder aufs Bett legte.

„Eine seiner Tarnungen, sein richtiger Name ist El Akil Ibn El Izz.“

„Der kluge Sohn der Macht“, übersetzte Sean und runzelte die Stirn.

„Sie sprechen Arabisch?“, fragte Murdock mit misstrauischem Unterton.

„Ja“, erwiderte Sean auf Hebräisch, denn so langsam ging ihm ein Licht auf, wer dieser mysteriöse Mann wirklich war.

Murdock zog die Augenbrauen hoch und Marc fuhr nun laut dazwischen: „Was zum Teufel, Sean? Wer ist der Kerl?“

„Mossad“, antwortete Sean und sah Murdock eindringlich an, der leicht den Kopf senkte und damit ein Nicken andeutete. „Wie ist Ihr richtiger Name?“

Marc hatte die Glock neben sich gelegt und massierte sich mit einer Hand die Schläfe, als ob er Kopfschmerzen hätte, während Murdock sich auf das andere Bett setzte.

„Mein Name ist für Sie unerheblich.“

„Das entscheide ich. Also, wer sind Sie?“ Sean hatte seine Glock wieder in der Hand und sah den Mossad-Mann mit harten Augen an.

Der zuckte wieder nur mit den Schultern. „Wenn Sie darauf bestehen: Oberst Yarden Ben Assal“, beantwortete er die Frage.

Jetzt ließ auch Sean sich auf dem Bett nieder und stöhnte lautstark. „Ist Aron auch vom Mossad?“, fragte er müde und schob seine Waffe endgültig ins Holster.

„Nein, er ist kein Katsa, kein Agent, er ist ein von unserem Geheimdienst rekrutierter Helfer, ein sogenannter Sajan."

„Also gut, Mossad, warum sind Sie hinter Schreiber her? Es geht doch nicht nur um seine antisemitische Gesinnung", fand Sean nach einigen Minuten seine Sprache wieder.

Ben Assal zeigte auf das iPad. „Darum geht's. Uns wurden Informationen zugespielt, dass Schreiber in Verbindung steht mit dem syrischen Geheimdienst, er hat sehr hohe Geldbeträge von denen bekommen; warum, wissen wir nicht, noch nicht. Aron hatte die Familie Schreiber schon seit Langem im Auge, natürlich aus anderen Gründen, daher wurde ich abkommandiert, um in den USA an die notwendigen Informationen zu kommen. Tja, und dann kamen plötzlich Sie ins Spiel."

„Woher wussten Sie eigentlich, wo wir sind?", warf Marc matt ein, bei ihm fingen die Tabletten an zu wirken, er war jetzt völlig fertig und brauchte Ruhe.

„Ich bin Sean von Aron aus gefolgt und nach seiner abenteuerlichen Verfolgungsjagd mit dem Secret Service dachte ich mir schon, dass er seinen Freund Viggen aufsucht. Ich musste nur warten, dann bin ich Ihnen einfach nach Kansas City hinterhergefahren."

Sean hob eine Augenbraue. „Secret Service? Sind Sie sich sicher?"

„Ja, die beiden Agents gehören zum Protokoll des Weißen Hauses. Ich dachte, Sie wüssten das und könnten mir sagen, warum die hinter Ihnen her sind."

„Ich war mir nicht sicher, hatte aber eine Vermutung." Kurz dachte Sean nach, doch in der derzeitigen Lage, mit zwei Toten am Hals, sah er keinen Grund mehr für Heimlichkeiten. Die ganze Situation war schon schlimm genug, und wenn ihnen jemand helfen konnte, dann der Mossad-Agent. „Wir glauben, dass Schreiber verschiedene Senatoren erpresst, wie er es mit Maxwell getan hat, vielleicht ist sogar der Vizepräsident darin verwickelt. Bisher ging ich davon aus, dass er die Wiedereinsetzung des zweiten Verfassungszusatzes erreichen will, um großes Geld mit der Waffenproduktion zu verdienen, doch was das alles mit Syrien zu tun hat, weiß ich immer noch nicht."

„Das ist mir momentan auch scheißegal", meckerte Marc. „Ich bin hundemüde und mir tut alles weh. Können wir jetzt erst mal ein paar Stunden schlafen, bevor wir versuchen das rauszufinden?"

Oberst Yarden Ben Assal stand auf. „Er hat recht. Ich habe ebenfalls ein Zimmer hier im Motel, treffen wir uns morgen um zwölf Uhr und lassen Sie uns dann besprechen, wie wir weiter vorgehen. Ich hoffe, Sie beide haben verstanden, dass es besser ist, mit mir zusammenzuarbeiten, also versuchen Sie nicht wieder abzuhauen – ich finde Sie ja doch." Er verließ das Zimmer und schloss die Tür leise hinter sich.

Sean hatte sich nach sechs Stunden unruhigen Schlafes um neun Uhr am nächsten Morgen vorsichtig aus dem Zimmer geschlichen, um Marc nicht zu wecken. Jetzt saß er mit einem großen Starbucks-Kaffee auf der Holztreppe des Motels und rauchte. Es war ein ungewöhnlich schöner Morgen für Anfang März, der Himmel azurblau und die Sonnenstrahlen wärmten sein Gesicht. Er wählte Cats Handynummer und wartete.

„Kampell", hörte er sie nach ein paar Sekunden.

„Hallo Liebes, ich bin's, kannst du reden?", fragte Sean.

„Moment, ich gehe kurz raus vor die Tür." Er konnte Schritte hören. „Okay, jetzt kann ich reden. Wie geht es dir, ist alles in Ordnung?" Ihre Stimme klang besorgt.

Sean fasste kurz zusammen, was geschehen war, und hörte immer mal wieder ein Seufzen von ihr. Als er dann von Yarden redete, fluchte Cat laut ins Telefon. „Verdammt, Sean, die ganze Sache wird langsam eine Nummer zu groß für uns."

„Ich weiß", meinte er resigniert. „Doch bleibt uns was anderes übrig?"

„Nein", stöhnte Cat. „Also gut. Ich habe die Kürzel mit allen Senatoren und Repräsentanten im Kongress abgeglichen und über zwanzig mögliche Übereinstimmungen. Sechzehn davon tauchen in Arons Akte auf, ich denke, bei denen können wir uns ziemlich sicher sein. Bei den anderen vier könnten wir falsch liegen. Die restlichen Initialen aus dem Notizbuch konnten Don und ich nicht mit Sicherheit zuordnen."

„Immerhin etwas. Schick mir alles an die neue Mailadresse."

„Mach ich. Sag mal, was ich nicht verstehe, ist das Lager bei *GLSMO*."

„Was meinst du?", fragte Sean überrascht.

„Diese Chips sollen nach Syrien gehen?"

„Ja, an das Landwirtschaftsministerium, warum?"

„Das geht doch gar nicht", erwiderte sie prompt.

„Cat, ich habe keinen blassen Schimmer, wovon du redest", warf Sean ungeduldig dazwischen.

„Seit den Menschenrechtsverletzungen während des Bürgerkriegs in Syrien 2013 besteht ein striktes Handelsembargo zwischen den USA und Syrien. Schreiber kann das Zeug gar nicht abschicken."

Sean schlug sich mit der flachen Hand an die Stirn. „Ich Idiot! Cat, du bist ein Genie, das ist es. Kannst du rausfinden, wann der Senat die geltenden Handelsembargos zur Wiedervorlage plant? Ruf mich sofort an, wenn du es weißt. Ach, noch was: ich brauche den Namen und am besten eine Telefonnummer des verantwortlichen Chefs des Secret Service im Weißen Haus."

„Ähm, okay", kam es zögerlich von Cat. „Ich sehe mal, was ich rauskriegen kann. Was hast du vor?"

„Später, ich muss jetzt mit Yarden und Marc sprechen. Ruf mich an, sobald du die Informationen hast."

„Hey, warte mal", sagte sie schnell.

„Was?", maulte Sean, seine Gedanken überschlugen sich gerade.

„Pass auf dich auf. Ich liebe dich!"

Seans Mund verzog sich zu einem sanften Lächeln, auch wenn er gedanklich schon Meilen weit weg war. „Dito", sagte er nur und legte auf.

KAPITEL DREIZEHN

Washington, Freitag, 8. März 2019

„Nun, Mr. Caver, das ist ja eine ganz schöne Räuberpistole, die Sie mir da erzählt haben. Ich brauche Beweise und muss wissen, woher Sie Ihre Informationen haben, wenn ich Ihnen glauben soll."

Sean sah resigniert in das arrogante Gesicht des Secret-Service-Chefs, dem er bereits seit zwei Stunden gegenüber saß.

„Weder das eine noch das andere ist möglich, das habe ich Ihnen bereits gesagt", erwiderte Sean geduldig. „Abgesehen davon glauben Sie mir doch bereits."

„Ach." Phil Sheldon zog die Augenbrauen hoch, ein Zeichen, dass er auf eine Erklärung wartete.

„Agent Sheldon, ich sitze hier im Weißen Haus, im Büro des zuständigen Secret-Service-Chefs. Wenn Sie mir nicht glauben würden, wenn Sie nicht eine gewisse Ahnung hätten, dass das, was ich behaupte, richtig ist, dann wäre ich erst gar nicht hier. Denn dann hätten Sie mich am Telefon ausgelacht und nicht erst hergebracht. Außerdem haben zwei Ihrer Leute bereits am Dienstag versucht mich zu beschatten; wie wir beide wissen, mit nicht gerade großem Erfolg."

Sheldon stand auf und trat ans Fenster, blickte eine Weile schweigend auf die Rasenfläche, bevor er sich wieder umdrehte. „Nehmen wir mal an, ich glaube Ihnen. Was haben Sie zu bieten und vor allem: was wollen Sie dafür?"

Sean wurde heiß. Jetzt kam es darauf an, denn er bluffte hier im großen Stil und konnte nur hoffen, dass der Schuss nicht nach hinten losging. Er räusperte sich. „Fangen wir damit an, was ich will. Es ist nicht viel: ich will meinen guten Ruf und meinen Job zurück. Aber vor allen Dingen will ich Schreiber hinter Gittern sehen. Dafür biete ich Ihnen eine Liste aller Senatoren, die Schreiber in der Hand hat – und es sind nicht nur Senatoren, es reicht höher hinauf. Sie bekommen von mir einen elektronischen Chip, der aus Schreibers Lager stammt und nach Syrien verschickt werden soll, falls nächste Woche per Senatsabstimmung das Embargo gegen das Land aufgehoben wird. Diese elektronischen Chips sind als Steuerungseinheiten für Getreidemühlen deklariert. Ich habe sie jedoch von einem Experten prüfen lassen; für eine Getreidemühle ist der Chip viel zu hoch entwickelt, die Technologie dieser Steuerung entspricht der einer Langstreckenrakete. Außerdem bekommen Sie den Standort des Lagers."

Phil Sheldon nickte und setzte sich wieder hinter seinen Schreibtisch. „Was ist mit dem Material, mit dem die Senatoren erpresst werden?"

„Das behalte ich, nennen wir es eine kleine Lebensversicherung. Ich verpflichte mich zu absolutem Stillschweigen, egal, wie Sie die Angelegenheit auch handhaben. Sollte ich jedoch aus Gründen der inneren Sicherheit plötzlich spurlos verschwinden oder mir etwas zustoßen, können Sie davon ausgehen, dass ganz Amerika von der Angelegenheit erfährt. Und ich denke, das ist nicht im Interesse des Präsidenten."

Sheldon wollte schon wieder ansetzen, als sein Telefon klingelte. Er nahm ab und Sean sah, wie sich sein Körper fast unmerklich versteifte.

„Ja, Sir, ich verstehe, natürlich, Sir", war alles, was er sagte, bevor er auflegte und aufstand. „Mr. Caver, Sie müssen mich für einen Moment entschuldigen."

Nachdem Agent Sheldon den Raum verlassen hatte, blickte sich Sean um, tat, als langweile er sich, und suchte nach Kameras. Er konnte jedoch nichts entdecken. Secret Service, was erwartete er auch. Er war sich sicher, dass man ihr Gespräch die ganze Zeit an irgendeinem Bildschirm mitverfolgt hatte und dass bei den Beobachtern unter anderem der Präsident der Vereinigten Staaten war. Es dauerte fast eine halbe Stunde, bis Sheldon wieder in das Büro kam, seine Miene war ausdruckslos. Seans Hoffnungen dieses Pokerspiel zu gewinnen schwanden.

„Caver, Ihre Behauptungen greifen in direkter Linie die Regierung der USA an. Sie verunglimpfen den Senat und damit den Präsidenten. Außerdem bedienen Sie sich der Erpressung, wenn Sie das Material nicht herausgeben und mit Veröffentlichung drohen."

Jetzt musste Sean grinsen, denn er wusste, er hatte gewonnen. Sheldon bellte mit dem, was er sagte, ein letztes Mal, bevor sie sich handelseinig werden konnten.

„Nein, Sir, ich erpresse niemanden, da ich nicht glaube, dass der Secret Service als verlängerter Arm des Präsidenten jemals in Erwägung ziehen würde, mich zu eliminieren oder in einem Lager wie Abu Ghuraib oder Guantánamo verschwinden zu lassen, daher wird es nie einen Grund geben das Material zu veröffentlichen. Also sind das rein hypothetische Grundsatzdiskussionen."

Phil Sheldon legte die Hände kurz vor den Mund zusammen, bevor er sie auf dem Schreibtisch ineinander faltete. „Mhmm. Für Sie spricht, dass sie nichts weiter verlangen als Ihren Ruf und Job zurück. Sie wollen also kein Geld?"

Gewonnen, dachte Sean. „Nein, Sir, ich will nur die Klagen und die Interne vom Hals haben und meinen alten Job zurück, nicht mehr und nicht weniger."

„Woher weiß ich, dass Sie nicht bluffen? Vielleicht haben Sie kein Material, und wie stellen Sie sich das alles denn überhaupt vor? Um die entsprechenden Senatoren zu konfrontieren, brauchen wir Beweismaterial."

Sean nickte ernst. Er hatte enorme Probleme, seine innere Freude nicht auf seinem Gesicht durchscheinen zu lassen. „Das ist ein guter Punkt, das gebe ich zu. Könnte ich vielleicht für ein paar Minuten Ihren Computer benutzten, um ins Internet zu gehen?“

Sheldon drehte Sean seinen Laptop hin. „Nur zu.“

Bevor Sean hergekommen war, hatte Cat ihm in einem sicheren Internetportal, das weder zurückzuverfolgen noch zu identifizieren war, das Photo von Senator Maxwell und Clarisse hochgeladen. Das rief er nun auf und schickte es auf den eingerichteten Drucker. Keine Minute später hörten sie, wie der Drucker in der Ecke ansprang und in Höchstgeschwindigkeit das Photo in großem Format auswarf. Sean erhob sich, nahm das Blatt und legte es Sheldon auf den Schreibtisch. „Das ist die Art Beweismaterial, die ich habe. Das ist der Grund, warum sich Senator Maxwell das Leben genommen hat. Legen Sie den anderen Senatoren das Photo vor und befragen Sie sie. Ich garantiere Ihnen, innerhalb von zwei Minuten haben Sie Ihre Geständnisse.“ Sean setzte sich wieder und wartete auf Sheldons Reaktion.

Der betrachtete das Bild ausgiebig und konnte sich einen gewissen Ekel in seiner Mimik nicht verkneifen. Dann faltete der Agent das Blatt sorgfältig und legte es in die oberste Schublade seines Schreibtischs. „Gut, ich denke, wir sind uns einig. Weiß außer Ihnen noch jemand von der Sache?“

„Nein“, log Sean voller Überzeugung und dachte: *Ja, drei FBI-Agenten, ein BKA-Beamter, ein kleiner reizender alter Jude und natürlich der Mossad.* Er hätte fast laut losgelacht.

„Gut. Wann bekomme ich die Liste, die Informationen über das Lager und den Chip?“

Sean lächelte. „Noch heute. Ich gebe sie Ihren Leuten mit, wenn sie mich zurück zum Hotel fahren. Wann bekomme ich meinen Job wieder?“

Phil Sheldon nickte. „Na ja, nicht heute. Was halten Sie davon, wenn Sie noch eine Woche Urlaub machen und ab dem 18. März wieder als Bundespolizist arbeiten, Agent Caver?“

Sean stand auf und hielt Sheldon die Hand hin. „Sehr viel. Danke.“

The Washington Post

Montag, 11. März 2019

Vizepräsident Raymond Peterson tritt zurück

Heute Morgen gab der Pressesprecher des Weißen Hauses eine Erklärung ab, in welcher der Rücktritt des Vizepräsidenten Raymond Peterson bestätigt wurde. Peterson selbst nahm zu seinem Rücktritt keine Stellung, es wurde jedoch vom Oval Office bestätigt, dass es sich um eine Entscheidung aus persönlichen Gründen handelt. Zu vermuten ist, dass Peterson sich zu dem Verzicht seines Amtes entschlossen hat, um mehr Zeit mit seiner an Krebs erkrankten Frau Lydia zu verbringen. Noch wurde kein Nachfolger für Petersons Amt bestätigt, doch es ist zu erwarten, dass General Sherman Cole einer der Spitzenkandidaten sein wird.

The Washington Post

Mittwoch, 13. März 2019

Weitere Senatoren folgen Petersons Rücktritt

Wie gestern Abend bei einer Pressekonferenz im Weißen Haus mitgeteilt wurde, folgen neun Senatoren Vizepräsident Peterson in den Ruhestand. Es wird spekuliert, ob die durchweg konservativen Senatoren mit Peterson eine ihrer politischen Leitfiguren verloren haben und deshalb aus Protest ihre Ämter niederlegten oder ob es sich um eine Intervention des Präsidenten handelt. Die am Donnerstag geplante Abstimmung über die Rückeinführung des zweiten Verfassungszusatzes, die Verabschiedung des internen Haushaltsbudgets und Revisionen der Handelsembargos wurden auf den Herbst dieses Jahres vertagt. Der Pressesprecher des Oval Office sagte wörtlich: „Der Senat und das Repräsentantenhaus befinden sich momentan in einer Zeit des Umbruchs. Es ist damit zu rechnen, dass weitere Senatoren ihr Amt niederlegen möchten. Die Regierung wird niemanden aufhalten. Aus diesem Grund werden alle weitreichenden politischen Entscheidungen zurückgestellt, bis das Repräsentantenhaus und auch der Senat der Vereinigten Staaten wieder in einer starken neuen Einheit dem Volke zu Verfügung stehen."

Sean legte die *Washington Post* zur Seite und trank einen Schluck Kaffee. Er musste schmunzeln bei dem Gedanken, dass all diese Dinge ohne ihn nie geschehen wären. Er fühlte sich wohl, wenn er daran dachte, aber vor allem, wenn er sich vorstellte, dass Josef Schreiber gerade diesen Artikel las. Es konnte nicht mehr lange dauern und die Schlagzeile der Post würde lauten: „Josef Schreiber, Vorsitzender der NNM, wegen illegaler Waffenschiebereien verhaftet." Das alles brachte zwar Joan nicht ins Leben zurück oder erleichterte Corey ihre Zukunft, doch es gab ihnen allen ein gewisses Maß an Genugtuung.

Sean zuckte zusammen, als das Telefon ihn aus seinen Gedanken riss.

„Caver", meldete er sich.

„Sean, hier ist Sims. Wie geht's?"

„Danke, John, den Umständen entsprechend", erwiderte Sean, und schon wieder huschte ein Schmunzeln über sein Gesicht.

„So, so, den Umständen entsprechend. Jetzt hör mir mal zu, mein Junge, deine Ironie kannst du dir sparen. Versprich mir nur eins: erzähle mir niemals, wie du es angestellt hast, ich will es nicht wissen, klar? Montagmorgen schleppst du deinen Arsch in mein Büro und holst dir deine Marke wieder ab. Verstanden, Agent Caver?"

„Geht klar, Boss. Bis Montag."

Es war Montag, der 18. März und Sean saß wieder in seinem Büro. Es ging ihm richtig gut, denn er war genau dort, wo er hingehörte – aber dennoch nagte etwas an ihm. Die Presse hatte immer noch nichts über Schreiber veröffentlicht, der Secret Service musste mittlerweile das Lager und auch die Zentrale der NNM durchsucht haben ... *Warum zum Teufel bekommt die Öffentlichkeit nichts davon mit, und vor allem, warum ist Schreiber noch immer nicht in Gewahrsam?*, dachte Sean verärgert.

Bob steckte den Kopf durch die Tür. „Sean, dein Telefon ist ausgeschaltet. Ich habe einen gewissen Jonathan Murdock in der Leitung, der sich partout nicht abwimmeln lässt."

Sean nickte, da er sein Telefon absichtlich auf stumm geschaltet hatte, um ein wenig Ruhe zu haben. „Stell durch, ich rede mit ihm." Er wartete kaum auf das Klingeln und nahm sofort ab. „Yarden, was ist los?", kam er gleich zur Sache.

„Es geht um Schreiber. Sean, es wird gemunkelt, dass die ihm Immunität angeboten haben, wenn er gemeinsam mit der CIA arbeitet und alles sagt, was er über den syrischen Geheimdienst weiß."

Stille.

„Das ist nicht wahr, woher weißt du das?"

Yarden grunzte. „Schon vergessen, für wen ich arbeite?"

„Verdammte Scheiße, das kann doch alles nicht wahr sein! Dieser Drecksack wird wieder ungeschoren davonkommen, die stecken ihn doch garantiert in ein Zeugenschutzprogramm."

„Mhmm“, erwiderte Yarden knapp.

„Weißt du, wo er jetzt ist?“

Es dauerte eine Weile, bis Yarden antwortete: „Ja, wir observieren ihn, noch ist er in seiner Wohnung in Kansas City.“

„Hat er bereits Schutz vom Service?“, feuerte Sean die nächste Frage an den Mossad-Mann; er war stinksauer.

„Unserer Meinung nach nicht, doch wenn er den Deal eingeht, dann wird das nicht mehr lange so bleiben.“

Für einen Moment dachte Sean nach, rang mit sich, dann wurde seine Stimme ruhig und leise: „Yarden, du hast doch Beziehungen. Wie wäre es, wenn jemand dem Shu'Batal-Mukhabarat Al-Askaryia einen Tipp gibt?“, sagte Sean auf Hebräisch.

„Dann ist er tot!“, entfuhr es Yarden in seiner Muttersprache.

„Ganz genau“, sagte Sean eiskalt.

Stille. Es dauerte eine Weile, bis er wieder Yarden Ben Assals Stimme hörte: „Nun, ich denke meine arabischen Freunde würden jetzt sagen: ‚إن شاء الله‘“, erwiderte Yarden und legte auf.

Sean verstand nicht, warum Yarden diesen arabischen Ausdruck benutzt hatte, doch er wusste, was er bedeutete: *In Sha Allah – so Gott will.*

The Washington Post

Mittwoch, 20. März 2019

Mordserie an NNM-Mitgliedern geht weiter

Heute Nacht wurde Josef Schreiber, der Vorsitzende der rechtsradikalen NNM-Partei, in seiner Wohnung tot aufgefunden. Wie schon bei drei weiteren Mitgliedern der NNM, die Anfang des

Jahres ermordet wurden, scheint der gleiche Killer wieder zugeschlagen zu haben. Schreiber wurde im Exekutionsstil von hinten in den Kopf geschossen. Erst vor wenigen Wochen war ein Attentat auf Schreiber verübt worden, das er schwer verletzt überlebte. Schreiber war …

Es ist ein eigenartiges Gefühl, wenn plötzlich wieder Ruhe in das eigene Leben einkehrt. Wenn man sich nicht mehr permanent nach hinten umdreht und fast einen Herzinfarkt bekommt, wenn die Menschen, die man liebt, sich verspäten oder nicht anrufen. Ob ich ein schlechtes Gewissen habe wegen Josef Schreiber? Mhm, rein rechtlich könnte man mich als schuldig im Sinne des Gesetzes sehen; ich denke, so etwas nennt man Anstiftung zum Mord und kann, genau wie der direkte, vorsätzlicher Tötungsakt, mit lebenslanger Halft geahndet werden. Moralisch gebe ich zu, dass ich ein Mörder bin, so, als hätte ich den Abzug selbst betätigt. Aber es berührt mein Innerstes nicht die Bohne – im Gegenteil, wenn ich an seinen Tod denke, dann fühle ich eine ungemeine Genugtuung, fast wie eine angenehme Wärme, die sich in mir ausbreitet. Es ist, als hätte man die Menschheit von einer Plage erlöst, etwas ausgesprochen Böses von der Welt gefegt – und dann muss ich unwillkürlich an Gabriel denken, der mir gegenüber die gleichen Gefühle hegt. Doch das weise ich weit von mir, ich bin nicht so, ich bin nicht schlecht und die Gene meines Vaters haben meinen Charakter nicht dunkel werden lassen. Ich bin in der Lage zu lieben, nicht nur Cat, auch andere Menschen, ich suche Gerechtigkeit und versuche die Schwachen zu schützen. Auch habe ich keinerlei Vorurteile gegenüber Menschen, die anderer Hautfarbe, Gesinnung oder Religion sind, solange sie alle ihre Überzeugungen friedlich vertreten. Das Einzige, was ich extrem gut kann, ist, mich auf Ungeheuer wie diesen Schreiber einzulassen; ich bin in der Lage, ihre gemeinen, dunklen Wege zu verstehen, und befürchte, dass ich, wenn ich über mich selbst die Kontrolle jemals verlieren sollte, mit Leichtigkeit ein solches Monster werden könnte. Doch bevor das passiert, verspreche ich eher mich selbst zu töten.

Dennoch muss ich zugeben, dass ich weder Cat noch Don oder Marc ein Sterbenswort über mein Telefongespräch mit Yarden verraten habe. Wir haben gestern Abend gemeinsam in Stafford gegessen und uns sehr angeregt über den Mord an dem NNM-Chef unterhalten – na ja, die drei haben es diskutiert, ich habe geschwiegen. Natürlich, keiner von ihnen ist auf den Kopf gefallen und besonders Marc, der Yarden nicht gerade ins Herz geschlossen hatte, ließ anklingen, dass vielleicht der Mossad dahinterstecken könnte. Als er mich angesehen hat, habe ich nur mit den Schultern gezuckt und ihnen gesagt, dass es mir persönlich scheißegal sei, wer Schreiber, Hands, Durbon und Whealer getötet hätte. Keine Ahnung ob jemals jemand dahinter kommen würde, dass der syrische Geheimdienst für Schreibers Tod verantwortlich war. Sollte doch James Carter von der Antiterroreinheit die Mörder der anderen Opfer finden.

Auch wenn ich vor meiner Frau keine Geheimnisse haben möchte, denke ich, es ist besser, diese Sache bleibt einfach zwischen ein paar ganz speziellen Menschen, zwischen mir und Yarden – und mir und Corey.

Sie kam gestern Nachmittag zurück in ihr Haus. Ich habe lange mit ihr zusammengesessen, die meiste Zeit habe ich sie einfach nur gehalten, fest an mich gedrückt und sie weinen lassen. Ja, ich habe ihr erzählt, dass ihre Vergewaltiger tot sind, und auch, dass ich maßgeblich für Schreibers Tod mitverantwortlich bin. Ja, ich habe ihr gesagt, dass Cat davon nichts weiß. Ich glaube, es geht ihr seitdem ein Stückchen besser. Ich bin mir nicht sicher, was dafür verantwortlich ist: der Tod ihrer Peiniger, mein Eingeständnis, das ich nur mit ihr teile, oder vielleicht auch der kleine Wolfshundwelpe, den ich ihr aus dem Tierheim mitgebracht habe, die das bewirken. Es ist im Endeffekt auch egal, solange sie wieder lächeln kann.

Wie es jetzt weitergeht?

Ich würde sagen, ganz normal, Routine: ich quäle meine neuen Anwärter, gehe am Abend nach Hause und kümmere mich um meine Frau. Einen neuen Fall werde ich in nächster Zeit ganz bestimmt nicht übernehmen und ich bin davon überzeugt, dass weder Don noch Cat jemals wieder versuchen werden, mich zu einem Fall zu überreden, wenn mein Bauchgefühl ein klares NEIN dagegenhält.

Besonders Cat. Die Angelegenheit hat ihr doch mehr zugesetzt, als sie es zugeben will. Es schien, dass sie in den letzten Wochen, genau wie ich, im Aktionsmodus funktionierte, doch jetzt, wo die Anspannung nachgelassen hat, geht es ihr alles andere als gut.

Sie hat versprochen zu einem Arzt zu gehen, auch wenn sie ihre Übelkeit auf den Stress schiebt. Mir wird einfach wohler sein, das von einem Experten zu hören. Na ja, und dann steht da noch eine andere Sache aus, die wir endlich gemeinsam angehen werden: unsere Heirat, egal, ob ihr Vater seinen Segen dazu gibt oder nicht.

Stafford, Donnerstag, 21. März 2019

Sean lag auf der Couch in ihrem Wohnzimmer in Stafford. Es war ein anstrengender Tag in Quantico gewesen, er hatte nun wieder sein komplettes Unterrichtspensum übernommen und besonders mit seiner Klasse hatte er Wochen von Arbeit nachzuholen. Erstens war die Bande für seinen Geschmack ziemlich undiszipliniert und zweitens hatten Simon White und Cat die Anwärter viel zu sanft angepackt. Seine Klasse erholte sich gerade von dem Schock Caver und fing nun langsam an zu kapieren, dass die Ausbildung kein Spaziergang war, jedenfalls nicht mit ihm als Mentor. Eigentlich wollte er sich nur kurz hinlegen, um auszuruhen, bis Cat vom Arzt kam. Sie hatte für fünf Uhr einen Termin vereinbart und würde ihn schon wecken, wenn sie wieder zurückkäme.

Er schreckte aus einem tiefen Schlaf auf und rieb sich die Augen. Es war dunkel im Wohnzimmer.

„Cat, bist du da?“, rief er mit rauer Stimme und schaltete die Lampe neben dem Sofa an.

Stille. Keine Antwort. Eigentlich musste sie doch schon wieder hier sein, es war bereits stockdunkel draußen. Er sah schlaftrunken auf seine Uhr, rieb sich wieder über die Augen: elf Uhr! Das konnte doch nicht sein. Automatisch schnellte sein Pulsschlag hoch, er sprang auf.

Bleib ruhig, es gibt keinen Grund sich Sorgen zu machen, den gibt es nicht mehr. Vielleicht ist sie bei Corey und die beiden sind versackt, versuchte er sich zu beruhigen. Trotzdem zog er sein Handy aus der Jacke, wählte Cats Nummer und wurde auf die Mailbox umgeleitet. Dann versuchte er es bei Corey. „Hi Corey, ist Cat bei dir?“ Er hörte, wie sie verneinte, bedankte sich und legte auf.

Dann sprang er die Treppe hoch und sah in jedem Zimmer nach – vielleicht hatte sie sich nur hingelegt –, doch er konnte sie nicht finden. Auf ihrem Schreibtisch im Arbeitszimmer sah er die Visitenkarte des Arztes, Gott sei Dank mit Privatanschluss, den er bereits wählte, als er die Treppe wieder hinunterging.

„Dr. Walters, tut mir leid, Sie so spät zu stören, doch meine Frau hatte einen Termin bei Ihnen heute Nachmittag und ist noch nicht wieder zurück. Ich mache mir Sorgen.“ Er hörte kurz zu. „Catherine

Kampell, siebzehn Uhr, ja", dann wartete er wieder, der Arzt schien kurz aus dem Raum zu gehen, um den Terminkalender zu checken.

„Hören Sie, Mr. Kampell. Ja, Ihre Frau hatte einen Termin, ist aber nicht erschienen, ich kann Ihnen leider nicht weiterhelfen."

Sean raunte ein „Danke" und fuhr sich nervös durch die Haare. Dann griff er seinen Autoschlüssel, schob seine Glock ins Holster und verließ das Haus. Er war unschlüssig, wo er zuerst suchen sollte, doch dann fuhr er zu der Adresse der Arztpraxis in Fredericksburg, ging dabei jedes mögliche Szenario durch und versuchte schon zum vierten Mal, sie per Handy zu erreichen – immer nur die Mailbox.

Irgendetwas war passiert, das war nicht Cat, sie würde ihn nicht nach all dem, was sie in den letzten Wochen durchgemacht hatten, so in Sorge versetzten. *Gott, es geht ihr nicht gut, vielleicht hatte sie einen Unfall, ist ohnmächtig geworden … Verdammt, ich hätte sie zum Arzt bringen müssen!,* machte er sich Vorwürfe und erreichte endlich den Parkplatz vor Dr. Walters' Praxis. Es war alles dunkel in dem Gebäude, die Staßenbeleuchtung und das Schild des Schnellimbisses auf der anderen Straßenseite erhellten jedoch die Parkbuchten. Er stöhnte erleichtert auf, als er ihren Wagen sah, parkte quer vor dem Explorer. Wenigstens hatte sie keinen Autounfall gehabt, aber wo war sie? Der Wagen war abgestellt, leer. Er ging an die Fahrertür und zog; sie öffnete sich, der Wagen war nicht abgeschlossen. Sean setzte sich auf die Fahrerseite und sah sich im Inneren des Fahrzeugs um. Ihm fiel nichts Außergewöhnliches auf: in der Ablage ein angebrochenes Päckchen Zigaretten, im Handschuhfach nur die üblichen Sachen. Er öffnete die Tür wieder, stieg jedoch nicht gleich aus, sondern atmete tief die kalte Nachtluft ein, ihm war übel und sein Herz raste. Dann fiel sein Blick auf etwas glänzendes, das einige Meter entfernt auf dem Boden der nächsten Parkbucht lag und eigentlich nur zu sehen war, weil die Innenbeleuchtung des Wagens es erfasste. Sean sprang aus dem Explorer, ging hinüber und hob den kleinen Gegenstand auf. Als er ihn in der Handfläche betrachtete und sah, was er da gefunden hatte, schloss er die Faust fest darum, beugte sich vor und erbrach sein Abendessen in die leere Parkbucht. Der Brillant von Cats Verlobungsring schnitt in seine Handfläche, so sehr presste er seine Faust zusammen, während er unkontrolliert immer wieder würgen musste.

Sean wusste nicht recht, wie er wieder nach Stafford gekommen war, als Don ihm das Glas Brandy in die Hand drückte und nur murmelte: „Trink!"

Er kippte den Cognac in einem Zug hinunter und holte tief Luft, denn sein Körper schlug Kapriolen; ständig hatte er das Gefühl keine Luft zu bekommen. Der Alkohol brannte bis hinunter in seinen Magen und ein leichter Schweißfilm bildete sich über seiner Oberlippe.

„Hattet ihr Streit?", hörte er Marcs Stimme, sah auf und schüttelte den Kopf. Er blickte auf seine Uhr, es war bereits vier Uhr in der Nacht. Nachdem sich sein Magen auf dem Parkplatz langsam beruhigt hatte, hatte er Simon White in Quantico rausgeklingelt, der zur Nachtschicht bei der Ausbildung gewesen war. Er hatte ein Forensik-Team angefordert, um Cats Wagen zu untersuchen, Spuren zu finden, danach Don und auch Marc angerufen. Irgendwie hatte Sean funktioniert wie ein Roboter, sogar noch den Verstand gehabt dem Team zu erklären, dass es nicht nötig war, von dem Erbrochenen Proben zu nehmen. Dann war Marc aufgetaucht, hatte ihn in seinen Wagen bugsiert und nach Stafford gebracht. Irgendwann waren dann Don und zu Seans Überraschung auch Sims erschienen.

„Nein, sie hatte um fünf Uhr einen Termin beim Arzt, da ist sie nicht aufgetaucht, ich habe bereits mit ihm gesprochen. Aber der Wagen steht vor seiner Praxis."

Don hielt ihm ein weiteres Glas Cognac hin, doch er schüttelte den Kopf. Er wollte bei klarem Verstand bleiben, wenn das überhaupt möglich war in dieser Situation. „Sie würde niemals ihren Ring einfach so verlieren, er passt perfekt, man muss ihn schon vom Finger abziehen", sagte er monoton.

„Und wenn der Entführer ihn zurückgelassen hat?", meinte Sims, für den es ziemlich klar war, dass Cat nicht von alleine verschwunden war.

Sean schüttelte wieder den Kopf. „Nein, zu unsicher, es war am Nachmittag, jemand hätte den Ring finden und einfach mitnehmen können. Ich glaube, Cat hatte keine andere Chance, sie hat den Ring in letzter Minute vom Finger gezogen und fallen lassen, in der Hoffnung, dass ich ihn finde."

Er sah, wie der FBI-Techniker seinen Festnetzanschluss verkabelte, eine Fangschaltung installierte, falls sich ein Entführer melden sollte.

„Sean, denk noch mal nach. Was ist heute passiert, war irgendetwas ungewöhnlich?", bohrte Marc weiter.

„Verdammt noch mal, nein, alles war ganz normal! Ich war um halb fünf hier, wir haben zeitgleich die Akademie verlassen, sie zum Arzt, ich hierher. Ich hab was gegessen und bin dann auf der Couch eingeschlafen, um elf aufgewacht, den Rest kennt ihr. Es war Schreiber!"

Alle taxierten Sean ernst und fragten sich, ob er jetzt völlig durchdrehte. Sean reagierte auf ihre Blicke. „Ich meine die NNM", sagte er resigniert.

Cat stöhnte unwillkürlich, ihr Körper schien nicht zu reagieren und es fiel ihr schwer, die Augenlider auch nur einen Spalt weit zu öffnen. Kurz sah sie einen Schreibtisch, auf dem Tisch brannte eine Lampe und dahinter erkannte sie verschwommen eine Silhouette, die kurz aufsah, sich dann aber wieder den Papieren zuwandte und darin zu lesen schien. Sie wollte sich bewegen, aber es ging verdammt noch einmal nicht. Dann fielen ihr wieder die Augen zu und sie ergab sich der Müdigkeit. *Sean*, dachte sie noch, bevor die Dunkelheit sich wieder wie eine wohlig warme Decke über sie senkte.

Sean und Don schraken beide gleichzeitig auf den Couchen hoch, als der Festnetzanschluss klingelte. Immer noch halb benommen, nahm Sean den Hörer von Marc, der hellwach war und scheinbar nicht geschlafen hatte.

Er räusperte sich. „Caver", meldete er sich und sein Herz schlug schon wieder, als würde er einen Marathon rennen.

„Sean, vergeben Sie mir, dass ich so früh störe, aber ich habe hier etwas, das mir komisch vorkommt."

Sean kniff die Augen zusammen. Die Stimme kam ihm bekannt vor … das war Aron. „Aron, es geht momentan nicht. Ich … wir haben hier eine Situation. Wir müssen die Leitung freihalten."

„Also", erwiderte der alte Mann scheinbar nicht gerade erstaunt. „Dann rufen Sie mich von Ihrem Handy an. Um was geht es?"

„Bitte, Aron, ich habe momentan keine Zeit, ich melde mich später bei Ihnen", sagte Sean ungeduldig und wollte schon auflegen.

„Warten Sie!", schrie Aron ins Telefon. „Vielleicht steht es mit dem in Zusammenhang, was ich heute Morgen erfahren habe! Rufen Sie mich von Ihrem Prepaid an. Jetzt!" Dann hörte Sean ein Klicken.

Don runzelte die Stirn, doch Sean rannte bereits hoch ins Arbeitszimmer, griff das Prepaid und wählte Arons Kurzwahl.

„Aron, ich bin's, was ist los?", fragte er aufgeregt und sprang, immer zwei Stufen nehmend, die Treppe wieder hinunter ins Wohnzimmer. „Moment, ich stelle Sie auf Lautsprecher, Marc und Don sind hier und auch mein Boss John McSimmens", sagte er und hoffte, Aron würde die Warnung verstehen.

„Erzählen Sie mir erst, was bei Ihnen los ist?", kam die für den klugen alten Mann so typische Frage. Sims runzelte die Stirn, auch er wusste, wer Aron war, doch hatte immer noch keine Ahnung, wie er in die Sache involviert war. Seans Versuch den Museumsdirektor zu warnen hatte er natürlich mitbekommen, sein Gesichtsausdruck verhärtete sich.

„Jemand hat Cat entführt", war Seans knappe Antwort.

Aron schien einen Moment zu überlegen, um die Situation zu verstehen. „Mhmm", war erst einmal alles, was er sagte. Dann holte er Luft. „Sean, die Wanze, die Sie in Schreibers Haus in New Hampshire installiert haben, sie ist immer noch am Übertragen und ich habe heute Morgen die Aufzeichnung abgehört. Sie erinnern sich, mir den Empfänger überlassen zu haben?"

Sean nickte. Aron hatte kapiert, was hier lief, aber eigentlich war es ihm egal, ob Sims mehr mitbekam, als er sollte. „Ist Cat in New Hampshire?", fragte er aufgebracht.

„Nun, ich kann es nicht mit Gewissheit sagen, aber ich habe ein Telefonat gehört – eine Frau, ich denke Linda Schreiber oder Doris Sanders, sie fragte: ‚Ist das Paket unterwegs, ist es unversehrt?', und dann nach einer Pause: ‚Gut, dann bringen Sie es schnellstmöglich her.'"

„Wann war das, Aron?", griff Marc ein, noch bevor Sean etwas erwidern konnte.

„Heute Morgen gegen sieben Uhr", antwortete Aron.

„Aron, bleiben Sie am Empfänger, rufen Sie an, wenn Sie weitere Gespräche hören. Ich denke, sie bringen Cat nach New Hampshire", sagte Marc mit ruhiger Stimme.

„Gut", war Arons einzige Antwort, bevor er auflegte.

Sean sprang auf, sah Don, Sims und Marc an, die immer noch um den Glastisch saßen und keine Anstalten machten sich zu bewegen. „Wir müssen sofort dahin!", schrie er fast.

Marc stand endlich auf und ergriff Seans Schulter. „Ja, wir werden auch sofort dahinfliegen. Aber du nicht, du bleibst hier."

Sean sah ihn mit vor Wut funkelnden Augen an, wollte sich seinem Griff entziehen, doch mit einer fließenden Bewegung hatte Marc ihm die Füße weggetreten, so dass Sean auf seinem eigenem Parkett landete. Schon saß Marc in seinem Kreuz und befestigte Handschellen hinter Seans Rücken. Dann stand er auf und zog Sean hoch, der ihn jetzt wütend fixierte.

„Sims, wir brauchen ein SWAT-Team. Können Sie den Jet in Quantico gleich fertigmachen lassen?", fragte Marc, ohne auf Seans Einwände zu achten.

Der zerrte an den Handschellen hinter seinem Rücken. „Dafür bringe ich dich um!", knurrte er in Marcs Richtung.

Marc drehte sich zu Sean. „Von mir aus, doch erst bringe ich dir deine Frau zurück. Sean, wir können keinen emotional Ausgetickten bei einer Geiselbefreiung gebrauchen, das weißt du selbst."

Sean fixierte ihn immer noch, sah dann Hilfe suchend zu Sims und Don. Beide schüttelten den Kopf. „Mach mir die Handschellen ab!", blaffte er Marc wieder an.

„Nein. Hey, Sie", wandte er sich an die junge Agentin, die bei Seans und Marcs lautstarker Auseinandersetzung, gefolgt von dem Techniker, in den Raum gestürmt war und nun die Szene entgeistert beobachtete. „Sie sind dafür verantwortlich, dass Agent Caver hier im Haus bleibt, wenn es sein muss, ketten Sie ihn an die Heizung. Tut mir leid, Sean, es ist das Beste für dich und Cat." Er sah Sean an, ein Bedauern lag in seinem Blick, doch er drehte sich um und ging, gefolgt von Don und Sims.

Zurück blieb der Techniker und eine unerfahrene Agentin, die in Cats Jahrgang ausgebildet worden war und die Sean verdammt gut kannte, da er mit ihr, Joan und auch Cat fast täglich den Brick gelaufen war, bis sich ihre Leistungen endlich verbessert hatten. Agent Susan Pattison sah ihn an und wurde rot. „Bitte, Sir, setzen Sie sich, bitte, Agent Caver."

Sean hielt ihrem Blick stand, doch dann ging er hinüber zur Couch und ließ sich fallen.

Pattison saß ihm schon seit einer Stunde gegenüber, kaute unruhig auf ihrer Unterlippe, das schlechte Gewissen war ihr anzusehen. Sean wirkte in sich gekehrt, dabei wartete er auf den richtigen Moment und überlegte, wie er es anstellen sollte. Sein Prepaid klingelte wieder und Pattison drückte den Knopf. Sean lehnte sich vor.

„Sean?“, hörte er diesmal Yardens Stimme. Sofort unterbrach Sean ihn und sprach hebräisch.

„Ich sitze mit Handschellen hier und kann nicht weg. Ein SWAT-Team ist unterwegs nach New Hampshire. Hast du Neuigkeiten?“

Yarden grunzte. „Sie haben dich kaltgestellt, verstehe, macht Sinn“, erwiderte Yarden ebenfalls auf Hebräisch, was Agent Pattison vollkommen verwirrte. Ihr war anzusehen, dass sie nicht wusste, was sie tun sollte, und ihr Kollege war vor ein paar Minuten vor die Tür gegangen, um sich die Beine zu vertreten.

„Geh mir ja nicht auf die Nerven, was ist los?“, fragte Sean aggressiv.

„Irgendetwas stimmt nicht. Als Aron mich anrief und mir alles erzählte, wurde ich stutzig. Wir haben die Wanze in Schreibers Schlafzimmer angebracht, richtig?“

„Ja, was fragst du, das weißt du doch“, erwiderte Sean schnell. In dem Moment ging ihm ein Licht auf und er fuhr fort: „Warum sollten Linda oder Doris in seinem Schlafzimmer mit den Entführern reden? Du hast recht – es ist eine Falle, Cat ist nicht in New Hampshire, die Frauen haben die Wanze entdeckt. Aber warum locken sie das Team nach New Hampshire? Denkst du, sie haben Cat …“, er musste schlucken, bevor er es aussprach, „… getötet?“

Yarden antwortete nicht gleich, er schien nachzudenken. „Nein, das glaube ich nicht, sie wollen nur die Kavallerie aus dem Weg haben. Sie wollen dich, und zwar alleine. Schaffst du es aus deinem Haus raus oder muss ich dir jemanden zu Hilfe schicken?"

Sean sah zu Pattison, die immer noch die Hände rang, weil sie nicht wusste, was sie von der fremden Sprache halten sollte. Sie war vollkommen überfordert mit der ganzen Situation. „Ich komm klar, ich fahre Richtung Washington und rufe dich an, wenn ich unterwegs bin."

„Gut, in der Zwischenzeit strecke ich meine Fühler aus und sehe zu, ob ich Linda Schreiber und Doris Sanders lokalisieren kann."

Es klickte und Pattison drückte den Knopf. „Sir, wer war das?", fragte sie mit zitternder Stimme.

Sean machte einen bewusst geknickten Eindruck. „Aron, es gibt nichts Neues", dann schluckte er schwer und senkte den Blick.

„Es tut mir so leid, Sir, wenn ich nur helfen könnte. Wissen Sie, Cat hat so viel für mich getan", rutschte es Pattison heraus.

Sean sah auf, Tränen standen in seinen Augen. Er blickte sie an.

„Oh Gott, Sir, was kann ich tun?"

Er schüttelte den Kopf. Sie sah, wie eine Träne seine Wange herunterlief. „Nichts, Pattison", flüsterte er leise und bewegte sich, dabei verzog er schmerzlich das Gesicht, da die Handschellen hinter seinem Rücken furchtbar unbequem waren.

Sie sprang auf, nahm den Schlüssel und machte sich an den Fesseln zu schaffen. „Wenigstens das kann ich tun; ich glaube, die Handschellen sind nicht notwendig. Bitte, Sir, Sie bleiben hier, auch ohne dass ich Sie fesseln muss."

Er nickte kurz, hörte das Klicken und spürte, dass seine linke Hand frei war. Sean nahm die Arme nach vorne und wartete, bis sie ihm auch die Handschelle von der rechten Hand abnahm, dann sah er sie an. „Danke, Pattison." Er rutschte ein Stück von ihr ab, griff resolut mit der linken Hand nach ihrem Kinn, hob es an und schlug mit den Fingerknöcheln der anderen Hand blitzschnell auf ihr Brustbein. Der Schlag kam kontrolliert und mit verminderter Kraft, doch er traf den richtigen Punkt ihres Sternums. Sie rollte kurz mit den Augen und sackte nach hinten.

Sean beugte sich über sie, checkte kurz ihre Atmung und ihren Puls. Es ging ihr gut, außer einer kurzen Ohnmacht und einem gewaltigen Hämatom würde sie keine weiteren Schäden davontragen. „Sorry, Pattison", sagte er leise, zog sie zur Heizung und fesselte sie mit den Handschellen daran. Dann griff er eilig das Prepaid-Handy, nahm seine Glock aus der Schublade und die Autoschlüssel. Er ging vorsichtig an die Tür und sah aus dem Fenster im Flur, der andere Agent stand unweit der Haustür und rauchte. Mit einer schnellen Bewegung öffnete Sean die Tür, griff nach dem Agenten und nahm ihn in den Schwitzkasten, zog ihn dabei ins Haus und drückte weiter zu. Der Mann wurde schlaff in seinem Griff und verlor das Bewusstsein, atmete aber regelmäßig. Sean kettete ihn zu Pattison, nahm ihnen die Handys und Waffen weg und legte sie auf den Wohnzimmertisch. Dann rannte er aus dem Haus zu seinem Wagen und fuhr los. Es fiel niemanden auf, wie er mit seinem Interceptor langsam den Monument Drive verließ, in Richtung I95 nach Washington.

Sean fuhr wie ein Besessener, schaltete immer wieder das Polizeiwarnlicht an, wenn er einen Wagen der State Patrol sah, um zu verhindern, wegen Geschwindigkeitsübertretung angehalten zu werden. Ungehindert hatte er in weniger als dreißig Minuten die Stadtgrenze von Washington erreicht und griff nun zu seinem Handy, als er auf der Memorial Bridge den Columbia River überquerte. „Aron, ich bin's. Ist Yarden bei Ihnen?", fragte er ohne weitere Höflichkeitsfloskeln, sobald die Verbindung stand.

„Ja, er hängt am Telefon. Kommen Sie erst einmal zu mir, es scheint, er hat eine Spur."

Sofort legte Sean auf und reihte sich links ein, um auf die Umgehungsstraße zu kommen, die ihn von der Innenstadt fernhielt und hoch ins jüdische Viertel führte. Es dauerte keine fünfzehn Minuten, bis er seinen Wagen direkt vor der Hofeinfahrt parkte und das Schild ‚Polizei im Einsatz' gut sichtbar hinter die Windschutzscheibe legte, denn er stand im absoluten Halteverbot. Dann sprintete er zu dem Hinterhaus und, nachdem der Summer gedrückt worden war, die drei Stockwerke hoch zu Arons Wohnung. Er ignorierte die ältere Frau, die im wieder die Wohnungstür geöffnet hatte, und ging schnurstracks an ihr vorbei in Arons Arbeitszimmer.

Er sah Yarden an Arons Schreibtisch sitzen, sein Handy fest ans Ohr gedrückt, er hörte konzentriert zu und machte sich Notizen. Aron stand an einen der uralten Registerschränke aus Metall gelehnt. Sean schloss die Tür und trat zu Aron; Yarden sah auf und nickte ihm zu.

„Gibt es schon was Neues?", fragte er Aron mit gehetzter Stimme.

Aron legte seine Hand auf Seans Arm und lächelte mitfühlend. „Noch nicht. Yarden versucht die beiden Frauen zu finden. Beruhigen Sie sich, Sean, wenn jemand sie finden kann, dann er."

„Hören Sie auf, mich wie einen grünen Jungen zu behandeln. Was wissen Sie bis jetzt?", erwiderte Sean nervös und wusste, dass sein Ton vollkommen daneben lag – diese Menschen wollten ihm helfen, doch mittlerweile brachte ihn die Sorge um Cat fast um.

Aron runzelte die Stirn, wollte etwas erwidern, doch in dem Moment beendete Yarden sein Telefongespräch, stand auf und ging um den Schreibtisch. Er schüttelte Seans Hand.

„Die beiden Frauen sind gestern Morgen nach dem Trauergottesdienst für Josef Schreiber mit dessen Privatjet nach Washington geflogen, die Maschine steht immer noch auf Stand-by am Flughafen. Das bestätigt nur unsere Vermutung, dass keine von beiden in New Hampshire ist. Ich konnte nicht herausfinden, wo sie in Washington sein könnten."

Sean fuhr sich frustriert durch die Haare und ließ sich auf den antiquierten Schreibtischstuhl fallen, der altersschwach knarrte.

„Sie müssen hier übernachtet haben, aber bestimmt nicht in einem Hotel, wenn sie Cat bei sich haben. Hat Schreiber irgendwelche Immobilien hier? Vielleicht sind sie bei einem NNM-Mitglied untergetaucht."

Yarden lehnte sich gegen den Schreibtisch und sah in Seans verzweifeltes Gesicht. „Wir finden sie. Aron hat recht, du musst dich erst einmal beruhigen." Dann griff er nach seinen Notizen. „In Washington hat Schreiber keine Wohnungen oder Häuser, auch lebt hier keiner seiner Offiziere, und ich kann mir nicht vorstellen, dass die beiden Frauen einfache Gefolgsleute damit beauftragen. Nach Schreibers Tod sind die meisten sehr verunsichert und ich glaube nicht, dass sich momentan die übrig gebliebenen NNM-Mitglieder in so eine Sache reinziehen lassen."

„Was ist mit seinen politischen Unterstützern, der NRA oder diesem jungen Gouverneur, den er promotet hat?" Sean spielte gerade alle Szenarien im Kopf durch.

Yarden schüttelte wieder den Kopf. „Schreiber war der Kopf und seit seinem Tod ziehen sich sowohl die NRA als auch seine Freunde in der Politik und der Waffenindustrie von der NNM zurück. Nein, wenn, dann kann es nur einer seiner persönlichen Freunde sein. Leider habe ich nicht die geringste Ahnung, wer ihm in dieser Hinsicht nahe stand."

Sean griff resigniert nach seinen Zigaretten und zündete sich eine an, ohne überhaupt daran zu denken, Aron um Erlaubnis zu fragen. Der ging zu einem Regal und nahm einen riesigen Glasaschenbecher, der aussah, als wäre er seit Jahren nicht benutzt worden, leerte die Büroklammern daraus auf seinen Schreibtisch aus und hielt ihn Sean dann hin.

„New Hampshire wäre wesentlich idealer gewesen, um Cat dort gefangen zu halten, es ist abgelegen, kein Mensch kommt dort hin. Warum Washington, das ist doch viel zu gefährlich?“, fragte er wie zu sich selbst, inhalierte den Rauch tief und blickte in Yardens Gesicht.

Yarden sah hart in Seans Augen. „Weil die Frauen dich wollen, Sean. Mittlerweile denke ich, dass du eventuell damit rechnen musst, dass Kampell doch schon tot ist“, sagte er ohne eine Emotion in seiner Stimme.

Sean schüttelte den Kopf. „Nein, sie lebt. Wenn sie tot wäre, dann wüsste ich es.“ Dabei tippte er sich auf die Brust, genau an die Stelle, wo sein Herz lag.

Aron ging hinter seinen Schreibtisch, öffnete eine Schublade und holte mehrere Seiten Papier heraus. „Wir sollten alle durchgehen, mit denen er in Washington in Kontakt stand, vielleicht finden wir einen Anhaltspunkt.“

Sean stand auf und beugte sich mit Yarden und Aron über die Liste, dann gingen sie jeden einzelnen Namen durch.

Marc raufte sich die Haare. Das SWAT-Team packte bereits wieder zusammen und ein Forensik-Team übernahm den Standort. „Das war ein verdammtes Ablenkungsmanöver. Kampell war niemals hier, wahrscheinlich ist einer der Security-Leute heute Morgen hergekommen und hat eine Sprachaufnahme der Schreiber-Frauen im Schlafzimmer abgespielt. Don, ruf bei Sean an, vielleicht hat sich dort jemand gemeldet.“

Don schüttelte den Kopf und sah, wie einer der Hundeführer versuchte, die beiden wild gewordenen Dobermänner in den

Griff zu bekommen. Er konnte es immer noch nicht fassen, dass sie alle in der Nacht ihres Einbruchs an diesen Hunden vorbeigekommen waren. „Hab ich schon, es geht dort keiner ran. Ich habe Agent White mit Verstärkung nach Stafford geschickt – etwas stimmt dort nicht, die beiden Agents melden sich nicht. Es würde mich nicht wundern, wenn Sean auf eigene Faust losgezogen ist."

„Agent Viggen, Derwan, kommen Sie, das sollten Sie sich ansehen", rief einer der Forensiker von der Haustür und sie eilten, gefolgt von Sims, ins Haus und die Treppe hoch in Schreibers Schlafzimmer. Der Techniker hatte die Vertäfelung hochgefahren und schaltete das Aufzeichungsgerät an, als die drei im Raum standen. Es erschien ein Arbeitszimmer und Doris Sanders hinter einem Schreibtisch. Ihr schönes Gesicht war gezeichnet von Gram, rot unterlaufene Augen; man sah ihr an, dass sie viel und verzweifelt geweint hatte in den letzten Tagen. Ihr Haar hing in Strähnen um ihr Gesicht. „Caver", sagte sie in verbittertem Ton, „Sie sind an Josefs Tod schuld. Sie werden es jetzt selbst fühlen, wie es ist, einen geliebten Menschen zu verlieren. Sie wird sterben, wie er starb. Vielleicht hatten Sie ja Gelegenheit, sich entsprechend von ihr zu verabschieden", kamen ihre Worte hart und zynisch, „etwas, das ich nicht konnte mit Josef. Spüren Sie, wie weh es tut, und ich sage Ihnen, es wird mit jedem Tag schlimmer." Dann rauschte der Bildschirm, die Aufzeichnung war zu Ende.

Einer von Marcs Kollegen von der TacOps kam in den Raum. „Ein Agent White hat sich gerade gemeldet, Agents Pattison und Johnson wurden in Stafford gefunden, an die Heizung gekettet. Caver, seine Glock und sein Auto sind verschwunden. Pattison sagte, er hätte sie niedergeschlagen, nachdem ein Anruf auf seinem Handy eingegangen ist. Sie hat kein Wort von dem verstanden, was geredet wurde, kannte die Sprache nicht, die Caver und der andere Mann benutzten, sie ist sich aber sicher, dass es nicht Aron Stein war."

„Verdammt, Yarden!", rutschte es Marc raus.

Sims runzelte die Stirn. „Was wird hier eigentlich gespielt?!", blaffte er Marc Derwan an.

Marc schüttelte nur den Kopf und tippte eine Kurzwahl auf seinem Telefon. Er wartete.

„Ja, was habt ihr in Hampshire gefunden?", hörte er Sean. Marc hatte die Nummer des Prepaids gewählt, das Sean immer noch benutzte.

„Wo zum Teufel steckst du?", war Marcs mürrische Antwort. „Sean, mach jetzt keinen Scheiß!"

„Leck mich. Was habt ihr gefunden?", fluchte Sean am anderen Ende.

„Bist du bei Yarden?"

„Ja, verdammt, habt ihr was?"

„Also gut, wir haben eine Aufzeichnung von Doris Sanders. Sie droht Cat umzubringen, dir den gleichen Schmerz zuzufügen, wie sie ihn wegen Schreiber hat. Sean, sie sieht fürchterlich aus und scheint zu allem bereit."

Sean stöhnt laut auf. „Wo ist sie?", fragte er leise.

„Die Aufnahme wurde in einem Arbeitszimmer gemacht, nicht hier in Hampshire, auch nicht in Schreibers Apartment." Er unterbrach sich kurz, weil er den scharfen Blick von Sims auf sich spürte. „Ich denke, sie ist in Washington. Durch das Fenster, vor dem sie stand, konnte man die Silhouette eines Gebäudes sehen, ich denke, es könnte das Smithsonian sein, vielleicht."

„Smithsonian sagst du …" Kurz war Sean still. „Ich glaube, ich weiß, wo sie sind."

„Warte, Sean, warte auf uns. Tu nichts auf eigene Faust! Wo sind sie?" Marc war laut geworden.

„Ich kann nicht warten. Ich fahre jetzt mit Yarden los; kommt nach, aber warten werde ich nicht auf euch. Ich denke, sie sind in Kevin Maxwells Haus.“ Dann klickte es, Sean hatte aufgelegt.

Sims baute sich demonstrativ vor Marc auf. „So, jetzt erzählst du mir genau, was hier läuft. Woher weißt du, dass es nicht Schreibers Apartment ist, und wer zum Teufel ist Yarden?“

Marc Derwan nickte. „Okay, aber wir müssen so schnell wie möglich nach Washington zurück. Sean lässt sich nicht aufhalten, er wartet nicht auf uns, sondern nimmt die Sache in die eigenen Hände. Kommt, wir fahren zum Flughafen, dann erzähl ich dir alles.“

Keine halbe Stunde später lagen Sean und Yarden auf dem Dach des Apartmentblocks gegenüber von Senator Maxwells Stadthaus. Der Hausmeister hatte ihnen alle Türen geöffnet, nachdem Sean seinen FBI-Ausweis gezückt hatte. Sean musste schlucken, als Yarden seinen länglichen Koffer öffnete und ein modifiziertes Remington M40A5 am Rande des Daches, schräg gegenüber von Maxwells Bürofenster, aufbaute. Das Scharfschützengewehr im Kaliber 7,62 mm wurde vom Marine Corps benutzt und hatte eine Reichweite von 1000 Metern. Während eines Lehrgangs auf der Marine Corps Base hatte Sean selbst mit genau diesem Modell geschossen, und er erinnerte sich, dass es nur bei der Marksman Training Unit auf der Marine Corps Base in Handarbeit für jeden Scharfschützenlehrgang angefertigt wurde. Er sparte sich die Frage, woher Yarden diese Waffe hatte.

„Kannst du damit umgehen?“, war seine einzige, eigentlich überflüssige Frage, denn bei der Geschwindigkeit, mit der Yarden die Waffe zusammengebaut und aufgestellt hatte, musste er keine Zweifel daran haben.

Dementsprechend knurrte Yarden nur kurz, warf sich auf den Bauch und drehte am Zielfernrohr. „Ich kann eine Person ausmachen, eine

Frau, sie sitzt am Schreibtisch, doch durch die Gardine kann ich nicht erkennen, wer es ist. Habe aber eine hundertprozentige Erfassung."

Sean nickte. „Gut. Ich gehe jetzt rüber. Es ist damit zu rechnen, dass Doris Sanders und Linda Schreiber im Haus sind; ich glaube, die ziehen das alleine durch. Warte auf mein Zeichen, ich versuche dir so viel wie möglich an Informationen zu geben, damit du weißt, wo Cat ist und wer vor dem Schreibtisch sitzt. Falls sie mich filzen und das Mikro finden, dann lass mir den ersten Schuss."

Yarden blickte zu Sean auf. „Gut. Halt dich und Kampell vom Fenster weg, auf dein Zeichen schieße ich auf alles, was sich davor bewegt. Danach, Sean, bin ich weg. Ich habe nie existiert und wir sehen und hören nichts mehr voneinander. Das hier schulde ich dir. Wie du das dem FBI erklärst, ist mir scheißegal, nur vergiss, dass du jemals meinen Namen gehört hast."

„Danke", erwiderte Sean auf Hebräisch.

„Schalom", meinte Yarden und reichte Sean ein letztes Mal die Hand.

Er klingelte, hielt die Waffe mit beiden Händen im Anschlag auf die Tür gerichtet. Es dauerte keine zwei Minuten, bis Doris Sanders öffnete.

Sie blickte unbeeindruckt auf die Mündung der Glock, ein verächtliches Lächeln umspielte ihre harten Züge. „Wir haben auf Sie gewartet", sagte sie in einem Tonfall, als stände ein Klempner vor der Tür, drehte sich um und ging langsam auf die Treppe zu.

Sean war perplex über die Reaktion. Die Gelassenheit der Frau ängstigte ihn, sie schien wirklich nichts mehr zu verlieren zu haben. Er schloss die Tür und eilte ihr, immer noch mit gezogener Waffe, hinterher. Sie trat in Maxwells Arbeitszimmer und ging wieder an den Schreibtisch, setzte sich und nahm die Pistole, die dort lag, in die Hand.

Sean sah nach rechts. Auf der Couch lag Cat, sie war nicht bei Bewusstsein. Er wollte schon einen Schritt auf sie zu machen, doch Doris hielt ihn auf. „Keinen Schritt oder sie ist gleich tot."

Erst jetzt sah er den kleinen Jungen, der vor Cat stand. Er hielt eine Beretta in der Hand und zielte auf Cats Kopf. *Mein Gott, der Junge ist keine zwölf Jahre alt,* dachte Sean und erstarrte. Hinter dem Kind stand Linda Hansen, völlig in schwarz gekleidet mit blassem Gesicht, nur ihr Mund leuchtete wieder in dem widerlichen Nuttenrot.

„Lassen Sie meine Frau gehen. Sie wollen mich, nicht sie, und ich bin hier", sagte er vorsichtig an Doris gerichtet, hielt aber immer noch die Waffe im Anschlag.

Sanders machte ein abfälliges Geräusch. „Sie erwarten doch nicht etwa Mitleid von mir, Caver. Sie haben Josef auf dem Gewissen. Ich weiß, was Liebe bedeutet, und wenn Sie für diese Frau da auch nur den Bruchteil der Liebe aufbringen, die ich für Josef hatte, dann wissen Sie bald auch, dass es einem das Herz bricht, einen geliebten Menschen zu verlieren", erwiderte sie mit eiskalter Präzision. Ihre Stimme glich der eines Roboters und Sean sah den Wahnsinn in ihren Augen.

„Ich habe Ihren Geliebten nicht getötet. – Linda, wussten Sie, dass Ihre Tochter und Ihr Sohn ein inzestuöses Verhältnis miteinander hatten? Und wer ist dieser Junge, er soll die Waffe runternehmen." Damit hatte er Yarden mitgeteilt, dass außer Doris noch Linda und das Kind im Raum waren.

„Erschieß ihn, Doris!", war alles, was Linda Schreiber voller Wut zwischen zusammengebissenen Zähnen hervorbrachte.

„Nein, erst wird sie sterben. Aber gut, reden wir." Doris taxierte ihn, dann schüttelte sie den Kopf. „Nein, Sie persönlich haben Josef nicht getötet, doch Sie sind der Grund, ohne Ihre Einmischung wäre all das nicht passiert."

Sean dachte nach. Der kleine Junge hatte zwar eine Waffe in der Hand, aber wie es aussah, war Linda unbewaffnet. Wenn es sein musste, würde er auf das Kind schießen und Yarden konnte Doris erledigen. Die Hauptsache war erst einmal, dass Cat noch lebte. Gut reden, Zeit schinden, bis der Moment günstig war. „Hätte Ihr Bruder nicht die Exekution seiner eigenen Leute inszeniert, wäre ich erst gar nicht eingeschaltet worden. Ich hab mich wahrlich nicht darum gerissen."

Jetzt lachte Doris hysterisch. „Sie glauben, Josef hat das angeordnet? Nein, Hands war sein kleiner Schoßhund; er hat einfach nicht gesehen, dass Hands ein Schwein war. Er brauchte die Lobby bei der Presse unbedingt. Nein, Caver, ich habe ihm dieses Geschenk gemacht. Josef war wirklich der Meinung, dass die drei Morde auf das Konto der NNM-Feinde gingen, dabei hat sein eigener Sohn ihm die Ehre erwiesen." Dabei sah sie kurz zu dem kleinen Jungen, der Cat bedrohte.

„Sein Sohn?", frage Sean und heuchelte Interesse, obwohl er wie ein Tier auf dem Sprung immer nur die Situation zwischen Doris und dem Kind im Auge behielt. „Einer aus Ihrer Lebensbornschmiede? Dann hat der Kommandeur ja früh angefangen. Wie alt ist er, elf?" Er betrachtet den Jungen intensiv. Der schien ungerührt darüber, was hier im Raum passierte; das Kind starrte stur mit der Waffe in der Hand auf Cat, wie ein kleiner Soldat, der nur auf den Schießbefehl wartete.

„Wieland ist zwölf und sein wahrer Sohn, seiner und meiner. Ja, er ist ein Wunder reinen Blutes und jetzt schon besser als alle Offiziere, die der NNM dienen. Josef war sehr stolz auf ihn, auch wenn er nicht wusste, dass unser Sohn Hands, Whealer und Durbon exekutiert hat."

Sean runzelte die Stirn, jeder Muskel in seinem Körper verspannte sich schmerzlich. „Sie behaupten, dieses Kind hat die drei Männer umgebracht?"

Jetzt wandte sich der Junge mit einer abrupten Bewegung zu Sean, seine Beretta zeigte nun auf ihn. „Ich bin kein Kind mehr", fauchte er in solch schneidendem Ton, dass man glauben konnte, ein ausgewachsener Mann hätte gesprochen.

Verdammt, diese kleine Missgeburt ist ein eiskalter Killer!, schoss es Sean durch den Kopf. *Gut, halte schön die Waffe auf mich gerichtet.* „Natürlich bist du ein Kind, eine zwölfjährige Rotznase. Du hast nicht den Mumm, auf einen Mann zu schießen", provozierte er den Jungen, sah, wie sich sein Gesicht verzerrte und die Beretta nun auf Seans Kopf zielte.

„Wieland, sie ist dein Ziel, lass dich nicht provozieren", griff Doris ein, und sofort drehte der Junge sich wieder zu Cat. Ein Befehl genügte und er funktionierte. Sean machte sich immer mehr Sorgen, denn ihm wurde klar, dass Schreibers Sohn ohne mit der Wimper zu zucken abdrücken würde, wenn man es ihm nur sagte.

Er holte tief Luft. „Hören Sie, Doris, und auch Sie, Linda, wir wissen alles über Ihr Hospiz, die Inseminationen, *Hopeland*. Wir wissen, dass er vom syrischen Geheimdienst bezahlt wurde, um die Aufhebung des Handelsembargos herbeizuführen, dass er versucht hat, mit der Erpressung der Senatoren die Inkraftsetzung des zweiten Amendment zu erwirken. Josefs Kinder werden allesamt den Adoptivfamilien weggenommen, sie bekommen neue Eltern, die sie in Liebe und Toleranz erziehen werden, ohne faschistische Indoktrination. Ihre Schulen, Linda, und auch das Heim für Straßenkinder wird man schließen; es ist vorbei für die NNM. Machen Sie es nicht noch schlimmer für sich selbst. Ihr Sohn ist ein Kind und man wird ihn nicht wie einen Mörder aburteilen, mit einem guten Anwalt wird seine und Ihre Strafe gering sein, Sie haben immer noch ein Leben vor sich. Lassen Sie meine Frau gehen!" Seine Worte klangen verzweifelter, als er es eigentlich gewollt hatte, doch so langsam gingen die Nerven mit ihm durch. Er musste eine Entscheidung treffen.

Wieder lachte Doris wie eine Wahnsinnige. „Wir haben kein Leben mehr vor uns ohne Josef. Sie haben unser Leben zerstört und jetzt zerstöre ich Ihres …"

Sean zuckte zusammen, doch kaum hatte sie die letzte Silbe ausgesprochen, barst das Fenster hinter ihr und ihr Gesicht löste sich buchstäblich in Blut und Knochensplitter auf, bevor ihr Körper auf dem Schreibtisch aufschlug. Für den Bruchteil einer Sekunde hatte sich der Junge zu ihr gedreht und die Waffe in diese Richtung mitgezogen, weg von Cat – und Sean hatte nicht gezögert: er schoss.

Es lag etwas wie Erstaunen im Gesicht des Kindes, als die Kugel in seiner Stirn einschlug und er nach hinten fiel. Ein Schuss löste sich aus der Beretta, schlug jedoch in der Decke ein. Linda Hansen begann wie wild zu schreien und warf sich über den Jungen. Auch diesmal zögerte Sean nicht eine Sekunde. Er gab ihr gar nicht erst die Chance, nach der Waffe zu greifen, und tötete sie mit einem gezielten Schuss.

Langsam senkte er seine Glock, sein Herz raste wie wild. „Yarden, verschwinde jetzt. Danke", sagte er laut, dann blickte er auf Cat. Ihre Augen flatterten. Er stürzte zur Couch, hob sie hoch und trug sie raus aus dem Zimmer, weg von diesem Schlachtfeld. Er ging bis zum Treppenabsatz, setzte sich und hielt Cat fest auf seinem Schoß.

Sie öffnete die Augen, sah ihn verwirrt an. „Sean", flüsterte sie desorientiert.

„Alles ist gut, Liebes, shhh, ich bringe dich ins Krankenhaus." Er küsste sie vorsichtig auf den Mund, streichelte über ihr Gesicht. Sie sah ihn mit immer noch flatternden Lidern an, doch ihr Mund verzog sich zu einem kleinen Lächeln. Er legte die Glock neben sich und wollte gerade sein Handy aus der Tasche ziehen, als die Haustür mit einem gewaltigen Knall aufflog. Herein stürmten Männer eines SWAT-Teams, legten ihre M6-Gewehre auf Sean und Cat an und brüllten: „Heben Sie die Hände, sofort!"

Vorsichtig ließ sich Sean mit Cat auf dem Schoß nach hinten sinken, bis er auf dem Rücken lag, Cat auf ihm, ihr Kopf auf seiner Brust, dann hob er die Hände weit ausgesteckt nach oben.

Sofort war einer der SWAT-Männer bei ihm, nahm seine Glock und wollte Cat von ihm ziehen, doch Sean schrie ihn an: „FBI, Agent Caver und Agent Kampell!"

Der Mann blieb stehen, doch hielt weiterhin das M6 auf ihn gerichtet, als plötzlich Marc Derwan neben ihnen stand und den SWAT-Experten zurückpfiff.

„Seid ihr verletzt?", fragte er. Er war in die Hocke gegangen.

Sean richtete sich auf, Cat immer noch fest in seinen Armen haltend. Er schüttelte den Kopf. „Ruf eine Ambulanz für Cat, ich glaube, sie haben sie betäubt, sie ist immer noch nicht ganz bei sich."

Während Marc den Notruf absetzte, waren die Männer des Teams im Arbeitszimmer angekommen und sie hörten die Meldung: „Drei Tote am Boden, zwei Frauen und ein Kind."

„Was ist passiert, Sean?", er nahm Marcs Frage nur wie durch einen Nebelschleier wahr.

Er fasste Cat wieder unter den Kniekehlen und stand auf. „Ich fahre jetzt erst mit ihr ins Krankenhaus, später, Marc."

Sean ging langsam die Treppe herunter, hielt sie fest an sich gedrückt. Ohne auf die beiden zu achten, ging er an Don und Sims vorbei ins Freie und wartete auf den Krankenwagen, dessen Sirene er bereits hören konnte.

EPILOG

Sean saß auf dem Stuhl neben Cats Bett. Sie hatte schon wieder eine gesunde Gesichtsfarbe und lächelte ihn an. Er seufzte erschöpft und griff ihre Hand. „Fühlst du dich schon besser?"

„Immer noch ein bisschen benebelt, doch es wird langsam. Es ist wie ein gehöriger Kater. Sean, was ist passiert? Ich habe das alles nicht richtig mitbekommen, ich bin immer wieder weggesackt. Was war mit dem kleinen Jungen? Er hatte eine Waffe, oder?"

Sean nickte. „Vergiss das jetzt erst mal. Wenn es dir besser geht und wir beide endlich wieder nach Hause fahren können, dann erzähle ich dir alles." Dann griff er in die Tasche seiner Jeans und zog den Ring heraus, schob ihn ihr wieder auf ihren Finger. Sie betrachtete ihren Verlobungsring und lächelte Sean an, doch dann wurde ihr Gesichtsausdruck wieder ernst. „Was ist mit Sanders?", fragte sie und man konnte die Angst in ihrer Stimme hören.

„Sie wird niemals wieder irgendjemanden bedrohen – sie ist tot", erwiderte Sean so kühl, dass Cat ihn fragend ansah. Doch bevor sie etwas sagen konnte, wurde der Vorhang ihrer Kabine der Notaufnahme aufgezogen. Der junge Notarzt, der sie behandelt hatte, sah Cat freundlich an. „Wie geht es Ihnen?", fragte er ruhig.

„Danke, von Minute zu Minute besser."

„Und Sie sind?" Dabei sah der Mediziner Sean an, der immer noch ihre Hand hielt.

„Agent Caver. Catherine und ich sind verlobt", sagte Sean sachlich.

Der Arzt blickte zu Cat, die zustimmend nickte. „Gut, dann habe ich nichts dagegen, dass Sie anwesend sind. Also, Agent Kampell, wir haben einen toxikologischen Schnelltest durchgeführt und als Erstes auf Rohypnol geprüft, das war es dann auch.

Wie Sie wahrscheinlich wissen, kann das noch achtundvierzig Stunden später im Blut nachgewiesen werden. Ihnen wurde eine ganze Menge davon verabreicht. Sie werden die nächsten Stunden noch ein bisschen Schwindel bemerken, doch ich habe nichts dagegen, wenn Sie heute noch nach Hause wollen. Die ganze Sache wird keinerlei Schaden hinterlassen, es geht Ihnen und dem Baby hervorragend."

Sean riss den Kopf hoch und auch Cat starrte den Arzt völlig fassungslos an.

„Sie wussten es nicht?", fragte der erstaunt.

Cat schüttelte nur den Kopf und sagte nichts. Sean war wie zur Salzsäule erstarrt.

„Sie sind ungefähr in der siebten, vielleicht achten Woche schwanger. Lassen Sie sich nächste Woche gynäkologisch untersuchen. Nach dem, was wir gesehen haben, verläuft die Schwangerschaft so weit reibungslos, doch Sie sollten sich ein paar zusätzliche Vitamine verschreiben lassen. Ich werde jetzt Ihre Entlassungspapiere fertigmachen. Viel Glück dann." Er nickte und lächelte beide freundlich an, drehte sich um und zog den Vorhang wieder hinter sich zu.

Cat sah verstört Sean an, dessen Gesicht kalkweiß geworden war. „Bitte nicht!", war alles, was er vollkommen entsetzt herausbekam.

DANKSAGUNG

Stellenweise war es qualvoll diesen Thriller zu schreiben, denn Seans Empörung, Ekel und Widerwille spiegelten nur meine eigenen Gefühle und meine Frustration wider, als ich mich mit der Recherche über die aktuell existierenden Neonazi Organisationen beschäftigt habe. Vieles in dem Buch entspricht der Wahrheit, wenn es um die Ziele, das Parteiprogramm und das Gedankengut solcher Bewegungen geht, denn es handelt sich um Originalzitate/Dokumente von einschlägigen Websites US-amerikanischer Nazi-Parteien und Klan-Bewegungen. Ich habe mich während der Recherche immer wieder gefragt, wäre es möglich, dass eine solche Partei einen ernstzunehmenden Zulauf bekommen könnte? Leider musste ich diese Frage mit „Ja", beantworten, denn soziale und wirtschaftliche Missstände, in Verbindung mit einer Führerpersönlichkeit wie diesem Josef Schreiber, könnte solch einen Albtraum Realität werden lassen. Ich denke daher, es ist an uns allen, die Augen offen zu halten, Rassisten und menschenverachtenden Fanatikern keine Chance zu geben.

Was die Angels-Reihe betrifft, so ist ein letzter und vierter Teil bereits in Arbeit, in dem dann alle Fäden zusammenlaufen. Der Kampf um Gut und Böse, zwischen gefallenen und Erzengeln wird entschieden werden.
Cat und Sean stehen vor schwierigen Entscheidungen …

Ich bedanke mich ganz herzlich bei meinen treuen Lesern – den Fans, die Sean, Cat und Don mittlerweile haben – und hoffe sehr, dass auch Fanatic Angels euch gefallen hat und wieder eure Erwartungen erfüllen konnte.
Herzlichen Dank an Stephan Schwammel und seine Donna, den MEDU Verlag und auch Kerry. Nicht zu vergessen Crossvalley Smith, der mit seiner Covergestaltung die Angels-Reihe zu etwas Besonderem macht!

E.M.Ross, Mai 2013

Verpassen Sie nicht den ersten Band der Reihe um Nate Caim und Catherine Kampell!

Drei tote Teenager in Virginia: blutjung, superreich und unschuldig. Man findet jedes der ermordeten Mädchen arrangiert als Engel in weißem Rüschenkleid mit betenden Händen, einem Engelsflügeltattoo – und Sperma. Die Spezialeinheit des FBI rekrutiert den jungen Agenten Nathaniel Caim, der die Sonderkommission „Angel“ als Profiler unterstützen soll. Als er undercover mit seiner abgebrühten Partnerin Tandra Romano okkulte Sekten infiltriert, fängt unerwartet für ihn selbst ein abartiger Albtraum an: Tandra wird während eines Rituals brutal vor seinen Augen abgeschlachtet, Nathaniel hält man anschließend monatelang in einer winzigen Zelle in Dunkelhaft, er wird allabendlich tätowiert und vergewaltigt. Knapp mit dem Leben entkommen, doch psychisch wie physisch fürs Leben gezeichnet, muss er bald feststellen, dass er eine Art Galionsfigur der Sekte – der Desperate Angels – geworden ist. Trotz neuer Identität und Zeugenschutzprogramm heften sich ihm die Desperate Angels und, wie es scheint, auch noch andere Mächte erneut an die Fersen. Der unfassbare Albtraum seines Lebens geht gnadenlos weiter …

Desperate Angels
Softcover, 304 Seiten
ISBN 978-3-941955-57-8

Verpassen Sie nicht den zweiten Band der Reihe um Nate Caim und Catherine Kampell!

Sechs Jahre sind vergangen, seit Nathaniel Caim und Catherine Kampell getrennt wurden. Unter dem Namen Sean Caver ist Nathaniel nun Ausbilder beim FBI in Quantico, als ihm das Mädchen, das mit ihm gemeinsam den Albtraum ihrer Gefangenschaft bei der skrupellosen Sekte „Desperate Angels" überlebte und seither immer in seinen Gedanken blieb, plötzlich als FBI-Anwärterin gegenübersteht.
Sean ermittelt als Profiler in einer Serie von Kindermorden und nimmt seine beste Schülerin mit ins Team: Catherine. Die Suche nach der Bestie, die drei kleine Jungen verschleppte, missbrauchte und in der Wildnis, an einen Baum gefesselt, sterben ließ, erweist sich als zermürbender Balanceakt, denn sie stoßen im ländlichen Colorado an Betonwände des Misstrauens und Schweigens.
Plötzlich ergibt sich eine Spur, die nach Deutschland führt: Morde, die zwanzig Jahre zurückliegen, doch die gleiche Handschrift tragen. Sean und Cat werden nach Garmisch-Partenkirchen geschickt, um mit Hauptkommissar Peter Becker vom BKA die alten Fälle wieder aufzurollen. Hier kommen die drei einem jahrzehntealten Verbrechen auf die Spur und ahnen nicht, dass sie sich in akute Lebensgefahr bringen, als sie versuchen, die Pläne des Mörders zu durchkreuzen …